«Es ist merkwürdig, aber
von jedem, der verschwindet,
heißt es, er sei hinterher in
San Francisco gesehen worden.»
Oscar Wilde

Armistead Maupins «Stadtgeschichten» in sechs Bänden

Stadtgeschichten
(rororo 13441)

Mehr Stadtgeschichten
(rororo 13442)

Noch mehr Stadtgeschichten
(rororo 13443)

Tollivers Reisen
(rororo 13444)

Am Busen der Natur
(rororo 13445)

Schluß mit lustig
(rororo 13446)

Armistead Maupin, geboren 1944 in Washington, studierte Englisch an der University of North Carolina und arbeitete als Reporter und für eine Nachrichtenagentur. Er schrieb für Andy Warhols Zeitschrift *Interview*, die *New York Times* und die *Los Angeles Times*. Seine Geschichten aus San Francisco, die «Tales of the City», schrieb er mehrere Jahre lang für den *San Francisco Chronicle*. Armistead Maupin lebt in San Francisco.
Außerdem als rororo-Taschenbuch lieferbar: «Die Kleine» (13657).

Armistead Maupin

Am Busen der Natur

Band 5

Deutsch von Heinz Vrchota

rororo

Rowohlt

Veröffentlicht im Rowohlt Taschenbuch Verlag GmbH,
Reinbek bei Hamburg, November 1996

Lektorat Eike Schönfeld, Hamburg
Umschlaggestaltung Walter Hellmann
(Illustration Cathrin Günther)
Satz Garamond und Gill Sans (Monotype Lasercomp),
Libro, Kriftel
Druck und Bindung Clausen & Bosse, Leck
Printed in Germany
ISBN 3 499 13990 1

If you go down in the woods today
You'd better not go alone.
It's lovely down in the woods today
But safer to stay at home.
For every Bear that ever there was
Will gather there for certain because
Today's the day the Teddy Bears
have their picnic.

Gehst du heute hinaus in den Wald,
Dann geh lieber nicht allein.
Schön ist es heute draußen im Wald,
Doch sicherer ist es daheim.
Denn sämtliche Bären auf dieser Welt,
Versammeln sich dort, denn heute hält
Die ganze Teddy-Schar im Wald
ihr Picknick.

Kinderlied von 1907

Für Terry Anderson,
der sich Zeit ließ, hierherzukommen

Für Jane Stuart Maupin,
die immer schon da war

Notiz für den Leser und die Leserin

Der Bohemian Grove existiert auch in Wirklichkeit. Die dort gepflegten Rituale habe ich verdichtet, damit sie dem zeitlichen Rahmen dieser Geschichte entsprechen, jedoch nur unwesentlich verändert. Wimminwood ist eine fiktive Gemeinschaft, bei deren Darstellung ich mich auf die tatsächlichen Gepflogenheiten bei Frauenmusikfestivals in Michigan, Kalifornien, Georgia und anderswo gestützt habe. Ich stehe in der Schuld meiner Freunde und Freundinnen in beiden Lagern.

A. M.

Abstieg in den Himmel

Brians innere Uhr weckte ihn fast immer um vier Uhr sechsundfünfzig und schenkte ihm volle vier Minuten, um den nackten Körper neben ihm zu genießen. Danach holte der Braun-Wecker auf dem Nachttisch Brians Frau mit seinem affektierten Nazifiepen aus dem Schlaf, und ihr Morgenmarathon begann.

An diesem Tag legte er, als er noch drei Minuten hatte, den Arm um ihre Taille und zog sie behutsam näher, bis ihr Rücken sich wieder an seine Brust schmiegte. Das war der riskante Teil der Aktion, denn manchmal schreckte sie dabei aus dem Schlaf, als würde ein Fremder sie bedrohen.

Er drückte das Gesicht an ihren Hals und zeichnete mit dem Zeigefinger den flachen Wirbel ihres Nabels nach. Der war jetzt glatt und hart, im Aerobicstudio auf wundersame Weise zu einer kleinen rosa Muschel mutiert. Als sie sich leicht bewegte, legte er die ganze Hand darauf, um sie nicht zu kitzeln, und gab acht, daß sie beide weiterhin im Gleichklang atmeten.

An der Zwei-Minuten-Marke schob er ihr das Knie zwischen die Beine und umfaßte ihre Taille etwas fester. Sie stöhnte leicht und räusperte sich, weshalb er ihr die Hand wieder locker auf den Bauch legte. Als Antwort drückte sie sein Knie mit den Schenkeln und gab ihm so zu verstehen, daß er sich keine Gedanken machen solle – er bedränge sie nicht zu sehr, sie brauche diese Zeit genauso wie er.

Die Franzosen lagen falsch mit *la petite mort*. Wenn man ihn fragte, dann war «der kleine Tod» weniger die Ermattung nach dem Sex als die wenigen prickelnden Momente konzentrierten Kuschelns, bevor die Anforderungen von Mary Anns Beruf sie zu einem Hechtsprung über seine Morgenlatte und weiter in Richtung Toilette und Kaffeemaschine trieben.

Auch so ein Naziding, die Kaffeemaschine. Selbst jetzt, wo er wieder an Mary Anns Nabel herumspielte, mahlte sie in der Küche ihre Bohnen. Auf das Geräusch hin regte und räusperte Mary Ann sich erneut. «Schön?» fragte sie.

«Was?»

«Mein Nabel.»

«Mhm.»

«Hat siebenhundert Stunden gebraucht», sagte sie. «Ich hab das mal nachgerechnet.»

Er lächelte insgeheim über die Tyrannei der Zahlen, die ihr Dasein beherrschte. *Alles hat seinen Preis,* sagte sie ihm immer wieder. Momentan war das ihr Lieblingsthema.

Sie wälzte sich in seine Arme und steckte ihm den Finger in den Nabel. «He», murmelte er. Es war ihm nicht klar, ob die Geste nett oder tadelnd gemeint war. Mary Ann wackelte mit dem Finger. «Vorsicht», sagte er. «Am Ende gehst du da drin noch verloren, und wir müssen dir dann einen Suchtrupp hinterherschicken.»

Er wartete auf einen gedämpften Protestschrei, aber es kam keiner. Ein halbherziges: «Ach, tu doch nicht so!» hätte genügt, aber sie zog bloß den Finger heraus und stützte sich auf den Ellbogen. «Tja», sagte sie, «ich glaub, ich steh jetzt auf.»

Er war nicht so dumm, gegen diese Erklärung etwas einzuwenden. Sie hätte ihm bloß die bekannte Aufzählung ihres kryptofaschistisch geregelten Tagesbeginns entgegengehalten: Aerobic um sechs. Eine Schüssel Kleie um sieben. Ein Termin mit dem Produktionsleiter um halb acht. Maske um acht. Ein Termin mit der Redaktion und der Filmcrew von neun bis Viertel nach neun, danach ein Werbespot für die Show am nächsten Tag und im Künstlerzimmer eine Besprechung mit den Prominenten, die an dem Vormittag zu Gast waren. Das Leben war ein ganz schöner Schlauch für San Franciscos bekannteste Talkmasterin.

«Welches Thema ist heute dran?» fragte er.

«Dicke Models», antwortete sie.

«Hmh?»

«Du weißt schon. Die Fleischklöpse, die die Stark-gebaut-und-dabei-schön-Mode vorführen.»

«Ach so.»

«Damit werden grad fette Gewinne gemacht.» Sie lachte. «Verzeih mir die Doppeldeutigkeit.» Sie hechtete über ihn hinweg, schwang die Beine aus dem Bett und gähnte laut. «Das Buch liegt auf der Frisierkommode, wenn du mal einen Blick reinwerfen willst.»

Während sie ins Badezimmer ging, grübelte er einen Moment über die zehn Pfund zuviel auf seinen Hüften, stand dann auf, ging zur Kommode und legte sich mit dem Buch wieder ins Bett. Er schaltete das Licht am Bett ein und musterte den Umschlag. Der Titel lautete: *Larger than Life. Confessions of the World's Most Beautiful Fat Woman.* Von Wren Douglas.

Ein berückendes Weichzeichnerfoto auf dem Umschlag legte den Schluß nahe, daß der Anspruch begründet war. Die Frau war dick, keine Frage, aber sie hatte das Gesicht einer Göttin: volle rote Lippen, eine perfekte Nase und riesengroße grüne Augen, aus denen Liebenswürdigkeit und Verlockung sprachen. Ihre kohlrabenschwarzen Haare gaben den perfekten Rahmen dafür ab und ergossen sich über ihre Schultern in Richtung eines Dekolletés, das der San-Andreas-Spalte Konkurrenz machte.

«Was soll das?» Mary Ann schwang drohend die Rolle Papiertücher, die er am Abend zuvor ins Badezimmer gestellt hatte.

«Wir haben kein Klopapier mehr», sagte er schulterzukkend. Um fünf Uhr früh kam er ganz gut ohne ihre rhetorischen Fragen aus.

Der Wecker piepte.

«Schnauze», blaffte er nicht Mary Ann an, sondern den Wekker, der beim Ertönen seiner Stimme gehorsam verstummte.

Mary Ann ließ stöhnend die Handtuchrolle sinken und

schlug damit zornig gegen ihr Bein. «Ich hab Nguyet noch extra gesagt, sie soll aufpassen, daß wir genug . . .»

«Ich sag's ihr», warf er ein. «Mich versteht sie besser.» Ihn konnte sie auch besser leiden, aber das sagte er lieber nicht. Er stand mit dem vietnamesischen Hausmädchen in einer besonderen Beziehung, seit er herausgefunden hatte, daß sie statt der Möbelpolitur den Insektenkiller genommen hatte. Sein Stillschweigen über den Vorfall schien ihm das mindeste zu sein, was er für eine Frau tun konnte, deren Onkel bei einem amerikanischen Bombenangriff auf das Mekongdelta umgekommen war.

«Es ist ein reines Sprachproblem», fügte er hinzu. «Aber sie macht Fortschritte. Glaub mir.»

Mary Ann seufzte und ging zurück ins Badezimmer.

Er redete lauter, damit sie ihn auch hörte. «Papierhandtücher bringen dich schon nicht um. Nimm's als neue Erfahrung.»

«Genau», gab sie murmelnd zurück.

«Vielleicht wär das ja ein Showthema», schlug er ihr vor und versuchte, sich neckisch anzuhören. «Ein gefürchtetes, völlig neues Krankheitsbild. Was hältst du von . . . Die Leiden des verwöhnten Arsches?»

Sie lachte nicht.

Er dachte einen Moment nach, bevor er sagte: «Viva Vulva?»

«Schlaf lieber», forderte sie ihn auf. «Du weckst Shawna sonst noch.»

Er wußte, was sie da drin tat. Sie las die *USA Today*, machte sich fit für die Show, holte sich wenig Information über viel Geschehen, damit sie bei der Sendung ja nicht den Eindruck machte, dumm zu sein.

Er griff wieder nach dem Buch und schaute sich das Gesicht der schönsten dicken Frau der Welt an. Dann knipste er das Licht aus, kuschelte sich unter die Steppdecke und schlief fast augenblicklich ein.

Er träumte von einer Frau mit Titten so groß wie Wassermelonen.

Als er das nächste Mal wach wurde, führte seine Tochter auf seinem freiliegenden linken Bein gerade ein Manöver à la Rambo durch. Es war erkennbar, daß sie die Hügel seiner Arschbacken erobern wollte, denn sie griff von seinem Schenkel aus mit einem grünen Plastikpanzer an. Shawna zog dem einfachen und zweckdienlichen: «Aufstehen, Daddy!» jedesmal wieder irgendeinen Guerillazirkus vor.

Er blieb auf dem Bauch liegen und raunte die Geräusche eines Zeichentrickmonsters ins Kissen.

Shawna kreischte vor Entzücken und ließ den Panzer zwischen seine Beine fallen. Er wälzte sich herum, schnappte sie mit einem Arm und ließ sie auf das Bett purzeln. «Ist das meine kleine Puppy? Schmatz, schmatz. Das Puppy-Monster frißt zum Frühstück kleine Puppys!»

Er wußte nicht mehr genau, wie das ganze Puppy-Getue angefangen hatte, aber Mary Ann und er benutzten den Kosenamen beide. Angesichts von Mary Anns Abneigung gegen den eigentlichen Namen des Kinds war das unter Umständen schlicht die Art, wie sie beide dem Thema aus dem Weg gingen, ohne der Toten gegenüber respektlos zu werden.

Schließlich hatte Connie dem Kind seinen Namen gegeben, und Connie war bei seiner Geburt gestorben. Sie konnten sich nicht einfach einen neuen Namen aussuchen, wie man es macht, wenn ein Haustier in andere Hände kommt.

Stand das als eigentliche Aussage hinter dem «Puppy»? Daß es um etwas ging, was nicht ihr eigenes war? Um etwas, das sie quasi aus dem Tierheim geholt hatten? Würde Shawna sich durch diesen Kosenamen verletzt fühlen, wenn sie alt genug war, um seinen möglichen Hintergrund zu begreifen?

Er packte seine Tochter um die Mitte und hielt sie wie ein Flugzeug in die Luft.

Das kleine Mädchen spreizte quiekend die Arme.

Er schaukelte nach vorn, so daß sie einen Moment lang aufstieg, landete dann aber unsanft mit dem Po auf dem Spielzeugpanzer.

«Verflucht noch mal, Puppy. Mommy hat das Ding doch nicht gekauft, oder?»

Sie schaffte es, völlig unbeteiligt dreinzuschauen, und spielte weiter Flugzeug.

Er setzte sie aufs Bett und beförderte das anstößige Kriegsgerät zutage. «Der ist von Jeremy, oder? Du hast wieder getauscht.»

Das Kind blieb stumm.

«Ich hab ihn nicht gekauft, Mommy hat ihn nicht gekauft, und ich weiß, daß du keine Sachen nimmst, die dir nicht gehören.»

Sie schüttelte den Kopf und sagte: «Ich hab Hunger.»

«Lenk nicht vom Thema ab, meine Liebe.»

Shawna saß auf der Bettkante und ließ den Kopf locker hin und her schwingen. Die kleine Scharlatanin griff zum allerletzten Mittel und spielte voller Herablassung die Niedliche.

«Was hast du dagegen getauscht?» fragte er.

Ihre Antwort war nicht zu verstehen. «Wie?»

«Meine *Preemie*», sagte sie.

Sie rutschte vom Bett und landete mit einem sanften Plumps auf dem teuren neuen Teppich. «Meine Cabbage Patch Preemie.» Ihr Ton signalisierte deutlich, daß es sich um schlichten, ungezügelten Kapitalismus handelte und ihn das einen Dreck anging.

Er fühlte sich ansatzweise verpflichtet, zornig zu werden, doch angesichts der unvermeidlichen Szene in der Eigentumswohnung gegenüber konnte er nur noch grinsen: Cap Sorenson, Reaganianer durch und durch, kam nach einem harten Tag voller Software und Racketball nach Hause und entdeckte dort, daß Daddys kleiner Soldat mit einer frühreifen Cabbage-Patch-Puppe Mutter und Kind spielte.

Shawna zog ihn am Arm. «Dad-dee . . . komm jetzt!»

Er schaute auf die Uhr. Sieben Uhr siebenunddreißig. «Okay, Puppy, dann such dir eine Kassette aus.» Das war sein üblicher Trick, um sie aus dem Zimmer zu bekommen, während er in den Bademantel schlüpfte. Er fand nichts dabei, aber

Mary Ann hielt es nicht für «ratsam», daß er vor Shawna nackt herumlief. Und Mary Ann mußte es ja wissen; schließlich machte sie die Talkshow.

«Nein», sagte Shawna.

«Was soll das heißen, nein?»

«Kein Video. Anna besuchen.»

«Das machen wir auch, Puppy, aber nicht jetzt. Anna schläft noch. Na los . . . such dir eine Kassette aus. Mommy hat dir *Pete the Dragon* und *Popeye* mitgebracht, und ich glaub auch noch . . .»

Das Kind jaulte auf. Es krallte sich streitlustig in den Teppich und zog eine silberglänzende Schneise durch die taubenblaue Üppigkeit des Flors. Brian fragte sich unwillkürlich, ob Elternsein genauso eine Frage des Alters war wie das Kriegshandwerk. Fand man beides mit zwanzig erträglich und sogar anregend, mit vierzig aber nur noch sinn- und fruchtlos?

Er schaute seiner Tochter in die Augen und sagte ihren Namen – ihren richtigen Namen –, um zu zeigen, daß er es ernst meinte. «Du sollst dir eine Kassette aussuchen gehen, bevor Daddy ganz unglaublich böse wird mit dir. Anna besuchen wir später.»

Shawna schob kurz die Unterlippe vor, gehorchte ihm aber. Als sie weg war, schleppte er sich ins Badezimmer und putzte sich die Zähne. Der Boden war nach Mary Anns hektischen Waschungen noch naß, weshalb er ihn mit einem feuchten Handtuch aufwischte, das er hinterher in den Wäschekorb warf.

Er zögerte vor der Waage, entschied aber, daß die schreckliche Wahrheit das todsichere Mittel gegen seine nächtlichen Freßgelage mit Jelly-Doughnuts sein würde. Die Anzeige überraschte ihn allerdings. In vier Tagen hatte er vier Pfund abgenommen.

Das kam ihm zwar spanisch vor, aber er hatte noch nie zu denen gehört, die einem geschenkten Gaul ins Maul schauten.

Shawna legte beim Frühstück ihren üblichen Wutanfall hin. Diesmal hatte ihr Joghurt die falsche Farbe, und es war nicht genügend Perrier da, damit ihr Preiselbeersaft auch richtig «pritzelte». Würde sie es je müde werden, ihn auf die Probe zu stellen?

Gewohnheitsmäßig durfte sie sich nach dem Frühstück aussuchen, was sie anziehen wollte. Sie entschied sich für einen grünen Rollkragenpullover mit Marienkäfern auf den Ärmeln und eine absurd kleine 501. Er zog sie an und gab sie für die Zeit, in der er seine Version ihres Outfits anlegte, in die Obhut von Robin Williams und dem Videorecorder.

Die Uhr stand auf acht Uhr sechsundvierzig, als er ans Fenster ging und zweiundzwanzig Stockwerke tief in den dicht bewachsenen Canyon der Barbary Lane schaute. Aus dieser Höhe war Anna Madrigals Vorgarten nur ein briefmarkengroßes Stück Terrakotta, aber er konnte trotzdem eine Gestalt ausmachen, die an dessen Rand entlangwuselte.

Die Vermieterin war wie jeden Vormittag am Fegen. Sie schwang ihren Besen dermaßen energisch, daß das Ritual schon eher einer Gymnastikübung glich als der praktischen Umsetzung von Sauberkeitserwägungen. Später würde sie dann quer über die Briefmarke spazieren und sich auf die Bank neben dem Azaleenbeet setzen. Trotz ihrer erklärten Freigeistigkeit war sie ein Wesen von eklatanter Berechenbarkeit.

Er schaute vom Vorgarten hoch und widmete sich dem Fernblick, den sie hatten, einer grenzenlosen Weite aus Stadt, Bay und Himmel, die sich vom Mount Diablo bis nach Angel Island und darüber hinaus erstreckte.

Weder Schornsteinkappen noch Äste von Eukalyptusbäumen beeinträchtigten ihre Sicht, weder unansehnliche Hintertreppen noch hoch aufragende Felsen, die ein mickriges Fitzelchen Wasser umrahmten. Dort oben im Summit hatten sie eine *Aussicht* – die so glatt und makellos war wie eine Fototapete.

Und ungefähr so lebensecht.

Manchmal, wenn er lang genug hinausschaute, verlor ihr in

Blaugrün und Grau gehaltenes Wohnzimmer völlig seine Identität und wurde zur Sitzungskabine eines Firmenjets, der im Flug eine ehrfürchtige Verbeugung vor dem Sitz der Bank of America machte.

Der Himmel war an dem Tag wolkenlos, und die Luft war klar. Es gab keine Anzeichen des Infernos, das hundert Kilometer weiter südlich wütete. Dort hatten unzählige Feuerzungen inmitten der ausgedörrten Bärentraubenmacchia der Santa Cruz Mountains auf einer Breite von zwölf Kilometern schon über sechstausend Hektar Land verkohlt und fünftausend Menschen aus ihren Häusern vertrieben.

Am Summit gab es aber nichts dergleichen. Die Natur hatte am Summit keine Chance.

Er war sich manchmal im unklaren über diese Präposition. Sollte er den Leuten sagen, daß er *am* Summit wohnte, *im* Summit oder *auf dem* Summit? Verlangte man seine Adresse, bekannte er sich meist zu der Angabe Green Street 999 und ließ es dabei bewenden.

Wenn ihm das Ganze peinlich war, dann hatte er auch allen Grund dazu. Fast acht Jahre hatte er im Schatten dieses Betonungetüms gewohnt und es in einem fort verflucht. Und jetzt hatte er sich auf Drängen seiner Frau – und auf Kosten seiner Frau – dem Feind an den Hals geworfen.

Sie hatten es für Shawna getan. Und aus Sicherheitsgründen. Und, weil sie für die Steuer etwas brauchten. Dazu kam noch, daß Mary Ann für ihren «Lifestyle» (Gott steh ihr bei, sie hatte dieses Wort tatsächlich benutzt) eine elegantere Umgebung haben wollte, als sie der altmodische und altersschwache Bär von einem Haus in der Barbary Lane 28 je bieten konnte.

Mrs. Madrigal hatte es gefaßt aufgenommen, aber Brian wußte, daß ihr Auszug sie geschmerzt hatte. Allermindestens hatten sie gegen ihren Familiensinn verstoßen. Selbst jetzt noch, fünf Monate nach ihrem Aufstieg, stand ihre alte Wohnung in der Barbary Lane leer, als wäre dort unten etwas gestorben.

Vielleicht stimmte das auch.

Das Leben hatte sich geändert; so weit war ihm das klar. Der Kerl, der früher mal bei Perry's gekellnert hatte, besaß nur geringe Ähnlichkeit mit dieser neuen und verbesserten postmodernen Ausgabe von Brian Hawkins.

Der neue Brian fuhr einen Zwanzigtausend-Dollar-Jeep. Er besaß drei Smokings und eine nerzverbrämte Bomberjacke von Wilkes (die er nur zum Jeepfahren anzog). Im Pier 23 Café gehörte er irgendwie zum Inventar, und bei einem Mittagessen mit der Crème fühlte er sich wie zu Hause.

Wenn der neue Brian auf Parties ging, endete das gewöhnlich damit, daß er mit dem Ehemann der Bürgermeisterin oder mit dem Ehemann von Danielle Steel ein Männergespräch führte – und einmal sogar mit dem Ehemann von Geraldine Ferraro.

Okay. Er war so eine Art Prinzgemahl.

Doch selbst dazu brauchte man Talent, oder?

Und wer würde behaupten wollen, daß er nicht zu den Allertalentiertesten zählte?

Als Shawna das Fernsehen leid wurde, half er ihr in eine Windjacke und gab ihr Anweisungen für den gefährlichen Ausflug in die Barbary Lane. Seine zwei Hauptforderungen lauteten: Schrei im Lift nicht wie am Spieß! Zeig nicht auf den Portier und kreisch dabei: «Mr. T!»!

Wunderbarerweise tat sie wie geheißen, und sie gelangten völlig problemlos auf die Green Street. Als sie am Rand von Russian Hill dahinmarschierten, fühlten sich seine Beine merkwürdig bleiern an; seine Schläfen pochten leicht, als wollten sie Kopfschmerzen ankündigen.

Wenn es die Grippe war, dann konnte er gut darauf verzichten. Allein in der kommenden Woche standen vier bedeutende gesellschaftliche Ereignisse an.

Shawna beharrte darauf, von ihm getragen zu werden, während sie das steilste Stück der Leavenworth hinuntergingen, doch sobald sie die wackelige Holztreppe erreichten, die zur Barbary Lane hochführte, wand sie sich aus seinen Armen.

«Annatreppe», sagte sie und bewies damit, daß sie die Grenze eines anderen Herrschaftsgebiets bereits erkannte. Die Barbary Lane war schließlich Mrs. Madrigals Reich. Und das wußten sogar die Erwachsenen.

Am Treppenabsatz hing eine Bekanntmachung, die den Herrschaftsanspruch der Vermieterin bekräftigte: RETTET DIE BARBARY-LANE-TREPPE – *Unsensible städtische Beamte haben vor, unsere geliebte Holztreppe durch ein gräßliches Betonding zu ersetzen. Widerspruch tut not, und zwar jetzt! Wenden Sie sich an Anna Madrigal, Barbary Lane 28.*

Recht so, dachte er. Mach ihnen die Hölle heiß, Anna.

Trotzdem faßte er nach Shawnas Hand, als die geliebten morschen Bretter unter ihren Füßen bedrohlich knarrten. Oben, wo sich ein regelrechtes Stoppelfeld aus vertrocknetem Fenchel über den Boden zog, ließ er sie los und sah zu, wie sie zwischen den Mülltonnen hindurch in den nach Moschus duftenden Schatten der Eukalyptusbäume stolzierte. Sie sah aus wie ein Kind, das nach Hause geht.

Als er endlich bei der ersten Gruppe Holzhäuser angelangt war, spielte sie Boris bereits übel mit.

«Vorsichtig», sagte er zu ihr. «Er ist eine alte Muzikatz. Streichel ihn nicht so fest.»

Sie riß ihre Hand von der getigerten Katze zurück, kicherte auf ihre schönste Verrückter-Wissenschaftler-Art und stürmte dann weiter die Barbary Lane entlang. Der Weg war an dieser Stelle geschottert, was selbst für Erwachsene tückisch war.

«Langsamer, Puppy. Du tust dir wieder weh.» Er holte sie ein, faßte sie an der Hand und führte sie auf den weicheren, breiteren Teil der Barbary Lane.

«Weißt du Annas Hausnummer noch?» fragte er das Kind.

Natürlich nicht.

«Es ist die Achtundzwanzig», sagte er und kam sich im selben Moment völlig dämlich vor.

Mein Gott, warum sollte sie *das* bloß lernen?

Weil das Haus am Ende der Barbary Lane alles war, was er einem Kind zu geben hatte.

Es war das einzige Wissen, über das er verfügte, sein einziges Geschichtenbuch.

Das überdachte Gartentor war offen.

Die Vermieterin stand im Vorgarten über ihre größte Sensemillapflanze gebeugt. Mit einer Pinzette pflückte sie die Blätter ab und lenkte so die ganze Kraft in die Blüten. Ihrem Gesicht nach zu urteilen, führte sie gerade eine Gehirnoperation durch, doch sie summte ein fröhliches kleines Liedchen.

Shawna stürmte in den Vorgarten und verlor sich in den Falten von Mrs. Madrigals hellem Musselinrock. Die Vermieterin stieß einen überraschten Schrei aus, ließ die Pinzette fallen und lachte dann gemeinsam mit dem Kind.

«Halt, Polizei», sagte Brian grinsend.

Mrs. Madrigal schaute zu dem Wesen hinunter, das sich an ihr Bein klammerte, und streichelte ihm zärtlich über den Kopf.

«Sie haben ihr gefehlt», sagte Brian. «Es waren zwei ganze Tage.»

Die großen blauen Augen der Vermieterin rollten kurz in seine Richtung. Sie schenkte ihm ein mattes Lächeln und wandte sich wieder Shawna zu. «Sie hat mir auch gefehlt», sagte sie zu dem Kind.

Es war bescheuert, aber er war ein bißchen eifersüchtig auf Mrs. Madrigals ungeteilte Hinwendung zu Shawna. «Ich hab Ihren Zettel gesehen», sagte er, weil er etwas suchte, mit dem er sie erfreuen konnte. «Wollen diese blöden Schweine die Treppe wirklich abreißen?»

Die Vermieterin nickte mit ernstem Gesicht. «Wenn wir uns nicht wehren.»

Es fiel ihm auf, daß sie *wir* sagte; das war ja schon was. Für sie gehörte er immer noch zur Barbary Lane. «Tja . . . wenn ich irgendwas tun kann . . .»

«Kannst du.»

«Toll.»

«Ich hab mir gedacht, ob nicht vielleicht Mary Ann in ihrer

Show was drüber sagen könnte . . . weißt du, nur ein paar Worte über die Bewahrung unseres Erbes. So was in der Art.» Sie fingerte an einer Haarsträhne an der Schläfe und wartete auf seine Antwort.

«Klar . . . na ja, doch . . . ich könnt sie drauf ansprechen. Aber die haben da einen ziemlich starren Rahmen.» Er war auf dem Rückzug, weil er sich an Mary Anns Aversion gegen jeden, wie sie es nannte, «Stadtviertelhokuspokus» erinnerte. Und Mrs. Madrigals Kreuzzug fiel fast garantiert in diese Kategorie.

Die Vermieterin las in ihm wie in einem Buch. «Ach so», murmelte sie.

«Aber ich erzähl's ihr auf jeden Fall.»

Mrs. Madrigal musterte ihn einen Moment lang beinahe wehmütig. Dann sah sie sich den Boden rund um ihre Füße genauer an. «Wo ist das verfluchte Ding denn nur hin? Shawna, mein Schatz, schau doch mal im Efeu nach, ob du dort vielleicht Annas Pinzette finden kannst.»

Er überlegte kurz, ob er sie um Verzeihung bitten sollte, wurde dann in seiner Verlegenheit aber leichtfertig. «Wissen Sie was?» platzte er heraus. «Sie sollten sich die Fingernägel lang wachsen lassen.»

Mrs. Madrigal, die sich inzwischen auf allen vieren befand, schaute zu ihm hoch. «Wozu das denn, mein Lieber?»

«Sie wissen doch, wie diese Hausfrauen aus dem Humboldt County. Die behaupten, daß es damit besser geht als mit ner Pinzette.»

Sie reagierte auf diese ungeschickte Albernheit mit ihrer üblichen Anmut. «Ach so, ja. Ich verstehe, was du meinst.» Dann suchte sie schweigend weiter, bis sie die Pinzette gefunden hatte. Sie stand auf und wischte sich die Hände am Rock ab. «Ich hab das mal ausprobiert . . . mir die Nägel wachsen zu lassen.» Sie holte tief Luft und schüttelte den Kopf. «Ich war nicht Manns genug dafür.»

Er fühlte sich unheimlich erleichtert und lachte. In Mrs. Madrigals Repertoire kam ein Witz gleich nach der Vergebung. Als sie ihn direkt ansah, lag in ihrem Blick die altvertraute Verschmitztheit. Er sah eine Einstiegsmöglichkeit für sich und nutzte sie auf der Stelle.

«Eigentlich», sagte er, «würde ich Sie gern um einen großen Gefallen bitten.»

Sie sah ihn kurz an und blickte dann hinunter auf das Kind, das an ihrem Rock hing. «Weißt du was, Liebes. Geh ins Haus und sieh auf dem Sofa nach. Dort wartet ein lieber neuer Freund auf dich.»

Shawna schaute skeptisch. «Ein Gobot?»

«Du wirst schon sehen. Und sei vorsichtig mit der Treppe. Die Tür ist offen.»

Als die Kleine davonwackelte, strahlte Mrs. Madrigal voller Anerkennung. »Sie ist wirklich blitzgescheit.»

«Was haben Sie ihr mitgebracht?» fragte er.

«Nur ein Stofftier», lautete die gemurmelte Antwort.

Es war ihm ein wenig peinlich, daß die Vermieterin für Shawna Geld ausgab. «Das sollen Sie doch nicht», sagte er.

Sie antwortete mit einem matten Wen-kümmert-das-schon-Lächeln und sagte: «Um was geht's bei dem Gefallen?»

«Na ja», sagte er, «mein Neffe kommt für ein paar Tage zu Besuch, und da hab ich mich gefragt, ob . . . ob er nicht in unserer alten Wohnung unterkommen könnte.»

Sie sah ihn erstaunt an. «Wenn das Probleme macht», fügte er hastig hinzu, «dann sagen Sie's nur. Ich muß dann . . .»

«Wie alt ist er?»

«Äh . . . achtzehn. Vielleicht auch neunzehn.»

Sie nickte. «Tja . . . es sind natürlich keine Möbel drin. Aber im Keller gibt's noch eine Liege, und vielleicht auch 'ne Kommode.» Sie tippte sich mit dem Zeigefinger an die Unterlippe. Ihre mütterliche Ader war offensichtlich wieder gut durchblutet. Brian freute sich darüber, daß er das bei ihr immer noch auslösen konnte.

«Er heißt Jed», sagte er. «Und er hat grade an der Rice University mit Jura angefangen. Mehr weiß ich auch nicht. Außer, daß er wahrscheinlich hetero ist.»

Die Vermieterin bedachte ihn mit einem verschmitzten Lächeln. «Hast du das von ihm? Daß er wahrscheinlich hetero ist?»

Er lachte. «Na ja, er ist momentan total verschossen in Bruce Springsteen, und da hab ich das einfach angenommen.»

«Moment, Moment.»

«Die Theorie stammt von Michael. Lassen Sie sich die mal von ihm erklären. Er behauptet, daß jede Generation einen Musiker hervorbringt, den Heterojungs total anhimmeln dürfen. Das war lange Zeit Mick Jagger, und jetzt ist es Bruce Springsteen. Und deshalb nehm ich an, daß der Knabe hetero ist.»

«Du und deine schwachsinnigen Theorien.»

«Das ist nicht *meine* Theorie. Ich hab nur . . .» Er unterbrach sich, als er merkte, daß sie ihre Bemerkung an Michael gerichtet hatte, der aus dem Haus in den Vorgarten spaziert war.

«Was hab ich jetzt wieder angestellt?» fragte Michael.

Brian lächelte ihn an. «Ich hab grad deine Springsteen-Theorie erklärt.»

«Die stimmt», sagte Michael. «Für den würden Heterojungs bis zum letzten gehen.»

Mrs. Madrigal wandte sich an Brian. «Schließt er dich in diesen Rundumschlag mit ein?»

«Klar», drängte Michael sich dazwischen. «Dem *Boss* würde er sich auf der Stelle hingeben.» Er warf Brian einen schelmischen Blick zu. «Ich meine, wenn er dich *bitten* würde, nicht?»

Brian fand so was toll. Es war Michaels Art, ihn freundschafltich auf den Arm zu boxen. «Du bist ein Arsch», sagte er und boxte auf seine Art zurück.

«Es ist doch wunderbar», sagte Michael. «Springsteen hat Wunder gewirkt für die Jungs, die Bruce heißen. Früher hat der Name immer so 'nen schwulen Makel gehabt.» Nach kurzem Schweigen sagte er: «Wißt ihr, ich bin schon spät dran. Ich würd liebend gern dableiben und das ausdiskutieren, aber . . . Wren Douglas darf man nicht warten lassen.»

Brian brauchte einen Moment, bis er den Namen eingeordnet hatte. Dann flimmerten ihm ihr Gesicht und ihr Oberkörper durch den Kopf wie ein Softporno. «Ach so, ja. Das fette Model. Kennst du sie denn?»

«Nein, aber ich bin ein ziemlich großer Fan von ihr. Mary Ann hat mir ein Ticket für die heutige Show besorgt.»

Mrs. Madrigal schaute verwirrt drein. «Sie ist ... äh ... etwas üppig?»

«Und wie», sagte Brian. «Aber irgendwie sexy.»

«Irgendwie?» kreischte Michael mit überraschender Entrüstung. «Wie wär's mit *sehr*?»

Brian bedachte Mrs. Madrigal mit einem Wir-beide-kennen-uns-aus-Blick. «Und er ist da ja wohl Fachmann, nicht?»

Michael ging in Richtung Gartentor, machte allerdings kurz halt, um an einer von Mrs. Madrigals Sensemillaknospen zu schnuppern. Er mimte zu ihrer Erheiterung einen kleinen Ohnmachtsanfall und sagte: «Passen Sie lieber auf. Für so was kommt man heutzutage hinter Gitter.»

«Tja», sagte die Vermieterin mit unbewegter Miene, «ich vertraue darauf, daß du mich rechtzeitig warnst, falls Mrs. Reagan zum Tee vorbeischauen sollte.»

Mrs. Madrigal war einverstanden, Shawna für ein paar Stunden zu nehmen, und so machte Brian im Searchlight Market noch ein paar Einkäufe (Pepsi light, eine Schachtel Milky Ways und den neuen Colgate-Spender), bevor er in den Summit zurückkehrte. Im zweiundzwanzigsten Stock stieß er auf Nguyet, die gerade das Küchenfenster putzte und dazu offenbar das letzte von den Papiertüchern benutzte. Und das erinnerte ihn an etwas: Er hatte vergessen, Toilettenpapier zu kaufen.

Und was nimmt man jetzt, wo die Papiertücher alle sind?

«Äh ... Nguyet?»

Das Hausmädchen hörte mit dem Fensterputzen auf und schaute ihn nervös lächelnd an.

«Heute nachmittag. Wenn du einkaufen gehst. Kauf Toilettenpapier, okay?»

Ihr Lächeln stürzte ab; sie hatte ihn nicht verstanden.

«Toilettenpapier . . . du weißt schon . . .» Er überlegte, ob er es ihr vorspielen sollte, ließ die Idee aber wieder fallen. Schließlich ging er ins Badezimmer und kam mit der kleinen Papprolle zurück.

Nguyets strahlendes Gesicht verriet, daß sie begriffen hatte. «Ah», sagte sie. «Shommin.»

«Genau», erwiderte er. «Shommin. Kauf heute nachmittag Shommin, okay?»

Sie nickte heftig und machte sich wieder an die Arbeit. Aus den Augenwinkeln beobachtete sie, wie er im Küchenschrank stöberte und eine Packung Melitta-Kaffeefilter Nr. 4 herausholte.

Mit einem von den Papierdingern in der Hand machte er sich auf den Weg zum Klo, doch die Imposanz von Wren Douglas, die vom Nachttisch zu ihm hochblickte, gebot ihm Einhalt. Sein Schwanz zuckte anerkennend, weshalb er einen kleinen Umweg machte und das Buch mit aufs Klo nahm.

Vanessa Williams würde eben warten müssen.

Wren und ihr Fan

Wren Douglas stand spät auf, bestellte sich ein herzhaftes Frühstück in ihre Suite im Fairmont Hotel und spazierte ins Badezimmer, um die Überfülle an Cremetöpfchen und Shampootübchen zu begutachten, die dort zweifellos ihrer harrte.

Die Hotelzimmer waren wirklich das Tollste an einer Buchpromotiontour: die kleinen Aufmerksamkeiten aus dem Badezimmer, die man für später horten konnte. Die King-Size-Betten mit den zurückgeschlagenen Decken und dem Pfefferminzkonfekt auf dem Kopfkissen. Die saugfreudigen, süß duftenden Handtücher, die schallgedämpften Toilettenspülungen und die in Schränken verborgenen Fernseher, die bereitstanden, um Mary Tyler Moores Trost zu spenden.

Das war die sechzehnte Stadt in drei Wochen. Ihre Dickenleier rappelte inzwischen wie ein abgenudeltes Band, das fast schon zu brüchig war, um es noch einmal abzuspielen. Sie konnte den Klang ihrer eigenen Stimme nicht mehr ausstehen, aber noch weniger die Ken-und-Barbie-mäßigen Moderatoroiden, die ihr ständig die gleichen vier Fragen stellten.

Waren Sie schon als Kind dick? («Ich war schon als *Fötus* dick.»)

Glauben Sie, daß die amerikanischen Frauen von der aktuellen Fitnessbesessenheit tyrannisiert werden? («Nicht unbedingt. Alle sollten so fit wie möglich sein, auch die Dicken. Die Tyrannei fängt dort an, wo man uns sagt, daß wir alle gleich aussehen sollten.»)

Was sind Ihre Maße? («Einundneunzigeinhalb Kilo . . . hundertzweiunddreißig, vierundneunzig, hundertfünfundvierzig . . . eins zweiundsiebzig groß.»)

Was glauben Sie, warum Sie zu einem internationalen Sexsymbol geworden sind? («Was weiß ich, Schätzchen. Manche Typen fahren eben ab auf Frauen, bei denen beide Schenkel nicht in eine Zeitzone passen.»)

Das ganze schlagfertige Getue verklebte ihr mit der Zeit genauso den Hals wie zu viele trockene Cornflakes. Sie saß ihre Zeit ab und zählte die Städte – es standen nur noch Portland und Seattle aus –, bis der letzte Flug sie nach Chicago zurückbringen würde, zurück zu ihrem Loft und ihrer Katze und ihrem geilen kubanischen Liebhaber mit dem Dauerständer.

Nicht daß sie während der Tour unter zuwenig Beachtung gelitten hätte. Da hatte es in Miami diesen bodygebuildeten Kameramann gegeben – gebaut wie ein Kleiderschrank, schön und voller Überraschungen. Und in Washington dieses niedliche Bubi, das sie zum Essen ausgeführt, ihr seine Unschuld anvertraut, sie am nächsten Tag zum Flughafen gefahren und dabei in einem fort gepfiffen hatte. Was das Horizontale anbelangte, hatte sie es sich gutgehen lassen.

Als sie auf die Badezimmerwaage stieg, hatte sie fast Angst hinzusehen.

Siebenundachtzig! Ihre schlimmsten Befürchtungen bestätigt! Dank der Tourstrapazen verlor sie Gewicht wie blöd. Wenn sie nicht bald wieder in Form kam, verloren die Schlagzeilenschreiberlinge noch ihr Neunzig-Kilo-Sexsymbol und servierten sie – schauder, stöhn – mit einem Tritt in ihren dahinschrumpfenden Arsch ab.

Sie ließ sich die Absurdität dieses Zwiespalts auf der Zunge zergehen und wusch sich mit einer nach Veilchen duftenden englischen Seife das Gesicht.

Die Blaubeerpfannkuchen, die jeden Moment kommen mußten, würden alles wieder ins Lot bringen.

Eine Dreiviertelstunde später stand sie vor dem Fairmont am Bordstein und wartete auf ihre Stretch-Limo. Sie hatte sich mit ihrem liebsten Touroutfit herausgeputzt: ein türkises Strickkleid mit tiefem Dekolleté, das um die Taille mit einem Kummerbund aus braunem Leder zusammengezurrt war.

Sie fand, daß ihr der Kummerbund und die Stiefel – Schnürdinger à la neunzehntes Jahrhundert – die Aura einer gutmütigen Domina verliehen. Und da ihre Nerven bloßlagen, brauchte sie für die Konfrontation mit ihren Vernehmungsbeamten alle verfügbare Autorität.

Ihr Fahrer war eine willkommene Überraschung: jung und dunkelhaarig, mit ausgeprägten italienischen Einflüssen und mit Lippen, an denen sie die ganze Nacht hätte knabbern können. Als er mit ihr die California Street hinunterflitzte, um sie zu ihrem Rendezvous mit dem Moderatoroiden vom Tage zu bringen, fragte sie ihn, was er über die Show wußte.

«Nicht so arg viel», antwortete er. «Nur . . . daß sie *Mary Ann in the Morning* heißt.»

Sie stöhnte leise. Sie konnte sich das kleine Dummerchen schon so richtig vorstellen.

«Meine Alte kuckt sie sich immer an», sagte der Fahrer. «Sie is richtig beliebt bei den Leuten. Mary Ann bringt . . . na ja, so berühmte Leute wie Sie selber . . . Lee Iacocca, Shirley MacLaine, das Gör von Pat Boone mit der Kotzkrankheit . . .»

«Ach, genau», sagte sie.

«Ich hab Sie vorgestern in der Carson-Show gesehn.»

«Ach . . . wirklich?» Sie konnte es nicht ausstehen, wenn die Leute sie zappeln ließen. Was sollte sie schon sagen, verdammt noch mal?

«Sie waren gut.»

«Danke.»

«Wir sind gleich alt. Das is mir gleich aufgefallen. Sie sind achtundzwanzig, und ich bin achtundzwanzig.»

«So was.»

Er lachte und schaute über die Schulter zu ihr nach hinten. «Meine Alte is auch stark gebaut, wissen Se?»

«Ja?»

«Ich mein, nich so stark wie Sie. Nich so stark, wie ich sie gern hätt.»

«Ich verstehe», sagte sie.

«Ich mag starke Weiber. So 'ne wie Sie . . . wenn's Sie nich stört, daß ich das so sag.»

Sie kramte ihr kleines Obsession-Fläschchen heraus, besprenkelte rasch ihre Titten und legte die Stimme eine Oktave tiefer. «Ganz und gar nicht», sagte sie.

«Ich wollt nich so klingen, als wär ich . . .»

«Was steht heute nachmittag auf dem Programm?»

«Sie meinen . . . nach der Show jetzt?»

«Ja.»

Er überlegte kurz. «Sie müssen sich nur einmal blicken lassen.»

«Wo?»

«Ach . . . in so 'nem Prall-und-proper-Laden auf der Halbinsel.»

Sie ließ den Zerstäuber in der Handtasche verschwinden. «Und das ist dann bis morgen früh alles?»

«Genau.»

«Dann . . . haben wir also Zeit.»

Sie bemerkte, daß er das Lenkrad leicht verriß, doch er fing sich sofort wieder und zog seine zuckersüßen Lippen zu einem wissenden Lächeln auseinander. «Klar», sagte er. «Wir ham Zeit.»

Beim Sender lief alles ziemlich glatt, bis der Maskenbildner versuchte, ihr Dreifachkinn mit dunklerem Make-up zu tarnen. «Mit den Schätzchen», erklärte sie ihm freundlich, «verdien ich meine Brötchen. Was sollen die Leute denken, wenn's aussieht, als würd ich sie verstecken wollen?»

«So würd's aber gar nicht aussehen, Liebes. Warten Sie doch. Das ist Light Egyptian, ganz was Dezentes. Lena Horne nimmt das nur.»

«Engelchen», sagte sie geduldig, «mein Tripelkinn und ich sind beide weiß. Wenn das anders wär, könnt ich ja The Supremes dazu sagen oder so, aber es ist nicht anders, okay?» Da er leicht gekränkt wirkte, fügte sie hinzu: «'ne hübsche Swatch. Ist die von Keith Haring?»

Er schaute auf seine Uhr hinunter und antwortete mit einem lustlosen: «Ja.»

Sie versuchte es mit einer anderen Taktik. «Wissen Sie was», sagte sie, «bei den Augen können Sie sich austoben. Wie wär's? Türkis, Gold, was Sie wollen. Es muß doch was geben, was Sie schon immer mal ausprobieren wollten.»

Wie erwartet kam sie damit ans Ziel. Sie hatte sich selbst als Palette angeboten, und er konnte den Künstler in sich nicht im Zaum halten. Seine Augen leuchteten wie die eines Besessenen, als er in die Tiefen seines Farbkastens hinabtauchte. «Ich glaub, ich hab noch ein Aztec Gold dabei . . . das setz ich auf die Lippen, nur ganz leicht in die Mitte.»

«Toll», sagte sie.

«Und knapp unter die Augen kommt ein Hauch Puder in Hellviolett.»

«Nur zu.»

Manchmal kam es ihr vor, als gäbe es keinen einzigen Mann auf der Welt, mit dem sie nicht fertig wurde.

Ein Redakteur brachte sie ins Künstlerzimmer, eine Orgie aus scheußlicher Siebziger-Jahre-Dekoration, die diesmal in Pfirsich und Creme gehalten war. An den Wänden hingen riesige gerahmte Fotos der sagenhaften Mary Ann: Mary Ann mit

Raquel Welch, Mary Ann mit Dr. Ruth, Mary Ann mit Ed Koch, Mary Ann mit Michael Landon.

«Machen Sie sich's bequem», sagte der Redakteur, während er rückwärts in Richtung Tür ging. «Da drüben finden Sie Kaffee . . . und Rosinenschnecken und was Sie so brauchen. Mary Ann wird gleich vorbeischauen und Sie begrüßen.»

«Bin ich der einzige Gast?» fragte sie.

Er nickte. «Außer Ikey St. Jacques. Wir zeichnen ihn für die ‹Latchkey Kitchen› auf.»

«Was ist das denn?»

«Ein Teil unseres Programms. Die letzten fünfzehn Minuten. Berühmte Kinder kommen zu uns und . . . na ja, sie bringen Schlüsselkindern bei, wie sie sich selber was kochen können, wenn ihre Eltern bei der Arbeit sind.»

«Das ist nicht Ihr Ernst», sagte Wren.

«Es kommt enorm gut an.» Er klang ein bißchen defensiv. «Wir hatten sogar Übernahmeangebote von anderen Sendern.»

Wren versuchte, sich den kleinen schwarzen Star aus *What It Is!* vorzustellen, wie er auf die schnelle einen Thunfischauflauf hinzauberte. «Dieses Kind!» sagte sie. «Er ist doch keinen Tag älter als sieben.»

«Äh . . . tja . . . ich bin grad ein bißchen in Eile. Ich hoffe, es macht Ihnen nichts aus, wenn ich Sie kurz alleine lasse.»

Irgendwas hatte ihn nervös gemacht, das war klar. «Keine Bange», sagte sie. «Meinen Sie das ernst? Ich und allein, wenn so viel zu essen da ist?»

Der Redakteur ging verlegen lachend und mit dem Rücken voran durch die Tür und machte sie hinter sich zu. Wren wunderte sich noch kurz über sein Verhalten, machte sich dann aber schnurstracks über die Rosinenschnecken her, weil sie wieder an ihr schwindendes Gewicht denken mußte. Als sie eine Schnecke verdrückt hatte und gerade mit einer Serviette den Lippenstift neu verteilte, ging die Tür wieder auf.

«Halloooo, Maama!»

Es war Ikey St. Jacques. Er grinste wie ein Halloweenkürbis

und sah in seinem kleinen rot-weißen Trainingsanzug einfach zum Knutschen aus. Die Hände hatte er ausgestreckt wie Al Jolson, und in einer hielt er eine brennende Zigarre.

Sie versuchte, gelassen zu bleiben. «Ach . . . hallo. Du bist Ikey . . . stimmt's?»

«Ich hab's gewußt», sagte er heiser glucksend. «Dieser Idiot hat mich angelogen.»

«Wer?»

«Der waschlappige Redakteur da draußen. Er weiß, wie ich auf stark gebaute Maamas steh, und drum hat er mich angelogen, der Arsch! Ich hab gewußt, daß Sie hier drin sind.» Er machte einen langen Zug an seiner Zigarre und taxierte sie von oben bis unten. Er reichte ihr gerade mal bis zur Taille. «Ich hab Sie in der Carson-Show gesehen. Und da hab ich zu meinem Agenten gesagt, das ist vielleicht 'ne scharfe Mutter.»

Sie kaufte ihm den ganzen Zirkus nicht ab. «Hör mal, Kleiner . . .» Sie fuchtelte in Richtung Zigarre. «Von den Dingern wird mir schlecht. Dein Auftritt war ja ganz niedlich, aber jetzt ist Schluß damit.»

Er schaute sie einen Moment traurig an, ging zum Tisch, hob den Arm und drückte die Zigarre aus.

«Danke», sagte sie und hielt ihm die Hand hin. «Also . . . ich bin Wren Douglas.»

Er schüttelte ihr die Hand. «Tut mir leid.»

«He . . . macht doch nix.»

«Manchmal geht's mit mir durch. Keine Ahnung, warum.»

Sie kam sich allmählich wie eine Tyrannin vor. «Na, es war ja nur die Zigarre. Du solltest das Zeug nicht rauchen, nicht mal zum Spaß. Sonst bleibst du noch . . .»

«So klein wie jetzt?» Er lachte heiser. «Ich bin siebzehn, Gnädigste!»

«Wie bitte? Wer sagt das?»

«Ich. Und meine Geburtsurkunde. Und meine Maama.»

Sie schob den Kopf zurück und musterte ihn. «O ne. Tut mir leid. Auf keinen Fall. Das kauf ich dir nicht ab.»

«Sie glauben, daß ich lüge?»

Sie verlagerte ihr Gewicht auf eine Hüfte und taxierte ihn kühl. «Ja. Ich glaub, daß du lügst.»

Er schaute sie herausfordernd an und schob seine Trainingshose auf die Knie hinunter.

Sie nahm das Argument, das er vorbrachte, zur Kenntnis und antwortete so gelassen wie möglich. «Okay . . . schön . . . deine Reife ist nachgewiesen.»

Das Kind stand mit verschränkten Armen da und rührte sich nicht. «Sagen Sie, daß ich siebzehn bin!»

Sie schaute nervös zur Tür. «Zieh die Hose rauf, Ikey.»

«Sagen Sie, daß ich siebzehn bin.»

«Ikey, wenn jemand reinkommt, nimmt man uns noch fest wegen . . . ich weiß nicht, wegen was. Von mir aus, was soll's. Du bist siebzehn. Tut mir leid. Ich hab mich geirrt.»

Auf dem Gesicht des Kinds machte sich ein durchtriebenes Lächeln breit, als er seiner Trainingshose wieder zu korrektem Sitz verhalf.

Wren schlug die Hand vor die Brust und stieß ein kurzes erleichtertes Wiehern aus. «Mein Gott», murmelte sie vor sich hin.

Ikey ging zum Tisch und griff sich eine Rosinenschnecke, die fast so groß war wie sein Gesicht.

«Ich finde», sagte Wren, die sich über seine Unbekümmertheit inzwischen ärgerte, «du könntest dir einen weniger drastischen Beweis einfallen lassen.»

Das Kind leckte den Rand der Schnecke ab und zuckte mit den Schultern. «So muß ich weniger reden.»

«Erzähl mir nicht so was.»

Erneutes Schulterzucken.

«Du tust das *gern.*»

Er legte die Schnecke weg und fixierte sie mit demselben süßen Spanielblick, den er bei seinem Fernsehvater einsetzte. «Wenn Sie in Ihrem ganzen Leben immer nur einen Siebenjährigen gespielt hätten, Gnädigste, dann würden Sie auch ab und zu die Hose runterlassen.»

Sie lächelte, weil ihr sein Dilemma zum erstenmal klar wurde. «Ja, wahrscheinlich.»

«Ich bin ein Fan von Ihnen», schob er nach. «Ich will nicht mit Ihnen streiten.»

Das war ihr jetzt peinlich. «Schon gut . . . kein Grund zur Aufregung, Ikey.»

«Isaac.»

«Isaac», echote sie.

«Kann ich meine Zigarre jetzt wieder anzünden?»

«Auf gar keinen Fall.» Sie schwächte ihr Verdikt mit einem neuerlichen Lächeln ab. «Ich halt die Dinger wirklich nicht aus, Isaac.»

Er nickte. «Sind Sie sauer, weil ich gesagt hab, daß Sie scharf sind?»

«Aber nein. Das gefällt mir.»

«Tja, und mir gefällt, was Sie tun für . . . Leute, die nicht ins Schema passen.»

Mit einem halben Dutzend Wörtern hatte er erklärt, was sie beide verband. Sie war unerwartet gerührt. «Ach . . . was ist das schon? Ich tu's doch *gern*. Das heißt, meistens jedenfalls. Ich hab gerade eine Promotiontour hinter mir, und da bin ich jetzt wohl ein bißchen überdreht. Du weißt ja, wie das sein kann.» Es sollte wie eine Vertrautheit unter Profis klingen.

Er gluckste wie ein Frosch. «Klar.»

«Ich schau mir alle deine Sendungen an», sagte sie.

Das schien ihm zu gefallen. «Wirklich?»

«Ich find dich verblüffend glaubwürdig. Die anderen Fernsehkinder sind meistens richtig unangenehm, weißt du ... so übersteigert niedlich. Außerdem gefallen mir deine Drehbücher.»

Er nickte geschäftsmäßig. «Sie werden langsam besser, glaub ich.» Er zögerte einen Moment, bevor er sagte: «Sagen Sie, darf ich Sie was fragen?»

«Nur zu», sagte sie.

«Ich möchte nicht, daß Sie wieder sauer werden.»

Sie lächelte ihn an. «*Die* Gefahr ist vorüber. Keine Angst.» Das stimmte, denn sie fühlte sich jetzt richtig wohl mit ihm. Er hatte nichts anderes getan, als ihr die Wahrheit zu sagen. «Los jetzt», sagte sie. «Frag nur.»

Nach einer weiteren deutlichen Pause sagte er: «Kann ich meine Hand . . . da reinstecken?» Er deutete auf ihr Dekolleté.

Sie zog eine Schnute und schaute ihn forschend an. Der Spanielblick wirkte auch jetzt wieder. «Wie lang?» fragte sie.

Er zuckte mit den Schultern. «Zwanzig Sekunden.»

«Zehn», lautete ihr Gegenangebot.

«Einverstanden.»

«Aber ja nicht rumspielen.» Sie beugte sich vor, um ihm den Zugriff zu erleichtern. «Mach schnell. Wir haben noch eine Show vor uns.»

Isaacs Arm steckte bis zum Ellbogen drin, als die Tür des Künstlerzimmers aufging. Die völlig konsternierte Person, die hereinkam, war die Frau, deren Ebenbild die Wände schmückte. «Oh . . . Entschuldigung. Ich . . .»

«Hallo», sagte Wren. «Macht doch nichts.» Sie zog Isaacs Arm in einem Schwung heraus und richtete sich auf. «Mir ist ein Ohrring reingefallen.» Sie streckte die Hand aus und klopfte dem Kind auf die Schulter. «Trotzdem schönen Dank, Ikey. Ich such ihn später.»

Die Talkmasterin erstarrte zum Stalagmiten und schaute Isaac mit versteinertem Blick an. «Der Regisseur braucht dich in der Studioküche, Ikey.»

Das Kind sagte: «Jau.» und marschierte zur Tür. Im Hinausgehen zeigte er Wren noch den hochgestellten Daumen.

«Tja», sagte Wren und wandte sich wieder der Moderatoroidin zu, «Sie müssen Mary Ann sein.»

Die Frau wurde kein bißchen entspannter. «Und Sie müssen krank sein», sagte sie.

«Moment mal.»

«Ich hab mehrere Sendungen über Kindesmißbrauch gemacht, aber ich hätte nie gedacht, daß ich . . .»

«Dieses Kind», sagte Wren, «ist siebzehn!»

«Ich versteh aber trotzdem nicht, was . . . Wer hat Ihnen das gesagt?»

«Er selbst.»

Die Moderatoroidin war völlig baff. Sie dachte kurz nach,

bevor sie sagte: «Und das soll heißen, daß alles in Ordnung ist?»

«Nein», erwiderte Wren ruhig. «Aber das heißt, daß es Sie einen Dreck angeht.»

Steherqualitäten

Die Sendung war nicht so gelaufen, wie Michael erwartet hatte. Statt lockeren Geplänkels hatten Steifheit, lange Pausen und eine fühlbare Spannung die Atmosphäre geprägt. Er vermutete, daß die Probleme angefangen hatten, als Mary Ann dem Studiopublikum Wren Douglas mit den Worten vorgestellt hatte: «Die Frau, die Amerika gezeigt hat, wie aus Figurproblemen das meiste herauszuholen ist.»

Egal aus welchem Grund, das Interview war unrettbar verloren gewesen, und deshalb beschloß Michael nach der Sendung, sich nicht um ein persönliches Kennenlernen zu bemühen. Mary Ann hatte ihn zu seinem Glück schon mit Huey Lewis, Scott Madsen und Tina Turner bekannt gemacht. Durch einen Mißbrauch dieses Privilegs war nichts zu gewinnen.

Außerdem war es Viertel nach elf, und er hatte sich um seine Gärtnerei zu kümmern.

Der Laden gehörte ihm seit 1984, als sein Partner, Ned Lockwood, nach L.A. zurückgegangen war. Das Hochgefühl des Besitzers war für Michael eine neue Erfahrung gewesen, und sie hatte ihn dazu getrieben, weit über seine gewagtesten Vorstellungen hinaus zu renovieren und zu erweitern. Er hatte ein neues Gewächshaus für die Sukkulenten gebaut, das Büro vergrößert und den Namen von God's Green Earth in Plant Parenthood geändert.

Auf das einzige Problem, das man als alleiniger Besitzer hatte, war er schon sehr früh gestoßen: Man konnte sich nicht bei sich selbst krank melden. Um dem noch die Krone aufzusetzen, verfügten seine drei Angestellten in der Gärtnerei (zwei weitere Schwule und eine Lesbe) über subtile Mittel, ihm ein schlechtes Gewissen zu machen, wenn er zu spät zur Arbeit kam.

Dabei genoß er die Zeit in der Gärtnerei. Die Betriebsamkeit im Betrieb half ihm zu vergessen, wie sehr er vermißte, was neuerdings als «ungesicherter Austausch von Körperflüssigkeiten» in aller Munde war.

Wenn er zu lange untätig blieb, konnte sich seine euphorische Vergangenheit an ihn heranschleichen wie ein Franzose, der einem Postkarten andrehen will, eine Sammlung verblichener Erotika, die in jedem Fall die Kraft hatten, ihm das nostalgieanfällige Herz zu brechen.

Es war nicht mehr nur eine Epidemie; es war eine Hungersnot, ein Verhungern der Seele, das früher oder später jeden heimsuchte. Manche kapitulierten vor dem Schrecken, zogen sich in ihrer Angst in sich selbst zurück und wichen auf der Straße dem Blick von Fremden aus. Andere machten sich so eine Art gewissenhafter schwuler Brüderlichkeit zu eigen und führten die Rituale von Safer-Sex-Orgien mit der gleichen klinischen Präzision durch, wie Junge Pioniere sie beim Auseinanderbauen ihrer automatischen Waffen an den Tag legen.

Unzählige Leute fanden am Telefon Erleichterung, mastercardurbierten gemeinsam, bis das Nirwana erreicht war. Telefonsex, hatte Michael festgestellt, heizte nicht nur die Phantasie an, sondern ermöglichte Männern auch etwas, was ihnen bis dahin verwehrt gewesen war: *einen Orgasmus vorzuspielen.*

Michael hatte selbst einmal am Telefon einen Orgasmus vorgespielt. Er konnte damals einfach nicht kommen. Weil er aber ein wohlerzogener Junge war, ächzte er seine Ekstase mindestens eine halbe Minute lang hinaus und hämmerte zusätzlich noch mit der Faust gegen das Kopfteil seines Betts. Sein Partner (einer aus Teaneck, New Jersey) hatte seine Show so deutlich hörbar genossen, daß Michael nachher mit einem merkwürdig befriedigten Gefühl eingeschlafen war.

Meistens landete er aber mit dem letzten *Inches-* oder *Advocate-Men*-Heft im Bett und zurrte sich den Gürtel seines Frotteebademantels ums Geschlecht.

Er hatte mehrere interessante Aspekte von Pornos entdeckt: 1. Sie nutzten sich ab. 2. Sie gewannen neuen Schwung, wenn man sie verkehrt herum anschaute. Und 3. Man konnte sie recyceln, wenn man sie ein paar Monate wegpackte.

Im Gegensatz zu vielen seiner Freunde vögelte er nicht regelmäßig mit einem Videorecorder. Er hatte es ein-, zweimal probiert, aber nur in der Wohnung eines Wichskumpels, und ihr Timing war so hoffnungslos asynchron gewesen, daß er sich nur daran erinnerte, wie er auf der Suche nach der Fernbedienung das Bett durchwühlt hatte.

«Was machst du denn da?» hatte sein Kumpel gefragt, als die Bilder schneller geworden waren und Al Parker sich samt Anhang in die Keystone Cops verwandelte.

Michael hatte geantwortet: «Ich such den Cowboy, der am Schluß auftaucht.»

Und genau das störte ihn am Besitz eines Videorecorders. Wenn man diesen Cowboy einfach so haben konnte – einfach per Knopfdruck –, was sollte einen dann davon abhalten, zwischenmenschliche Kontakte überhaupt aufzugeben?

Er hatte im April den Test gemacht und ein positives Ergebnis erhalten. Das hieß, daß er das Virus in sich trug oder es schon abgewehrt hatte. Manche Ärzte meinten, er (und eine Million andere) würde mit zehn- bis fünfundzwanzigprozentiger Wahrscheinlichkeit das Vollbild entwickeln, doch andere Ärzte widersprachen dem.

Was wußten Ärzte schon?

Er wußte nur, daß es ihm gesundheitlich gutging. Kein Nachtschweiß und keine Mattigkeit. Kein abnormer Gewichtsverlust und keine merkwürdigen lila Flecken. Er aß sein Gemüse, schluckte seine Vitamine und reduzierte Streß auf ein Minimum. Für einen Mann, der in nicht mal drei Jahren zwölf Freunde und einen Liebhaber verloren hatte, ging es ihm gut.

Trotzdem reichte schon eine leichte Grippe oder der Anflug eines pelzigen Gefühls auf der Zunge, damit er einen fürchterlichen Schrecken bekam. Das andere wesentliche Gefühl, der Schmerz, wurde immer unvorhersehbarer, je mehr Leute es erwischte. Seine Tränen konnten sich ihm am Bett eines sterbenden Freundes völlig versagen, um dann ein paar Wochen später nachts vor dem Fernseher während eines Marilyn-Monroe-Films nur so aus ihm herauszufließen.

Und die Leute redeten über nichts anderes. Wer es hat. Wer glaubt, daß er es hat. Wer positiv ist. Wer *unmöglich* negativ sein kann. Wer den Test nie machen wird. Wer fast soweit ist, den Test zu machen.

Um der Tragödie zu entfliehen, waren ein paar von seinen Freunden in Städte wie Phoenix oder Charlottesville gezogen, aber Michael verstand nicht recht, was das sollte. Die schlimmste Zeit in San Francisco war immer noch besser als die schönste Zeit irgendwo sonst.

Hier gab es so viel Schönheit und manifeste Tapferkeit, und dazu zivilisierte Heteros, die nach Kräften halfen. Und schließlich war er in San Francisco auch zu Hause. Er liebte diese Stadt mit tiefer, blinder Leidenschaft; sie ließ ihn nicht mehr los.

Auf seinem üblichen Parkplatz vor der Gärtnerei stand frecherweise ein Pinto. Als er Polly entdeckte, die zwischen den Lebensbäumen stand und für eine Kundin ein paar davon zurechtschnitt, drückte er leicht auf die Hupe, damit sie auf ihn aufmerksam wurde. «Kennen wir den?» brüllte er und deutete auf das anstößige Auto.

Seine junge Angestellte legte die Schere weg und wischte sich mit dem Handrücken über die Stirn. «Das ist Davids neue Flamme», rief sie zurück. «Ich sag ihm, er soll wegfahren.»

Er entdeckte am Ende des Blocks einen anderen Parkplatz und beschloß, kein Problem daraus zu machen. «Laß nur», sagte er zu ihr. «Scheuch die Turteltäubchen nicht auf.» Schließlich war es Mittag, und David und sein neuer Liebhaber saßen mit Sicherheit im Gewächshaus und machten sich über ihre Big Macs hinweg schöne Augen.

Er stellte den Wagen ab und ging in der knallheißen Sonne zur Gärtnerei zurück. Polly stand inzwischen auf dem Bürgersteig und hob die Lebensbäume auf die Ladefläche eines Kombi. «Tut mir leid. Ich hab nicht gewußt, daß du so früh zurückkommst.»

«Macht ja nichts», sagte er.

Polly wischte sich den Schmutz von den Händen und ging hinter ihm ins Büro. «Wie ist es gelaufen? Hast du mir 'ne Kußmundkarte mitgebracht?»

«Scheiße», murmelte er, als ihm sein Versprechen wieder einfiel.

«Also nicht», sagte sie leise. «Macht auch nichts.»

«Ich bin ihr nicht mal vorgestellt worden», erklärte er ihr. «Sie und Mary Ann konnten ganz schleht miteinander, und da wollt ich's gar nicht erst riskieren.»

Polly zuckte mit den Schultern.

«Jetzt bist du enttäuscht», sagte er. «Tut mir ehrlich leid.» Bisher hatte sie erbettelte Kußmundkarten von Linda Evans, Kathleen Turner und Diana Ross.

«Hat sie toll ausgesehen?» fragte Polly und lehnte sich verträumt gegen die Kasse.

«Ja», antwortete er. «So ein bißchen Fellini-mäßig.» Er hielt es für klug, den Reiz der ganzen Sache ein wenig herunterzuspielen.

Polly seufzte. «In meinem Film kann sie jederzeit mitspielen.»

Die Vorstellung dieser Begegnung amüsierte ihn: Die wollüstig dralle Wren Douglas machte sich an die hübsche Polly Berendt heran, die in ihrem verwaschenen grünen Overall muskulös und dennoch zierlich wirkte. «Tja», sagte er, «es deutet nur alles drauf hin, daß sie hoffnungslos hetero ist.»

«Na und?» sagte Polly. «Ich bin doch keine Separatistin.»

Er lachte. Die neue lesbische Abenteuerlust war für ihn ein nie versiegender Quell der Erheiterung. Wenn schon die Schwulen nicht mehr schnaubend und hufescharrend ihren

Leidenschaften frönen konnten, dann paßte es nur ins Bild, daß die Lesben das noch konnten. *Irgendwer* mußte den Geist ja lebendig erhalten.

Polly legte ihm den Arm um die Hüfte und drückte ihr sommersprossiges Gesicht an seine Schulter. «Ich will eine Frau zum Heiraten, Michael. Dringend.»

«Ja, ja.»

«Kommt das, weil ich jetzt zweiundzwanzig bin? Macht das das Alter? Ist es dir auch so gegangen mit zweiundzwanzig?»

«Mir ist es mit zweiunddreißig so gegangen, aber ich bin drüber weggekommen.»

Sie drehte den Kopf zu ihm hoch. «Meine Freundin Kara ist letzten Monat zu einer Wahrsagerin gegangen, und die hat ihr gesagt, daß ihre große Liebe noch den Monat angerauscht kommt . . . und zwar in einem goldenen Streitwagen.»

«Genau.»

«Das stimmt, ich schwör's. Kara hat letzten Monat ein Mädchen kennengelernt . . . sie heißt Weegie . . . und seitdem sind die beiden unzertrennlich.»

«Was ist mit dem goldenen Streitwagen?»

«Sie fährt für Yellow Cab Taxi!»

Er prustete los.

«Kara hat sich vom DV8 aus ein Taxi gerufen, Weegie ist vorgefahren, und das war's dann. Trautes Heim, Glück allein. Und ich . . . ich such und such und land dann bei so einer geschlagenen Exehefrau, die mich zu *Die Frauen* ins Castro schleppt und dann bei den sexistischen Stellen immer zischelt.»

«Warum erzählst du mir das?» fragte er.

Sie zögerte. «Weil ich zu Wimminwood fahren will.»

«Wohin?»

«Das ist ein Frauenmusikfestival droben am Fluß.»

Er zuckte mit den Schultern. «Dann fahr doch. Du hast sowieso bald Urlaub. Wo liegt das Problem?»

«Na ja . . . es ist nächste Woche, und da machst du Urlaub.»

Er verstand, was sie meinte; dann bleiben nur David und Robbie, um die Gärtnerei zu schaukeln.

«Ich will wirklich hin, Michael.»

«Schon, aber . . .»

«Ich hab mit Kevin geredet», fügte sie hinzu. «Er hat gesagt, er springt gern für mich ein.»

«Wer ist Kevin?»

Sie deutete mit dem Kopf zum Gewächshaus. «Davids neue Flamme. Er kennt sich auch aus.»

«Ich hab gedacht, er arbeitet bei Tower Records.»

«Schon, aber nächste Woche hat er frei . . . und wie er bei der Navy war, hat er für einen Admiral die ganze Gartenarbeit gemacht, und . . . Ach komm, Michael, das ist so was Tolles, da *muß* ich hin.»

Er lächelte sie an. «Tausende von halbnackten Frauen, die in den Redwoods ausflippen.»

«Nein!» protestierte sie. «Ein paar sind *total* nackt.»

Er lachte. «Das klingt aber nicht so, als würdest du eine zum Heiraten suchen.»

Sie erinnerte ihn sehr an sich selbst vor einigen Jahren und daran, wie er damals die Aussicht auf ein lustvolles Wochenende beim National Gay Rodeo in Reno genossen hatte.

Davids neuer Liebhaber blieb noch den ganzen Nachmittag in der Plant Parenthood und machte sich im Düngerschuppen nützlich. Er war fleißig, fröhlich und anscheinend auch ehrlich. Michael sah keinen Grund, warum er nicht der passende Ersatz für Polly sein sollte.

Um fünf vor halb fünf rief Teddy Roughton an. «Es ist zwar schon reichlich spät dafür», sagte er, «aber heute abend gibt's bei Joe 'ne Jack-off-Party. Ich hab gedacht, du würdest es gern wissen.» Michael war das etwas peinlich. «Danke, Teddy. Ich glaub, ich passe.»

«Warum?»

«Ich weiß nicht. Ich hab bei so was immer . . . Hemmungen oder so.» Teddy schnalzte mit der Zunge wie eine tadelnde englische Matrone. «Ach, du dummer Junge . . .»

«Ich weiß, aber . . .»

«Er hat wunderbare Appetitanreger, Michael. Der Kerl aus dem Muscle System kommt.»

Michael überlegte kurz. «Der mit . . .?»

«Genaauuuu. Und wenn dir der noch nicht reicht, dann hat Joe auch noch *One in a Billion* ausgeliehen.»

«Schön, aber . . .»

«Überleg's dir wenigstens, ja?» Genausogut hätte er Kuchenbäckerinnen für den Wohltätigkeitsbasar der Pfarrgemeinde rekrutieren können. «Um acht. Bei Joe zu Hause. Wir sehen uns, wenn du dich sehen läßt.»

Das Wetter war bei Geschäftsschluß ungewöhnlich mild, weshalb Michael für die Fahrt nach Hause das Dach seines VWs zurückklappte. Als er die Clement Street entlangkutschierte, staunte er darüber, wie seidenweich und warm die Luft sein Gesicht umschmeichelte. Es war so ein richtiger Sommerabend, und die Stadt roch nach Steaks und Hibiskus. Seine Lenden registrierten die tropischen Zustände und fingen an, sich für ihre Rechte stark zu machen.

Du erinnerst dich doch an den Kerl, sagten sie, *an den Sexbolzen aus dem Muscle System mit dem Schwanz wie 'ne Bierdose und den immerharten Brustmuskeln. Was verlierst du schon, wenn du mit dem in einem Zimmer sitzt? Okay, wenn du mit ihm und zwei Dutzend anderen Kerlen nackt dasitzt und dir einen ab . . .*

Nein, es war zu peinlich.

Stell dir vor, es sind die Pfadfinder, drängten seine Lenden. *Der Campingausflug damals in den Norden von Georgia. 1964. Rund ums Lagerfeuer lauter Jungs, erschöpft vom Wandern. Sonnenverbrannte Nacken; es riecht nach Mückenspray; Billy Bransons wunderbares Lächeln im Feuerschein, so unsagbar verlockend. Der Gruppenwichs, zu dem es fast, aber dann doch nicht gekommen ist.*

Tja, aber jetzt.

Als er in der Barbary Lane 28 ankam, begegnete er auf dem Treppenabsatz Mrs. Madrigal. «Beeil dich lieber», sagte sie. «Die Sache steigt in nicht mal einer Stunde.»

Er spürte, wie ihm die Kinnlade hinunterklappte. Falls sie nicht doch eine heimliche Hellseherin war, dann benahm sie sich jedenfalls wie eine.

«Ich hab im Radio davon gehört», ergänzte sie, als würde das alles erklären.

«Von was haben Sie im Radio gehört?» fragte er.

«Von der Willkommensfeier», sagte sie. «Für diese schwulen Geiseln.»

Es dämmerte ihm. In Beirut hatten Terroristen neununddreißig amerikanische Touristen in Geiselhaft genommen. Und es hatte sich herausgestellt, daß zwei davon schwul und aus San Francisco waren – und noch dazu ein Paar. Bei ihrer Rückkehr in die Staaten waren sie als stolzes, strahlendes Paar vor die Kameras getreten, und gleich danach hatten sie die uneingeschränkten Dankesbezeugungen von Ronald und Nancy Reagan entgegengenommen.

Michael hatte bei dem Anblick fast eine Gänsehaut bekommen und Mrs. Madrigal das auch erzählt.

«Wo wird gefeiert?» fragte er.

«Ecke Eighteenth und Castro», sagte sie. «Die Straße wird abgesperrt.»

Er rechnete in aller Eile nach. Die Jack-off-Party fand an der Ecke Noe und Twenty-first statt, nur vier Blocks oberhalb der Begrüßungsfeier. Wenn er sich beeilte, konnte er an diesem Abend womöglich seine erotischen wie auch seine patriotischen Bedürfnisse befriedigen. «Danke für den Tip», sagte er zu seiner Vermieterin.

Sie bückte sich nach einem Plastikeimer voller Putzzeug. «Tja, ich hab mir gedacht, du würdest das gern wissen, mein Lieber.»

Er deutete auf den Eimer. «Hat Boris wieder mal auf die Treppe gekotzt?»

Sie lachte glucksend. «Brians Neffe wird ein paar Tage bei uns wohnen.»

«Sein Neffe? Ist der . . . erwachsen?» In letzter Zeit kam er sich wegen allem und jedem älter vor. Mit vierunddreißig fiel es ihm immer noch schwer, sich klarzumachen, daß manche seiner Altersgenossen Eltern von Teenagern waren.

«Er ist neunzehn», sagte Mrs. Madrigal. «Ich richte die alte Wohnung von Mary Ann und Brian für ihn her. Könntest du mir später vielleicht bei dem Doppelbett im Keller zur Hand gehen?»

«Klar», antwortete er. «Ja . . . sicher . . . gern.»

Seine Aufgekratztheit war wohl deutlich zu spüren, denn die Vermieterin lächelte ihn an. «Ich halt dich nicht lange auf», sagte sie. «Ich weiß, daß du heute abend noch sehr, sehr viel vorhast.»

Das zweite «sehr» irritierte ihn erneut.

In seiner Wohnung stieg er rasch unter die Dusche und stutzte sich den Schnauzer. Gerade an diesem Abend war er froh, daß er sich den Schnauzer nicht abrasiert hatte, als das alle getan hatten. Er fand, daß er ihm stand, und die Modesklaven, die ihn nicht new-wavig genug fanden, sollten ihm den Buckel hinunterrutschen.

Als es Zeit war, sich anzuziehen, wühlte er sich bis zum Boden seiner untersten Wäscheschublade durch und grub dort seine älteste 501 aus. Der Jeansstoff war weich wie Glacéleder und dünn wie Pergament, und schon allein dieses Gefühl um die Beine erfüllte ihn mit einer wunderbaren Melancholie.

Um der alten Zeiten willen ließ er den mittleren Knopf seines Hosenstalls offen.

Als er auf Castro ankam, fand er auf dem steilen Stück der Noe Street einen Parkplatz und spazierte bergab auf die Musik zu. Auf einem Podest vor der Hibernia Bank stand ein schwuler Chor und sang bereits «America the Beautiful». Hunderte Leute hatten sich auf der Straße versammelt, und einige heulten.

Er schlängelte sich durch die Menge, bis er einen Blick auf das Geisel-/Liebespaar werfen konnte. Einer war schlank und blond und hatte einen Bart, der andere hatte auch einen Bart, aber dunklere Haare, und er war ein bißchen älter, eher ein

Daddytyp. Michael konnte sich die beiden recht gut zusammen vorstellen. Er sah sie in dem entführten Flugzeug vor sich, wie sie, als der Tod so kurz bevorzustehen schien, voller Verzweiflung und unter den blutdurstigen Blicken ihrer Bewacher kleine Liebesbriefchen hin- und herschickten.

Dann stimmte die schwule Band die Nationalhymne an, und die Menge begann zu singen. Michael fiel auf, wie viele Paare da waren, wie viele breite Rücken sich an breite Brustkörbe schmiegten, während Tenorstimmen den warmen Abend erfüllten. Ohne Zweifel fuhr neuerdings die ganze Welt auf Zweierbeziehungen ab.

Die Geiseln stiegen abwechselnd aufs Podium. Sie redeten über die Heimat, über ihre Lieben zu Hause und über das Bedürfnis, Liebe offen auszudrücken. Dann baten sie um eine Schweigeminute für den Matrosen, den man an Bord ihres Flugzeugs ermordet hatte. Als sie vorüber war, wischte Michael sich die Tränen aus den Augen und schaute auf die Uhr. Für die Jack-off-Party war er bereits eine halbe Stunde zu spät dran.

Zuerst ging er mit schnellen Schritten, dann fing er an, die Castro Street hochzulaufen, während die Band mit «If My Friends Could See Me Now» weiterschmetterte. An der Kreuzung mit der Nineteenth überquerte er die Noe Street und trabte das letzte Stück zu Joes Wohnung hoch. Er hatte noch im Kopf, daß sie in einem potentiell hübschen alten Haus war, das man mit Asbestschindeln in grüner Tarnfarbe verunstaltet hatte.

Er holte ein paarmal tief Luft und drückte auf die Klingel. Joe öffnete ihm die Tür. Er hatte nur eine abgeschnittene Jeans an. «Ach . . . Michael. Du bist ein bißchen spät dran, alter Knabe.»

«Ist schon alles vorbei?»

«Nein. Aber wir . . . gehen schon in die zweite Runde, könnte man sagen. Komm rein.»

Michael trat in den dunklen Flur und senkte die Stimme zu einem Flüstern. «Tut mir leid», sagte er. «Ich hab die Nationalhymne gesungen und dabei ganz die Zeit vergessen.»

Falls sein Gastgeber die ironische Bemerkung goutierte, so kommentierte er sie jedenfalls nicht. «Zieh dich hier draußen aus. Und pack deine Sachen auf die Treppe.» Er gab Michael einen Klaps auf den Arsch und verschwand hinter dem Bettlaken, das den Flur vom Wohnzimmer trennte.

Michael zog sich aus und stapelte sein T-Shirt, seine Jeans und seine Stiefel neben ein Dutzend ganz ähnlicher Arrangements auf die Treppe. Er stellte sich vor den Spiegel im Flur und machte einen kurzen Check – *wozu eigentlich?* fragte er sich –, bevor er das Bettlaken zur Seite zog, um sein Publikum zu begrüßen.

Die Männer hatten sich auf Sofas und Sessel gelümmelt, die in einem groben Halbkreis vor dem Fernseher standen. Auf dem Bildschirm sah man, wie sich zwei Bürotypen im Aufzug einen bliesen. Ein paar Köpfe drehten sich zu Michael um, doch die meisten starrten weiter auf den Film, konzentrierten sich auf das Geschehen dort.

Er sah sich nach einem freien Sitzplatz um. Es war nur noch der Mittelplatz eines Sofas auf der anderen Seite des Zimmers frei. Auf dem Weg dorthin mußte er vor dem Fernseher vorbei, und es ging ihm – perverserweise – durch den Kopf, daß vielleicht jemand: «Zieh mal deine Rübe ein da vorne!» rufen würde, nur um ihn in Verlegenheit zu bringen.

Aber nichts dergleichen. Er setzte sich aufs Sofa, nickte seinen Sofakumpanen würdevoll zu und schaute sich dann unauffällig die anderen Teilnehmer an. Doch das war Runde zwei. Teddy hätte es vielleicht so formuliert, daß nur noch ein paar gute Steher da waren.

In einem Lazy-Boy-Sessel neben dem Fenster saß Teddy selbst. Mit dem Schwanz in der Hand grinste er den zu spät Gekommenen gnadenlos an. Michael schaute weg, weil er fürchtete, sonst gar nicht mehr in Stimmung zu kommen.

Nach einiger Zeit ging es aber doch. Es waren ein paar scharfe Typen da – unter anderem das Teil aus dem Muscle System –, und das Pornovideo war hundertprozentig nach seinem Geschmack. Als sich seine Befangenheit gelegt hatte, kostete er nach und nach das so schmerzlich vermißte Gefühl aus, das verlorengegangene Stammesgefühl aus weit zurückliegender Zeit. Es war nicht mehr so wie früher, aber es weckte trotzdem ein paar Erinnerungen.

Es war kurz vor dem Abspritzen, als zwei Männer, die neben Teddys Lazy-Boy-Sessel saßen, aufstanden und aus dem Zimmer gingen. Kurz darauf folgten drei weitere. Vom Flur, wo die Ankleidezeremonien begonnen hatten, drang leichtes Rumoren herüber.

Die heiseren Kommandos und urtümlichen Ächzer aus dem Fernseher paßten überhaupt nicht zu dem Brunch, der jenseits des Bettlakens geplant wurde. «Mach bloß keinen Nudelsalat», sagte jemand ziemlich laut. «Den hast du letztes Mal gemacht, und er hat niemand geschmeckt.»

Die Phantasie fiel zusammen wie ein Pornokartenhaus. Als Teddy durch eine Schiebetür ins Eßzimmer verschwand, machte Michael ihn mit einem kläglichen Grinsen auf sich aufmerksam. Teddy beugte sich zu ihm hinunter und flüsterte ihm ins Ohr: «Es gibt nichts Exzentrischeres, als wenn man zu einer Jack-off-Party zu spät kommt.»

Es waren noch zwei andere Männer im Zimmer. Der eine, der Kraftprotz aus dem Muscle System, starrte mit unerschütterlicher Zielstrebigkeit auf den Bildschirm; mit der gleichen Intensität beobachtete der andere Michael dabei, wie er den Kraftprotz beobachtete. Michael fand, daß das zu intim wurde, stellte alle Bemühungen ein und verließ das Zimmer.

Er zog sich eilig an, vermied dabei jede Unterhaltung, erinnerte sich dann aber seiner guten Manieren und bedankte sich beim Gastgeber. Als er die Noe Street zu seinem Auto hinunterging, blieb er lang genug stehen, um die rötlichen Reste eines Sonnenuntergangs hinter den Twin Peaks zu bewundern.

Unten an der Ecke Eighteenth und Castro konnte er immer noch Musik hören.

Ein hübsches Angebot

Wren Douglas und der Chauffeur hatten sich den Sonnenuntergang von Wrens großem Bett im Fairmont aus angesehen. Der Himmel in der Farbe einer heranreifenden Nektarine war der perfekte Hintergrund für ihre postkoitalen Kuscheleien gewesen.

«Ist das oft so?» fragte sie.

«Manchmal», erwiderte er. «Wenn es so warm ist wie jetzt.»

Träge massierte sie ihm mit den Fingerspitzen die Schläfen und arbeitete sich in seine Haare vor. Er gab ein leises nachgemachtes Stallone-Stöhnen von sich und suchte für seinen Kopf einen neuen Platz auf ihrer Brust, als würde er sich in ein Kissen hineinwühlen. Seine dunklen Locken rochen intensiv nach Tenax.

«Das wäre ein fabelhafter Schluß», sagte sie. «Der Nachspann muß über diesen Sonnenuntergang laufen. Und damit endete die Promotiontour.»

«Noch zwei Städte», murmelte er.

Sie rügte ihn mit einem Klaps auf die Wange. «Erinner mich nicht.»

«Portland und Seattle, stimmt's?»

«Ja.»

«Hast du keine Lust?»

«Ich hab zu gar nichts Lust», sagte sie. «Ich will nur rumliegen und faulenzen.»

Das Telefon auf dem Nachttisch schrillte in ihre Träumerei. «Das ist mein Werbeberater», sagte sie. «Da wett ich drauf.» Mit der einen Hand kraulte sie weiter die Locken des Fahrers, mit der anderen griff sie nach dem Hörer und blaffte hinein: «Ja, Nicholas, mein Schatz, ich lebe noch und bin noch im Zeitplan.»

Da weder eine schlagfertige Antwort noch das verräterische Meckerlachen des polypengeplagten Nicholas folgte, wußte sie, daß ihre Vermutung nicht stimmte. Schließlich sagte der

Anrufer: «Entschuldigen Sie. Ich versuche, Miss Douglas zu erreichen . . . Miss Wren Douglas.»

«Die ist auch dran», erwiderte sie. «Ich hab Sie für jemand anderen gehalten.»

«Ach so», sagte der Anrufer.

«Was kann ich für Sie tun?»

«Tja . . . ich würde gerne etwas Geschäftliches mit Ihnen besprechen. Mein Name ist Roger Manigault. Ich bin der Vorstandsvorsitzende von Pacific Excelsior.»

Excelsior? Wie? Dieses Verpackungsmaterial? Wie könnte eine Dicke einer Verpackungsfirma nutzen? «Tut mir leid», sagte sie. «Nie gehört.» Mit dem freien Zeigefinger zog sie das fleischige Lippenoval des Fahrers nach und schob ihm den Finger in den Mund. Er lutschte gehorsam.

«Wir stellen Wabenaluminium her», klärte der Anrufer sie auf. «Unter anderm.»

Sie hatte keine Ahnung, was Wabenaluminium war, und es interessierte sie auch nicht. «Ach so . . . klar. Dann geb ich Ihnen doch die Nummer meiner Agentin. Der erzählen Sie dann, was Sie sich vorstellen. Es ist gerade kein sehr günstiger Moment, um . . .»

«Ich bin im Foyer, Miss Douglas. Ich weiß, das ist etwas ungehörig, aber . . . die Angelegenheit ist dringend. Wenn Sie mir nur zehn Minuten Ihrer Zeit schenken würden.»

Sie musterte die klassischen Züge des gefallenen Pompejaners, der an ihrer Brust lag. «Hören Sie, Mr. . . . Soundso. Wenn Sie mich vielleicht morgen . . .»

«Es ist ein hübsches Honorar damit verbunden.»

Sie zögerte kurz, dachte an ihren Schuhfimmel und stellte sich vor, wie ihr Chicagoer Loft mit rosa Neonschlangen um die Fenster aussehen würde. «Ach, ja?» sagte sie. «Wie hübsch?»

Der Fahrer schaute zu ihr hoch. Seine Augen verengten sich zu Schlitzen. Sie lächelte affektiert und spielte mit seinem Ohrläppchen.

«Fünftausend Dollar», sagte der Anrufer. «Für drei, vier Tage.»

«Hören Sie, Mr. . . .»
«Dann zehntausend.»
Sie legte die Hand auf den Hörer und sagte zu dem Fahrer: «Würdest du mir meinen Filofax holen, Süßer? Ich glaub, er liegt im anderen Zimmer.»
Der Fahrer schaute verwirrt drein.
«Meinen Notizkalender», erklärte sie ihm. «Er ist in irgendeiner Schublade. Schau einfach nach, okay?»
Als er draußen war, nahm sie die Hand weg und sagte: «Hören Sie, gehört zu dem Geschäft auch Sex?»
Der Anrufer war auf diese Frage offenbar vorbereitet. «Nein», sagte er ruhig und ohne zu zögern. «Ich kann die Angelegenheit besser erklären, wenn wir uns hier unten treffen. Ich bin im Cirque Room.»
«Was ist das?»
«Die Bar», erwiderte er. «Im Foyer.»
«Schön. In fünfzehn Minuten. Wie sehen Sie aus?»
«Äh . . .» Er zögerte einen Moment. «Ich trage einen grauen Nadelstreifenanzug . . . und ich habe weiße Haare und einen weißen Schnauzer.»
«Ich find Sie schon.» Sie legte auf.
Der Fahrer stand mit ihrem Filofax in der Tür. «Hast du das Ding gemeint?»
«Genau», sagte sie.
Er legte den Filofax auf den Nachttisch und hüpfte zu ihr unter die Decke. «Was soll der Scheiß mit dem ‹hübsch›?»
«Es geht um ein hübsches *Angebot*», erwiderte sie und kniff ihn in die Wange, «nicht um einen hübschen Mann. Werd nicht gleich eifersüchtig, mein süßer Neapolitaner.»
«Was ist das für ein Angebot?»
«Keine Ahnung», sagte sie und kletterte aus dem Bett. «Aber ich werd's gleich rausfinden.»
Nach einigem Hin und Her zog sie ein hellblaues Matrosenkleid mit Puffärmeln und tiefgezogener Taille an. Es war schick und schicklich zugleich (weil nicht aufdringlich sexy) und deshalb genau das Richtige für einen Geschäftstermin.

Als sie die große weiche Schleife band, sagte der Fahrer vom Bett aus träge: «Kommst du wieder?»

«Und ob. Willst du dableiben?»

Er nickte. «Wie lang?»

«Keine Ahnung. Er ist in der Bar unten. ’ne Stunde oder so vielleicht.» Sie tätschelte die Schleife zurecht und drehte sich dann zu ihm um. «Wartet deine Frau nicht auf dich?»

Er schüttelte den Kopf. «Die hat heute Elternverein.»

Sie schlüpfte in die Schuhe und schnappte sich auf dem Weg zur Tür die Handtasche. «Halt das Bett warm. Wenn du Hunger kriegst, im Kühlschrank gibt’s Champagner und Almond Roca.»

Es fiel ihr nicht schwer, ihren Anrufer im Cirque Room ausfindig zu machen. Steif wie ein Ladestock saß er auf einer Polsterbank in der Ecke und wirkte von seiner Erscheinung her dermaßen militärisch, daß sie fast schon erwartete, auf seinem Anzug Epauletten vorzufinden. Sie schätzte ihn auf ungefähr siebzig.

Er sprang auf, als er sie kommen sah. Dieses Bemühen um Ritterlichkeit – oder zumindest um *seine* Vorstellung von Ritterlichkeit – war entschieden gewinnender, als sie gedacht hätte. Sie lächelte ihm zu, kniete sich neben das Glas, das er vom Tisch gestoßen hatte, und klaubte die herumliegenden Eiswürfel auf.

«Bitte», sagte er mit zunehmender Nervosität, «tun Sie das nicht.»

Sie blickte zu ihm hoch. «Warum nicht, verdammt noch mal?»

Eine Kellnerin tauchte auf. «Hat es hier ein kleines Malheur gegeben?»

«Ich bin vielleicht ein Trampel», sagte Wren und sah zu der Kellnerin hoch. «Man sollte meinen, daß ich mich setzen kann, ohne den Drink des Herrn runterzuschmeißen.»

Die Kellnerin nahm ihr das Glas ab und schaute zu dem alten Mann. «Was hatten Sie, Sir? Ich bringe Ihnen einen neuen Drink.»

«Scotch mit Wasser», antwortete er. «Und was die Dame haben möchte.»

Während sie sich setzte, beschloß sie, daß etwas Hartes angebracht war. »Ich nehme das gleiche», sagte sie und wandte sich wieder dem Mann zu. «Ihr Name sagt mir gar nichts.»

Er verstand nicht.

«Pacific Excelsior», erklärte sie. «Ich hab gedacht, Excelsior ist Verpackungsstroh.»

«Ach so . . . nein. In diesem Fall ist es ein lateinisches Wort und bedeutet ‹immer nach oben›.»

Sie zwinkerte ihm zu. «Hab ich's doch gewußt.» Sie streckte die Hand aus und wartete, bis er sie schüttelte. «Wren Douglas», sagte sie. «Und Ihr Name war noch mal . . .?»

«Boo . . . Roger Manigault.»

«Boo-Roger. Interessant. Den Namen hab ich noch nie gehört.»

Er lächelte zum erstenmal. «Einige Freunde nennen mich Booter. Das bin ich gewöhnt.»

«Booter, hm? Warum?»

«Ich habe Football gespielt», antwortete er. «Vor ewigen Zeiten. In Stanford.»

«Ich find den Namen hübsch. Darf ich Sie so nennen?»

«Wenn Sie möchten.»

Sie legte die Hände mit den Handflächen nach unten auf den Tisch und strich die nicht vorhandene Tischdecke glatt. «Also . . . was soll das mit den zehntausend Dollar?»

Er zögerte, bevor er sagte: «Ich habe . . . na ja, eine sehr komfortable Hütte oben in den Redwoods. Ich möchte, daß Sie dort ein paar Tage mein Gast sind.»

Sie musterte ihn eine Zeitlang und ließ dann ein mitleidiges, sehr weltliches Glucksen hören.

«Ich bin anständig», sagte er und wurde merkbar rot.

Sie schüttelte bedächtig den Kopf. «Sie haben mich angelogen, Booter. Sie unartiger Junge, Sie.»

«Ich wollte, daß Sie mich kennenlernen. Bevor sie nein sagen.»

«Bleiben sie auf dem Teppich!» sagte sie, als gerade die Kellnerin mit den Drinks kam. Sie hielt sich einige Zeit an ihrem Glas fest, sagte nichts und betrachtete ihn aus den Augenwinkeln.

«Ich habe so etwas noch nie gemacht», sagte er.

«Wie tröstlich», antwortete sie trocken.

«Glauben Sie, ich würde . . . so etwas tun, wenn . . .»

«Wo haben Sie mich gesehen?» fragte sie.

Er schaute irritiert. «Was meinen Sie?»

«Was war der Auslöser?» Sie lachte. «Ich meine, zehntausend Dollar, Booter. Das ist keine Hurerei mehr, das ist . . . mein Gott, ich weiß nicht, was das ist.»

«Sie sind keine Hure», sagte er geknickt.

«Beantworten Sie meine Frage.»

Er schaute auf sein Glas. «Ich habe Ihr Foto in der *Newsweek* gesehen. Und ich finde, Sie sind eine außergewöhnlich schöne Frau.»

Sie nickte langsam. «Also haben Sie mein Buch gelesen und beschlossen: Scheiß drauf . . . ich versuch's einfach mal.»

«Nein», sagte er.

«Was?»

«Ich habe Ihr Buch nicht gelesen.»

Sie zuckte zurück, war zum erstenmal an dem Abend pikiert.

«Ich bin sehr beschäftigt», erklärte er entschuldigend. «Es bleibt Zeit für ein bißchen Louis L'Amour, aber sonst für kaum etwas.»

«Sind Sie verheiratet?» fragte sie.

«Ja.»

«Und Sie sind wirklich . . . na ja . . . Vorstandsvorsitzender und so?»

«Sie können es gerne nachprüfen», sagte er. «Ich bin kein Verrückter.» Er sah sie ernst an. «Es tut mir leid, falls ich Sie beleidigt habe. Ich bin zwar ein reicher, aber kein junger Mann mehr. Ich wollte, daß es sich für Sie lohnt.»

«Ach, bitte», murmelte sie und verdrehte die Augen.

Er stand auf. «Vergessen wir, daß ich . . .»

«Setzen Sie sich», befahl sie und packte seine Hand. Sie war groß, fleischig und überraschend kräftig.

Er gehorchte.

«Wie alt sind Sie?» fragte sie.

«Einundsiebzig», erwiderte er.

«Ich hatte schon Liebhaber in dem Alter», sagte sie. «Wenn Sie mein Buch gelesen hätten, wüßten Sie das.»

Ein Generationskonflikt

Brians Neffe entpuppte sich als schlaksiger Rotschopf, dem Wet Look ebenso nüchtern und bewußt ergeben wie einst Brian dem Dry Look. Jed war ein Durchschnittskind, das nur durch eine leise Ahnung von aktueller Teeniemode knapp an der Trotteligkeit vorbeischrammte. (Er stand auf mehrfarbige knöchelhohe Reeboks, und unter seinen Rundausschnittpullovern hingen die Hemdzipfel heraus.)

Aus irgendeinem Grund tat er Brian ein bißchen leid.

«Dann», sagte er eines Abends nach dem Essen, «kommst du jetzt ins zweite Studienjahr, hm?»

Jed nickte und putzte das letzte Stück Pizza weg. Sie saßen an einem Klapptisch, den Mrs. Madrigal aus dem Keller hochgeschleppt hatte. Bis auf ein Bücherregal und ein ramponiertes Sofa war er das einzige Möbel in dem von Kerzen erhellten Zimmer. Hier und da hatte die Vermieterin die Kargheit mit Marmeladengläsern voller gelber Rosen aus ihrem Garten gemildert.

«Ich erinner mich noch gut an mein zweites Studienjahr», versuchte Brian, das Kind aus der Reserve zu locken. «Ich hab nur rumgevögelt. Das schreckliche erste Jahr hatte ich hinter mir, und die Mädchen wurden immer interessanter.»

Keine Reaktion. Null.

Er versuchte es erneut: «Das ist doch wahrscheinlich heute auch noch so, hm?»

Jed wog seine Worte sorgfältig ab. «Ich geh manchmal auf Parties», sagte er, «aber ich muß meine guten Noten halten, wenn ich auf dem Arbeitsmarkt bestehen will.»

Ach so, klar, dachte Brian. Gesprochen wie eine staatliche Propagandamaschine.

«Cissie und ich haben einen Plan aufgestellt.»

«Cissie ist dein Mädchen?»

Das Kind nickte. «Wir wollen heiraten, sobald ich im Hauptstudium bin, und eine Familie gründen und so. Aber das kostet Geld, und drum ist es wohl besser, wenn ich in der Zwischenprüfung mindestens drei Komma sechs Punkte mache, sonst nimmt mich nämlich die Harvard Law School nicht. Die renommierten Firmen nehmen nie Leute von den . . . na ja, von den zweitklassigen Jurafakultäten.»

Brian unterdrückte den Drang, sich den Finger in den Hals zu stecken.

«Man muß vorausplanen», schob Jed nach. «Eine Familie kostet Geld.»

«Klar.»

«Aber *dir* brauch ich das natürlich nicht zu erzählen. Denk nur dran, wie lang Mary Ann und du haben warten müssen.»

Brian kam zu dem Schluß, daß diese Bemerkung weniger gehässig als naiv war. «Wir haben nicht warten müssen», sagte er ruhig. «Wir haben es so gewollt. Bei unserer Heirat waren wir beide über dreißig.»

«Boah», sagte Jed, als müßte er einen Eintrag aus dem *Guiness Buch der Rekorde* verdauen.

Brian ging in die Offensive. Er war fest entschlossen, das Kind zu entkrampfen. «Meine Junggesellenzeit hab ich genossen. Ich hab damals verdammt viel gelernt über mich und die Welt. Und ich glaub, daß ich dadurch ein besserer Ehemann geworden bin.»

«Ja», sagte Jed, «aber war dein Leben da nicht irgendwie . . . leer?»

«Nein. Verdammt noch mal, nein.» Das stimmte nicht ganz, aber ihm ging der schnöselige Ton des Kinds auf die Nerven. «Ich war ein unabhängiger Mensch. Und ich bin unter anderem durch den Sex dazu geworden.»

Angesichts einer so hoffnungslos altmodischen Auffassung lächelte Jed nachsichtig.

«Bestimmt», sagte Brian. «Hast du nicht auch . . . deine Verantwortung für dich selber stärker gespürt nach dem ersten Fick mit einem Mädchen?»

Das Kind zupfte am Bund seines Pullovers. «Es hat für mich nie ein anderes Mädchen als Cissie gegeben.»

«Okay, dann . . . nach dem ersten Fick mit Cissie.»

Schweigen.

Brian musterte das Gesicht seines Neffen, auf dem sich die schreckliche Wahrheit ausbreitete wie Akne. «O Gott, entschuldige . . . ich wollte nicht . . . ich meine, viele Jungs . . .»

Das matte Lächeln, mit dem Jed diesmal auf sein Gestammel reagierte, war noch selbstgefälliger als beim erstenmal. «Es ist eine Frage der Entscheidung, Brian.»

«Ach so . . . tja . . .»

«Wir halten nichts von vorehelichem Sex. Beide nicht.»

Vorehelicher Sex? Er konnte sich nicht erinnern, diesen Begriff seit den frühen Sechzigern je wieder gehört zu haben. Damals hatte man angefangen, das ehemals gewagte Gesprächsthema von High-School-Debattierclubs als überholt anzusehen. Wer war dieses Miststück Cissie überhaupt? Woher nahm sie das Recht, diesem unschuldigen Kind ein Leben in ehelicher Knechtschaft aufzuzwingen?

«Jed . . . hör mal, Mann . . . vielleicht geht mich das ja nichts an, aber ich glaub, du machst einen schweren Fehler. Ein bißchen Rumexperimentieren hat noch niemand geschadet. Das schuldest du dir selber, Junge. Wie kannst du dir bei Cissie sicher sein, wenn . . .»

«Ich bin mir sicher, Brian. Klar?»

Brian schüttelte den Kopf. «Völlig unmöglich. Du bist zu jung. Du hast noch nicht genug gelebt.»

«One-night-stands interessieren mich nicht», sagte Jed.

«Du hast Angst», hielt Brian dagegen, «und das ist ganz in Ordnung. Das erste Mal ist für jeden . . .»

«Die Zeiten haben sich geändert, Brian. Deine Generation hat das anders gesehen.»

Oder die deiner Mutter, dachte Brian. Sunny hatte vier Liebhaber und eine Abtreibung hinter sich gebracht, bevor sie schließlich Jed bekommen hatte. Wie hatte sich das Leben in zwanzig Jahren so radikal verändern können? «Ein paar Dinge gelten immer noch», sagte er zu seinem Neffen und hoffte bei Gott, daß das stimmte.

Jed stand auf und steckte die Pizzaschachtel in eine Hefty-Tüte in der Ecke. «Es ist schon spät, Brian.» Es war eine klare Aufforderung an den sich einmischenden Onkel zu gehen.

«Ja», sagte Brian. «Stimmt.» Er stand auf und ging zur Tür. «Wenn du einen Fremdenführer brauchst oder so . . . ich bin oben im Summit. Und Mrs. Madrigal läßt bestellen, daß sie dir gern alle Fragen über das Viertel hier beantwortet.»

«Kein Bedarf», sagte Jed. «Die ist viel zu abgedreht.»

Brian machte sich nicht die Mühe, ihn zu rüffeln. Warum sollte er seine Kraft an dieses verklemmte kleine Arschloch verschwenden?

Zehn Minuten später fragte Mary Ann ihn im Summit, wie das Essen gelaufen sei.

«Schauerlich», antwortete er.

«Tja, hoffentlich warst du auch nett zu ihm.»

Er schaute sie mürrisch an. «Ich war nett zu ihm. Aber er nicht zu mir.»

«Was heißt das?»

«Ich weiß nicht», sagte er. «Er ist ungehobelt und zugeknöpft.» Er sah keinen Sinn darin, die Geschichte von der Jungfräulichkeit auszubreiten. Mary Ann hätte sie zweifellos nur «niedlich» gefunden.

«Er ist halt noch jung», sagte sie und steckte ihr Geschirr in den Geschirrspüler.

Ihre falsche Großzügigkeit ärgerte ihn. «Soll ich ihn zu uns einladen?»

«Nein», antwortete sie zurückhaltend. «Nicht, wenn du ihn für . . . schwierig hältst.»

«Dann spar dir deine Platitüden, ja? Das Kind ist ein Arschloch.»

Sie machte den Geschirrspüler zu und schaute ihn an. «Was hast du denn, Brian?»

Eine verdammt gute Frage. Er hatte noch Kopfschmerzen, und in seinem Bauch tat sich Merkwürdiges. War diese unheimliche Müdigkeit eine Folge der Grippe? Oder nur eine Folge seiner zweiundvierzig Jahre? Hegte er deshalb solchen Groll gegen Jeds unverbrauchte Jugend?

«Entschuldige», sagte er schließlich. «Mir tut der Kopf weh. Ich hab mir wohl einen Bazillus eingefangen.»

Sie runzelte die Stirn und fühlte ihm die Temperatur. «Du hast aber kein Fieber.»

Er zuckte mit den Schultern und drehte sich weg.

«Ich mach uns eine heiße Schokolade», sagte sie. «Und du legst die Beine hoch.»

«Nein, danke.»

«Komm schon», sagte sie. «Sei nicht so mürrisch. Es ist zuckerfreie.»

Der stummgeschaltete Fernseher gab den lodernden Kamin ab, während sie ihm die Füße massierte. «Ach so», sagte sie nach langer Stille, «DeDe hat heute nachmittag angerufen. Sie und D'or möchten, daß wir am Sonntag rauskommen und mit ihnen in den Pool hüpfen.»

Sein Grunzen signalisierte weder ja noch nein. Die zunehmenden Vertraulichkeiten zwischen seiner Frau und den Halcyon-Wilsons erregten sein Mißtrauen, und zwar nicht, weil die beiden lesbisch waren, sondern weil sie reich waren und zur besseren Gesellschaft gehörten. Und daß Mary Ann nur *darauf* abfuhr, da war er sich fast sicher.

«Ich hab gedacht, es wär für Shawna ganz nett», fügte sie

hinzu und zupfte versöhnlich an seinem kleinen Zeh. «Ich weiß, daß du die beiden nicht gerade toll findest, aber der Pool ist absolut Spitze.»

«Na und?» sagte er.

«Komm doch», säuselte sie. «Sei nicht so.»

«Von mir aus. Fahren wir. Vielleicht bin ich bis dahin ja schon sterbenskrank . . .»

«Ach, du armer Junge.» Sie drückte die Daumen in das Gewölbe seines Fußes. «Bis dahin geht's dir wieder besser, und . . .»

Das Klingeln des Telefons brachte sie zum Schweigen.

Brian griff nach dem Apparat. «Ja?»

«Ich bin's, Brian. Jed.»

«Oh . . . ja.»

«Ich wollte mich nur bei dir bedanken, daß du mit der Pizza vorbeigekommen bist. Und für die Wohnung und so. Das war Rettung in der Not.»

«Na ja . . . klar doch. Kein Problem.»

«Du bist ein toller Onkel. Ich versteh jetzt, warum Mom dich so mag.»

«He . . . war doch selbstverständlich. Wir machen das wieder, hm?»

«Einverstanden», sagte das Kind.

«Toll. Dann . . . was? . . . rufen wir morgen noch mal durch?»

«Aber klar.»

Brian legte auf.

«Jed?» fragte Mary Ann.

Er nickte.

«Wenigstens hat er Manieren», sagte sie. «Das mußt du zugeben.»

«Ja», sagte er und holte im Geiste die Flinte zurück, die er so früh ins Korn geworfen hatte. Das Kind war schließlich Fleisch von seinem Fleisch. Jed hatte eine zweite Chance verdient.

Vielleicht brauchte er auch nur einen guten Fick.

Damenabend

Die Halcyon-Wilsons aßen an dem Abend im Le Trou, einem kleinen französischen Restaurant in der Guerrero Street.

«Es heißt ‹Das Loch›», sagte D'orothea.

DeDe, die sich gerade die Lippen nachzog, schaute übertrieben erschrocken auf. «Igitt. Was heißt so?»

«Das Restaurant hier», sagte D'orothea. «Aber sei nicht so misogynistisch.»

«Misogyn», sagte DeDe.

«Was?»

«Frauenfeindlich heißt richtig ‹misogyn›, wenn du mir den Vorwurf schon machst. Aber ich seh nicht, wie . . .»

«Du hast einen Löcherwitz gemacht», sagte D'orothea. «Findest du das nicht herabwürdigend?»

«Hör mal, *du* hast das aufgebracht. Außerdem machst du in einer Tour Mösenwitze.»

D'orothea stocherte mürrisch in ihrer *bijane aux fraises* herum. «Möse ist freundlich. Loch nicht.»

Die Frau vom Nebentisch sah stirnrunzelnd zu ihnen hinüber.

«Schrei's doch in die Welt hinaus», murmelte DeDe. «Nein, noch besser, mach dir ein Spruchband: ‹Möse ist freundlich. Loch nicht.›»

«*Schon* gut», sagte D'or.

«Du bist nur sauer auf mich, weil ich nicht zu Wimminwood fahren will.»

«Tja . . . *das* deutet ja wohl auch auf dein Grundproblem hin.»

«Auf mein Grundproblem?»

«Auf deinen totalen Widerstand gegen alles, was du nicht . . .»

«Ich hab's dir doch erklärt», sagte DeDe. «Ich hab schon Mary Ann und Brian zum Brunch eingeladen.»

D'or schaute sie finster an. «Das ist nur eine Ausrede. Tatsache ist . . . du hast Angst.»

«Oh, klar», sagte DeDe. «Und wovor?»

«Vor reinen Frauenveranstaltungen.»

DeDe schnaubte verächtlich. «Ich war immerhin in der Junior League.»

D'ors Blick wurde eisig. «Mach dich nicht darüber lustig. Das dulde ich nicht. Wimminwood bedeutet mir sehr viel.»

«Du warst doch noch nicht mal da.»

«Ich war bei dem in Michigan. Ich weiß, wie's da ist, ja? Wimminwood ist ein Teil von mir, und es ist . . . was sehr Bedeutendes, das ich mit dir zusammen erleben möchte.»

DeDe stocherte in ihrem Dessert herum. «Das hast du mir schon mal erzählt. Bevor wir nach Guyana gefahren sind.»

Ihre Geliebte warf ihr einen langen, sengenden Blick zu. «Das war gemein.»

DeDe fühlte sich getadelt und schaute zur Seite.

«Du wirst immer mehr wie deine Mutter», fügte D'or finster hinzu. «Findest du das etwa toll?»

«Von wegen gemein», sagte DeDe.

D'or zuckte mit den Schultern. «Es ist die Wahrheit.»

«Das *stimmt* nicht. Ich bin überhaupt nicht wie sie.»

«Na, wenigstens betreibst du keinen Substanzmißbrauch.» Schon allein der Begriff war reines Lesbianesisch und stand für alles, was DeDe an D'ors in neuer Blüte stehendem Bewußtsein abstieß.

«Ach, D'or. Kannst du nicht einfach sagen, daß sie säuft, und es damit gut sein lassen?»

Das war ein bißchen grob, fand DeDe selbst. Ihre seit neun Jahren verwitwete Mutter hatte heldinnenhaft gegen die Flasche gekämpft und bis zu ihrer Wiederverheiratung 1984 nie ganz kapituliert.

Seit DeDe denken konnte, hatten sie mit ihrem Stiefvater in Hillsborough Tür an Tür gewohnt. (Das heißt, seine Tennisplätze grenzten an den Obstgarten von Halcyon Hill.) Ihre Mutter hatte ihn neun Monate nach dem Tod seiner ersten Frau geheiratet und war in sein weitläufiges Nachkriegsranchhaus gezogen.

Als Konsequenz daraus wohnten in dem nachgemachten Tudorkasten Halcyon Hill nur noch DeDe, D'orothea und die Kinder. Das war allen mehr als recht so, denn DeDes Mutter und D'or standen sowieso auf Kriegsfuß, und der neue Mann ihrer Mutter hatte nicht die geringste Absicht, mit seiner lesbischen Stieftochter und deren acht Jahre alten halbchinesischen Zwillingen unter einem Dach zu leben.

In stillschweigendem Einvernehmen tranken sie sich im Baybrick Inn mit Weißweinschorle einen Schwips an.

Als die Vorstellung anfing, kam eine kräftige Stripperin in voller Polizeiuniform geradewegs auf ihren Tisch zu, wobei sie unablässig mit den Hüften rollte und Beckenstöße machte. DeDe kicherte wie blöd, als das Bullenweib mit dem Schlagstock obszöne Gesten machte.

«Hast du das arrangiert?» fragte sie ihre Geliebte.

In D'ors Augen glitzerte der Schalk. *«Moi?»*

«Das zahl ich dir heim. Das schwör ich dir.»

«Sie wartet. Gib ihr was.»

Angestachelt von hundert brüllenden Frauen, wetzte die Stripperin auf der Rückenlehne von DeDes Sessel hin und her.

«Du meinst Geld?»

«Natürlich Geld!»

Die Bullenfrau schnallte den Helm ab und hielt ihn DeDe hin, die bereits hektisch in ihrer Handtasche wühlte. Die Menge tobte. «D'or . . . wieviel?»

«Den Zwanziger.»

«Ist das nicht ein bißchen . . .?»

«Er geht an die Aids-Hilfe. Gib ihr das Geld.»

Unter tosendem Applaus legte sie den Geldschein in den Helm. Um sich erkenntlich zu zeigen, beugte sich die Bullenfrau vor und steckte DeDe die Zunge ins Ohr.

«Du hast zutiefst leidend ausgesehen», erzählte D'or ihr, als sie später in ihrem großen Buick Kombi nach Hillsborough zurückfuhren. «Schade, daß ich kein Foto davon habe.»

DeDe lachte mit ihr mit. «Gott sei Dank, daß du keins hast.»

Als sie die Lichter der Stadt hinter sich gelassen hatten und der Highway zu einem dunklen Band quer durch die Hügel wurde, hörten sie für den Rest des Wegs zu reden auf. DeDe warf von Zeit zu Zeit verstohlene Blicke auf die impulsive und liebevolle Frau am Steuer.

«D'or?» sagte sie schließlich.

«Ja?»

«Könnten wir die Kinder mitnehmen?»

«Wohin?»

«Zu Wimminwood.»

D'or drehte sich um und lächelte sie schläfrig an. «Klar.»

«Na . . . vielleicht hast du ja recht. Vielleicht würd es uns ganz gut tun.»

«Im Ernst?»

«Ja. Also . . . ich bin bereit, es mal zu probieren.»

D'or streckte die Hand aus und drückte DeDes Bein. «Ich hab mir schon gedacht, daß die Stripperin dich rumkriegt.»

Ihre Babysitterin war eine langbeinige Studienanfängerin vom Foothill Community College. Als sie nach Hause kamen, sah sie sich *Love Letters* auf Video an. Sie hatten sich den Film einzig und allein zugelegt, um Jamie Lee Curtis' nackten Körper zu beäugen, weshalb DeDe das unangenehme Gefühl hatte, daß man in ihre Privatsphäre eingedrungen war.

Die Babysitterin schien allerdings völlig unempfänglich zu sein für die glühende Erotik auf der Mattscheibe. «So was Lahmes», sagte sie, ohne aufzustehen.

D'or grinste DeDe verrucht an, als diese sagte: «Tja, ihr beide könnt ja abrechnen. Ich schau noch kurz bei den Kindern rein.»

Die Kinder waren der Welt entrückt und lagen in ihren Betten wie Stoffpuppen. Ihre mandeläugigen Gesichter wirkten glatter und runder als je zuvor und schimmerten im hellen Sommermondschein wie Elfenbein.

Ein bißchen gesunde Bewegung im Wald würde den beiden

guttun, sagte sie sich. Bei Wimminwood würde es noch andere Kinder geben, Spielkameraden mit ähnlichen familiären Umständen. Eine bessere Unterstützung konnte sie für die beiden gar nicht finden.

Sie strich Edgars Decke glatt, beugte sich vor und küßte ihn auf die Stirn. Sofort sprangen seine Augen auf.

«Du hast gar nicht geschlafen», flüsterte sie.

«War's schön?» fragte er.

«Ja, mein Schatz.» Sie setzte sich auf die Bettkante und strich im die Haare aus der Stirn. «Und bei dir?»

«Die Babysitterin ist eine blöde Kuh», sagte er.

«Warum?»

«Sie mag David Lee Roth.»

«Aber du hast es ihr nicht schwergemacht, oder?»

Er schüttelte den Kopf.

«Schlaf jetzt. Morgen erzähl ich dir dann von einem tollen Ausflug an den Russian River, den wir machen werden.»

«D'or hat mir schon davon erzählt», sagte er.

«Ach ja? Wann?»

«Schon länger mal.»

Sie war nicht überrascht. Es war typisch für D'or, daß sie die Truppen antreten ließ, bevor sie zum Angriff überging.

«Ich kann nicht mit», fügte Edgar hinzu, «weil ich ein Junge bin.»

«Wer hat dir das erzählt?»

«D'or.»

«Na, da muß sie aber einen Witz gemacht haben, mein Schatz.»

«Ich glaub nicht.»

«Dann hast du sie mißverstanden. Wir fahren alle da hin. Ohne dich würden wir nirgendwo hinfahren.» Sie zog ihm die Decke bis unters Kinn hoch. «Schlaf jetzt. Sonst wecken wir Anna noch.»

Mit vor Zorn hochrotem Gesicht ging sie die Treppe in die Diele hinunter. Als sie D'or in der Küche zur Rede stellte, hörte sie, wie der Wagen der Babysitterin in der Einfahrt Kies aufwirbelte. «Hast du Edgar erzählt, daß er nicht mit uns zu Wimminwood kann?»

D'or machte den Kühlschrank auf und nahm eine Zweiliterpackung Milch heraus. «Nein. Natürlich nicht.»

«Hat er aber gesagt.»

«Ich hab's aber nicht gesagt, verdammt noch mal. In Wirklichkeit hab ich ihm genau das Gegenteil erzählt. Ich hab ihm gesagt, daß wir alle dieses Jahr fahren sollten, weil er noch nicht zehn ist.» D'or stellte einen Topf auf den Herd und goß Milch hinein.

«Und?» drängte DeDe.

«Und . . . daß kleine Jungs nicht mehr mitdürfen, wenn sie mal zehn sind. Das ist so Vorschrift, DeDe. Ich wollte es nur klarstellen. Kinder können Vorschriften durchaus verstehen.»

«Und das kann ich nicht leiden. Genau das kann ich nicht leiden.»

«Ach, komm.»

«Dieser doktrinäre Scheißdreck, dieser . . . dieser . . .»

«Willst du einen Kakao?»

«Du hast Edgar verletzt, D'or. Ein kleiner Junge versteht nicht, was an seinem Glied so bedrohlich sein soll.»

«Ich werd mit ihm reden . . . einverstanden?»

«Wann?»

D'or öffnete den Küchenschrank, nahm eine Dose mit Kakao heraus und drückte sie DeDe in die Hand. «Mach uns welchen und bring ihn ins Schlafzimmer. Ich komm dann auch gleich.»

DeDe war noch immer wütend, als D'or schließlich zu ihr ins Bett kam. «Wie geht's ihm?» fragte sie.

«Na, gut», sagte D'or.

«Was hast du ihm erzählt?»

«Ich hab ihm erzählt, daß man die Vorschrift über die zehnjährigen Jungs gemacht hat, weil ein zehnjähriger Junge schon fast ein Mann ist und Männer im Grunde alle Vergewaltiger sind.»

«D'or, verdammt noch mal!»

«Schon gut. Mein Gott . . . schlag mich nicht.»

«Dann sag mir, was du ihm erzählt hast.»

«Ich hab ihm erzählt, daß ich die ganze Schose falsch erklärt habe.»

«Ist das alles?»

«Nein. Ich hab ihm gesagt, daß es ohne ihn überhaupt keinen Spaß machen würde und daß ich ihn genauso liebhabe wie du. Dann ist Anna wach geworden und hat mich gefragt, was Smegma ist.»

«Was?»

«Das Gör von den Atkins hat heute Smegma zu ihr gesagt.»

DeDe stöhnte. «Dieses kleine Luder hat die versauteste . . .» Das Telefon klingelte, bevor sie ihre Tirade beenden konnte. D'or hob ab, murmelte: «Hallo», und gab den Hörer an DeDe weiter. «Deine Mutter», sagte sie grinsend. «Frag sie, was Smegma ist.»

DeDe sah sie böse an und redete dann in den Hörer. «Hallo, Mutter.»

«Sprich nicht in diesem Ton mit mir.»

«In welchem Ton? Ich hab nur hallo gesagt.»

«Ich weiß genau, wann du höhnisch bist, Schatz.»

«Es ist nach Mitternacht, Mutter.»

«Tja, ich hätte dich ja früher angerufen, aber ich hatte so viel zu tun.» Das «zu tun» klang eher wie «dschu tun».

«Na, dann leg mal los», sagte DeDe.

«Habt ihr schon geschlafen?»

«Nein, aber wir liegen im Bett.»

«Werd nicht vulgär, DeDe.»

«Mutter . . .»

«Also gut. Ich ruf an, um zu fragen, ob du und D'orothea am Sonntag zum Mittagessen kommen würdet. Mit den Kindern natürlich.»

«Das ist wirklich nett, Mutter, aber wir haben schon was anderes vor. Ich hab selber Leute zum Mittagessen eingeladen, aber ich sag alles wieder ab.»

D'or lächelte siegestrunken, streckte dann die Hand aus und streichelte DeDes Schenkel.

Ihre Mutter ließ nicht locker. «Ach, Schatz, bitte sag ja. Ich bin sonst ganz allein.»

«Warum?» fragte DeDe. «Wo will Booter hin?»

«In den Grove», sagte ihre Mutter bitter.

«Oh. Ist es wieder soweit?»

«Ist dir bewußt», sagte ihre Mutter, «wie oft ich schon Grovewitwe war? Ich hab's nachgezählt. Zweiunddreißigmal. Das ist nicht in Ordnung.»

DeDe hatte dieses Rührstück ihr Leben lang gehört. Die Grovewitwen, wie man sie allseits nannte, waren mit Mitgliedern des Bohemian Club verheiratet und wurden von ihren Männern für die Dauer ihres zweiwöchigen Lagers im Bohemian Grove zu Hause sitzengelassen. Der Grove war eine Art Sommerlager für die ältlichen Mitglieder der gehobenen Gesellschaft, eine reine Männerenklave in den Redwoods, deren geheime Bruderschaftsrituale fast ein Jahrhundert alt waren.

DeDes Vater hatte den Grove abgöttisch geliebt und bei ihrer Mutter während des jährlichen Trennungsmartyriums für akute Depressionsschübe gesorgt. Da der neue Mann ihrer Mutter auch Grovefanatiker war, hatten die Leiden nicht nachgelassen. «Du hättest einen Kleinbürger heiraten sollen», sagte DeDe zu ihr.

«Das ist überhaupt nicht lustig.»

«Tja, was würdest du denn gern von mir hören?»

«Ich würde gerne hören, daß du zum Mittagessen kommst.»

«Mutter . . . wir fahren weg.»

«Wohin?»

«Nur . . . in den Norden hinauf. Wir packen die Kinder in den Kombi, und los geht's.» Das Wimminwood-Gelände lag nur ein paar Kilometer vom Grove flußabwärts, aber die Erwähnung dieses Faktums hätte das Gefühl ihrer Mutter, von der ganzen Familie verlassen zu sein, nur verstärkt.

«Ich mach mir Sorgen um sie», sagte DeDe später zu D'or. «Ich kann mir nicht helfen.»

D'or zog sich die Schlafmaske über die Augen. «Was ist denn diesmal?»

«Ach . . . Booter fährt in den Grove.»

«O Gott», seufzte D'or. «Die Krisen der Reichen.»

«Ja, ja, ich weiß.»

«Das passiert doch jedes Jahr. Warum hat sie sich nichts vorgenommen?»

«Sie hat sich was vorgenommen. Sie hat uns zum Mittagessen eingeladen.» DeDe drehte sich um und schaltete das Licht aus.

«Und jetzt hast du schreckliche Schuldgefühle.»

«Gar nicht wahr.»

D'or schwieg kurz. «Wir könnten sie natürlich auch mitnehmen.»

DeDe knipste das Licht an. *«Was?»*

«Klar. Sie könnte sich mit ihren Schwestern vergnügen . . . und sich den Wind um die Titten wehen lassen. Das würd ihr garantiert gefallen.»

DeDe machte das Licht wieder aus.

D'or gab keine Ruhe. «Arbeitsgruppen zum Thema Truthahnbegießen, S/M-Workshops . . .»

«Halt die *Klappe*, D'or.»

Ihre Geliebte gluckste heiser, kuschelte sich enger an sie und umschlang DeDes Bein mit dem ihren. «Es wird toll, Schatz. Ich kann's kaum erwarten.»

DeDe sagte: «Wir müssen aber nicht oben ohne rumlaufen, oder?»

Erneutes Glucksen.

«Lach nicht. Ich finde, wir sollten drüber reden.»

«Okay», sagte D'or. «Red.»

«Na ja . . . welche Entscheidung wir auch treffen, ich finde, wir sollten uns dran halten.»

«Und das heißt?»

«Daß wir's nur beide tun oder . . . eben . . . beide nicht.»

«Wir könnten ja», sagte D'or, «jede eine Brust freimachen...»

«Ha, ha», sagte DeDe.

«Mensch, was soll der Scheiß?»

DeDe schwieg kurz. «Ich finde einfach, daß es die Kinder verwirren könnte, das ist alles.»

«Was redest du denn da? Die Kinder haben uns schon oft nackt gesehen.»

«Ich weiß, aber . . . wenn eine von uns oben ohne rumläuft und die andere nicht, dann . . .»

«Mit anderen Worten . . . du hast vor, dein Hemd anzubehalten, und hättest gerne, daß ich das auch tue.»

«Okay», sagte DeDe. «Ja.»

«Warum?»

DeDe zögerte. «Wir brauchen . . . na ja, wir brauchen nichts zu beweisen, das ist alles.»

«Wer will denn damit was beweisen?» sagte D'or. «Es ist ein schönes Gefühl. Was ist da schon dran? Letzten Sommer bist du in Cabo überall oben ohne rumgelaufen.»

«Das war was anderes. Cabo war abgeschirmt.»

«Wimminwood ist auch abgeschirmt.»

«Da sind Hunderte, D'or. Das ist nicht abgeschirmt.»

«Aber, es sind doch alles *Frauen*, Herrgott noch mal.»

«Genau», sagte DeDe.

«Wovon redest du überhaupt?» fragte D'or.

Sie redete natürlich von Eifersucht, aber sie konnte sich nicht überwinden, es auch zu sagen.

Was Gutes für Jed

Die Defloration seines Neffen wurde zu Brians Lieblingsprojekt. Nachdem er ein halbes Dutzend Kandidatinnen für diese Aufgabe hatte Revue passieren lassen, blieben noch Jennifer Rabinowitz und Geordie Davies übrig, zwei Golden Oldies aus seinem persönlichen Top Forty. Wie sich herausstellte, besuchte Jennifer gerade ihren Bruder in Nebraska, so daß die Ehre mangels Konkurrenz an Geordie fiel.

Geordie war dreißig und wohnte in der Nähe des Südtors zum Presidio allein in einem Gartenhäuschen. Sie hatten sich eines Abends in der Serramonte Mall kennengelernt, als sie beide Software für ihren Macintosh kauften. Fiebernd vor Geilheit, hatten sie dummes Zeug über Macpaint und Macdraw gequasselt und sich dann rasch auf den Parkplatz zurückgezogen. Er war mit seinem Jeep hinter ihr hergefahren.

Seit dem Abend – der zwei, fast drei Jahre her war – hatte er sie weniger als ein Dutzend Mal in ihrem Häuschen besucht. Weder ihr Liebhaber noch seine Frau hatten ihre Liebesspiele, denen erfrischenderweise jede Verliebtheit fehlte, gestört. Geordie war eine eingefleischte Junggesellin, der ihr Leben gefiel, wie es war.

Das Problem war natürlich, alles einzufädeln, ohne Jed zu verschrecken, aber dazu würde Geordie wohl selber ein paar gute Ideen haben. Als er am Nachmittag in ihrem Häuschen anrief, hatte er ihren Anrufbeantworter dran, der ihn mit der minimalistischen Anweisung überraschte: «Hinterlassen Sie nach dem Piepton ihren Namen und Ihre Nummer.» Normalerweise gab es auf ihrem Band bellende Hunde, alte Shirelles-Songs oder ihren eigenen, ganz und gar nicht lustigen Auftritt als Valley Girl zu hören. Er vermutete, daß sie zu Hause war und nur ranging, wenn sie hörte, wer anrief. Also gab er seiner Stimme den allermännlichsten Klang und nannte seinen Namen und seine Nummer. Es funktionierte nicht, oder sie war nicht da. Bei Geordie konnte man nie wissen.

Als es dann Abend war, hatte er beschlossen, seine Bitte persönlich vorzutragen. Der Plan hörte sich vielleicht nicht ganz so abgebrüht an, wenn er ihr dabei gegenüberstand. «Tu mir den Gefallen und fick mit meinem Neffen», würde am Telefon wohl nicht besonders gut rüberkommen.

Nach dem Abendessen sagte er Mary Ann, daß er in die Barbary Lane hinunter wolle, um Jed zu besuchen.

Sie schaute von der Arbeit auf, die sie mit nach Hause genommen hatte – ein Buch über Kopfhautreduktion, um die es am nächsten Tag in der Show gehen sollte. «Laß dich nicht vollquasseln von ihr», sagte sie.

Er verstand nicht.

«Von Mrs. Madrigal», klärte sie ihn auf. «Sie ist regelrecht besessen von der Treppe. Das ist ja ganz nett, aber der Fall ist hoffnungslos. Hat sie dir noch nichts davon erzählt?»

«Ach so, doch . . . sie hat's mal erwähnt.»

«Ich persönlich», sagte Mary Ann, «glaub ja, daß sie drauf abfährt, extravagant zu sein.»

«Ich mag die Treppe gern», sagte er wenig überzeugend.

«Ja, ich auch, aber man kann sich auf ihr den Hals brechen. Und die Stadt denkt gar nicht daran, eine nagelneue aus Holz hinzusetzen.»

Sie beendete die Diskussion, indem sie sich wieder ihrem Buch widmete.

Er ging zur Tür. «Ich bin bald zurück.»

«Grüß Jed von mir», sagte sie.

Er brauchte fünfundzwanzig Minuten bis zu Geordies Haus. Er parkte in der Einfahrt des Vorderhauses und ging zwischen wohlriechenden Sträuchern nach hinten in den Garten. In ihrem Wohnzimmer war eine Lampe an.

Er drückte auf die Klingel, aber es tat sich nichts. Er war noch nie unangemeldet erschienen, und es konnte gut sein, daß ihr Liebhaber da war. Wahrscheinlich ärgerte sie sich furchtbar über ihn.

Als sie an die Tür kam, wirkte ihr Gesicht allerdings völlig emotionslos.

«Ich wollte dich gerade anrufen», sagte sie.

Die Flucht nach Alcatraz

An seinem ersten Urlaubstag ging Michael Tolliver mit seiner Post zur Barbary-Lane-Treppe und machte es sich in der Sonne gemütlich. Der Zeitung zufolge fraßen sich noch immer diverse Feuerzungen nach Süden durch, und es gab keine Anzeichen für ein baldiges Ende der Hitzewelle. Sein träger Südstaatenstoffwechsel hatte den Betrieb fast eingestellt.

Er riß einen vertrockneten *finocchio*-Stengel ab und kaute à la Huckleberry Finn nachdenklich darauf herum. Im Frühling war das Zeug zart und hellgrün und schmeckte stark nach Lakritz – ein Geschmack, den er als Kind nie verstanden hatte. Das Zeug wuchs wirklich überall und blieb trotz ständiger Bemühungen, es auszurotten, üppig und hübsch anzusehen.

Finocchio, hatte er irgendwo gelesen, war außerdem das italienische Slangwort für «Schwuchtel».

Und das ergab irgendwie Sinn.

Er legte die weniger vielversprechende Post zur Seite und riß einen dünnen blauen Umschlag aus England auf. Die kurzen, aber anschaulichen Berichte seiner alten Freundin Mona waren ihm enorm wichtig geworden.

Liebster Mouse,

die Touristensaison ist über uns hier auf Easley gekommen, und die texanischen Millionäre fallen ein wie die Heuschrecken. Wenn wir das Geld nicht so dringend bräuchten, würde ich sie ja alle zum Teufel jagen. Ich treffe mich jetzt öfters mit der Postmeisterin von Chipping Garden, aber ich weiß nicht recht, ob das so eine gute Idee ist. Sie benutzt Wörter wie Sapphikerin, wenn sie eine Lesbe meint. Außerdem glaube ich, daß sie mehr auf den Titel der Lady Roughton abfährt als auf mich selbst. Das irritiert mich ganz schön, weil ich mir ganz und gar nicht adelig vorkomme. (Mr. Hargis, der Gärtner, besteht darauf, mich «Your Ladyship» zu nennen, wenn Touristen in der Nähe sind, aber ich habe ihm beigebracht, den Quatsch sein zu lassen, wenn wir unter uns sind.)

Wilfred hat sich zu seinem achtzehnten Geburtstag einen Irokesenschnitt machen lassen. Außerdem schleicht er immer auf der Musikantengalerie herum und erschreckt die Touristen. Er ist mindestens acht Zentimeter gewachsen, seit du ihn zum letztenmal gesehen hast. Der Irokesenschnitt steht ihm eigentlich ganz gut, aber das habe ich ihm nicht gesagt, weil ich mich vor dem fürchte, was er als nächstes ausprobiert. Er hat sich für den Herbst in einer Handelsschule in Cheltenham eingeschrieben, aber dorthin kann er pendeln.

In Großbritannien hat man endlich auch von Aids gehört, aber serviert wird es meistens in Form von schwulenhasserischen Schlagzeilen in den Revolverblättern. Wilfred hat erzählt, daß die allgemeine Vorstellung von Safer Sex darin besteht, nicht mit Amerikanern ins Bett zu gehen. Du fehlst ihm übrigens, und er hat mir gesagt, ich soll dir das schreiben. Mir fehlst du auch, mein Schatz.

Mona

P. S.: Hast du gewußt, daß es immer noch eine griechische Insel gibt, die Lesbos heißt? Es soll ganz wunderbar sein da. Wollen wir uns im nächsten Frühling nicht dort treffen?

P. P. S.: Wenn du Teddy siehst, dann sag ihm bitte, daß Mrs. Digby aus dem Dorf ein automatisches Garagentor einbauen lassen will. Ich bin ziemlich sicher, daß so was nicht erlaubt ist, aber ich will seine Unterstützung haben, bevor ich nein sage.

Lächelnd legte Michael den Brief nieder. Monas Aufenthaltsgenehmigungsheirat mit Teddy Roughton war offenbar das Beste, was sie je für sich getan hatte. Beim Ländertausch mit einem unzufriedenen Adeligen hatte sie die perfekte Umgebung für die ihr eigene Art der Exzentrik gefunden.

Und Teddy genoß sein Leben in San Francisco ganz offensichtlich.

Michael mußte sich noch überlegen, was er mit seinem Urlaub anfangen sollte. Einige Zeit würde er wohl mit beruhigenden häuslichen Ritualen verbringen: Briefe schreiben, die Küche streichen, Mrs. Madrigal im Garten helfen. Außerdem hatte er versprochen, Flugblätter für ihre Treppenrettungskampagne zu verteilen, da diese im Viertel bisher auf Gleichgültigkeit gestoßen war.

Nach dem Mittagessen fuhr er wegen einer Tupperware-Party, die bei Charlie Rubin stattfand, in die Dolores Street. Charlie war nach einer weiteren Horrorrunde im St. Sebastian's wieder zu Hause und holte die verlorene Zeit nach.

Die Tupperware-Verkaufsdame war eine grobknochige Armenierin, deren Werbesprüche man speziell auf Hausfrauen abgestimmt hatte. Da freundliche Routiniertheit ihr Wesen prägte, sah sie offenbar keinen Grund, den Ablauf der Veranstaltung den Gegebenheiten anzupassen. Als sie voller Stolz den Velveeta-Käsespender vorstellte, brachen die dreizehn versammelten Männer in stürmisches Gelächter aus.

Mrs. Sarkisian lächelte tapfer und tat, als würde sie verstehen, doch Michael war klar, daß sie sie verletzt hatten. Sie tat ihm dermaßen leid, daß er gleich darauf einen Frischebehälter für Salat kaufte und später fünf Minuten darauf verwandte, ihr unter vier Augen zu erklären, wie sehr dieser sein Leben verändern werde.

Als die übrigen Gäste mit ihrer Beute nach Hause gezottelt waren, ging er zu Charlie aufs Sonnendeck. «Na, das war ja wirklich mal was anderes», sagte er.

Charlie starrte auf die Nachbargärten hinaus, auf ein Patchwork aus Wäsche und Sonnenblumen. «Ich hab mich immer gefragt, wie's bei so einer Party zugeht», sagte er. «Du nicht auch?»

Michael nickte. «Und jetzt wissen wir's.»

Sie schwiegen beide einige Zeit. Dann sagte Charlie: «Im

Krankenhaus habe ich mir eine Liste gemacht, und da steht die Party auch drauf.» Er schwieg kurz, dann schaute er Michael an. «Du hast zu meiner neuesten Errungenschaft noch gar nichts gesagt.»

Was war dazu zu sagen? Es war ein zehncentstückgroßer lila Fleck auf Charlies Nasenspitze.

Charlie legte den Kopf schräg und posierte ähnlich vornehm wie ein Condé-Nast-Model. «Er steht mir nicht, hab ich recht? Soll ich mein Geld zurückverlangen?»

Michael brachte ein kraftloses Lachen zuwege, rückte näher an ihn heran und steckte seine Hand in die Potasche von Charlies Levi's. «Er sieht gar nicht so schlecht aus», sagte er.

«Ich bitte dich», sagte Charlie. «Damit schau ich aus wie Pluto.»

Michael lächelte ihn an. «Ach, komm.»

«Noch nicht mal wie Pluto. Der hat freundlich ausgesehen.»

«Du siehst auch freundlich aus.»

«Wie haben die Kerle geheißen, die immer Onkel Dagoberts Geldspeicher ausgeraubt haben?»

«Die Panzerknacker», sagte Michael.

«Genau», sagte Charlie. «Ich seh aus wie einer von den Panzerknackern.»

Michael erteilte ihm eine sanfte Rüge, indem er ihn leicht schüttelte. «Was steht noch auf deiner Liste? Außer der Tupperware-Party.»

Charlie dachte kurz nach. «Eine Ballonfahrt, ein Fanbrief an Betty White, und daß ich einen Mann für dich finde . . .»

«Tja», sagte Michael glucksend, «zwei von drei Wünschen sind gar nicht schlecht.»

«Hör mit dem Scheiß auf. Heute waren ein paar nette Jungs da. Hast du keine Telefonnummern abgestaubt?»

«Nein, hab ich nicht.»

«Warum nicht?»

«Weil ich», sagte Michael, «auf Tupperware-Parties keine Männer aufreiße.»

«Du reißt doch überhaupt keine mehr auf. Du gehst nicht

mal mehr aus mit Männern. Wann hast du dein letztes Rendezvous gehabt?»

«Hör auf zu meckern. Das funktioniert nie. Machen wir lieber eine Ballonfahrt.»

Charlie inspizierte seine Nägel. «Zu spät. Die mach ich nächste Woche schon mit Richard. Du könntest aber mitkommen.»

«Ach, nicht nötig», sagte Michael.

«Was ist mit Alcatraz?» fragte Charlie. «Ich war noch nie auf Alcatraz.»

«Ich auch nicht», sagte Michael.

«Es könnte deprimierend werden.»

«Ja, gut möglich.»

Charlies Finger fuhren die Maserung des Geländers entlang. «Ich hab gehört, daß man die Schwerstverbrecher in die Zellen mit dem schönsten Ausblick gesteckt hat, weil man das als die ärgste Strafe angesehen hat: die Stadt zu sehen, aber nicht hinzukönnen.»

Michael schob den Kopf zurück. «Glaubst du, das stimmt?»

«Vermutlich nicht», murmelte Charlie.

«Prüfen wir's nach . . . machen wir die Tour.»

«Willst du wirklich? Es ist schrecklich provinziell.»

«Und eine Tupperware-Party ist das nicht?»

Charlie lächelte. «Hast du's grauenhaft gefunden?»

«Nein. Mrs. Sarkisian war doch richtig toll.»

«Ja, nicht?»

Eine Möwe sauste über die Wäsche des Nachbarn hinweg und landete auf dem Zaun. «Alles ist so toll», sagte Charlie. «Das paßt irgendwie gar nicht zusammen für mich.»

Michael sah ihn an und dachte an den *finocchio*, der sich immer wieder zwischen den Ritzen im Bürgersteig nach oben kämpfte.

Ihr Ausflugsschiff hieß zu Charlies großem Vergnügen *Harbor Princess*. Die anderen Passagiere waren eine felinieske Ansammlung von Touristinnen in Hosenanzügen samt Ehemänneranhang und dazu noch eine Schar katholischer Schulmädchen in blau-grau karierten Schottenröcken.

Außerdem war noch eine einzelne Schönheit an Bord – ein Erdbeerblonder mit langen hellen Wimpern und Augen in der Farbe von gebleichtem Jeansstoff. Charlie war hin und weg von ihm.

«Ich sag's dir, Michael. Er macht dich an wie verrückt.»

Michael hob seine Kaffeetasse und blies auf den Kaffee. «Mach kein Theater, Charlie.»

«Dann tu was, verdammt noch mal. Hör auf mit deiner Geziertheit.»

«Er schaut nicht mal her zu mir.»

«Aber er *hat* hergeschaut, Himmel noch mal.»

«Schau nur, die Möwen dort», sagte Michael. «Wahnsinn, wie lang sie ohne einen einzigen Flügelschlag dahingleiten können.»

Charlie ließ einen klagenden Seufzer hören und schaute aufs Meer. «Was fang ich bloß an mit dir?»

Ein dünner Nebelschleier umhüllte die Insel, als sie darauf zufuhren. Der Zellenblock, der sich über den Felsrücken zog, war noch intakt und wirkte immer noch abweisend, aber viele Nebengebäude waren inzwischen skelettartige Ruinen, mit Wildblumen überwucherter Schutt.

Oberhalb eines Schilds mit der Aufschrift STAATSGEFÄNGNIS konnte Michael so eben noch das mit roter Farbe hastig hingemalte Wort INDIANER erkennen – offensichtlich ein Relikt der Besetzung des Felsens durch die amerikanischen Ureinwohner in den späten sechziger Jahren.

Sie gingen zusammen mit dem Pulk an Land, drängelten über den Anleger, an der Rangerstation vorbei und in ein Gebäude, das mit seinen feuchtkalten Wänden und der niedrigen Gewölbedecke merkwürdig an einen Weinkeller erinnerte. Dort wurde ihnen in einem zehnminütigen Diavortrag versichert, daß nur die Bösesten der Bösen in Alcatraz eingesessen hatten, Unverbesserliche, die die Isolation auf dem Felsen verdient hatten.

Danach versammelten sie sich am Hintereingang des Zellenblocks und warteten auf weitere Belehrungen. Als ihr Ranger zu ihnen stieß, erklärte er ihnen, daß ihre Gruppe sehr groß sei und sie sich deshalb aufteilen und für eine von drei thematisch festgelegten Führungen entscheiden müßten.

«Es stehen», legte er nüchtern dar, «folgende drei Themenbereiche zur Wahl: Sicherheitsmaßnahmen, Berühmte Insassen und Disziplin.»

Charlie beugte sich vor und flüsterte Michael «Disziplin» ins Ohr.

Michael grinste ihn an.

Als hätte er ihre Gedanken gelesen, fügte der Ranger energisch hinzu: «Diejenigen unter Ihnen, die sich für die Disziplin entschieden haben, folgen bitte Guy durch den Duschraum hinüber in den D-Block.»

«Oho, Guy», schmachtete Charlie.

Als sie alle im Duschraum versammelt waren, zeigte sich die demographische Zusammensetzung ihrer Gruppe in absurder Deutlichkeit: Michael, Charlie, der Erdbeerblonde und mindestens zwei Dutzend Mädchen aus der katholischen Schule.

Auf dem Weg in den D-Block bemühte sich der Ranger redlich, die gackernden Kinder zusammenzuhalten. «Man hat diesen Bereich mit einer Vielzahl von Bezeichnungen belegt . . . Einzelhaft, Absonderungshaft, Spezialbehandlung, Isolationshaft. Die Gefangenen verbrachten hier bis zu vierundzwanzig Stunden am Tag in ihren Zellen. Dort hinten am Ende des Zellenblocks hatten sie eigene Duschgelegenheiten, weil es ihnen verboten war, mit den anderen Insassen gemeinsam zu duschen.»

Michael und Charlie warfen sich einen Blick zu.

«Die Zellen neun bis vierzehn hießen bei den Insassen die ‹Dunkelkammern› und stellten die schärfste Form der Bestrafung auf Alcatraz dar. In diesen mit Stahl ausgekleideten Zellen befanden sich die Männer in völliger Dunkelheit, und

Matratzen wurden nur für die Nacht ausgegeben. Zweimal täglich bekamen sie zu essen, und zwar eine sogenannte ‹reduzierte Kost› . . . einen Napf voll gestampftem Gemüse.»

«Iiiihii», machten die Schulmädchen im Chor.

«Wenn Sie erleben möchten, was es hieß, in einer ‹Dunkelkammer› zu sitzen, dann suchen Sie sich eine Zelle aus, und ich schließe die Tür hinter Ihnen.»

Die Kinder kreischten wie in der Geisterbahn, schlossen sich zu schützenden Haufen zusammen und drängten in die sechs Zellen. Michael war auf dem Weg in Zelle elf, als Charlie ihn an Arm packte. «Streng dein Hirn an, Dumpfbacke. Geh in die Zwölf.»

Als er zur Zelle zwölf hinüberschaute, sah er über den Köpfen der Schulmädchen ein strahlendes Lächeln.

«Geh schon», sagte Charlie.

Michael zögerte. Beim Betreten der Zelle sah er, wie das Lächeln noch breiter wurde.

Sekunden später kam der Ranger und schloß die schwere Tür mit einem dröhnenden «Klong». Der winzige Raum war sofort in totale Dunkelheit getaucht, was bei den Mädchen erneutes Gekreische hervorrief.

Ihr nachgestelltes Martyrium dauerte nur ein paar Sekunden; dann ging die Tür wieder auf, und Licht strömte in die Zelle. Der Erdbeerblonde lächelte nicht mehr, aber er stand anscheinend ein bißchen näher als vorher. «Ganz schön gruselig», sagte er.

«Ja, nicht?» sagte Michael.

«Und dabei waren wir nicht mal allein», sagte der Mann. «Wie das wohl ist, wenn man allein ist?»

Michael ließ sich von dem Schwall Kinder aus der Zelle spülen. Der Mann holte ihn ein und streckte ihm die Hand hin. «Ich heiße Thack», sagte er.

Michael schüttelte ihm die Hand. «Und ich Michael.»

Charlie beobachtete sie mit verschränkten Armen und einem triumphierenden Leuchten in den Augen. «Wie war's denn?» fragte er.

«Ähm . . . Charlie» – Michael suchte nach dem Namen – «das ist Thad.»

«Thack», korrigierte der Mann ihn. «Es war toll. Hast du es nicht ausprobiert?» Michael bemerkte, daß er Charlies Blick begegnete, ohne mit der Wimper zu zucken. Ein Punkt für ihn.

Charlie schüttelte den Kopf. «Ich komm auf vollen Cocktailparties nicht zurecht.»

Thack lachte und wandte sich wieder an Michael. «Seid ihr zwei von hier aus der Gegend?»

«Ja», sagte Michael, vermied aber, ihm in die Augen zu sehen. Man konnte allzu leicht darin versinken.

«Ist das nicht ein bißchen . . . touristisch für jemand von hier?»

Michael zuckte mit den Schultern. «Wir waren noch nie hier, und da haben wir uns gedacht, daß es mal Zeit wird.»

«Wie bei den New Yorkern und der Freiheitsstatue.»

«Genau.» Charlie nickte. «Kommst du von dort?» Er quetschte ihn aus wie eine jüdische Mutter ihren potentiellen Schwiegersohn. «Aus Charleston», sagte Thack.

«In West Virginia?»

«In South Carolina.»

«Ein Südstaatler!» rief Charlie entschieden zu fröhlich. «Michael ist auch Südstaatler. Du hörst dich aber nicht an wie einer. Wo ist dein Akzent?»

Michael wurde es unwohl. «Ich glaube, wir gehen lieber mal weiter», sagte er. «Da kommt eine andere Führung.»

Die drei verließen den Zellenblock durch den Haupteingang, stellten sich an den Fuß des Leuchtturms und sahen zu, wie der Nebel die Stadt wegradierte. «Das hätt ich fast vergessen», sagte Charlie plötzlich. «Ich will ein Foto vom Duschraum machen.»

«Du hast deine Kamera doch gar nicht mit», sagte Michael.

«Echt nicht? Wie doof.» Er schickte Michael einen Blick hinüber, der *Halt die Klappe, du Idiot!* sagte. «Vielleicht gibt's ja Postkarten zu kaufen oder so.»

«Genau», sagte Michael.

Charlie wandte sich an Thack. «Behalt ihn mir bloß im Auge, ja?»

Als Charlie davonspazierte, fragte Thack: «Ist er dein Schutzengel?»

«Er bildet es sich ein», sagte Michael.

«Ist das Kaposi?» Thack tippte sich an die Nasenspitze.

Michael zögerte und sagte dann: «Ja.»

«Ich hab's noch nie in natura gesehen.»

Michael nickte. «Tja, so sieht's aus.»

«Ist er dein Liebhaber?»

«Nein. Ein Freund.»

Thack schaute wieder zur Stadt hinüber. «Du wohnst da drüben, hm?»

«Mhm. Von meinem Schlafzimmer aus kann ich das Licht hier sehen.»

«Das muß hübsch sein.»

«Ist es auch», sagte Michael. Er klaubte einen Kieselstein auf und warf ihn vor das Aufseherhäuschen.

«Ich bin zum erstenmal hier», sagte Thack.

«Und wie gefällt's dir?»

«Es ist ganz okay», sagte Thack. «Nur mit dem Schwimmen ist es nicht weit her.»

«Der Ozean ist mörderisch», sagte Michael, «aber am Fluß ist es recht hübsch. Du solltest mal zum Russian River hochfahren.»

«Ich hab schon davon gehört. Wo ist der?»

«Im Norden. Gar nicht weit.»

Thack setzte sich auf eine niedrige Steinmauer und riß ein Unkraut aus einer Spalte.

«Wie lang bleibst du?» fragte Michael.

Thack zuckte mit den Schultern. «Noch 'ne Woche. Plus minus ein paar Tage.»

«Wo wohnst du?»

«Im San Franciscan. An der Market Street.»

«Tja, wenn du einen Fremdenführer brauchst . . . ich meine . . . ich hab selber grade Urlaub.»

«Oh . . . ja. Ja, klar.»

«Ich steh im Telefonbuch», sagte Michael. «Michael Tolliver. Schreibt man so, wie man's spricht.»

Thack nickte. «Sehr schön.»

«Soll ich's dir aufschreiben?»

«Nein», sagte Thack. «Ich merk's mir auch so.»

Die Rückfahrt zur Stadt war von Small talk und dem Austausch biographischer Details geprägt. Thack verdiente sein Geld in Charleston mit der Renovierung von Häusern aus der Vorkriegszeit. Er war einunddreißig, aß nur selten rotes Fleisch und schaute sich nie *Denver Clan* an. Sein voller Name lautete William Thackeray Sweeney – dank seiner in Chattanooga lebenden Mutter, die noch immer High-School-Englisch unterrichtete.

Sobald Thack sich am Pier 41 von ihnen verabschiedet hatte, quetschte Charlie Michael nach Details aus. «Ich will Ehrenjungfrau sein», sagte er. «Mehr verlang ich gar nicht.»

«Der ruft bestimmt nicht an», sagte Michael.

«Warum nicht?»

Michael zuckte mit den Schultern. «Er ist Tourist. Da ist er auf Ex-und-hopp-Befriedigung aus. Er sucht sich einen in der Kneipe, oder er läßt sich einen aus dem *Advocate* kommen.»

«Sei nicht so zynisch», sagte Charlie. «Das schadet dem Teint.»

Sie fuhren mit der Cable Car die Hyde Street hinauf und trennten sich an der Union Street, wo Michael ausstieg und zu Fuß in die Barbary Lane marschierte. Als er vor seiner Wohnung stand, kam Mrs. Madrigal die Treppe heraufgeschwebt. Sie rief nach ihm. «Äh . . . Michael, mein Lieber?»

«Ja?»

«Brian war kurz da. Du möchtest bei ihm durchklingeln.»

«Hat er gesagt, um was es geht?»

Die Vermieterin schüttelte den Kopf.

«Wahrscheinlich um seinen Neffen», sagte Michael. «Er ist schwul, und Brian wird damit nicht fertig.»

Sie lächelte geziert. «Ich glaube nicht.»

«Ich hoffe es nicht. Ich will ihn nicht auf unserer Seite haben.»

Sie deutete mit den Augen zu Jeds Wohnung hinauf und legte den Finger an die Lippen. «Es gibt keine Seiten, mein Lieber.»

Er versuchte, zerknirscht dreinzuschauen.

«Er ist jung, das ist alles. Ich vermute, daß sowohl Brian als auch du ihm eine Hilfe sein könnten.»

Das bezweifelte er stark.

«Ruf Brian an», sagte Mrs. Madrigal auf dem Weg nach unten. «Ich glaube, es ist wichtig.»

Der Junge von nebenan

Booter Manigault zog es fort. Schon früh verließ er das Büro und fuhr nach Hillsborough. Seine Frau saß auf der Terrasse und trank Mai Tais; sein Hausmädchen brütete in der Küche dumpf vor sich hin. Das war ein ermüdend vertrautes Szenario, denn Emma litt unter Frannies Trinkerei noch mehr als er.

«Okay», sagte er und stellte die Aktentasche auf den Küchentisch. «Was ist diesmal passiert?»

Das Hausmädchen war vor Empörung steif wie ein Ladestock. «Ich hab ihr gesagt, daß sie sich umbringt so, und da hat sie gesagt: ‹Kümmer dich um deinen eigenen Dreck, Niggerweib.›»

Emma hatte natürlich schon Schlimmeres zu hören bekommen. Sie war schon so lange bei Frannie, daß sie als Teil des Hausstands mitgekommen war, zusammen mit den Kristallgläsern, den Perserteppichen und dem John-Singer-Sargent-Gemälde von Frannies Großmutter.

Der Sargent sah in Booters modernem, dezentem Ranchhaus völlig beschissen aus, aber Emma und die anderen Einrichtungsgegenstände paßten ganz hervorragend. Emma war alt und streitsüchtig, aber ihre Loyalität stand außer Frage. Das machte sie in seinen Augen zur letzten Vertreterin ihrer Zunft.

«Sie hat's nicht so gemeint», erklärte er dem Hausmädchen ruhig. «Der Whiskey redet aus ihr.»

Emma brummte und ordnete ihre Lakritzstäbchenfinger auf der Tischplatte neu. «'ne verrückte alte Weiße war's, die da geredet hat.»

Er ließ sie allein und ging zu seiner Frau auf die Terrasse. «Würdest du verdammt noch mal hineingehen und dich wieder mit Emma versöhnen!»

Frannie sah ihn mit geröteten Bassetaugen an und schob das Kinn nach vorne. Ihr Versuch, entschieden zu wirken, scheiterte kläglich. «Lieber schmor ich in der Hölle», sagte sie.

«Hast du ‹Niggerweib› zu ihr gesagt, Frannie?»

Sie stieß die Unterlippe vor.

Er ließ nicht locker. «Hast du?»

«Du sagst das doch andauernd.»

«Aber nicht über Leute, die ich kenne», sagte er. «Nicht direkt vor ihnen.»

«Ich kenne sie jetzt seit vierzig Jahren.» Sie faßte sich mit den juwelengeschmückten Fingern an den Kopf und rückte die Perücke zurecht. «Ich kann sie alles nennen, was ich will.»

«Sie ist eine Hausangestellte, Frannie. So etwas gehört sich nicht.»

«Das geht dich überhaupt nichts an, Booter. Emma und ich verstehen uns schon.»

In gewisser Weise hatte sie damit recht. Die beiden Frauen zankten sich in einem fort, schlugen sich gegenseitig Wunden und versöhnten sich wieder. Emma und Frannie waren sehr viel eher ein Paar, als er und Frannie es je sein würden.

«Wann fährst du?» fragte sie.

«Heute nachmittag», antwortete er.

«Für wie lange?»

Die Verhöre durch eine Frau, in der er immer noch die Witwe eines alten Freundes sah, waren ihm unerträglich. «Vier, fünf Tage», murmelte er.

Es folgte ein melodramatischer Seufzer.

«Edgar war immer die vollen zwei Wochen dort.»

«Es geht nicht nur um den Grove», sagte sie bedrückt. «Du fährst nie irgendwohin mit mir.»

Das gleiche hatte sie im Jahr zuvor gesagt, als er ohne sie zum vierzigsten Jahrestag des D-Day nach Europa gereist war. Er war Mitglied der American Battle Monuments Commission und hätte sie zu den Feierlichkeiten mitnehmen können, aber die Dummheit, Peinlichkeiten zu riskieren, hatte er lieber nicht begangen.

Emma hatte wie gewöhnlich zu Hause die Stellung gehalten, während er im bügelfreien Blazer und nur ein paar Schritte vom Präsidenten entfernt über die Strände der Normandie gestapft war. Frannies alkoholbedingte Stimmungsschwankungen und ihre uralte – noch aus Gouverneurszeiten rührende – Fehde mit Nancy Reagan hatten ihm keine andere Wahl gelassen, als alleine zu reisen.

«Wir unternehmen bald mal was», sagte er.

Sie trank einen Schluck und starrte unglücklich auf die Hügel in der Ferne.

«Ich halte eine Rede», sagte er strahlend. Er versuchte, sie aus ihrer Stimmung zu reißen.

«Wo?»

«Im Grove.»

Sie stöhnte.

«Und zwar als Lakeside Talk.»

«Ist das eine Ehre, oder was?»

Verdammt richtig, dachte er voller Ärger über ihre bewußte Gleichgültigkeit. Edgar hatte man schließlich nie gebeten, eine zu halten.

«Um was geht's dabei?» fragte sie.

«Um SDI», antwortete er.

«Um was?»

«Frannie . . . um die Strategic Defense Initiative.»
«Ach so. Um Star Wars.»
Er zuckte zusammen. «Wir nennen es nicht so.»
«Tja, ich aber. Mir ist es egal, wie dieser gräßliche alte Schauspieler es nennt.»
Er blickte sie finster an. Als er sich wegdrehte, sah er eine kleine Gestalt über die Tennisplätze und den Rasen laufen. Es war Klein Edgar, Frannies Mischlingsenkel, der wieder einmal seine Ruhe und seinen Frieden störte.
«Fahr zur Hölle», murmelte er.
«Sei nicht so häßlich zu ihm», sagte Frannie.
«Ich bin nicht häßlich zu ihm. Wann war ich je häßlich zu ihm?»
«Na ja, sehr nett bist du nicht. Himmel noch mal, er ist dein Enkel.»
«O nein», sagte Booter. «Er ist *dein* Enkel, nicht meiner.»
«Na, du könntest wenigstens ein bißchen Anteilnahme zeigen.»
«Hör mal zu. Nur weil DeDe nichts Besseres wußte, als sich von einem schlitzäugigen Botenjungen einen Braten in die Röhre schieben zu lassen . . .»
«Booter!»
«Wenigstens war das noch was Normales», fügte er hinzu. «Jedenfalls tausendmal besser als diese widernatürliche . . .»
«Edgar, mein Liebling», rief Frannie. «Komm und sag Gangie und Booter hallo.» Sie warf Booter einen giftigen Blick zu und putzte ihren Drink weg, als der Junge atemlos auf die Terrasse kam. Booter stellte sich automatisch die Frage, was der alte Edgar Halcyon wohl von seinem schlitzäugigen Namensvetter gehalten hätte.
«Mom schickt mich», sagte der Junge.
«Wie nett», sagte Frannie. «Willst du Gangies Kirsche haben?» Sie hielt dem Jungen ihr Glas hin.
Klein Edgar schüttelte den Kopf. «D'or erlaubt so was nicht.»
«Sei nicht dumm, mein Schatz. Nur die Kirsche.»

«Da ist roter Farbstoff drin», sagte der Junge. «Und das ist Gift.»

Frannie schaute zuerst verwirrt, dann leicht ungehalten und stellte das Glas zur Seite. Geschieht ihr ganz recht, dachte Booter. Was erwartet sie schon von zwei kessen Vätern, die ein Kind großziehen?

Klein Edgar sagte: «Mom will wissen, ob ihr das Zweimannzelt noch habt.»

«Ich weiß nichts von einem Zelt», sagte Frannie ärgerlich.

Edgar musterte seine Großmutter kurz und wandte sich dann an Booter. «Ich mein das, was Anna und ich letzten Sommer im Obstgarten aufgestellt haben.»

Booter nickte. «Es ist im Schuppen. Auf dem Regal.»

«Können wir's mitnehmen?»

«*Dürfen* wir's mitnehmen», sagte Frannie.

Booter beachtete sie nicht weiter. «Komm mit, ich helf dir beim Runterholen.»

Sie marschierten gemeinsam zum Schuppen. «Dann», sagte Booter, «fährt deine Mutter also zelten?»

«Wir fahren alle», sagte der Junge.

«Tja, dann braucht ihr aber mehr als ein Zelt.»

«Ich weiß», sagte Edgar. «Wir haben noch ein Kinderzelt für Anna und mich.»

Als Booter sich diese verderbte Gesellschaft vorstellte, bekam er einen schalen Geschmack im Mund. «Wo fahrt ihr hin?» fragte er.

Der Junge warf ihm einen verhaltenen Blick zu und zuckte mit den Schultern. «Nur so zelten.»

Im Schuppen fand er das Zelt und sagte zu Edgar: «Ich glaube, die Plastikstangen sind alle vollständig. Aber sag deiner Mutter, sie soll lieber noch mal nachsehen.»

Der Junge packte das Bündel und sagte: «Das kann ich auch.»

«Schön», sagte Booter. Er griff hinter eine Reihe von Blumentöpfen und holte den Plastikdinosaurier ans Licht, den er dort zwei Tage zuvor entdeckt hatte. «Ich glaube, der gehört dir.»

Der Junge nickte und nahm das Spielzeug. «Danke», sagte er. «Den mag ich nämlich am liebsten.»

«Ja, hm? Weißt du auch, wie er heißt?»

«Protoceratops.»

Booter schob den Jungen in Richtung Tür. «Das waren Riesendinger», sagte er.

«Nein», sagte Edgar. «Der da nicht.»

«Na ja, der vielleicht nicht . . .»

«Sie waren nur zwei Meter lang und einen Meter hoch. Und ihre Eier waren nur fünfzehn Zentimeter lang.»

«Aha.»

«Ich hab auch ein paar von den großen. Willst du sie sehen?»

«Heute nicht, Kind.»

«Ich kann sie hierherbringen. Dann mußt du nicht zu uns rüberkommen.»

«Ich hab keine Zeit, Edgar.»

«Warum?»

«Tja, ich fahre heute nachmittag auf einen Ausflug. Genau wie ihr.»

«Ach so.»

Schweigend gingen sie über den Rasen. Er fürchtete, daß Edgar mit ihm zum Haus zurückgehen würde, doch als sie an die Tennisplätze kamen, schlug der Junge einen anderen Weg ein, zwängte sich durch eine Lücke in der Ligusterhecke und ging durch den Obstgarten in Richtung Halcyon Hill.

Warten auf den Durchstellservice

Charlie meldete sich erst gar nicht mit Namen. «Und, hat er angerufen?»

«Kann er doch nicht», antwortete Michael. «Wenn du in einer Tour hier anrufst und fragst, ob er schon angerufen hat.»

«Quatsch. Du hast doch den Durchstellservice.»

«Also gut ... er hat nicht. Zufrieden?»

«Das kommt noch. Was sagst du ihm dann?»

Genau das war die brenzlige Frage. Was *würde* er sagen? *Ich mag dich, Thack. Ich fühl mich zu dir hingezogen, und ich glaube, wir könnten es uns schön machen hier. Aber bevor wir einen Schritt weitergehen, sollte ich dir wohl sagen, daß ich antikörperpositiv bin.*

Klar, Junge. Das war auf jeden Fall der Stoff, aus dem die Romanzen sind. Wen würde so ein Spruch nicht antörnen?

«Das entscheid ich spontan», sagte er zu Charlie.

«Was ist mit dem Fluß?»

«Was soll damit sein?»

«Warum fährst du da nicht hin mit ihm? Du hast doch gesagt, daß er noch nie dort war.»

«Das kann ich mir nicht leisten, Charlie.»

«Ach, ich hab doch was zum Wohnen dort.»

«Seit wann?»

«Seit mein Shanti-Betreuer nach Boca Raton geflogen ist, um eine Lesbe zu befruchten.»

Michael lachte. «Wie toll. Danke, daß ich jetzt *genau* Bescheid weiß.»

«Tja, immerhin ist so was ein großes Kompliment. Wer hat *dich* in letzter Zeit um deinen Samen gebeten?»

«Verdammt noch mal, Charlie, was soll das denn alles?»

«Okay. Arturo ... mein Shanti-Buddy ... hat eine richtig tolle Hütte in Cazadero. Nur kann er sie momentan nicht nutzen, weil er als Samenspender gebraucht wird.»

«Klar.»

«Er hat vor zwei Wochen den Test gemacht und ein negatives Ergebnis gekriegt, und deswegen haben die Mädels dann gleich Kriegsrat gehalten und ihm ein Flugticket geschickt. Das heißt, diese tolle Hütte steht völlig leer. Und ich kann nicht hin, weil ich meinen Ballonflug mache.»

«Tja, das ist wirklich nett, aber ...»

«Behalt's ganz einfach im Kopf, nicht mehr. Wenn Thack anruft.»

«*Falls,* Charlie.»
Michaels Durchstellservice piepte.
«Da hast du's», sagte Charlie. «Wie aufs Stichwort.»
«Leg auf», sagte Michael.
«Kommt nicht in Frage. Ich will eine Meldung.»
Michael seufzte und drückte auf den Knopf in seinem Hörer. «Hallo.» – «Ich bin's, Brian.»
Wider alle Vernunft war Michael leicht enttäuscht. «Ach so, hallo. Mrs. Madrigal hat gesagt, daß du da warst.»
«Ja. Ich wollte irgendwie reden.»
«Ach so . . . ja, klar.»
«Paßt es denn grade?»
«Jetzt? Am Telefon?»
«Nein. Könnt ich runterkommen?» Brians feierlicher Ton ließ darauf schließen, daß es dringend war. Er hatte wieder mal mit Mary Ann gestritten, keine Frage.
«Ah . . . sicher. Nur zu.»
«Danke», sagte Brian.
Michael drückte erneut auf den Knopf. «Er war's nicht», klärte er Charlie auf.
«Kacke.»
«Ich muß jetzt aufhören.»
«Halt mich auf dem laufenden», sagte Charlie.

Brians Blick wanderte durchs Zimmer, ohne irgendwo länger zu verharren. Rund um seine verhangenen grünen Augen schienen mehr Krähenfüße zu sitzen als je zuvor (Michael hatte das einmal das McCartney-Syndrom getauft), doch sie lenkten kaum ab von seinen unglaublichen kastanienbraunen Locken und dem Doppelhöcker seines Sandpapierkinns.
«Möchtest du Kaffee oder was anderes?» fragte Michael.
Brian setzte sich aufs Sofa. «Nein, danke.»
«Ich hab koffeinfreien da . . . und Red Zinger.»
«Michael . . . ich steck ganz schön in der Scheiße.»
Michael zog sich seinen Beichtschemel aus Eiche heran und setzte sich rittlings vor Brian hin. «Was ist los?»

Brian zögerte. «Erinnerst du dich an Geordie Davies?»
Michael schüttelte den Kopf.
«Die Frau, die ich in der Serramonte Mall kennengelernt hab?»
«Ach so, ja.»
«Sie hat Aids.»
«Was?»
«Sie hat Aids, Mann. Ich war gestern bei ihr. Es geht ihr richtig schlecht.»
Michael war völlig irritiert. «Wie hat sie's denn gekriegt?»
«Keine Ahnung. Ihr Liebhaber ist ein Junkie oder so.»
«Aha . . .»
«O Kacke, was soll ich Mary Ann sagen?»
Michael überlegte kurz. «Wie oft hast du . . . dich mit ihr getroffen?»
Brian zuckte mit den Schultern. «Sechs- oder siebenmal. Höchstens achtmal.»
«Hast du mir nicht erzählt . . .?»
«Okay. Ich hab mich mehr als einmal mit ihr getroffen. Es war nichts Besonderes. Wir wollten beide nichts Besonderes.» Er kaute auf einem Fingerknöchel. «Was soll ich ihr nur sagen?»
«Geordie?»
«Mary Ann, verdammt noch mal!»
«Schrei nicht», sagte Michael ruhig.
«Wir haben so ein paar Analsachen gemacht. Ist das . . . du weißt schon . . .?»
«Du und Mary Ann?»
«Nein!» Brians Augen funkelten vor Empörung. «Ich und Geordie.»
«Du meinst . . . du hat sie gefickt?»
«Nein.»
Michael wich ein bißchen zurück. «Sie hat dich gefickt?»
«Wirklich lustig, Mann! Wirklich total lustig!»
«Aber, ich versteh's nicht.»
«Sie hat so Liebeskugeln, okay?»

«Ach.»

Brian schaute einen Moment schweigend auf seine Füße. «Sie waren nicht besonders . . . groß oder so.»

Michael konnte sich nur mit allergrößter Mühe ein Grinsen verbeißen. «Brian . . . eine Frau kann es nicht so leicht an einen Mann weitergeben.»

«Wirklich?»

«Nein. Wir lassen dich testen. Ich kenn einen, der in der Ambulanz im Castro arbeitet. Ich laß mir einen Termin für dich geben.»

«Meinen Namen dürfen die aber nicht kriegen.»

«Das läuft alles über eine Nummer. Keine Angst.»

«Über was für eine Nummer?»

«Einfach 'ne Nummer, die du dir ausdenkst.» Er legte Brian die Hand aufs Knie und rüttelte es leicht. «Du hast dich doch ganz gut gefühlt in der letzten Zeit, oder?»

«Ja. Meistens. Vor ein paar Tagen war mir irgendwie komisch, aber das war wie 'ne Grippe.»

«Dann war's das wahrscheinlich auch.»

Brian nickte.

«Du bist sicher negativ.»

«Ich hab noch nie so schreckliche Angst gehabt . . .»

«Ich weiß. Ich hab das auch schon durchgemacht.»

«Ja, aber . . . diesmal ist es was anderes.»

«Warum?»

«Michael, diesmal hängen Unschuldige mit drin.»

«Was?»

«Mary Ann . . . Shawna. Mein Gott.»

«Unschuldige, hm? Anders als ich. Anders als Jon. Anders als die Schwuchteln.»

«So hab ich das nicht gemeint.»

«Na, dann hör auf mit dem Unschuldigenscheiß. Es ist ein Virus. Alle Menschen sind unschuldig.» Er versuchte, sich wieder zu sammeln. «Ich ruf jetzt in der Ambulanz an.»

«Tut mir leid, wenn ich . . .»

«Laß nur.»

«Ich hab nicht gewußt, mit wem ich sonst reden soll.»

«Wird schon werden», sagte Michael.

Brian schaute ihm direkt in die Augen. «Weißt du, ich hab Jon auch sehr, sehr gern gehabt.»

«Ich weiß.»

Unter freundlichen Bäumen

Wie Booter fuhren die meisten Bohemians mit dem Auto aus der Stadt in den Grove. Die Presse, die immerzu fasziniert war von Geld und Macht, übertrieb entschieden, wenn sie über die Zahl der Lear- und Lockheed-Jets berichtete, die während des Lagers im Juli auf dem Flughafen von Santa Rosa landeten. Etliche Mitglieder – na ja, einige jedenfalls – waren unkomplizierte Kerle mit ganz normalen Jobs in der Stadt.

Sie kamen in den Grove, um den Alltag abzustreifen, und nicht, um Fusionen zu planen, Übernahmen auszuhecken oder Krieg zu führen. Was machte es schon, daß man 1942 bei einem Brainstorming im Grove die Idee zur Atombombe gehabt hatte? Booter wußte aus sicherer Quelle, daß das Mitte September passiert war, fast zwei Monate nach dem Ende des Sommerlagers.

Die tatsächliche Funktion des Grove war schlicht und einfach die der Zerstreuung. Er stellte einen geheimen Hafen dar, in dem Industriekapitäne und Stützen der Regierung das Visier hochklappen und dem Luxus einer Kameradschaft frönen konnten, die nur Vornamen kannte.

Und an Zerstreuung dachte Booter ganz bestimmt, als er auf dem Freeway nach Norden fuhr, weg von Frannie und der Stadt und den grausamen Fährnissen eines von Wabenaluminium bestimmten Berufslebens.

Nach einer Stunde Fahrt verließ er den Freeway und fuhr auf der Straße nach Guerneville, an der sich sonnenbeschienene Weingärten und Obstpflanzungen voll knorriger Bäume abrupt mit Tunneln aus düsterem Grün abwechselten, Richtung Westen. Zusammen mit dem Fluß, der kühl und goldfarben zwischen den Bäumen hindurchschimmerte, tauchten auch die bunt zusammengewürfelten Wochenendhäuschen, die dahinrostenden Wohnwagen und die Neoncocktailgläser auf, die vom Straßenrand gespenstisch herüberwinkten.

Er fuhr auf schnellstem Weg durch Guerneville hindurch und bemühte sich heftig, die pickeligen Teenager und schrillen Homosexuellen zu ignorieren, die entlang der geschmacklos aufgemachten Hauptstraße promenierten. Die Stadt hatte ihm in den fünfziger Jahren besser gefallen, vor ihrem Wiederaufstieg, als sie im Grunde genommen noch eine Ruine aus den dreißiger Jahren gewesen war.

In Monte Rio bog er links ab und fuhr auf der alten Stahlbrücke über den Fluß. Eine weitere Abzweigung nach links führte ihn auf eine sich dahinschlängelnde Straße, vorbei an ausgeweideten Autos, an Brombeerdickichten und an Giftsumach, der bis an die Kante des Straßenbelags reichte.

Am Ende dieser Straße befanden sich das große Holztor zum Grove und das efeuumrankte Schild, das sein Herz ausnahmslos schneller schlagen ließ: PRIVATBESITZ. NUR FÜR MITGLIEDER UND GÄSTE. GEGEN ZUWIDERHANDELNDE WIRD ANZEIGE ERSTATTET. Er fuhr durch das Tor, passierte die grauen, aus Holz gezimmerten Versorgungsgebäude und hielt vor der Gepäckannahme- und Anmeldestelle. Er stieg aus dem Auto, rückte die Krawatte zurecht, strich die Falten aus dem Anzug und inhalierte den harzigen Weihrauch der großartigen Waldkathedrale, die ihn erwartete.

Die altbekannte Besetzung war bereits angetreten: die überglücklichen Neuankömmlinge; die Collegejungs in Bluejeans, die als Parkplatzwächter arbeiteten; die gemieteten Wachleute mit ihren Ledermonturen, Cowboyhüten, enormen Wänsten und Gürtelschnallen so groß wie Nummerntafeln.

Bereits leicht schwitzend öffnete er den Kofferraum und schleppte seine zwei Koffer zu der Gepäckrampe, die mit «River Road» gekennzeichnet war. Eine unerklärliche Fröhlichkeit durchströmte ihn, als er sich einen Bleistiftstummel schnappte und zwei altmodische Gepäckschilder, wie er sie von Dampfschiffen kannte, mit den Wörtern *Manigault* und *Hillbillies* beschriftete. Warum hatte er so sehr das Gefühl, nach Hause zu kommen?

Nachdem er seinen BMW einem der Parkplatzwächter überantwortet hatte, entdeckte er Farley Stuart und Jimmy Chappell und schlenderte von hinten auf sie zu. «Verdammt», sagte er, «jetzt gibt's Ärger!»

Beide Männer johlten vergnügt und klopften ihm auf den Rücken. Jimmy sah nach seiner Bypassoperation ein bißchen welk aus, aber sein Temperament schien nichts an Schwung verloren zu haben. Auf dem Weg zum Pendelbus drehte Farley sich um und zeigte mit dem Finger auf Booter. «Komm morgen vormittag auf ein paar Gin Fizz vorbei. Droben in Aviary.»

Aviary war das Chorlager. Farley war ein geschätzter Bariton, ein «assoziiertes» Mitglied, das sich ausschließlich durch seine Begabung für ein Feldbett im Grove qualifiziert hatte. Auch beim besten Willen war er kein Aristokrat, aber er war trotzdem ein netter Kerl.

Booter zeigte ebenfalls mit dem Finger auf ihn und sagte: «Abgemacht.»

Er wußte bereits, daß er nicht kommen würde (er erwartete eine Einladung zu ein paar Gin Fizz oben in Mandalay), aber sein von neuem sprießender Bruderschaftsgeist machte es unmöglich, nein zu sagen.

Wie gewohnt amüsierte es ihn, als der Aufseher in der Anmeldestelle ihn aufnahm und sich dazu einer konventionellen Firmenstechuhr bediente. Das, so war ihm einmal erklärt worden, hatte hauptsächlich mit der Verpflegungsabrechnung zu tun, denn die Mitglieder bekamen alle Mahlzeiten, die während ihres Aufenthalts im Grove gereicht wurden, in Rechnung gestellt, und zwar unabhängig davon, ob sie jedesmal zum Essen gingen oder nicht.

Der Aufseher war einer von der sympathischen Sorte, was ihn beruhigte, denn der Kerl würde am direktesten mitbekommen, wie oft er kam und wieder ging.

Als er fertig war, stellte er fest, daß Jimmy und Farley den Pendelbus für ihn aufgehalten hatten. Er beschloß, zu Fuß zu gehen, und gab ihnen ein Zeichen, daß sie fahren sollten. Diese Entscheidung speiste sich im Grunde aus zwei Quellen: Da gab es einerseits den eitlen Alten, der auf seine Ausdauer stolz war, und andererseits den Jungen, der mit offenen Augen auf Entdeckungsreise gehen wollte.

Irgendwo weiter vorn spielte jemand Banjo.

Allein das Zeremonientor, das viel eher Begrüßungs- als Verteidigungszwecken diente, erfüllte schon den Tagtraum eines Jungen – ein grobschlächtiges Tor à la Tom Swift, gebaut aus überdimensionierten Lincoln Logs. Als Booter das Tor passierte, schoß ein wild klappernder blauer Eichelhäher knapp über seine Schulter hinweg, und das machte seine Begrüßung an diesem Ort vollkommen.

Flotten Schritts folgte er der Straße in einen Wald, der so urzeitlich war, daß ein Teil davon schon bestanden hatte, als Dschingis-Khan zu seinem Marsch durch Asien aufgebrochen war. An diesem Punkt vollzog sich jedesmal etwas Unbeschreibliches, eine tröstliche Neubestimmung der Grenzen, die seine Welt verkleinerten und sie zum erstenmal im Jahr beherrschbar machten.

Trotz des Himmels, der Bäume und des Flusses war der Grove nicht einfach das große Naturerlebnis; er war ein Ort fern aller Dinge, ein höhlenartiger Tempel der Brüderlichkeit, verschlossen vor dem Rest der Menschheit. Hier prägten Ordnung und das spürbare Nichtvorhandensein jeglicher Anarchie das Bild. Kein Wunder, daß er im Grove immer glücklich war.

Pfeifend ging er am Postamt vorbei, am Kaufladen, am Friseurladen, am Museum, am Telegrafenamt, an den Telefonzellen, am Krankenhaus, an der Feuerwehrstation. Andere Mitglieder, die mit Hilfe bequemer alter Sachen bereits anonym geworden waren und in Plastikbechern Whiskey schwangen, spazierten von Zeit zu Zeit in ausgelassenen Grüppchen an ihm vorbei und grüßten ihn mit Namen.

In der Hochphase des Lagers würden im Grove mehr als zweitausend Männer in einhundertsechsundzwanzig Einzellagern versammelt sein. Soweit Booter wußte, bedeutete das eine größere Bevölkerungsdichte als in der Chinatown von San Francisco.

Als er zum Campfire Circle kam, blieb er stehen und las die an die Bäume getackerten Plakate – jedes einzelne ein echtes Kunstwerk –, auf denen Galaabende und Konzerte, Kostümstücke und Lakeside Talks angekündigt waren. Seine eigene Rede war in etwas trister Manier aufgeführt als: *Roger Manigault: Wabenaluminium und die Zukunft der Strategic Nuclear Defense Initiative.*

Ein weiterer Pendelbus – diesmal mit dem Schild «The Old Guard» versehen – hoppelte an ihm vorbei, als er am See entlangspazierte. Henry McKittrick saß mit rotem Gesicht und verschwitzten Seersuckerhosen hinten drin und schaute ernst drein. Booter reckte ihm den hochgestellten Daumen entgegen, doch Henry nickte bloß. Er war offenbar noch böse über den Vertrag mit Consolidated.

Booter ging auf der River Road in Richtung Hillbillies und tauchte ein in den Anblick und die Geräusche der Pioniergemeinschaft, die unter den riesigen Bäumen allmählich zum Leben erwachte. Schon die Namen der Lager lösten Erinnerungen aus einem halben Leben aus: Dog House, Toyland, Pig ’n’ Whistle, Sons of Toil . . .

Jemand spielte auf dem Hügel zur Linken Klavier – «These Foolish Things». Zur Rechten probten eine Dixielandband und ein Chor einen Klassiker, den er nicht erkannte. Die Stimmen stiegen sacht himmelwärts, legten sich wie eine Glocke aus Holzrauch über das schräg einfallende Nachmittagslicht.

Als der Abend anbrach, versammelte er sich gemeinsam mit den anderen zur Cremation of Care am Owl Shrine. Die schon reichlich angetrunkene Menge wurde mucksmäuschenstill, als der Organist am Ufer das Trauerlied zu spielen begann und der Hohepriester seine Diener zu sich rief. Dann tauchte wie aus dem Nichts das geschmückte Boot auf, das die mit einem Tuch verhüllte Figur von Care barg und schweigend über den See gestakt wurde.

Als das Boot den Schrein erreichte, entfernten zwei Diener das Tuch und enthüllten die makabre Puppe mit ihrer Pappmachémaske. Die Puppe wurde den Vorschriften entsprechend auf den Scheiterhaufen getragen, doch ihrer Verbrennung wurde wie immer Einhalt geboten, als sich oben auf dem Hang ein unheimliches, elektronisch verstärktes Gelächter erhob.

Alle Blicke wanderten zum Hügel hinüber, als ein Rauchwölkchen und ein Lichtblitz das Vorhandensein des geisterhaft weißen Tree of Care kundtaten. Aus den tiefsten Tiefen des Baumes erhob sich donnernd die Stimme von Care selbst:

«Narren, Narren, Narren, wann begreifet ihr endlich, daß ihr meinen Tod nicht vermöget? Jahr um Jahr verbrennet ihr mich in diesem Hain und erhebet euer albernes Triumphgeschrei zu den mitleidigen Sternen. Doch sobald ihr eure Schritte wieder auf den Marktplatz lenket, harre ich dann nicht euer wie stets? Narren, Narren, daß ihr erträumet, Care zu beherrschen!»

Der Hohepriester antwortete:

«Jahr um Jahr hat unsere Gemeinschaft dich in den Grenzen dieses Hains für eine Weile gebannt, und dein böser Wille, der uns sonst verfolgte, hat unter diesen freundlichen Bäumen seine Macht verloren. So werden wir dich in dieser Nacht erneut verbrennen, und aus den Flammen, die dein Ebenbild verzehren, werden wir das Zeichen dafür lesen, daß die Sommersonnenwende uns erneut die Freiheit bringt.»

Daraufhin entzündeten die Diener ihre Fackeln an dem mit Gas gespeisten Altarfeuer, stiegen auf den Scheiterhaufen, ließen Care in Flammen aufgehen und zerrissen die Nacht mit verzückten Schreien. Die Band stimmte «Hot Time in the Old Town Tonight» an.

Booter lächelte, da er den alten Zauber wieder spürte, und zog sich in die Dunkelheit zurück, während zwischen den Bäumen oberhalb des Sees ein Feuerwerk losprasselte. Als er zu den Telefonzellen kam, war er erleichtert, niemand sonst vorzufinden. Er rief eine Nummer im Ortsnetz an.

«Jahallo», sagte Wren Douglas.

«Ich bin's», sagte er. «Ich will mich nur vergewissern, daß Sie gut versorgt sind.»

«Ich sitz hier ganz gemütlich», sagte sie.

«Schön. Ich komme heute abend hinauf.»

«Kein Problem», antwortete sie.

Mary Anns gute Nachricht

Die Ambulanz war ein L-förmiger Betonsteinbau an der Seventeenth Street zwischen der Noe und der Sanchez Street. Hinter einer Reihe von struppigen Palmen lagen zwei deutlich voneinander unterschiedene Eingänge: einer für Leute, die den Test machten, der andere für Leute, die sich ihr Ergebnis abholten. Während Michael im Wagen wartete, bekam Brian drinnen ein Video über T-Zellen und Helferzellen und die wahre Bedeutung von HTLV-III gezeigt.

Dann nahmen sie ihm Blut ab und schickten ihn wieder weg.

«Verdammt noch mal», sagte er zu Michael, als er in den VW stieg. «Du hast mir nicht gesagt, daß es zehn Tage dauert.»

«Ich hab gedacht, das weißt du.»

«Woher soll ich das wissen?»

«Na ja, *ich* hab den Test schon mal gemacht, nicht?»

«Ach so . . .» Brian schaute geistesabwesend aus dem Fenster. Er überlegte, welche Möglichkeiten ihm blieben. Er hatte darauf gesetzt, mit einem makellosen Gesundheitszeugnis nach Hause zu kommen, mit einer ärztlichen Bescheinigung, die den Schlag für Mary Ann etwas dämpfen würde, wenn er ihr von Geordie erzählte. Aber jetzt . . .

«Das liegt am Labor», sagte Michael. «Die brauchen dort wohl so lang.»

«Dann bin ich ja jetzt zehn Tage quasi vogelfrei.»

Michael schenkte ihm ein mattes Lächeln und ließ den Motor an. «Wohl eher vögelfrei.»

«Das klappt doch nie», sagte Brian.

«Was meinst du damit?»

«Na ja, sie wird merken, daß was im Busch ist.» Er warf Michael einen mahnenden Blick zu. «Mach da nicht auch gleich wieder ein Wortspiel draus.»

«Hat's bei euch noch keine zehn Tage gegeben, wo ihr's nicht getrieben habt?»

«Nein.»

«Na, da bin ich aber beeindruckt.»

Brian lachte nicht. Michaels flippiger Ton ging ihm langsam auf die Nerven. «Wie wär's mit Gummis?» fragte Michael.

«Wir nehmen nie welche», sagte Brian.

«Dann fangt ihr eben an damit. Sag ihr, daß du die Verhütungsmethode für sicherer hältst.»

«Michael», sagte er leicht verärgert, «du weißt doch, daß ich zeugungsunfähig bin.»

«Ach so, klar. Entschuldige.» Michael tat so, als würde er das Problem abwägen, und quasselte dann in einem recht guten Abklatsch von Dr. Ruths teutonischem Geschnatter los: «Tja . . . wie wär's denn dann mit einer hübschen, dekorativen Ausführung . . . vielleicht mit Tentakeln vorne dran.»

Brian mußte gegen seinen Willen lachen. «Du Schwein.»

«Sag's ihr», sagte Michael.

«Nein. Nicht jetzt.»

«Früher oder später wirst du's tun müssen. Und früher ist immer besser als später.»

«Das stimmt nicht. Warum sollte sie die nächsten zehn Tage leiden?»

«Weil *du* leidest. Und sie ist deine Ehefrau.»

Michaels Logik ärgerte ihn. «Und ich war ein wunderbarer Ehemann, was?»

«Hör mal, Brian . . . wenn du's ihr jetzt nicht sagst . . .»

«Vergiß es, okay? Ich muß das auf meine Art regeln.»

«Na prima», sagte Michael.

Zwanzig Minuten später setzte Michael ihn vor dem Summit ab. Der Portier schleuderte ihm ein freundliches: «Jau!» entgegen, doch Brian nahm ihn kaum wahr, als er schwerfällig zum Lift ging.

Konnte er ihr zehn Tage lang etwas vorgaukeln? Mit seinem Leben weitermachen, als wäre alles in Butter?

Auf der Fahrt nach oben stand er stocksteif da und versuchte, die Signale seines Körpers zu entschlüsseln. In seinen Gliedern steckte eine gewisse Schwere, die vielleicht schon früher da gewesen war oder auch nicht. Seine Pein schien teilweise lokalisierbar zu sein als schwacher Schmerzensfunke, der sich in einem Winkel seines Bauchs befand.

Das konnte natürlich alles sein. Eine Magenverstimmung oder ein Wiederaufflammen seiner alten Gastritis. Verdammt, vielleicht war es *doch* die Grippe. Seine Kopfschmerzen waren aber wohl weg.

Die Lifttür öffnete sich im zweiundzwanzigsten Stock. Als er auf den Flur hinaustrat, stand er dem unerträglichen Cap Sorenson gegenüber, der ein hämisches Grinsen im Gesicht kleben hatte. «Wie geht's, wie steht's, Hawkins?»

«Danke, gut», sagte er in ähnlich kumpelhaftem Ton. «Wirklich gut.»

Sie tauschten die Plätze. Cap hielt die Tür auf, um sein Schlußwort noch anbringen zu können. «Den Vertrag, von dem ich Ihnen erzählt hab, den hab ich abgeschlossen.»

«Toll.»

«Toll ist gar kein Ausdruck», sagte Cap. «Diesmal geht's um die richtig fette Kohle.»

Brian nickte. Der Lift setzte seinen Willen schließlich durch, und Caps idiotisches Grinsen verschwand in der Versenkung.

Er schloß die Wohnungstür auf und ging ans Fenster wie jemand, der sich unter Wasser bewegt. Die tiefstehende Sonne strahlte von Westen herüber und verwandelte weiße Gebäude in Gold: glänzende Barren vor blauem Hintergrund. Tief unter ihm warf das grüne Gewirr in der Barbary Lane verwaschen lila Schatten auf das Ziegelpflaster von Mrs. Madrigals Vorgarten.

Mary Ann kam aus dem Badezimmer. «Ich hab mich schon gefragt, wo du bist.»

Was machte sie hier? Hatte sie nicht vorgehabt, bis in die Nacht hinein zu arbeiten? «Ach», sagte er. «Michael und ich sind an den Strand rausgefahren. Wo ist Nguyet? Sie war hier, als ich . . .»

«Ich hab sie nach Haus gehen lassen. Ich hab mir gedacht, ein freier Nachmittag tut ihr mal ganz gut.»

«Aha.»

Sie fügte hinzu: «Ich hab mir selbst früher freigenommen heute. Ich hab einfach alles hingeschmissen. Ein tolles Gefühl.» Sie hatte ein merkwürdiges Leuchten in den Augen, als sie ein paarmal auf den Fersen hin- und herschaukelte. «Rat mal, was passiert ist.»

«Was?»

«Das glaubst du nie.»

Er sah sich beunruhigt um. «Wo ist Puppy?»

Sie schaute ihn finster an. «Läßt du mich jetzt vielleicht erzählen? Sie fährt bei den Sorensons auf ihrem Tuff Trike rum.»

Er versuchte sich an einem entschuldigenden Blick. «Was ist los?»

«Na ja . . . erst mal eine kleine Hilfe.» Nach einer kurzen Pause sang sie: «Dah-dah-dah-dah-dah-*dah* . . . dah-dah-dah-dah-dah-*dah*.»

Damit konnte er gar nichts anfangen.

«Komm schon», drängte sie. «Ich weiß, daß du das kennst. Es ist eine Titelmelodie.»

Er zuckte mit den Schultern.

«Ach, Brian.» Sie sang noch mal: *«En-ter-tain-ment To-niiight . . . En-ter-tain-ment To-niiight.»*

«Stimmt», sagte er. «Was ist damit?»

Sie strahlte ihn an. «Ich werd dort auftreten, Brian.»

«In der Show?»

«Ja! Sie machen eine Serie über . . . na ja, über die besten regionalen Talkshows. Und sie wollen mich haben! Ist das nicht wunderbar?»

Er nickte und legte sich mächtig ins Zeug, um ihrer Freude zu entsprechen. «Doch, das ist ganz toll.»

«Sie wollen hier ein paar Aufnahmen von uns machen.»

«Von mir, meinst du?»

«Ja klar von dir.» Sie tanzte in Loretta-Young-Manier durchs Zimmer. «Von dir und mir und Puppy und unserer sensationellen Wohnung über der Stadt.» Sie brach in triumphierendes Gekicher aus und schlang die Arme um ihn.

Er klopfte ihr auf die Schulter und sagte noch einmal: «Das ist ganz toll.»

«Im Geist hab ich heute schon dauernd umdekoriert.» Sie ließ ihn los und fing an, auf und ab zu gehen. «Ich denke, wir brauchen *entschieden* mehr Blumen. Orchideen vielleicht . . . in solchen Übertöpfen aus Zweigen und Moos.»

Er hörte sie kaum.

Sie blieb stehen und sah ihn mit einem leichten Lächeln tadelnd an. «Hier scheint jemand nicht ganz bei der Sache zu sein. Was ist los?»

«Nichts», sagte er.

«Hast du immer noch Kopfschmerzen?»

«Nein. Es geht mir wieder gut.»

«Schön.» Sie schaute sich im Zimmer um. Offenbar prüfte sie verschiedene Kameraeinstellungen. «Die ganzen Spießer in Cleveland sollen gelb werden vor Neid. Ach so . . . Jed war am Nachmittag kurz da.»

Er stöhnte. Das Kind hatte er völlig vergessen.

«He», sagte sie sanft. «Ich hab gedacht, du gibst ihm noch mal eine Chance.»

«Die hat er nicht verdient», sagte er.

«Tja, morgen nachmittag fährt er wieder. Wenn du überhaupt noch mit ihm redest, dann . . .»

«Hör zu», fauchte er. «Ich geh schon zu ihm, okay?»

Sie wich etwas zurück und schüttelte die Hand, als hätte sie sich am Herd verbrannt. «Da braucht aber jemand dringend sein Abendbrot und eine Rückenmassage», sagte sie. «Ich mach uns einen Drink.»

Die Rückenmassage bedeutete genau das, was er befürchtet hatte. Als er den Druck ihrer Knie und das kühle Rinnsal der Zedernholzlotion auf dem Rücken spürte, wußte er, daß sie das Ganze als Vorspiel zum Sex auffaßte.

«Rat mal, um was es in meiner Show morgen geht.» Sie verteilte die Lotion auf den Schulterblättern und strich dann mit den Händen in Richtung Arsch.

«Nämlich?»

«Um Vorhautwiederherstellung. Ist das nicht abgedreht?»

Er lachte ins Kissen.

«Eigentlich müßte ich ein Buch dazu lesen, aber scheiß drauf.»

Er ächzte.

«Ich würde viel lieber rumspielen. Und du?» Sie beugte sich vor und küßte seine linke Arschbacke.

Er lächelte ihr zu, tätschelte ihr den Kopf und sah sie so liebevoll an, wie er nur konnte. «Ich bin überhaupt nicht in Stimmung, Schnuckel. Tut mir leid.»

«Das macht nichts», sagte sie heiter und stupste mit der Nase gegen seinen Hals. «Mir gefällt's auch, wenn ich nur so auf dir draufliege.»

«Mhm. Mir auch.»

«Ich bin so gern mit dir zusammen, Brian.»

«Danke.»

«Und wir kommen so toll zurecht.» Sie umarmte ihn noch fester und seufzte. «Ich kann's gar nicht recht glauben. Das alles hier und dazu noch *Entertainment Tonight*.»

Sie lagen einige Zeit so da und dösten gemeinsam dahin. Dann zog Mary Ann sich mit ihrem Beschneidungsbuch in den Lehnsessel zurück. Ab und zu lugte sie hinter dem Buch hervor und schenkte ihm einen wohlwollenden Blick.

Er schlief unruhig und war sofort hellwach, als sie das Licht ausmachte und sich zu ihm ins Bett legte.

«Wie spät ist es?» fragte er.

«Fast Mitternacht», sagte sie. «Schlaf jetzt, Kleiner.»

Irgendwie kam es ihm viel später vor. Als wäre es bereits Morgen. Er wälzte sich ein paarmal hin und her, versuchte, eine Position zu finden, in der seine Muskeln nicht mehr schmerzen würden.

«Geht's dir denn auch gut?» fragte sie und schmiegte sich an seinen Rücken.

«Mir ist nur . . . ein bißchen warm.»

«Du glühst ja richtig.»

«Würdest du . . . ein bißchen rüberrücken.»

Sie tat es. «Ich werd mal deine Temperatur messen.»

«Nein. Laß nur. Es geht mir gut.»

«Aber, wenn . . .»

«Ich will schlafen, Mary Ann!»

Es folgte gekränktes Schweigen. Schließlich gab sie ihm einen Klaps auf den Po und drehte sich auf die andere Seite. «Gute Besserung», sagte sie.

Er schlief durch, bis ihr Wecker losging. Sie stellte ihn ab, indem sie «Okay» sagte, saß dann aber sofort kerzengerade im Bett. «Brian, das Bettzeug ist triefnaß!»

Er befühlte die Decken. Sie hatte recht.

Sie legte ihm die Hand auf die Stirn, um ihm die Temperatur zu fühlen. «Ich glaub, dein Fieber ist weg.»

Er stellte fest, daß er sich viel wohler fühlte. Vielleicht hatte er das Schlimmste hinter sich.

Sie kletterte über ihn hinweg und stand auf. «Du hast Glück gehabt», sagte sie. «Es war so 'ne Vierundzwanzig-Stunden-Geschichte.»

«Wahrscheinlich», sagte er.

Sie blieb vor dem Badezimmer stehen und fügte hinzu: «Wechsel das Bettzeug und leg dich wieder hin. Du darfst nichts riskieren.»

«Da hast du allerdings recht. Aber mir geht's gut.»

«Egal. Schlaf weiter. Nguyet kann Puppy füttern. Ich leg ihr einen Zettel hin.»

Er nickte in dem feuchten Bettzeug wieder ein und schlief noch ein paar Stunden. Als er aufwachte, hörte er, wie Nguyet Shawna auf vietnamesisch etwas vorsang. Mary Anns Vorhautforum plärrte in voller Lautstärke aus dem Fernseher in der Küche.

Er griff nach dem Princess-Telefon und tippte Michaels Nummer ein. Der meldete sich gleich beim ersten Klingeln mit einem unbeschwerten: «Hallo.»

«Fahren wir irgendwohin», sagte Brian, ohne seinen Namen zu nennen.

«Wohin?» fragte Michael.

«Egal, wohin. Ich muß hier weg, Mann.»

«Schaust du dir ihre Show an?»

«Nein, das ist das Hausmädchen», sagte Brian.

«Es ist absolut toll. Ein neuer Tiefpunkt. Wun-der-bar.»

«Michael . . .»

«Du hast es ihr nicht gesagt, hm?»

«Nein.»

«Aber du sagst es ihr noch, oder?»

«Ja. Bald. Ich muß es nur erst selber auf die Reihe kriegen. Hör mal, wenn wir nur für ein paar Tage abhauen könnten . . . nach Big Sur fahren, ins Mother Lode Country, ganz egal . . .»

«Nur wir beide?»

«Ja.»

«Brian . . .»

«Ich quassel dich schon nicht dauernd voll damit. Ich schwör's dir. Ich brauch nur ein bißchen Unterhaltung . . . ein bißchen Gelächter.»

«Zehn Tage, Brian.»

«Vier, okay? Fünf. Na, wie wär das?»

«Geht's dir denn auch gut?»

«Klar. Logo. Ist mir noch nie besser gegangen.»

Michael fragte erst nach kurzem Schweigen: «Was hältst du vom Russian River?»

«Toll. Was ist damit? Kennst du dort was?»

«Ich glaube, ja», sagte Michael. «Eine Hütte in Cazadero. Ein Freund hat gemeint, ich könnt sie haben.»

«Ja? Und es würd dir nichts ausmachen . . .?»

«Mich mit einem Idioten wie dir rumzuschlagen?»

Brian lachte. «Wir haben schon mal über so was geredet.»

«Das stimmt.»

«Na, dann los!»

«Okay», sagte Michael. «Abgemacht.»

Die Straße zu Wimminwood

Endlich waren sie unterwegs nach Norden. D'orothea saß am Steuer des Kombis und DeDe auf dem Beifahrerinnensitz. Die Kinder saßen hinten inmitten eines Gewirrs aus Campingzubehör und stritten erbittert um den Besitz der Nerds.

«Mom hat sie für mich gekauft», verkündete Edgar.

«Sie hat sie für uns beide gekauft», sagte Anna. «Nicht, Mom?»

DeDe hatte genug von dem Gekeife. «Laßt mich in Frieden, ihr zwei. Sonst gibt's gleich eine auf die Nuß.»

Anna machte «Ohoooo» und verzog das Gesicht. «Da fürcht ich mich aber.»

«Ich mein's ernst, Anna.»

«Aber Edgar hat alle Nerds aufgegessen, und du hast sie doch für mich gekauft.»

«Ich hab sie für euch beide gekauft.»

«Aber er hat alle aufgegessen.»

«Du hast ihnen Nerds gekauft?» fragte D'or.

«Ich hab ihr gesagt, sie kann welche haben», sagte Edgar.

«Gar nicht wahr!» sagte Anna.

«Was ist ein Nerd?» fragte D'or.

DeDe wußte, was bevorstand. «Laß gut sein», sagte sie. «Schauen wir uns mal die Packung an.»

«D'or . . . ich weiß auch so, daß sie ekelhaft sind.»

«‹Saccharose, Dextrose, Apfelsäure und/oder Zitronensäure . . .›»

«Es *reicht*, D'or.»

«‹Künstliche und natürliche Aromen, gelber Farbstoff Nummer fünf und Karnaubawachs.› O wie lecker . . . Karnaubawachs . . . das lieb ich ja ganz besonders.»

DeDe gab auf. Es hatte keinen Sinn, mit D'or zu diskutieren, wenn sie über Ernährung schwadronierte. DeDe wandte sich statt dessen an die Kinder: «Könnt ihr zwei nicht mal aufhören? Wir sind auch gleich da.»

«Wie lang noch?» fragte Anna, die es immer ganz genau wissen wollte.

«Nicht lang.» – «Wie lang?»

«Ich weiß nicht, Anna. Weniger als eine Stunde.»

«Wenn es doof ist, können wir dann wieder nach Hause?»

«Es ist nicht doof», warf D'or ein. «Es gibt extra einen Ententeich für die Kinder.»

«Na toll», sagte Anna.

«Was ist blau und sahnig?» fragte Edgar.

«Sei still», sagte Anna.

«Und außerdem», ergänzte D'or geradezu marktschreierisch, «schlafen wir unter den Sternen, essen im Freien und lernen ganz viele . . .»

«Was ist blau und sahnig?» wiederholte Edgar.

«Eeedgar», quengelte Anna. «Halt den Rand.»

«Es ist ein Rätsel», sagte Edgar und beugte sich über den Sitz zu D'or nach vorne. «Gibst du auf?»

«Setz dich», befahl DeDe. «Sonst fährt D'or wegen dir noch in den Graben.»

«Okay», sagte D'or, «was ist blau und sahnig?»

«Schlumpfsperma!» sagte Edgar und lachte triumphierend.

DeDe starrte ihn entsetzt an. «Wo hast du das denn her?»

Der Junge zögerte und sagte dann: «Von Anna.»

«Gar nicht wahr», sagte Anna.

«Doch.»

«Du lügst!»

«Jetzt reicht's aber, ihr zwei! Seid endlich mal still da hinten!» Es war D'ors Stimme, die sich über das Gequäke erhob. Ihr Ton enthielt genau den richtigen Schuß Drohung, um die Zwillinge zum Schweigen zu bringen. DeDe bewunderte D'ors feines Gespür für Autorität und fand es gleichzeitig ärgerlich. Warum konnten Mütter keinen solchen Schrecken hervorrufen?

Als sie durch Monte Rio fuhren, wandte D'or sich an DeDe: «Wahrscheinlich treibt sich der alte Booter hier irgendwo rum.»

DeDe nickte. «Über die Brücke und dann links.»

«Mhm, nach links. Das muß ganz schön hart sein für den alten Faschisten.»

DeDe warf ihr einen bösen Blick zu, der heißen sollte: *Nicht vor den Kindern!*

D'or redete unbeirrt weiter. «Geschieht ihm ganz recht. Er hat ja auch einen Kranz auf ein Nazigrab gelegt.»

«Es war eine Versöhnungszeremonie. Das weißt du doch.»

«Ja, ja.»

«Und sie gehörte zu seinen Amtspflichten.»

«Mhm.»

«Außerdem war es eine friedensstiftende Geste», sage DeDe scharf. «Eigentlich müßte dir das gefallen.»

D'or zuckte mit den Schultern. «Ich seh nicht, daß er mit den Russen Frieden stiftet.»

DeDe sah ihre Geliebte böse an, wandte sich dann ab und schaute aus dem Fenster. Sie gehörte kaum zu Booters größten Verteidigerinnen, aber es kotzte sie an, wenn D'or ihn benutzte, um einen Streit vom Zaun zu brechen. Was war überhaupt los? Warum war D'or auf Streit aus?

«Mom?» sagte Edgar.

«Ja, mein Engel?»

«Wie lang noch?»

«Ach, höchstens vier, fünf Kilometer. Tust du mir einen Gefallen, hm?»

«Was für einen?»

«Behalt den Witz für dich, wenn wir da sind.»

Hinter Monte Rio öffnete sich die Landschaft dem strahlendblauen Himmel. Der von sommersummendem Gestrüpp und glänzendweißen Sandsicheln gesäumte Fluß schlängelte sich träge in Richtung Pazifik. In Duncans Mills (wo sie angesichts der auf Wildwest getrimmten Läden aufstöhnten) fuhren sie über die Brücke und bogen links in die Uferstraße ab.

«‹Moscow Road›», las D'or vom Schild ab. «Das ist eine Straße, auf die man gern links einbiegt.»

DeDe war inzwischen sanfter gestimmt. Sie lächelte. Dann streckte sie die Hand aus und drückte D'ors Bein. «Ist es nicht spannend?» sagte sie.

Die Straße führte durch einen kleinen Weidenhain, der ihnen den Blick auf den Fluß versperrte. Danach kamen eine imposante immergrüne Hecke und ein ebenso imposanter Redwoodzaun. «Das sieht ja gut gesichert aus», sagte D'or.

DeDe fühlte sich vage an die Zufahrt zum Golden Door erinnert, ihrer Lieblingsabspeckfarm von damals, aber das behielt sie lieber für sich. Statt dessen drehte sie sich zu den Kindern um.

«Also», sagte sie und hoffte, daß ihr frisch gewonnener Enthusiasmus ansteckend wirkte. «Ihr zwei kriegt ein Zelt ganz für euch allein.»

Die Zwillinge sagten im Chor: «Juchu!» Ihr Streit um die Nerds war fast schon vergessen.

«Seht nur», jubelte D'or. «Wir sind da.»

Eine junge Schwarze stand am Straßenrand und winkte sie

durch das Tor. D'or bremste, drehte sich nach links und redete die Frau an. «Wo ist die Anmeldung?»

«Ganz hinten», sagte die Frau. «Stellt zuerst den Wagen ab und ladet euer Zeug aus. Ins Land kommt ihr mit dem Pendelbus.»

«In was für ein Land?» fragte DeDe.

Die Frau lachte und beugte sich in den Wagen. «Ins Land der verrückten Hühner, wenn du mich fragst.» Sie streckte D'or die Hand hin. «Ich bin Teejay», sagte sie. «Willkommen bei Wimminwood.»

«Danke. Ich bin D'orothea. Und das sind DeDe, Edgar und Anna.»

Teejay lächelte und winkte. Dabei war ihre rosa Handfläche zu sehen. «Hallo, ihr.» Sie deutete auf DeDe und sagte an D'or gewandt: «Erzähl ihr was übers Land.»

D'or reckte den Daumen hoch und fuhr weiter.

«Tja», sagte DeDe, «dann erzähl mir doch was übers Land.»

D'or lächelte. «Es ist nur ein Name für das Lager. Er schafft so was wie ein Gemeinschaftsgefühl.»

Bei dir vielleicht, dachte DeDe.

D'or hielt auf einer staubigen Lichtung, auf der die Autos bereits dicht an dicht standen. Mehrere Dutzend andere Neuankömmlinge luden gerade aus, begrüßten einander johlend oder packten sich ihr Bettzeug auf die Schultern.

«Lassen wir den Wagen einfach hier stehen?» fragte DeDe.

«Du hast's erfaßt», sagte D'or. Sie wandte sich an die Kinder. «Okay, ihr Bande, ich sag euch jetzt, wie wir's machen. Wir schnappen uns alle 'ne Handvoll Zeug. Mom und ich nehmen die Zelte und die schweren Sachen. Ihr nehmt das Bettzeug und was sonst noch so da ist.»

Die Zwillinge unterzogen sich dieser Pflicht mit ungewohnter Energie. DeDe warf D'or einen zuversichtlichen Blick zu und packte dann selbst mit an.

Verglichen mit der Ausrüstung der anderen Neuankömmlinge, wirkte ihre doch recht spartanisch. Manche Frauen waren beladen wie Packesel, schleppten Kühlboxen und Gartenstühle, Sturmlampen, Angelzeug und Gitarren. Sie strebten ebenso wie der Halcyon-Wilsonsche Haushalt einem zentralen Ladeplatz zu und stellten sich zur Anmeldung in die Schlange.

«Entscheid dich für einen Dienst», sagte D'or, als sie an der Reihe waren.

«Was?»

«Welche Arbeit willst du machen?»

«Moment», sagte DeDe. «Mir hat niemand was von einer Arbeit gesagt.»

«Es steht in der Broschüre, Deirdre. Spiel jetzt bloß nicht die höhere Tochter.»

DeDe hätte am liebsten an Ort und Stelle zu streiten angefangen, aber die Kinder sahen zu, und sie wollte ihren Aufenthalt nicht damit einläuten, daß sie ein schlechtes Beispiel gab. «Was steht zur Wahl?» fragte sie eisig.

D'or las von einer Liste ab, die auf dem Anmeldungstisch klebte: «Küchendienst, Sicherheitsdienst, Müllaufsicht und Medizinische Versorgung.»

«Was nimmst du?»

«Müllaufsicht.»

DeDe verzog das Gesicht, aber für D'or paßte die Entscheidung hundertprozentig. Die Frau hatte am Saubermachen mehr Spaß als an praktisch allem anderen. «Was heißt Sicherheitsdienst?» fragte DeDe.

D'or zuckte mit den Schultern. «Vor allem Kontrollgänge machen. Alles ein bißchen im Auge behalten.»

Das hörte sich einigermaßen harmlos an. Garantiert besser als Küchendienst und entschieden weniger ekelig als Medizinische Versorgung. «Trag mich dafür ein», sagte DeDe.

Sie bekamen orange Armbänder ausgehändigt – Plastikdinger ähnlich wie im Krankenhaus –, die sie als Festivalbesucherinnen auswiesen, im Gegensatz zu Künstlerinnen oder Leuten von der Technik. Das roch für DeDe nach Konzentrationslager, und sie konnte es sich nicht verbeißen, das auch zu sagen.

«Ich weiß», sagte D'or, «aber das hat alles seinen Grund. Das geht alles auf frühere Erfahrungen zurück.»

Als sie angemeldet waren, gingen sie zu ihren Sachen und warteten mit den anderen Frauen auf den Pendelbus. Der tauchte zehn Minuten später in Form eines Lastwagens mit offener Pritsche auf – sehr zur Freude der Kinder, die sowieso jede Fortbewegungsart beklatschten, die etwas Aufregung in ihr Leben zu bringen versprach.

Während sie auf einem ausgefahrenen Waldweg in die Wildnis hoppelten, überschrie DeDe mit ihren Anweisungen den Motorenlärm. «Halt dich an was Schwerem fest, Edgar. Anna, laß das sein . . . Setz dich auf der Stelle hin.»

D'or warf den Kopf in den Nacken und lachte. Sie hatte ein sonderbares wildes Glitzern in den Augen.

Zehn Minuten später hielt der Lastwagen mit einem Ruck auf einer Lichtung in Flußnähe. Dankbar für die Erlösung, sprang DeDe als erste hinunter und reichte den Kindern die Hand. D'or zog den Gurt um ihren Doppelschlafsack nach und sagte: «Jetzt sind wir auf uns allein gestellt. Wo willst du zelten?»

DeDe zuckte mit den Schultern. «Irgendwo, wo's hübsch ist.»

D'or studierte den Plan, den sie bei der Anmeldung mitgenommen hatte, und zeigte dann flußabwärts auf eine Gruppe Bäume. «Die Partygirls sind da drüben. Die S/M-Gruppe ist knapp einen Kilometer hinter uns.»

«Na prima», sagte DeDe trocken. «Was gibt's noch?»

«Mom», flötete Anna. «Gehen wir da runter. Es ist doch hübsch am Fluß.»

DeDe legte ihrer Tochter den Arm um die Schultern. «Von mir aus gern. Was sagst du dazu, Edgar?»

«Mir gefällt's am Fluß», sagte ihr Sohn.

DeDe wandte sich an D'or. «Wie sieht's auf deiner Karte aus? Gibt's dazu was Besonderes zu sagen?»

Ihre Geliebte registrierte den ironischen Unterton und runzelte tadelnd die Stirn. Dann sagte sie: «Die Womb ist droben an der nächsten Bucht, aber die ist ziemlich weit weg.»

«Die Womb», wiederholte DeDe trocken. «Ich trau mich fast nicht zu fragen.»

D'or hob das verschnürte Zelt auf und marschierte in Richtung Fluß. «Wenn du alles durch den Kakao ziehen willst, dann hör ich lieber gar nicht erst hin.»

DeDe ließ es bleiben. Sie widmete sich wieder den Zwillingen, prüfte, ob von ihren Sachen auch nichts ins Rutschen geraten war oder noch herumlag, und sagte dann: «Bleibt jetzt schön zusammen. Wir dringen in unerforschtes Gebiet vor.»

«Ja, klar», sagte Anna und verdrehte die Augen.

DeDe half Edgar, das Gewicht seines Rucksacks neu zu verteilen, und schloß dann rasch zu D'or auf. «Okay», sagte sie. «Erzähl mir was über die Womb.»

«Tu nicht so gönnerhaft.»

«Ich will's wirklich wissen, okay?»

D'or zögerte und sagte dann: «Es ist ein Ort, an den die Frauen sich zurückziehen können, wenn sie emotionale Unterstützung brauchen. Das ist hier ein großes Festival . . . da kann es zu Verletzungen kommen.»

DeDe stellte sich ein Zelt voller wehklagender Frauen vor, die der armen Lesbe, die zum Womb-Dienst eingeteilt war, dermaßen auf die Nerven gingen, daß es ihr die Birkenstocks auszog. Aber das behielt sie diesmal lieber für sich. «Das scheint ja 'ne gute Sache zu sein», sagte sie zu D'or.

Als es Zeit wurde, die Zelte aufzustellen, entschieden sie sich für ein Ufergrundstück, das durch etliche Erdbeerbäume von den anderen Zelterinnen getrennt war. Sie alle – selbst D'or – hatten nicht die leiseste Ahnung, wo welche Plastikstangen hingehörten, doch die Versuche, das herauszufinden, banden die Familie in einer Weise aneinander, daß es DeDe warm ums Herz wurde.

Voller Stolz auf ihre Leistung quetschten sie sich hinterher zu viert in das größere Zelt und schauten zu, wie das Licht auf dem Wasser tanzte. Sie hatten noch keine fünf Minuten so dagesessen, als zwischen den Erdbeerbäumen hindurch jemand auf sie zukam.

Der Kopf, der sich in den Zelteingang schob, war beinahe kahlgeschoren. Aus den verbliebenen Haaren war ein Frauenzeichen ausrasiert, und zwar so, daß der Kreis oben auf dem Kopf saß und das Kreuz sich zur Stirn hinunterzog.

«Hallo», sagte die Frau lächelnd.

«Hallo», antworteten sie im Chor.

Sie streckte D'or die Hand entgegen. «Ich bin Rose Dvorak.»

«Ich bin D'orothea Wilson. Und das sind DeDe Halcyon, meine Geliebte . . . und Edgar und Anna, unsere Kinder.»

Die Frau sah Edgar etwas länger als nötig an, bevor sie sich an D'or wandte. «Ich hab euch reinkommen sehen. Ich wollt euch nur begrüßen.»

«Ach so», sagte D'or. «Gehörst du hier . . . äh . . . zur Organisation?»

Rose lächelte in einer Weise, die Geheimnisvolles ebenso wie Autorität zum Ausdruck bringen sollte. «Ich bin fast überall dabei.»

Großartig, dachte DeDe. Jetzt wissen wir's genau. «Weißt du, wie man zum Essensplatz kommt?» fragte sie.

«Klar», sagte Rose. «Wenn du rauskommst, kann ich dir's zeigen.»

DeDe verließ das Zelt und folgte Rose auf die andere Seite der Erdbeerbäume. «Hör mal», sagte Rose, als sie außer Hörweite waren. «Der Junge da kann nicht bleiben.»

«Was meinst du damit?»

«Stell dich nicht dumm. Hier sind nur Frauen zugelassen.»

«Aber er ist doch noch keine zehn. Er ist erst acht.»

«Zehn ist die Altersgrenze für die Teilnahme. Im Frauenbereich wohnen darf er trotzdem nicht. Das steht unmißverständlich in den Teilnahmebedingungen.»

«Aber, Herrgott noch mal . . . was sollen wir denn anstellen mit ihm? Ihn auf ein Floß im Fluß setzen?»

Die Frau schaute sie lange und mit hartem Blick an. «Hast du die Teilnahmebedingungen gelesen? Vielleicht wäre das nicht schlecht.»

«Na ja, ich hab . . .»

«Es gibt eine Sonderzone für Jungen unter zehn. Sie ist da drüben neben . . .»

«Eine Sonderzone?» sagte DeDe. «Das kann doch nicht wahr sein. *Eine Sonderzone?*»

«Sie heißt Brother Sun», sage Rose.

«Dann . . . kann meine Tochter bei mir bleiben, aber mein Sohn wird . . . deportiert?»

«Dieses Wort hab *ich* nie benutzt», sagte Rose.

DeDe war außer sich. Das war *Sophies Entscheidung* ohne Entscheidungsmöglichkeit. «Das ist doch krank. Das ist wirklich das Dämlichste, was ich je . . .»

«Man hätt euch das am Tor sagen sollen», sagte Rose. «Keine Ahnung, warum das nicht passiert ist.»

«Ja. Das muß wohl ein Versehen eines *Menschen* gewesen sein.»

Roses Augen wurden deutlich schmaler. «Ich bin verpflichtet, den Jungen zu melden. Es ist meine Aufgabe, dafür zu sorgen, daß das hier ein reiner Frauenbereich bleibt. Wenn du nicht bereit bist, die Vorschriften zu befolgen, steht es dir jederzeit frei zu gehen.»

DeDe zögerte. Dann drehte sie sich um, denn sie hörte D'or kommen. «Was ist los?» fragte D'or Rose.

«Es geht um Edgar», sagte DeDe. «Sein Pillermann stellt eine größere Bedrohung dar.»

D'or reagierte auf die Bemerkung mit einem finsteren Blick und redete dann mit Rose. «Aber er ist doch noch keine zehn.»

«Es geht nicht ums Alter», sagte DeDe.

Diesmal erntete DeDe von D'or einen Blick, der sagte: *Halt die Klappe und laß mich mit der Frau reden.*

«Wir haben ein eigenes Lager für die Jungen», erklärte Rose ihr. Sie klang dabei entschieden versöhnlicher als zuvor DeDe gegenüber. «Es ist eine Gefälligkeit von uns für Frauen, die ihre Kinder nicht zu Hause lassen können. Wenn ihr euch die Anlage anschauen wollt . . .»

«Wir sind aber als Familie hergekommen», sagte D'or. «Du

kannst die Vorschriften doch sicher ein bißchen großzügiger auslegen . . .»

Rose schüttelte provokant lächelnd den Kopf. «Du weißt, wo das hinführen würde.» Sie drehte sich um, stolzierte davon und verkündete ihren abschließenden Erlaß über die Schulter hinweg. «Ihr müßt euch bei Laurie in Brother Sun melden. Ich frag später bei ihr nach, ob er auch dort untergebracht ist.»

«Komm, wir fahren nach Hause», sagte DeDe.

«Wart doch erst mal.»

«Ich laß mir das nicht gefallen, D'or. Diese Frau sagt mir nicht, was . . .»

«Ich weiß, ich weiß.» D'or legte DeDe den Arm um die Taille. «Sie ist eine blöde Kuh. Da bin ich ganz deiner Meinung.»

DeDe verspürte plötzlich den Drang zu heulen. Wenn das so weiterging, würde sie im Handumdrehen unten in der Womb sein. «D'or . . . warum hast du mir von dieser Sonderzone nichts erzählt?»

«Ich hab's nicht gewußt, Schatz. Ehrlich.»

«Tja, ich glaube, wir sollten einfach abreisen. Ich würd's wahrscheinlich nicht über mich bringen, Edgar zu sagen . . .»

«Jetzt wart doch mal. Wir wissen ja gar nicht, wie's dort ist. Vielleicht ist's auch ganz nett da.»

«Vergiß es.»

«Er wär mit anderen Jungs in seinem Alter zusammen. Haben wir darüber nicht schon mal geredet? Es wär wie im Sommerlager . . . nur, daß *wir* gleich ein paar hundert Meter weiter zelten würden. Und wir könnten ihn immer besuchen.»

«Aber er könnte uns nicht besuchen. Er würde sich ausgeschlossen fühlen.»

«Woher willst du das wissen, Schatz? Auf die Konzerte hat er sowieso keine Lust. Das hat er selbst gesagt.»

DeDe kam zu dem Schluß, daß D'or recht hatte. Oder flüchteten sie vor einer schwierigen Situation und gaben sich reinen Rationalisierungen hin? Was war, wenn Edgar das Ganze nicht verstand? Was war, wenn er für sein weiteres Leben Schaden nahm?

«Machen wir's doch so», sagte D'or. «Wir zwei gehen jetzt ins Jungslager und reden mit dieser Laurie. Wenn's ganz furchtbar ist dort, dann streichen wir die ganze Angelegenheit . . . packen unser Zeug und suchen uns irgendwo in der Nähe einen schönen öffentlichen Campingplatz.»

DeDe nickte zaghaft. D'or war absolut in ihrem Element, wenn sie «Bridges Over Troubled Waters« bauen konnte.

Brother Sun stellte sich als entschieden angenehmer heraus, als DeDe gedacht hatte. Es waren mindestens ein Dutzend Jungs da, und die meisten waren in Edgars Alter. Hatte sie sich für ihren Sohn nicht immer genau so was gewünscht? Edgar war schließlich das einzige männliche Wesen in einem Haus voller Frauen. Wenigstens für die Zeit ihres Aufenthalts würde ihm ein Zusammensein mit lauter Jungs wahrscheinlich sehr, sehr gut tun.

Laurie, die Betreuerin der Jungs, war um die fünfzig, warmherzig und widmete sich ihrer Aufgabe bei Wimminwood mit sichtlicher Hingabe. Sie redete von ihren Schützlingen als den «kleinen Bengeln», aber die Jungs mochten sie ganz offensichtlich. Das Lager selbst bestand aus im Halbkreis gebauten Redwood-Schuppen und lag nur ein paar Meter neben einer Ausbuchtung des Flusses, in der nur die Jungs schwimmen durften.

Am Ende überließen sie die Entscheidung Edgar. Daß ihm die Sache fast auf Anhieb gefiel, verscheuchte jegliche Schuldgefühle, die DeDe vielleicht verspürt hatte. Einzig Anna erhob schwachen Protest, da sie auf diesen «besonderen Platz für Jungs» neidisch war, aber D'or versicherte ihr, daß es im Lager auch für Mädchen genug zu unternehmen gab.

Nachdem sie Edgar in der Sonderzone abgegeben hatten, spazierten sie durch das Lager, um sich einen Überblick zu verschaffen. Sie stießen auf Frauen, die lachend um Lagerfeuer herum saßen oder sich auf Bäume am Fluß zurückgezogen hatten, auf Frauen beim Bridgespielen, beim Holzhacken oder beim gemeinsamen Biertrinken mit anderen Frauen.

Als sie zur großen Bühne kamen, wurde dort gerade Square dance getanzt. Ungefähr hundert sonnengerötete Frauen, die nur Stiefel und Stirnbänder am Leib trugen, tanzten zur Musik einer Streichkapelle Ringelreihen. Von diesem Anblick amüsiert, aber auch gefesselt, drehte DeDe sich um und suchte die Aufmerksamkeit ihrer Geliebten.

«Na?» sagte D'or. «Das ist doch schon was, hm?»

DeDe nickte. Ja, das war schon was.

Historischer Wert

In der Barbary Lane 28 packte Michael gerade seinen Koffer, als das Telefon klingelte.

«Michael?» sagte die Stimme am anderen Ende der Leitung.

«Ja.»

«Hier ist Thack Sweeney. Der Kerl, mit dem du in Einzelhaft warst.»

«Oh, hallo.» Paßte das nicht wieder mal? Paßte das nicht wieder mal, daß er gerade jetzt anrief?

«Ich hab gesagt, daß ich mich melde.»

«Ja, stimmt.»

«Sag, was hast du morgen vor?»

Kackpißscheiße, dachte Michael. «Na ja, ich fahr mit einem Freund an den Fluß.»

«Oh. Ja? Hört sich gut an.» Wenn er am Boden zerstört war, dann ließ er sich das nicht anmerken.

«Was hattest du vor?» fragte Michael.

«Ach . . . nichts Besonderes. Nur so ein bißchen rumhängen.»

Rumhängen hatte sich noch nie so verlockend angehört. «Der Ausflug steht eigentlich schon fest», sagte Michael. «Sonst . . .»

«Ich versteh schon», sagte Thack.

Michael zögerte. «Was machst du heute abend?»
Thack lachte. «Ich liege vor dem Tante-Emma-Laden bei dir um die Ecke auf der Lauer.»
«Hm?»
«Na ja, nicht direkt, aber fast. Die Frau hinterm Tresen meint, daß du nur zwei Blocks von hier wohnst. Ich bin die Union Street hochmarschiert und hab spontan beschlossen, dich anzurufen. Es ist ein aberwitziger Zufall.»
Michael war nach mehr als Zufall. «Du bist im Searchlight Market?»
«Genau, so heißt der Laden.»
«Willst du . . . äh . . . rüberkommen?»
«Tja . . . du packst wahrscheinlich grade.»
«Nein. Das heißt, ich bin schon fertig. Komm ruhig rüber, wenn du willst.»
«Wie find ich zu dir?»
«Äh . . . du gehst bis zum höchsten Punkt der Union und biegst dann nach links in die Leavenworth ein. Auf halbem Weg den Hügel hinunter geht die Barbary Lane links ab. Du mußt die Treppe hoch, die man von der Straße aus sieht.»
«Verstanden», sagte Thack.
Michael legte auf, setzte sich, grinste übers ganze Gesicht, stand wieder auf und vollführte einen kleinen Freudentanz durchs Zimmer. Dann wusch er das Geschirr zu Ende ab, warf noch einmal einen Blick ins Bad und pflückte die abgestorbenen Blüten von seiner eingetopften Azalee.

Als Thack zehn Minuten später eintraf, hatte ihm der Nebel die Wangen rot gefärbt. «Junge, Junge», sagte er, als er in die Wohnung kam. «Du hast mich nicht vor der Treppe gewarnt.»
«Ach so, nein», sagte Michael. «Ist eine Stufe gebrochen?»
Thack nickte. «Ich bin grade noch rechtzeitig abgesprungen.»
«Auf welcher Höhe?»
«Fast ganz oben . . . kurz bevor man an die Stelle mit diesen tödlichen Steinen kommt. Werdet ihr oft verklagt?»

Michael lächelte ihn an. «Die Lane-Bewohner wissen ja Bescheid.»

Thack schaute sich um wie ein Hund, der sein Körbchen beschnüffelt, ging dann direkt ans Fenster und blickte auf die Bay hinaus. «Die Lane-Bewohner, hm? Klingt ja fast anthropologisch.»

«Na ja . . . so verkehrt ist das gar nicht.»

«Als wär's ein Stamm vom Amazonas oder so. Stimmt, dort drüben ist es.»

«Was?»

«Das Leuchtfeuer von Alcatraz. Du hast gesagt, daß du's von hier aus sehen kannst.»

«Ach so . . . ja. Stimmt, das ist es. Hör mal, du kannst es dir gern gemütlich machen hier, aber ich muß mal kurz die Stufe reparieren.»

«Jetzt?»

«Es ist so eine Art . . . Abkommen, das wir hier haben. Im Keller liegen schon fertig zugeschnittene Bretter. Es dauert sicher nicht lang.»

«Das muß ich sehen», sagte Thack.

«Aber, wenn du lieber hier warten willst . . .»

«Nein. Los, geh vor.»

Also ging Michael in den Keller, und Thack folgte ihm auf dem Fuß. Er nahm ein Brett von einem Zehnerstapel (Mrs. Madrigal hatte sie alle mit *SOS – Save Our Steps* markiert) und suchte sich einen Hammer und die passenden Nägel.

«Die Treppe ist nämlich in Gefahr», klärte er Thack auf, während sie durch den Vorgarten in die duftende Dunkelheit der Lane eindrangen.

«Die Treppenbenutzer auch», sagte Thack.

«Wenn die Stadt noch eine Beschwerde kriegt, reißt sie die Treppe garantiert ab. Es gibt sogar schon Pläne, sie durch eine aus Stahlbeton zu ersetzen.»

«Das darf nicht passieren», sagte Thack ein wenig zu gleichgültig.

Michael sah ihn an und fuhr dann fort: «Momentan schinden

wir gerade Zeit und versuchen, Unterstützung durch die Öffentlichkeit zu kriegen.» Er brach seinen Werbespruch ab, weil ihn Thacks mangelnde Ehrfurcht argwöhnisch machte.

Als sie an die Treppe kamen, war die durchgebrochene Stufe sofort auszumachen – im Schein der Straßenlaterne in der Barbary Lane war sie weiß wie ein Dinosaurierknochen. Michael zog die Bruchstücke heraus und entfernte die Nägel mit dem Hammer.

Thack ging neben ihm in die Hocke. «Der tragende Balken ist fast genauso morsch.»

«Ich weiß.»

«Das lohnt sich ja kaum noch.»

Michael schaute zu ihm auf. «Hast du nicht gesagt, daß du alte Bauten restaurierst?»

Thack zuckte mit den Schultern. «Ja, aus der Vorkriegszeit. Die Treppe hat doch keinerlei historischen Wert.»

Michael paßte das Brett ein. «Vielleicht für *dich* nicht.»

Thack sah ihm eine Weile beim Hämmern zu, bevor er sagte: «Gib her.»

«Was?»

«Wenn du's schon machst, dann mach's auch richtig. Gib mir den Hammer.»

Michael blinzelte ihn empört an.

«Du hämmerst komisch», sagte Thack.

Michael überlegte sich mehrere Erwiderungen, gab ihm dann aber den Hammer. «Mein Gott, ich bin Gärtner.»

Thack ließ den Nagel mit drei geschickten Schlägen im Holz verschwinden. Obwohl Michael leicht beleidigt war, genoß er den Augenblick. Er starrte fasziniert auf Thacks Unterkiefer und auf die Sehnen unter der weißen Haut seines Halses. Als Thack fertig war, setzte er sich auf die geflickte Stufe und klopfte auf den Platz neben sich. «Probier sie mal aus», sagte er.

Michael setzte sich. «Das kommt dir wahrscheinlich ein bißchen dämlich vor.»

«Was?»

«Daß sich jemand so um diese Treppe sorgt.»

«Ich weiß nicht», sagte Thack.

«Ich wohn hier fast zehn Jahre, und die Gegend ist schon fast ein Teil von mir.»

«Mhm. Mir geht's mit Charleston genauso. Es würd mir schwerfallen, dort wegzugehen.»

«Tja», sagte Michael, «dann verstehst du das ja.»

Thack trommelte mit den Fingern gegen das Geländer.

«Wie lang bleibst du hier?» fragte Michael.

«Ach . . . noch vier, fünf Tage.»

Michael nickte. Er war wütend auf sich selbst, weil er vor Brians Panik kapituliert hatte. Es war höchste Zeit, daß er anfing, sich wieder um seine eigenen Belange zu kümmern. «Weißt du was», setzte er an, «wenn du mit uns an den Fluß kommen möchtest . . .»

«Danke», sagte Thack. «Ich will mich da nicht reindrängeln.»

«Aber nein», sagte Michael. «Er ist nur ein alter Freund.»

«Ach so.»

«Er ist hetero», fügte Michael noch hinzu. «Ich bin sicher, daß er nichts dagegen hätte. Und schließlich hab ich ihn eingeladen. Wir haben nichts Besonderes vor.» Er kam sich ein bißchen verräterisch vor, als er das sagte, aber Brian würde sich einfach damit abfinden müssen.

«Na ja», sagte Thack. «Es könnte ganz lustig werden.»

«Bestimmt.»

«Drei Freunde in der Pampa.»

«Genau», sagte Michael leicht besorgt. Auf was für einen Kompromiß ließ er sich da ein? «Ich glaub, du wirst Brian mögen. Er ist ein toller Kerl.»

Sie blieben auf der Treppe sitzen und schäkerten unter dem zitronenbonbonfarbenen Mond fröhlich vor sich hin. Eine halbe Stunde später verabschiedete Thack sich herzlich von Michael – sie hatten sich vorher noch für den späten Vormittag verabredet – und machte sich auf den Weg zur Kreuzung Union und Hyde, um die Cable Car zu erwischen.

In Hochstimmung, aber ein bißchen verwirrt, rief Michael Brian an und offenbarte ihm die Neuigkeit. Alles in allem nahm er es ganz gut auf.

«Kein Problem, Mann. Es ist deine Hütte.»

«Na ja, aber es ist unser Ausflug. Ich wollte dir nicht aufzwingen . . . na ja . . . daß . . .» Er beendete den Satz nicht, denn er wäre eine glatte Lüge gewesen. Er hatte getan, was er hatte tun wollen. Warum sollte er jetzt Rücksichtnahme heucheln?

«Es ist okay», sagte Brian. «Ich will einfach nur weg. Hast du ihm auch nichts von . . . Geordie und so erzählt?»

«Nein», sagte Michael. «Kein Wort.»

«Gut. Das geht nämlich nur uns beide was an, Michael.»

«Ich weiß», sagte Michael.

Eingewöhnung

Wrens Nest, wie sie es für sich selbst nannte, war ein übergroßer Redwoodbungalow mit Veranden auf drei Seiten und einem riesigen, aus glatten Steinen gebauten Kamin in der Mitte. Das Haus thronte auf dem Kamm oberhalb von Monte Rio und war das letzte Haus an der Straße. Von ihren Veranden aus konnte sie auf einen Schwarm Truthahngeier hinunterblikken, der unentwegt über dem trägen Fluß kreiste.

Es gab eine Waschmaschine und einen Trockner, einen Schwarzweißfernseher und diverse bequeme alte Sessel und Sofas. Der Kühlschrank war mit Wein und exotischen Delikatessen verschwenderisch gefüllt. Der Inhalt des Wäscheschranks hätte selbst für eine sechsköpfige Familie spielend gereicht.

Nach ein paar Tagen in dieser reinigenden Umgebung hatte sich die von ihrer Promotiontour herrührende Anspannung fast gänzlich gelegt. Sie hatte wieder verlernt, auf die Zeit zu achten, und damit fühlte sie sich pudelwohl. Das Leben war eine wahllose Melange aus Lesen, Essen, Schlafen, Sonnenbaden, Spazierengehen und noch ein bißchen mehr Essen.

Manchmal fuhr sie in dem weißen Plymouth Horizon, den Booter für sie gemietet hatte, zum Cazadero General Store hinunter. Dort schlenderte sie dann mit einem tropfenden Dove-Eis herum und wunderte sich über die zeitsprungartige Mischung aus Touristenkitsch, organischem Getreide und gebatikten T-Shirts. Am tollsten fand sie das Schwarze Brett mit seinen populären Karteikartenhinweisen auf Bauchtanzkurse, «Alleskönner» für Reparaturen und zu verkaufende Sonnenkollektoren.

Bei ihrem einzigen anderen Ausflug in die Außenwelt hatte sie sich im Kino von Monte Rio *Manche mögen's heiß* angesehen. Das Rio Theater war schon für sich genommen ein Vergnügen – ein Fertigbau Marke Quonset mit Art-déco-Fassade, der in dem gescheiterten Bemühen, Eindruck zu schinden, schon wieder edel wirkte. Nach der Vorstellung hatte ein pummeliger Teenager die berühmteste Dicke der Welt erkannt und sie um ein Autogramm gebeten.

Getröstet durch die Erfahrung, daß sie immer noch berühmt war, hatte sie «Think Big!» auf die Popcornschachtel der Kleinen geschrieben.

Ihre Agentin war natürlich sauer gewesen. Gar nicht erst zu reden von ihrem PR-Mann, dem die traurige Aufgabe zugefallen war, ihre Auftritte in Portland und Seattle abzusagen. Wrens Ammenmärchen über ihre improvisierte Flucht aus dem Alltag hatten sie beide nicht geglaubt, und Rolando, ihr Liebhaber, war wegen ihrer verspäteten Rückkehr nach Chicago abwechselnd beleidigt und verärgert.

Aber eigentlich war ihr das schnurz. Sie war momentan so zufrieden wie schon seit ewigen Zeiten nicht, und sie bekam dafür auch noch ein hübsches Sümmchen bezahlt. Im Bett hatte sie mit Booter bisher weniger als zwei Stunden verbracht, und seine keineswegs üppigen Bedürfnisse waren annehmbar gewesen.

Außerdem mochte sie den alten Gauner.

«Und, wo ist es?» fragte sie ihn, als er zu seinem dritten Besuch kam. Es war später Nachmittag, und sie standen auf der Veranda.

«Wo ist was?»

«Du weißt schon. Dein geheimnisvolles Pfadfinderlager. Zeig mir, wo es ist.»

Er deutete vage nach links. «Man kann es von hier aus gar nicht so richtig sehen. Es ist eine Art Kessel. Und der ist nur von clubeigenem Besitz einzusehen. Das ist das Schöne daran.»

Sie warf ihm einen neckischen Blick zu. «Wenn ihr Weltherrschaftspläne ausheckt.»

Matt lächelnd schüttelte er den Kopf.

«Schwimmt ihr gar nicht im Fluß?» fragte sie.

«Doch. Da unten, in dem Stück mit dem Steg. Wir sagen Swimmingpool dazu.»

Sie folgte der Linie seiner ausgestreckten Hand bis zu einem grauen Steg und einer Reihe von Umkleidekabinen. «Die winzig kleinen Leute da unten . . . das sind Bohemians?»

Er nickte.

«Sie sehen aber nicht sehr bohemienhaft aus von hier oben.»

Er gluckste. «Aus der Nähe noch viel weniger.»

Sie lachte. «Und Frauen sind keine zugelassen?»

«Nicht während des Lagers.»

«Wetten, daß ich reinkommen würde?» Er zuckte bei dieser Bemerkung leicht zusammen, weshalb sie nachschob. «Was ich aber natürlich nie versuchen würde.»

«Die Torwächter sind ganz schön auf Zack», sagte er.

«Ich würde durch den Fluß schwimmen», sagte sie. «Ich würde warten, bis es dunkel ist, und mit meinen Sachen in einer Plastiktüte nackt durch den Fluß schwimmen. Dann würde ich . . .»

«Ich hoffe, du hast das nicht ernsthaft vor.»

Sie schüttelte lächelnd den Kopf. «Ich mach dich gern nervös, Boo-Roger.»

Die Erleichterung war ihm deutlich anzumerken. «Ich kenne dich nicht gut genug», sagte er. «Ich weiß nicht, wann du Witze machst.»

«Aber ich hatte doch recht, oder?»

«Womit?»

«Mit dem Reinkommen. Das Stück Strand dort ist eure Schwachstelle.»

Er zuckte mit den Schultern. «Du wärst immer noch eine Frau. Und daran könntest du kaum etwas ändern. Man würde dich entdecken, sobald du dich zeigst.»

Sie lächelte so kryptisch wie möglich.

«Wie wär's mit einem Drink?» sagte Booter.

«Aber gern», sagte Wren.

Sie ließ ihn im dahinschwindenden Licht des Tages stehen und ging in die Küche. Ein paar Minuten später kam sie mit zwei Scotch mit Wasser zurück.

«Danke», sagte Booter.

Sie stieß ihr Glas klirrend an das seine. «Ich bin halt ein tolles Weib.»

Er lächelte matt und schaute wieder zum Fluß hinunter. «Dann geht es also . . . nach Chicago zurück, wenn das hier vorbei ist?»

«Ja.»

«Gefällt es dir dort?»

«Ich find's toll», sagte sie.

«Und was ist mit San Francisco?»

«Was soll damit sein?»

«Hat es dir gefallen?»

Sie zuckte mit den Schultern. «Ich fand's nett.»

«Nur nett?»

Sie lachte. «Großer Gott!»

«Was ist?»

«Ihr seid doch alle gleich hier.»

«Wie das?» fragte er.

«Ihr verlangt, daß man diese Stadt vergöttert. Ihr seid nicht glücklich, solang nicht *alle* jedem Winkel eurer ach so wunderbaren Stadt ewige Liebe . . .»

«Brrr, Missy.»

«Ist doch wahr. Genügt's nicht, wenn ihr eure Stadt allein vergöttert? Muß ich eine eidesstattliche Liebeserklärung abgeben?»

Er gluckste. «Sind wir wirklich so schlimm?»

«Darauf kannst du deinen Arsch wetten.»

Er schwenkte das Eis in seinem Glas, trank einen Schluck und stellte das Glas auf das Geländer der Veranda. «Hast du einen ... äh ... Liebhaber in Chicago?»

«Klar», erwiderte sie.

«Ein netter Kerl?»

Sie lächelte ihn an. «Ich kenn keine anderen.»

Er nickte. «Schön.» Der Glanz in seinen Augen wirkte beinahe väterlich.

«Er ist Kubaner», ergänzte sie, um seine Reaktion zu testen. Sie zeigte sich in einer leichten Anspannung seines Munds, in einem kurzen unwillkürlichen Zucken seines Schnauzers. «Das hab ich mir gedacht», sagte sie leicht lächelnd.

«Was?»

«Daß du intolerant bist.»

Er bekam einen harten Zug um das Kinn.

«Das macht nichts», sagte sie und spielte mit seinem fleischigen alten Ohrläppchen. «In deiner Generation ist das normal. Erzähl mir, wie deine Frau so ist.»

Einen Moment lang war er völlig außer Fassung.

«*Magst* du sie?» fragte Wren.

«Sie ist eine vornehme Dame», sagte er schließlich. «Sie trinkt ein bißchen zuviel, aber sie ist ... sehr nett.»

«Das freut mich.»

«Daß sie trinkt?»

Sie schnitt eine Grimasse. «Daß du sie magst. Daß sie dich mag.»

«Ach, wir sind gute Freunde», sagte er. «Meistens jedenfalls.»

«Erstaunlich. Nach ... wie vielen Jahren Ehe?»

Er lächelte. «Fast zwei.»

Sie lachte. «Ach, komm.»

«Wir waren dreißig Jahre lang direkte Nachbarn», erklärte er. «Wir waren mit anderen Leuten verheiratet, aber . . . die sind gestorben. Da war es ganz sinnvoll.»

«Wart ihr schon verliebt, als ihr noch mit den anderen Leuten verheiratet wart?»

«Wir sind jetzt noch nicht verliebt», sagte er.

Sie nickte. «Aber sie ist trotzdem deine Hauptbezugsperson.»

Er schaute sie verständnislos an.

«Deine Frau und/oder deine Geliebte und/oder dein bester Kumpel.»

«Irgendwas in der Art», sagte er.

Sie lachten unisono und schufen dadurch eine momentane Vertrautheit, die ihn offenbar genauso irritierte wie sie selbst.

«Eigentlich», sagte er und schüttelte seinen Drink, «war mir ihr Mann viel näher.»

«Ach.» Sie sah ihn stirnrunzelnd an.

«Nicht, wie du denkst», sagte er.

Sie äffte seinen Gesichtsausdruck nach, indem sie ernst dreinschaute und den Unterkiefer gegen den Hals drückte. «Nein, natürlich nicht.»

«Wir waren im gleichen Lager», sagte Booter. «Unten im Grove.»

Wren schaute zu dem Steg in der Ferne und stellte sich das glückliche Paar vor, zwei freundliche alte Männer mit buschigen Augenbrauen, die ganz platonisch zusammen auf dem grauen Holz lagen.

«Er war ein guter Kerl», ergänzte Booter.

Wren nickte.

«Er ist etwa vor zehn Jahren gestorben. Er hat auch eine Geliebte hierhin mitgenommen. Das hat er mir erzählt.»

«Ich bin nicht deine Geliebte», sagte Wren.

«Nein», sagte Booter, «ich meinte . . .»

«Daß ihr erster Mann auch rumgevögelt hat.»

«Ja», sagte er demütig.

«Weiß sie das?»

Er schüttelte den Kopf.

«Hat deine erste Frau es gewußt?»

«Nein.» Man sah deutlich, wie unwohl er sich fühlte. «Ich hab so was nicht regelmäßig gemacht.»

«Mhmm.»

«Es ist nur so . . . als ich dich gesehen habe . . .»

«Ich weiß», sagte sie mitten in seinen Satz hinein, «und ich gehör zu den Weibsbildern, die so was als Kompliment nehmen.»

Er schaute sie unglücklich an.

«Nimm's leicht», sagte sie. «Wir zwei verstehen uns schon.»

Den Bach hinauf

Honiggelbe Wiesen flogen an ihnen vorbei, als sie mit ihrem VW vom Freeway abbogen und westlich in Richtung Fluß weiterfuhren. Michael und Brian saßen vorne; Thack saß hinten. An diesem unromantischen Arrangement war Thack schuld, da er als erster eingestiegen war, aber Michael hatte beschlossen, es nicht persönlich zu nehmen.

«Tja», sagte Brian aus heiterem Himmel, «Mary Ann war nicht grade begeistert.»

«Von was?» fragte Michael, um nichts Falsches zu sagen. Wie vereinbart, wußte Thack nichts von Geordie.

«Von dem Ausflug», sagte Brian. «Ich hab's ihr erst ziemlich spät gesagt.»

«Ach so.»

«Jedenfalls verpaß ich *Entertainment Tonight*.»

Michael verstand nicht. «Kannst du's nicht aufnehmen?»

«Nein, ich meine . . . ich verpaß meinen Auftritt in der Show.»

Thack beugte sich nach vorne. «Du solltest in *Entertainment Tonight* auftreten?»

«Das hast du mir gar nicht erzählt», sagte Michael, der sogar noch mehr beeindruckt war als Thack.

Brian zuckte mit den Schultern. «Sie sollte auftreten. Ich sollte nur dabeisein. Als Teil ihrer blöden Persönlichkeit.»

«He», sagte Michael. «Entspann dich.»

«Sie hat es so gesagt. *Persönlichkeit* ist genau das Wort, das sie benutzt hat.»

«Tja . . .»

«Deine Frau ist im Showgeschäft?» fragte Thack.

«Sie hat eine Talkshow», klärte Michael ihn auf.

«Das ist ja toll», sagte Thack an Brian gerichtet. «Was für eine?»

«'ne ganz normale», sagte Brian. Sein Ton war nichtssagend, aber doch schon fast feindselig.

«Sie ist gut», sagte Michael in dem Versuch, die Stimmung locker zu halten. «Aus Bette Midler hat sie ganz schön heftigen Klatsch rausgequetscht . . .»

«Hier würd's doch gehen.» Thack deutete zum Fenster hinaus.

«Was?» fragte Michael.

«Wir sind von der Autobahn runter. Machen wir doch das Dach auf.»

«Ach so . . . klar. Gute Idee.» Michael bog von der Straße auf den staubigen Parkplatz eines Obststandes.

«Ich könnt was Kaltes vertragen», sagte Thack. «Wie steht's mit euch?»

«Gern», sagte Michael. «Apfelsaft oder so.»

«Ja.» Brian nickte. «Schön.»

«Ich hol uns was», sagte Thack. «Und ihr macht das Dach runter.» Er schlüpfte hinter Michaels Sitz durch und marschierte zum Obststand.

Michael drehte sich zur Seite und schaute Brian an. «Geht's dir auch gut?»

«Ja.»

«Die Idee war beschissen, hm?»

«Nein.»

«Aber richtig wohl fühlst du dich auch nicht.»

«Würd's dir anders gehen?» Brian sah ihn nicht an. «Das sollte doch unser Ausflug werden. Also, der Kerl ist echt nett, versteh mich nicht falsch . . .»

«Tut mir ehrlich leid», sagte Michael.

«Braucht es nicht. Ich komm schon zurecht.»

Michael hatte einen anderen Eindruck. «Ich hab gedacht, es würd wunderbar klappen. Er mag dich, Brian . . . jedenfalls sieht's so aus. Und du magst ihn anscheinend auch.»

«Na, na. Dich mag er doch tausendmal lieber als mich.» Er hob resignierend die Hand. «Kein Problem. Ich als Schwulenmuttchen krieg das schon hin.»

Michael lachte. «Hör auf.»

Brian lächelte matt. «Ich will nur nicht im Weg sein.»

«Ach, komm.»

«Aber, zwischen euch geht doch die Post ab.»

«Wer sagt das?» fragte Michael. Er hegte die schwache Hoffnung, daß Thack Brian gegenüber eine solche Bemerkung gemacht hatte, als er selbst wegen seiner Sonnenbrille ins Haus zurückgelaufen war.

«Na ja . . . ich hab's einfach so angenommen.»

«Wir gehen nicht *alle* miteinander ins Bett, Brian.»

Brian zuckte mit den Schultern. «Der scheint mir aber ein Kandidat dafür zu sein.»

«Wie kommst du denn auf die Idee?»

Wieder ein Schulterzucken. «Ich kenn mich doch aus bei euch.»

«Ach ja?» Es amüsierte ihn, daß Brian sich als Homoexperten sah – und sich sogar damit brüstete. «Schon wieder falsch, Kemo Sabe.»

«Wir werden sehen.»

«Wir haben ein strikt brüderliches Verhältnis.»

«Klar.»

«Vielleicht sogar ein schwesterliches, soweit ich das sehe.»

Schließlich hatte es am Abend zuvor nicht einmal ein Küßchen auf die Wange gegeben.

Thack kam mit dem Apfelsaft zurück. «Gut gemacht», sagte er, als er ihnen die Flaschen gab.

«Was?» fragte Michael.

«Das Dach.»

Michael verzog das Gesicht. «Ach, du Scheiße.» Er stellte den Apfelsaft weg und griff nach den verchromten Klammern über der Windschutzscheibe. «Wir sind ins Reden gekommen und . . .» Er stand auf und schob das Ziehharmonikadach zurück, bis es durch sein eigenes Gewicht nach hinten fiel.

«Sonne», sagte Thack und sprang auf den Rücksitz.

«He», sagte Brian zu ihm, «warum läßt du mich nicht mal nach hinten?»

«Weil's mir so gefällt», kam die Antwort.

«Sicher? Es ist doch ein bißchen eng, oder?»

«Nein. Wirklich. Es ist toll. Ich kann mich hinlegen und in die Redwoods hochschauen.»

«Wir haben's nicht mehr weit», sagte Michael, der sich damit von Brians Bemühungen, die Dinge ins Lot zu bringen, abkoppelte.

Als sie nach Guerneville kamen, verkündete Michael: «Da wären wir . . . unser bescheidener Tribut an Fire Island.»

Thack, der auf dem Rücksitz gelegen hatte, setzte sich mit verräterischer Schnelligkeit auf und musterte die Männer, die die Hauptstraße entlangspazierten. Als Michael das im Rückspiegel sah, machte sich eine entfernte Verwandte der Eifersucht bemerkbar, die ihm zwar zusetzte, mit der er aber leben konnte – ein Gefühl, wie wenn man sich an Papier schneidet.

«Ich war schon mal zum Jazzfestival hier oben», sagte Brian.

Michael drehte sich lächelnd zu ihm um. Ob nun zeugungsunfähig oder nicht, der Mann war ein Stecher par excellence. Als «Stecherklasse eins» hatte Michael ihn einmal bezeichnet. Irgendwo gab es sicher Schwule, die auf Jazz abfuhren, aber Michael kannte keinen einzigen.

«Haben sie denn auch immer gute Leute da?» fragte Thack.

«Brubeck», sagte Brian. «Brubeck hab ich hier erlebt.»

«Echt?» sagte Thack.

Brian sagte: «Erzähl Michael, wie gut Brubeck ist. Michael kann ihn nämlich nicht ausstehen.»

«Das stimmt doch gar nicht», sagte Michael.

«Er kann ihn nicht ausstehen», sagte Brian.

«Ich steh auf Melodien», sagte Michael. «Vielleicht bin ich ja verrückt. aber so ist das nun mal bei mir.»

Thack schaute weiter auf den Bürgersteig. «Eine hübsche Stadt.»

«Das ist doch nur 'ne Kopie der Castro Street», sagte Michael und machte sich zum Sprachrohr für die gängige Kritik. Die Wahrheit sah ein wenig anders aus, aber es ging ihm auf die Nerven, daß die Stadt Thacks Aufmerksamkeit so beanspruchte. «Ich bin froh, daß wir weiter draußen wohnen.»

«Wo ist Casanova?» fragte Thack.

«Cazadero», sagte Michael. «Wir fahren auf der Straße hier den Fluß entlang bis ein paar Kilometer hinter Monte Rio. Dann geht's rechts ab und noch ein paar Kilometer den Austin Creek lang. Wir sind total auf Charlies Karte angewiesen.»

«Wir finden's schon», sagte Thack.

Das, was sie fanden, war ein eher kleines, neu gebautes Etwas in den Redwoods am Austin Creek. Die Verkleidung bestand aus Sperrholz, die Eingangstür aus Aluminium, und der Hauptraum war mit den auf Walnuß getrimmten Nut-und-Feder-Brettern ausgekleidet, die man in Partykellern auf der ganzen Welt fand.

Michael wurde bang. Seine Vorstellung von einem stattlichen gemauerten Kamin war von der Wirklichkeit einer aus glänzend orangenem Metall bestehenden Scheußlichkeit mit Abzugshaube verdrängt worden. Es gab ein bequemes Sofa (Cordsamt, Fischgrätenmuster, offenkundig späte Siebziger) und ein passables Badezimmer, aber die Hütte war weit entfernt von dem Stoff, aus dem die Träume sind.

Und von der nötigen Größe.

«Wo ist das Schlafzimmer?» fragte Brian.

«Sehen wir mal nach», sagte Michael, dessen Beklommenheit wuchs.

«Ihr steht mitten drin», sagte Thack. «Das Sofa da kann man wohl ausziehen, und da drüben stehen noch zwei Klappsofas.»

Brian sah Michael vorwurfsvoll an. «Hast du Charlie gefragt, ob . . .»

«Ja», sagte Michael, «natürlich. Er hat steif und fest behauptet, daß die Hütte mindestens drei Zimmer hat.»

«Mhm», sagte Thack. «Das hier, die Küche und das Bad.»

«Scheiße», sagte Michael.

Brian sah sich um. «Wir können eins von den Klappsofas in die Küche stellen.»

«Sonst noch was», sagte Michael.

«Ach, das geht schon so», sagte Thack. «Es ist Platz genug für uns alle.» Er lugte durch das Aluminiumfenster nach draußen. «Der Blick auf den Bach ist toll.»

Michael schaute Thack über die Schulter. «Ja. Er ist wirklich . . . ganz nah.» Noch näher standen ein vor sich hin rostender rosa Wohnwagen und eine andere Fertighütte, die noch ein bißchen seelenloser wirkte als ihre. «Ich hab Mist gebaut, Jungs. Tut mir leid.»

«Ach was», sagte Brian.

Thack tat das Ganze mit einem Schulterzucken ab. «Es ist doch alles da», sagte er strahlend. «'ne Feuerstelle. Wasser zum Schwimmen. Große Bäume. Gute Kumpels. Ich find's toll.»

Sie luden schweigend aus. Danach legte Brian sich auf das Sofa, während Michael und Thack eine kleine Expedition ans Ufer des Bachs unternahmen. Als sie zurückkamen, schlief ihr Zimmergenosse tief und fest und schnarchte.

«He», flüsterte Thack. «Setzen wir uns doch mit ein paar Bieren an den Bach.»

«Mit was für Bieren?» fragte Michael, den Thacks redselig-kumpelhaftes Auftreten zusehends verstörte.

«Schau mal im Kühlschrank nach», sagte Thack.

Michael schaute nach; es standen zwei Sechserpacks Oly drin. Ein schwacher Trost, aber ein höchst willkommener.

Am Bach sagte Thack: «Rumgesumpfe.»

«Was?»

«Im Süden sagt man so dazu.»

«Echt? Das heißt noch immer so?»

«Aber ja.» Thack kickte die Slipper von den Füßen und rollte die Hosenbeine hoch. «Ich kenn 'ne Menge schwule Jungs, die auf so was abfahren.»

Michael tat es Thack nach, zog die Adidas aus, suchte sich auf einem großen Stein eine flache Stelle in der Sonne und streckte die blassen Füße ins überraschend warme Wasser.

Thack gab ihm ein kaltes Oly. «Rumgesumpfe wird's erst mit 'nem Bier in der Hand.»

«Stimmt», sagte Michael.

Von nebeneinanderliegenden Steinen aus prosteten sie sich zu. «Auf den Wald», sagte Thack.

«Auf den Wald», sagte Michael.

Das Bier und der strahlende Sonnenschein lullten sie ein wie Eidechsen, denen man den Bauch streichelt. Nach langem Schweigen sagte Thack: «Wie habt ihr zwei euch kennengelernt?»

«Brian und ich?»

«Ja.»

«Na ja . . . er hat bei mir im Haus gewohnt. Er und seine Frau. Als ich sie kennengelernt hab, waren sie beide noch Swinging Singles.»

Thack lächelte. «Wie ist sie?»

Michael dachte kurz nach. «Selbstbewußt. Freundlich. Ehrgeizig. Und sie nimmt die Achtziger zu ernst.»

«Oh.»

«Mich stört das nicht. Die Siebziger hat sie auch schon zu ernst genommen.»

«Bist du mit ihr befreundet?»

«Ja, sicher», sagte Michael. «Nicht mehr so gut wie früher, aber . . . na ja, wir treffen uns manchmal.» Er fuhr mit den Fingern durchs Wasser.

Thack zog sein T-Shirt hoch. Die Haut auf seiner Brust war weiß, seine Brustwarzen waren rosa, und seine Muskeln zeichneten sich irritierend deutlich ab. Michael fing einen Hauch von seinem Schweiß auf, als er sich das T-Shirt über den Kopf zog.

«Brian quält sich mit irgendwas», sagte Thack.

«Warum?»

«Na . . . ich glaub, ich pack's irgendwie falsch an mit ihm.»

«Nein, gar nicht. Er mag dich. Das hat er mir gesagt.»

«Wirklich?»

«Ja.»

Thack trank einen Schluck Oly. «Ich mag ihn nämlich auch. Wenn's nur mehr solche Heteros gäbe wie ihn.»

«Er hat Knatsch mit Mary Ann», sagte Michael, was eine mittelgroße Notlüge war. «Er wird immer ein bißchen komisch, wenn sie sich streiten.» Das stimmte nun allerdings. «Die meiste Zeit ist es ganz toll mit ihm. Er ist lustig, großzügig . . .»

«Geil», sagte Thack.

Michael spürte wieder diesen Schmerz, als hätte er sich an Papier geschnitten. «Ja, wahrscheinlich.»

«Wahrscheinlich?»

«Na ja, ich kenn ihn schon so lange. Wir sind mehr wie Brüder oder so. Ich weiß, daß er gut aussieht, aber auf die Art denk ich wirklich nicht an ihn.»

Oh Gott, er war tatsächlich auf Brian eifersüchtig.

Lagerfeuergeschichten

Brian regte sich auf dem Sofa; langsam glitt er in die Bewußtheit zurück. Der Cordsamt verströmte einen leicht schimmligen Geruch, der ihn in der Nase kitzelte. Er hörte hinter dem Haus einen Vogel lärmen und Michael unten am Bach lachen.

Er wußte nicht, ob er seit einer halben oder seit drei Stunden da war. Die Kopfschmerzen, die ihm während der Fahrt zugesetzt hatten, waren etwas schwächer geworden, aber die Stelle im Bauch brannte immer noch. Außerdem war sein Körper völlig heiß, und er hatte einen widerlichen Geschmack im Mund.

Seine Zunge machte ihre gewohnte Runde, suchte nach offenen Stellen, die zuvor nicht dagewesen waren. Als er nichts fand, drückte er sich auf die Ellbogen hoch und schaute zum Bach hinunter. Michael und Thack saßen immer noch auf den Steinen in der Sonne.

Brian suchte sein Rasierzeug und schleppte sich ins Bad. Er spritzte sich Wasser ins Gesicht, putzte sich die Zähne und prüfte sein Gesicht im Spiegel. Seine zermürbende Müdigkeit machte sich durch holzkohlefarbene Flecken unter den Augen bemerkbar.

Er verließ die Hütte und ging zum Bach hinunter. Die beiden sahen ihn nicht kommen, weshalb er brüllte: «Wie wär's mit was zu futtern, Männer?»

«Wir müssen erst was einkaufen», antwortete Michael.

«Das hab ich auch gemeint. Ich geh mal. Sagt mir, was ihr wollt.»

Thack setzte sich auf. «Toll.»

«Nimm das Auto», sagte Michael.

«Ach nee», sagte Brian. «Ich brauch ein bißchen Bewegung. Was wollt ihr?»

«Hot dogs», erwiderte Thack, «und gebackene Bohnen und Nachos . . . und was für 'nen Salat.»

«Und Pepsi light», fügte Michael hinzu. «Du weißt, wo der Laden ist?»

«Ja», sagte Brian.

«Wir machen inzwischen ein Feuer», sagte Thack. «Wir haben uns gedacht, wir kochen draußen.»

«Schön», sagte Brian.

Er drehte sich um und ging zur Straße nach Cazadero. Es war später Nachmittag. Staubige Sonnesplitter brachen durch die Redwoods am Bach. Als er so dahimarschierte, brachte sich eine Wachtelfamilie trippelnd in Sicherheit. Eine Eidechse mit blauem Bauch flackerte auf wie eine Gasflamme und löschte sich dann selbst aus, indem sie in einem bemoosten Holzhaufen verschwand.

Jetzt, wo er eine Aufgabe hatte, fühlte er sich schon wohler, und an der kleinen grün-weißen Holzkirche am Dorfeingang verschärfte er sogar das Tempo. Als er zum Cazadero General Store kam, war er so ruhig wie schon seit Tagen nicht mehr.

Nachdem er die Essenssachen, die sie brauchten, zusammengesucht hatte (und einen Sara-Lee-Zitronenkuchen für den Nachtisch), stellte er sich in die kleine Schlange vor der Kasse. Die Frau vor ihm – üppige Brüste, üppige Hüften, aufsehenerregende grüne Augen – drehte sich freundlich lächelnd um.

«Ihr Abendessen?»

Er schaute auf den Inhalt seines roten Plastikeinkaufskorbs hinunter. «Ja. Wir kochen heute nämlich draußen.»

Ihre smaragdgrünen Augen wurden größer. «Wir?»

«Meine Kumpel und ich.»

«Aha.» Ohne daß sie eigentlich lächelte, verriet ihr voller Mund doch, daß sie sich innerlich amüsierte. Etwas an ihr kam ihm vertraut vor, aber er wußte mit Bestimmtheit, daß sie sich nie begegnet waren. Daran hätte er sich garantiert erinnert.

Er schaute um sich. «Der Laden ist recht praktisch. Es gibt von allem ein bißchen.»

«Ja», erwiderte sie. «Nicht?»

Ihr Ton hatte etwas Kokettes, aber er tat so, als bemerkte er das nicht. Die Reste seiner Libido waren ein verschüchtertes Häufchen Elend. Noch nie war er so lange nicht geil gewesen.

Die Frau bezahlte ihre Einkäufe und ging. Brian schaute zur Tür hinaus, während die Kassiererin seine Sachen eintippte, und sah gerade noch, wie die Frau ihm einen verstohlenen Blick zuwarf.

Grinsend ließ sie ihre langen rosa Fingernägel in der Luft spielen, stieg in eine weiße Limousine und fuhr davon.

Thack hatte unter einer Plastikplane hinter dem Haus Feuerholz gefunden, das aber für ein großes Feuer nicht reichte, weshalb Michael am Bach nach Treibholz suchte.

Als er zur Hütte zurükkam, beugte Thack sich gerade über sein Feuer und blies in einen Haufen gekreuzter Zweige. Der Himmel war noch immer indigoblau, doch unter den Bäumen war es früh dunkel geworden. Das Licht des Feuers breitete einen kupferroten Glanz über Thacks blasses Gesicht.

Michael legte das Holz nieder. «Ihr Brennholz, mein Herr.»

«Ach, und was für schönes Holz.» Er lächelte. «Das ist doch nicht verboten, oder?»

«Was?»

«Feuer zu machen.»

Michael zuckte mit den Schultern. «Offensichtlich hat hier schon mal jemand eins gemacht.»

«Stimmt», sagte Thack und legte einen trockenen Ast auf die Flammen. «Dann wird man das wohl dürfen.» Er blickte zu Michael hoch, lächelte erneut – von Feuermacher zu Holzsammler –, und Michael lächelte zurück. Es war ein Augenblick urgeschichtlicher Häuslichkeit. Worte hätten ihn wahrscheinlich verdorben.

Ein beinahe voller Mond blickte auf sie herab, als Michael den letzten Rest seines Salats aß. «Wir hätten gebackene Kartoffeln machen sollen», sagte er. «Ihr wißt schon . . . so in Lehm.»

Brian sagte: «Wann hast du schon mal eine Kartoffel in Lehm gebacken?»

«Bei den Pfadfindern damals.»

«Du warst bei den Pfadfindern?» fragte Thack. Aus seinem Ton sprach ein bißchen zu viel Verblüffung.

«Ich war ein Rover», erwiderte er. «Daß du's nur weißt.»

«Ich auch», sagte Thack.

«Echt?»

Thack nickte.

«Ich bin nie übers Wichtelstadium rausgekommen», sagte Brian. «Ich fand's unerträglich.»

«Warum?» fragte Michael.

«Na ja, zum einen war's faschistisch. In unserem Fähnlein hat's immer Gürtellaufen gegeben. Ihr wißt schon, wo wir den Gürtel aus der Hose gezogen und dem Kerl, der zwischen uns durchgelaufen ist, den Arsch versohlt haben.»

«Das ist nicht faschistisch», sagte Thack trocken. «Das ist uramerikanisch.»

Michael warf noch einen Ast aufs Feuer. «Für mich war das auch unerträglich. Ich hab mitgemacht, aber ich fand's grauenhaft. Schon mein Vater war ein Rover, und deswegen mußte ich natürlich auch unbedingt einer werden.»

«Die Campingausflüge fand ich gut», sagte Brian. «Die haben mir immer gefallen.»

Thack nickte. «Mir auch.»

«Ich war in Philmont», sagte Michael. «Kennt ihr das . . . das Juniorenlager in New Mexico?»

Thack und Brian schüttelten beide den Kopf.

«Na ja . . . egal, es war ganz toll dort. Wir hatten Jungs aus dem ganzen Land da. Jedenfalls war's für mich toll. Ich hab dort die Liebe kennengelernt.»

«O Gott», ächzte Brian.

Thack lachte glucksend.

«Ich war vierzehn», sagte Michael, «und meine Juniorengruppe fuhr für zwei Wochen nach Philmont. Wir fuhren mit dem Bus und schliefen unterwegs in Kasernen . . .»

«Was hab ich euch gesagt?» sagte Brian. «Faschistisch.»

Thack lachte, wandte sich aber wieder Michael zu und wartete darauf, daß er weitererzählte.

«Wir haben Armee-Essen gekriegt, in Kasernenbetten geschlafen, uns in Stützpunktkinos Filme angesehen, und ... o Gott, diese Soldaten vergeß ich bis an mein Lebensende nicht. Die meisten waren nur vier, fünf Jahre älter als ich, aber ... *vive la différence.*»

Thack sagte: *«Vive la similarité.»*

Brian lachte.

«Es war ein einziger Tagtraum», fuhr Michael fort. «Ich hatte nicht die leiseste Ahnung, was ich hätte tun können. Aber ... damals ist bei mir der Motor angesprungen. Als wir in Philmont ankamen, war ich geiler als ein Bock mit zwei Pimmeln.»

«Ist er nicht drollig?» sagte Brian zu Thack.

«In einer Nacht», sagte Michael, ohne sich um sie zu kümmern, «zelteten wir in einem Canyon, und dann gab es einen höllischen Hagelschauer, der unsere Zelte flachlegte und alles pitschnaß machte. Da hat uns dann eine Gruppe älterer Pfadfinder mehr oder weniger adoptiert ...»

«Moment mal», sagte Thack grinsend. «Hab ich das nicht in *First Hand* gelesen?»

«In was?» fragte Brian.

Michael beachtete die beiden nicht. «Wir gingen also rüber ins andere Lager, ließen uns vor dem Feuer trocknen, und da nahm mich so ein älterer Pfadfinder unter seinen Poncho. Er legte mir den Arm um die Schultern, und ich ... lehnte mich so ein bißchen an ihn an.» Bei der Erinnerung schaute er versonnen ins Feuer.

«Und?» sagte Brian.

«Und ... ich lehnte mich einfach an ihn an. Das war das Behaglichste, Wunderbarste und Verstörendste, was ...»

Thack beteiligte sich ebenfalls an der Lästerei. «Das ist alles?» sagte er.

Brian sah Thack an. «Ganz schön starker Tobak.»

Michael schaute die beiden finster an. «Ihr hättet halt dabeisein müssen.» Er griff nach einem Stöckchen und schob die Glut zusammen. «Wir wollen doch alle dasselbe, oder? Das

Gefühl, bei jemand geborgen zu sein.» Es war ihm schrecklich peinlich. Er schaute Brian an, dann Thack und warf schließlich das Stöckchen ins Feuer.

Als sie später wieder in der Hütte waren, spulten sie jeder für sich ihre Waschungsrituale ab, drückten sich unnatürlich förmlich aneinander vorbei wie Handelsvertreter in einer Pension, die Zahnbürste in der Hand. Brian legte sich als erster nieder und schlief auf einem der Klappsofas fast augenblicklich ein. Thack behielt seine Unterwäsche an, legte sich auf das andere Klappsofa und überließ Michael das Ausziehsofa. Doch der zog es gar nicht erst aus.

Er schlief unruhig und wachte kurz vor Morgengrauen auf. Thack lag noch schlafend unter seiner Decke und atmete schwer. Brian stand in seinen Boxershorts mitten im Zimmer, verlegen und orientierungslos wie ein verwundeter Bär.

«Ist alles in Ordnung?» flüsterte Michael.

Brian hielt einen Zipfel seines Bettlakens hoch. «Sieh dir das an», sagte er. Es war naßgeschwitzt.

«In der Zedernholztruhe da drüben ist frische Bettwäsche», sagte Michael. «Ich hol dir gleich . . .»

«Verdammt, was ist denn los, Mann?»

Michael nahm ein Laken aus der Truhe und warf es über das Klappsofa. «Leg dich hin», sagte er.

«Hör mal, Michael . . .»

«Mach schon. Leg dich hin.»

Brian legte sich auf den Bauch. Michael wischte ihm mit dem feuchten Laken den Rücken ab und knetete die verspannten Muskeln oberhalb der Schulterblätter. Einige Zeit herrschte trügerische Stille, dann fing Brian an, in die Kissen zu schluchzen.

«Pscht», flüsterte Michael. «Ist ja gut . . . Ist ja gut.»

DeDe im Dienst

Über Wimminwood brach der Tag an. DeDe rührte sich als erste aus ihrer Familie. Sie rieb sich die Augen, bis sie das weiche grüne Band des Flusses und die glänzenden Weiden am Ufer klar sehen konnte. Behutsam entzog sie sich der sanften Umschlingung durch D'ors Arme und schob sich aus dem Schlafsack.

Sie saß eine Zeitlang nackt da, hielt ihre Knie umschlungen und hörte den Zaunkönigen in den Erdbeerbäumen zu. So lieb D'or und die Kinder ihr auch waren, so sehr genoß sie fast gegen ihren Willen den Augenblick, in dem die Welt ganz allein ihr gehörte.

Bisher war alles wunderbar gelaufen. Edgar hatte sich in Brother Sun sofort akklimatisiert und eine Begabung fürs Gemeinschaftsleben an den Tag gelegt, die sogar Laurie, seine Betreuerin, verblüfft hatte. Bei der Messung seines NKQ (Nicht-Konkurrenz-Quotienten) hatte sich herausgestellt, daß er allen anderen Kindern aus der Sonderzone in dieser Hinsicht haushoch überlegen war.

DeDe, D'orothea und Anna hatten den Großteil der Wunder von Wimminwood schon ausprobiert. Sie hatten nichtsexistische Spiele gespielt, hatten gelernt, sich das Gesicht zu bemalen, und hatten im Wasser herumgetobt wie überhitzte Ponys. In der vergangenen Nacht hatten sie sich mit tausend anderen Frauen unter dem Sternenhimmel auf den Rücken gelegt, und Hunter Davis hatte ihnen dazu etwas vorgesungen:

Du bist die perfekte Ergänzung
für mein unvollständiges Ich,
du bist stark,
wenn ich mich zurücknehme
und nimmst dich zurück,
wenn ich stark bin
und, mein Schatz,
ich liebe dich.

Bei diesen Versen hatte sie sich zur Seite gedreht und die wunderbaren Flächen im Gesicht ihrer Geliebten betrachtet, die unergründlichen schwarzen Augen, die zum Mond hochblickten.

Fast instinktiv hatte sie dann nach der Hand ihrer Tochter gegriffen, die so klein und in der Nachtluft so seidig-kühl gewesen war.

Es wurde ihr bewußt, daß sie glücklich war. Sie hatte alles, was sie wollte. D'or hatte recht gehabt mit Wimminwood.

Zum Frühstück gingen sie wie üblich in die vegetarische Freiluft-«Freßbude». Nur mit Schürzen und Schuhen bekleidete Serviererinnen, deren vier Backen von der Hitze der offenen Feuer rot waren, patschten ihnen einen Haufen dampfende Kleie auf den Teller und trieben Bummlerinnen an: «Tempo, bitte, *Tempo*.»

Sie fanden an einem Picknicktisch Platz, an dem bereits drei andere Frauen saßen. «Hör mal», sagte D'or, während sie sich über die Kleie hermachte, «Anna und ich haben uns gedacht, wir gehen Edgar besuchen und schauen uns dann im Kunsthandwerkszelt um.»

DeDe sah ihre Tochter an. «Schon wieder einkaufen, hm?»

«D'or hat gesagt, ich darf.»

«Unser Bedarf an Steingut ist doch eher beschränkt.»

Anna zog ihren Flunsch.

«Das gleiche gilt für Tätowierungen, und zwar egal, ob sie wieder runtergehen oder nicht.»

Das kleine Mädchen schleuderte D'or einen vorwurfsvollen Blick hin. «Hast du's ihr erzählt?»

D'or agierte als Vermittlerin zwischen Anna und DeDe. «Vielleicht so eine ganz kleine, hm?, Frau. Was Laura-Ashley-Mäßiges.»

DeDe mußte gegen ihren Willen lachen. «Aber, du bist schuld, wenn es nicht mehr runtergeht.»

«Juhu!» jubelte Anna. DeDe mußte feststellen, daß das Kind chronisch kaufwütig war. Wie seine Großmutter. Wie DeDe selbst in der Phase zwischen ihrem Debütantinnenball und ihrer Zeit beim People's Temple. Steckte das vielleicht in den Genen?

«Kommst du nicht mit?» fragte D'or.

«Nein», sagte DeDe. «Ich hab heut nachmittag Dienst, und da will ich vorher ein bißchen ausspannen.»

«Geh doch in einen Workshop», sagte D'or.

«Vielleicht», sagte DeDe.

«In Abschnitt fünf gibt's einen, der ist wie für dich gemacht.»

«Was denn?»

D'or verzog den Mund zu einem schelmischen Grinsen. «Geh halt mal hin. Um zehn. Abschnitt fünf.»

Als DeDe wieder allein war, sah sie sich auf dem Schwarzen Brett an, was es alles an Möglichkeiten gab:

9:00–10:00 KRISTALL-WORKSHOP: Reinigung und Pflege von Quarzkristallen. Wie frau verschiedene Kristalle zur Heilung, zum Träumen und zur Meditation verwendet. Teamerin: Mariposa Weintraub. Abschnitt 8.

9:00–10:00 KÖRPER- UND GESICHTSBEHAARUNG: Mit Dias, Geschichten und Liedern. Teamerin: Bonnie Moran. Abschnitt 3.

9:30–11.00 MIT DEINER COLA LIGHT UNTERDRÜCKST DU MICH: Wie das Patriarchat dicke Frauen durch Hungerkuren und Schikanierung umbringt. Teamerin: Sandra Takeshita. Abschnitt 4.

10:00–11:00 UNTERSTÜTZUNGSGRUPPE FÜR ERBSCHAFTSLESBEN: Eine Gelegenheit für Frauen mit Geld, gemeinsam mit anderen über ihre Gefühle in bezug auf die persönlichen und politischen Fragen zu sprechen, die mit ererbtem Vermögen einhergehen. Teamerin: Leticia Reynolds. Abschnitt 5.

Eine Erbschaftslesbe, hm? *Das* war sie also. Endlich hatte sie eine Identität.

Sie lächelte noch über D'ors kleinen Witz, als eine Frau neben ihr schnaubend die Luft ausstieß. «Was macht frau, wenn sie nicht behaart, nicht dick und auch nicht reich ist?» Sie selbst war jung, schlank und rangenhaft.

DeDe lächelte sie voller Sympathie an. «Irgendwas mit Kristallen, schätz ich.»

«Genau.» Die Range schnarrte mit der Slipperspitze über den Boden.

«Warst du schon mal bei einem?» fragte DeDe.

«Bei was? Einem Workshop?»

«Ja.»

«Na ja, ich war gestern beim Töpfern.»

«Und wie war's?» fragte DeDe.

«Politisch ekelhaft korrekt. Der Workshop heißt *The Herstory of Pots*.»

«Wie schrecklich», sagte DeDe.

«Unsere Teamerin hat in einem fort über den Einfluß der *Hispanics* auf die Töpferei geredet, bis ich sie schließlich gefragt hab, ob sie nicht die *Herspanics* meint. Sie hat mich angeschaut, als hätt ich in die Bowle gepinkelt.»

DeDe lachte.

«Ich hab zu ihr gesagt: ‹Tut mir leid, aber ich muß jetzt gehen . . . ich komm sonst noch zu spät zu meiner *Hersterectomy*.›» DeDe kicherte. «Das hast du echt gesagt?»

«Nein.» Sie zog auf das charmanteste den Kopf ein. «Das ist mir erst nachher eingefallen.»

«Esprit de l'escalier», sagte DeDe.

‹Was?»

«Das ist nur so ein Ausdruck. Für Situationen, wo einem Sachen erst später einfallen.»

«Aha.»

Sie schauten sich verlegen an, wußten beide nichts zu sagen.

«Warst du bei vielen Konzerten?» fragte die junge Frau schließlich.

«Bei Hunter Davis», sagte DeDe. «Und bei Kate Clinton.»

«War Kate Clinton nicht toll? Deine Kleine ist übrigens niedlich.»

DeDe war verwirrt.

«Ich hab dich beim Konzert mit ihr gesehen», klärte die Frau sie auf.

«Ach so . . . verstehe.»

«Ich bin Polly Berendt.» Sie streckte die Hand aus.

DeDe schüttelte sie ihr. «DeDe Halcyon.»

«Ist die . . . äh . . . Frau mit dem dunklen Teint deine Geliebte?» DeDe nickte. Sie war verwundert, wie genau sie beobachtet worden waren. «Es ist unser erstes Festival», sagte sie und leitete kunstvoll vom Besonderen zum Allgemeinen über. «Und bei dir?»

«Auch das erste», sagte Polly und scharrte erneut über den Boden. «Ich hab sogar extra frei gekriegt dafür.»

«Was machst du?»

«Ich arbeite in einer Gärtnerei. Plant Parenthood.»

«Ach», sagte DeDe. «Im Laden von Michael Tolliver.»

«Du kennst ihn?»

«Na ja, er ist so was wie der Freund einer Freundin. Sein Liebhaber hat meine Kinder auf die Welt geholt.»

«Jon?»

DeDe nickte. «Ein entzückender Kerl. Hast du ihn gekannt?»

«Nein», sagte Polly. «Er war . . . vor meiner Zeit.» Sie legte eine Pause ein. «Du kaufst aber nicht ein bei uns. Daran hätt ich mich erinnert.»

DeDe fragte sich, ob sie rot wurde. Schon vor diesem strategischen Kompliment hatten sie Pollys sommersprossige Wangen, ihre weißen Zähne und der von der Sonne vergoldete Flaum auf ihren Unterarmen leicht irritiert. «Eigentlich», sagte sie, «wohnen wir auch nicht in der Stadt. Wir wohnen auf der Halbinsel. In Hillsborough.»

Polly nickte bedächtig, während sie das verarbeitete. «Ganz schön protzig da, was?»

«Tja . . . zum Teil schon.»
«Bist du eine Erbschaftslesbe?»
DeDe lachte. «Nur, wenn ich zu dem Workshop gehe.»
Polly lächelte sie an. «Sollen wir dann nicht lieber spazierengehen?»

Ihre einstündige Odyssee führte sie durch die meisten Unterabteilungen von Wimminwood, durch das Gebiet der chemiefreien und der chemietoleranten Gruppe, durch die Zone für die Brummilesben, die Zone für die körperlich anders Begabten und durch die Mut-zur-Nüchternheit-Zone. «Gott», sagte Polly, als sie ans Flußufer kamen, «es ist wirklich ein Wunder, daß sie uns kein Visum oder so was ausstellen.»

«So geht's wahrscheinlich leichter», sagte DeDe. Damit betete sie D'ors Argument nach. An den Umgang mit einer Person, die sich auf so selbstverständliche Art politisch inkorrekt verhielt, war sie nicht gewöhnt.

Pollys braune Augen wanderten an das Ende des Badeplatzes, wo eine Frau nackt in der Sonne lag. «Gehst du auch mal ohne Hemd?» fragte sie.

«Nein», sagte DeDe. «Eigentlich nicht. Nein.»

«Warum nicht?»

DeDe zuckte mit den Schultern. «Ich hab mit meiner Geliebten darüber gesprochen. Wir glauben schlicht nicht, daß es notwendig ist. Wir müssen niemand was beweisen.»

Polly schaute sie von der Seite her an und ließ dann einen flachen Stein über das Wasser hopsen. «Feiges Huhn», sagte sie.

Da DeDe die Zeit aus den Augen verloren hatte, verabschiedete sie sich kurz vor Mittag in aller Eile von Polly. Sie rannte die letzten hundert Meter zu dem ihr zugewiesenen Posten, einem großen, an den Seiten offenen Zelt in der Nähe des Eingangs zu Wimminwood. Es wimmelte darin von tüchtigen Frauen in schwarzen T-Shirts.

Sie ging auf die eine Frau zu, die sie erkannte, die freundliche Schwarze, von der sie am Tor begrüßt worden waren. «Entschuldige bitte.»

Die Frau drehte sich um. «Ich kenn dich. Äh . . . ein großer Buick voller Blagen.»

DeDe lachte. «Reit nicht drauf herum.»

«Ich heiß Teejay, und du . . .?»

«DeDe.»

«Genau. Was kann ich für dich tun?»

«Ich such die Sicherheitschefin.»

Teejay sah sich um. «Ich glaub, sie ist grade mal zum . . . Nein, da ist sie ja . . . dort drüben, gleich neben den Frauen mit den Kippendosen.»

«Entschuldige . . . mit was?»

«Mit den Kippendosen, Liebes. Du weißt schon . . .» Sie machte eine geheimnisvolle Bewegung, bei der sie mit den Händen rund um ihre Taille fuhr. «Sie heißt Rose. Es ist die mit den kurzgeschorenen Haaren.»

DeDe spürte, wie sie blaß wurde. Rose mit den kurzgeschorenen Haaren. Die abscheuliche Rose. Das Monster, das Edgar in die Sonderzone für Jungen deportiert hatte.

Sie war unverkennbar die Chefin. Sie hatte eine weite grüne Arbeitshose an und lehnte an einem Zeltpfosten. Ihre Brüste, die sie an diesem Tag offen trug, waren in der sengenden Sonne dosenwürstchenrosa geworden.

Während DeDe argwöhnisch auf sie zuging, verfluchte sie sich dafür, daß sie sich nicht die Müllaufsicht oder sogar die Medizinische Versorgung ausgesucht hatte. Verdammt noch mal! Rose schaute sie an und sagte: «So trifft man sich wieder.»

«Sieht ganz so aus», sage DeDe.

«Bist du die Mittagsablösung?»

«Mhm.»

«Dann hast du noch keine Uniform.» Rose griff in eine Kiste auf dem Boden, zog ein schwarzes T-Shirt heraus und hielt es DeDe hin. «Ich brauch dich am Tor», sagte sie. «Normalerweise mach ich das, aber bei den Chemiefreien hat's Probleme gegeben.»

DeDe nickte. «Zeigt mir auch jemand ... äh ... was ich ...»

«Klar. Dafür bin ich da.» Rose zwinkerte ihr beinahe liebenswürdig zu, und DeDe spürte einen Anflug von Erleichterung. Wenn die Frau nicht mehr von ihr verlangte, als daß sie aufpaßte, dann war DeDe nur allzu bereit dazu.

Auf dem Weg zum Tor erklärte Rose die Besonderheiten der Aufgabe. «Meistens beantwortest du Fragen. Über die einzelnen Zonen und wo die Leute parken sollen. Laß *kein* Auto ohne Passierschein aufs Gelände.»

DeDe war noch etwas verunsichert. «Die Zonen. Ich weiß nicht so genau, wo ...»

«Da hast du eine Karte», sagte Rose und reichte ihr ein eselsohriges Flugblatt. «Auf der ist alles drauf.»

«Schön.»

«Ach so, ja. Du wirst es wahrscheinlich mit den Porto-Jane-Männern zu tun kriegen.»

«Entschuldige ... mit was für Männern?»

«Wir nennen die Toiletten Porto-Janes», sagte Rose.

Das hätt ich mir denken können, dachte DeDe. «Dann ... laß ich die Kerle also rein?»

«Ja», sagte Rose. «Es sind die *einzigen* Männer, die aufs Gelände dürfen. Sie machen die Porto-Janes sauber und verschwinden wieder. Alles in allem dauert das zirka 'ne Stunde. Sie kommen mit 'nem Laster und haben Passierscheine. Laß sie dir also auch zeigen.»

«Verstanden», sagte DeDe.

«Am Tor gibt's auch ein Walkie-talkie. Du kannst jederzeit Verstärkung rufen, wenn du mit was nicht allein fertig wirst. Bis jetzt war's aber ganz ruhig.»

«Gott sie Dank», sagte DeDe.

«Meinst du nicht Göttin?» sagte Rose.

Es stellte sich heraus, daß die Schicht entschieden weniger bedrohlich verlief, als DeDe gedacht hatte. Die meiste Zeit plauderte sie mit freundlichen Frauen in überladenen Autos.

Wenn sie über die Parkvorschriften meckerten, taten sie das mit Humor, und die eine oder andere pfiff ihr sogar hinterher.

Zwanzig Minuten vor Ende ihrer Schicht fuhr eine riesige weiße Stretch-Limo vor. Wegen der getönten Scheiben konnte DeDe keine Menschenseele erkennen, bis sich das vordere Seitenfenster summend senkte.

Eine rothaarige Frau mit Chauffeursmütze lehnte sich aus dem Fenster und sagte: «Wo geht's zur Bühne?»

«Na ja», sage DeDe, «die Straße lang und dann rechts, aber leider kannst du da nicht hinfahren.»

«Warum nicht?»

«Vorschrift. Autos sind nicht erlaubt. Da drüben könnt ihr parken, wenn ihr wollt. Alle fünfzehn Minuten fährt ein Pendelbus ins Land hinüber.»

Die Chauffeuse machte ein gereiztes Gesicht. «Man hat uns gesagt, wir sollen zur Bühne fahren.»

«Tja, wenn ihr Künstlerinnen seid und heute auftretet ... ich meine, wer auch ...»

«Niemand tritt heute auf. Meine Kundin ist eine Freundin der Festivalorganisatorin.»

«Habt ihr einen Passierschein?» fragte DeDe.

«Nein. Man hat uns gesagt, wir brauchen keinen.»

«Mensch, das tut mir aber leid. Ich hab Anweisung, dafür zu sorgen, daß niemand ...»

«Ich rede mit ihr!» Die Stimme kam aus dem Fond. Sie war rauh, aber volltönend. Ihr folgte das Surren eines zweiten glänzend schwarzen Darth-Vader-Fensters, das sich ins Innere der Tür hinabsenkte. Das zum Vorschein kommende Gesicht war blaß und ungeschminkt und wurde wie bei einem Stinktier von einem schwarzen Haarschopf mit einem weißen Streifen in der Mitte umrahmt.

DeDe spürte, wie ihr das Herz bis zum Hals schlug. Es war Sabra Landauer, die legendäre feministische Dichterin und Stückeschreiberin, deren Einfraustück *Me Only More So* auf dem Broadway der Knaller der letzten beiden Spielzeiten gewesen war.

«Oh . . . Miss Landauer», sagte DeDe. «Willkommen bei Wimminwood.»

«Danke. Gibt es ein Problem?»

«Na ja, ein kleines. Wenn man mir gesagt hätte, daß Sie auftreten . . .»

«Ich *trete* nicht auf. Ich besuche meine Freundin Barbara Farrar, die *Gründerin* dieses Festivals.»

«Ach so . . . ja . . . natürlich.» Ihre Entschlossenheit begann zu bröckeln. Wenn es darum ging, sich entweder von Rose oder von Sabra Landauer die Hölle heißmachen zu lassen, war die Entscheidung völlig klar. «Ach, egal, zur Bühne geht's die Straße hier lang und dann nach rechts. Es ist die einzige große Lichtung. Jede, die ein blaues Band ums Handgelenk hat, kann Ihnen weiterhelfen.»

«Danke», sagte die Chauffeuse.

«Mrs. Landauer», fügte DeDe hastig hinzu und legte eine Hand auf den Wagen, um ihn am Losfahren zu hindern, «das muß ich Ihnen noch sagen . . . *Medusa at the Prom* ist mein *absoluter* Lieblingsgedichtband.»

Sabra Landauer verwandelte ihren Zeigefinger in den Lauf einer Pistole und feuerte damit keck auf DeDe. «Lesen Sie meinen neuesten Band», sagte sie. «Da steht was ganz für Sie allein drin.»

Bevor DeDe noch etwas sagen konnte, hob sich das dunkle Fenster schon wieder. Die Stretch-Limo fuhr in der sprichwörtlichen Staubwolke davon. Während sie inmitten dieser Wolke stand, verspürte DeDe leichten Ekel vor sich selbst.

Warum, um Himmels willen, hatte sie das nur gesagt? Sie hatte *Medusa at the Prom* noch nicht einmal gelesen. Warum hatte schon der Anblick einer berühmten Frau genügt, um sie alles vergessen zu lassen?

Reichlich durcheinander, winkte sie zwei andere Wagen weiter, doch der Anblick von zwei grobschlächtigen Männern in einem Pickup katapultierte sie in die Wirklichkeit zurück. Sie erinnerte sich an ihre Aufgabe, trat entschlossen vor und sagte: «Kommt ihr wegen der Porto-Janes?»

«Jau», sagte der Fahrer, der beim Lächeln etliche Zahnlükken entblößte.

Armer Kerl, dachte sie. Einen solchen Job zu haben!

Sie winkte ihn weiter und zeigte ihm als eine Art moralische Unterstützung den hochgereckten Daumen. Der Pickup fuhr weiter. Zuerst langsam, doch dann bretterte er, untermalt von einem Schwall irren Gelächters, los. Beide Männer hängten sich aus dem Fenster und zeigten ihr den Vogel.

«Doofe Lesbennuß!» schrie einer von den beiden.

Gelähmt vor Schreck, stand sie einen Moment lang einfach nur da. In ihrem Kopf hallte Roses Mahnung, sich den Passierschein zeigen zu lassen. Blöde Kuh, blöde Kuh, blöde Kuh! Das waren gar nicht die Porto-Jane-Männer!

Sie stürzte sich auf ihr Walkie-talkie, konnte sich aber nicht erinnern, was die Leute in den Filmen immer sagen. «Roger», war das einzige, was ihr einfiel, und das, davon war sie überzeugt, war garantiert sexistisch.

«Hallo, Sicherheitsstation», sagte sie schließlich, nein, schrie sie fast in das Walkie-talkie. «Sicherheitsstation, hier ist DeDe . . . Das ist ein Notfall.»

Keine Reaktion.

Sie prüfte, ob der Sprechknopf richtig eingestellt war. Wer weiß. Sie versuchte es erneut: «Notfall, Notfall . . . Hier ist DeDe vom Tor. Männer im Land! Männer im Land!»

Immer noch keine Reaktion. Sie schüttelte den Apparat heftig durch und warf ihn in einem Wutanfall in den Straßengraben.

Er landete in einem Brombeergestrüpp und erschreckte sie heftig, weil er plötzlich redete: «Sicherheitsstation an Tor, Sicherheitsstation an Tor . . . *Sofort* melden . . .»

Sie stieg in den Straßengraben und bahnte sich vorsichtig einen Weg durch die tückischen Ranken, indem sie sie wie dreckige Windeln auf Armlänge von sich weghielt. Als sie nach dem Walkie-talkie griff, schnellte urplötzlich eine Brombeerranke hervor und stach sie in die Hand. «Scheiße!» murmelte sie.

«DeDe, hier Sicherheitsstation . . . Bitte melden.»

Sie fingerte erneut an dem Knopf herum. «Männer im Lager, Rose! Männer im Lager!»

«Was du nicht sagst!» erwiderte Rose im selben Augenblick, in dem der Pickup der Verräter samt seinen gackernden Insassen knatternd vom Wimminwood-Gelände fuhr und alles in eine rötliche Staubwolke hüllte.

Vor Entsetzen wie betäubt, starrte sie den davonpreschenden Marodeuren hinterher, bevor sie sich wieder dem Walkietalkie zuwandte. «Ist auch nichts passiert bei euch?»

Es folgte erdrückendes Schweigen. Schließlich sagte Rose: «Wart auf mich, DeDe. *Hast du verstanden?* Wart auf mich!»

Die Warterei zog sich über fast eine halbe Stunde hin und machte DeDe zum Nervenbündel. Als Rose endlich auftauchte, hatte sie einen verbissenen Zug um den Mund, und in ihren Augen glitzerte kein Gefühl mehr, sondern nur noch Kälte. Ihre Brüste waren jetzt von einer dünnen weißen Schicht Sonnencreme bedeckt. «Okay», sagte sie. «Was ist passiert?»

DeDe redete ganz ruhig. «Ich hab sie für die Porto-Jane-Männer gehalten.»

«Hast du ihre Passierscheine verlangt?»

«Nein. Ich hab sie gefragt, ob sie die Porto-Jane-Männer sind, und außerdem waren sie mit einem Pickup da. Wie du gesagt hast.»

«Ich hab kein Wort von einem Pickup gesagt. Sie haben einen großen Laster, DeDe. Der saugt die Scheiße ab.»

«Aber, wie hätt ich das denn wissen sollen?»

Die Sicherheitschefin schüttelte langsam den Kopf. «Du bist vielleicht eine. Also wiiiiirklich.»

«Okay, ich hab einen Bock geschossen. Entschuldige.»

«Einen Bock geschossen?»

«Also gut, Scheiße gebaut.»

«Hast du überhaupt eine Ahnung, was diese Arschlöcher gemacht haben?»

DeDe hielt den Atem an. *Bitte, lieber Gott, mach's nicht zu heftig.* Sie schüttelte argwöhnisch den Kopf.

«Sie sind am Aurareinigungsworkshop vorbeigedonnert und haben dabei wie die Irren: ‹Lesbensäue!› geschrien . . .»

«Ich seh ein, daß ich . . .»

«Moment. Halt jetzt die Klappe. Beim Rausfahren haben sie eine von den Porto-Janes umgenietet.»

«O Gott.»

«Mitsamt der Insassin, DeDe.»

DeDe preßte eine Hand vor den Mund, da es ihr den Magen umdrehte. «Ist sie . . . verletzt?»

Es folgte eine quälende Pause. «Sie hat ein schweres Trauma abgekriegt», sagte Rose schließlich. «Wir mußten sie in der Womb mit dem Schlauch abspritzen.»

Von Übelkeit geschüttelt, schaute DeDe von ihrer Anklägerin weg. «Wenn ich nur geahnt hätte . . .»

«Du hast die Anweisungen nicht befolgt», sagte Rose. «So einfach ist das.»

DeDe nickte. «Du hast recht . . . du hast recht.» Trotzdem schoß ihr der Gedanke durch den Kopf, was passiert wäre, wenn sie den Marodeuren den Zutritt verweigert hätte. Hätten sie ihr gehorcht? Ihre Kinder taten das jedenfalls nie.

«Ich hab gedacht, du wolltest dich beweisen», sagte Rose. «Bei deiner Herkunft.»

«Bei meiner *Herkunft*?» sagte DeDe.

«Du weißt, was ich meine.»

«Nein, weiß ich nicht. Bitte, sag's mir.»

«Ich weiß über deinen Vater Bescheid, okay?»

«*Was* weißt du über meinen Vater? Mein Vater ist tot.»

«Dann über deinen Stiefvater. Oder was er sonst ist. Ich weiß alles über seine faschistischen Verbindungen zu Reagan.»

DeDes Gesicht glühte. «Und zu was macht mich das?»

Rose zuckte mit den Schultern. «Erklär du mir das.»

DeDe zögerte kurz und dachte über mehrere Erwiderungen nach, doch dann drückte sie Rose das Walkie-talkie in die Hand. «Es ist nach zwei», sagte sie. «Meine Schicht ist zu Ende.»

Wie benebelt marschierte sie zu ihrem Zelt zurück. Sie quälte sich mit einer Frage, die entschieden unangenehmer war als eine umgeschmissene Porto-Jane: wie sollte Rose – oder sonst jemand – über Booter Bescheid wissen, wenn nicht D'or etwas erzählt hatte?

Und warum sollte D'or so etwas tun? Warum?

Geplatztes Rendezvous

Booters Lakeside Talk war ein überwältigender Erfolg geworden. Bislang hatten ihn mindestens ein Dutzend Bohemians beiseite genommen, ihm gratuliert und ihn positiv mit Chuck Percy und Bill Ruckelshaus verglichen, die in derselben Woche zu den Massen gesprochen hatten. Sicher, ein-, zweimal hatte er seine Notizen durcheinandergebracht, doch niemand schien es bemerkt zu haben, und der Beifallssturm nach der Rede war beinahe ein Orkan gewesen.

Um seine überschüssige Energie loszuwerden, ging er spazieren und füllte seine Lungen mit der anregenden Nachmittagsluft. Auf der Straße oberhalb von Green Mask begegnete er einem jungen Mann Ende zwanzig mit nacktem Oberkörper. Sein Alter und seine Muskeln legten den Schluß nahe, daß es ein Angestellter war, und Booter fühlte sich verpflichtet, etwas zu sagen.

«Heiß heute, was?»

Der junge Mann pflichtete ihm mit einer Art Wiehern bei.

«Arbeiten Sie hier?» fragte Booter und bemühte sich um einen möglichst freundlichen Ton.

«Ja, Sir.»

«Tja, wissen Sie, es gibt hier eine Hemdenvorschrift.»

Der junge Mann sah ihn verdutzt an.

«Man muß eins anhaben», sagte Booter.

«Oh.» Er griff nach dem Hemd, das aus der Gesäßtasche seiner Arbeitshose hing.

«Mir ist das gleich», sagte Booter. «Aber . . . jemand anderes könnte Ihnen Schwierigkeiten machen.»

Der junge Mann zog das Hemd an und knöpfte es zu.

«Einem Mitglied würde ich das genauso sagen», fügte Booter hinzu, da er nicht als Despot erscheinen wollte. «Es ist nun mal Vorschrift.»

«Klar.»

«Aber ganz schön heiß heute, was?»

«Ja.»

Booter lächelte ihn an und ging zurück in Richtung River Road.

Ordnung. Gegenseitiger Respekt. Aus solchen Gründen war ihm der Grove der liebste Platz auf Erden.

Er traf Jimmy Chappell in seinem Wigwam in Medicine Lodge an. «Da ist er ja», flötete Jimmy. «Der William Jennings Bryan des SDI.»

Bescheidenheit war angebracht, weshalb Booter nur verächtlich grunzte und sich neben ihn aufs Feldbett setzte.

«Willst du was zu trinken?» fragte Jimmy.

«Nee.»

Jimmy goß Cognac in einen Plastikbecher und kippte ihn zufrieden schmatzend hinunter. «Das Low Jinks wird sicher nett», sagte er.

Gütiger Himmel. War das heute abend?

«Es heißt ‹Ich, Glutäus›», ergänzte Jimmy. Er griff nach einem Groveprogramm und las vor: «‹Bohemians und Gäste werden erschauern bei den Liebesduetten von Erotica und Testicus, erzittern angesichts der Intrige, die Castrata gegen Fornicatio gesponnen hat, kichern über die windigen Mätzchen von Flatus und spüren, wie die Spannung zwischen Nefario und Intactica, der Anführerin der Bockigen Jungfrauen, steigt.›»

«Furzwitze», sagte Booter. «Haben wir nichts Besseres zu bieten?»

«Na . . . du hast dich doch fast bepißt vor Lachen bei dem

Lied, das ich für . . . Was redest du denn für Stuß? Du hast mir beim Schreiben des Lieds geholfen.»

«Da war ich betrunken», sagte Booter.

Jimmy schnaubte verächtlich.

«Ich kann heute nicht mitkommen, Jimmy.»

«Warum nicht?»

«Ich . . . fahre in die Stadt.»

«In die Stadt?» sagte Jimmy.

«Ja.»

«Nach Monte Rio?»

Booter nickte.

«Wie kommst du nur auf die Idee, am Low-Jinks-Abend nicht im Grove zu sein?»

«Du trittst doch nicht auf», sagte Booter.

«Ja, schon, aber . . . ach, was soll's.»

«Zum Grove Play gehe ich auf jeden Fall, Jimmy. Das würde ich nie verpassen.»

«Ja, ja.»

Booter spürte die Last seiner Schuldgefühle. Jimmy und er waren seit mindestens zehn Jahren immer gemeinsam zum Low Jinks gegangen. Jimmy war der geborene Kommentator, ein Bantamgewicht-Boswell, der bei nichts so sehr in seinem Element war wie beim Erklären. Ohne Zuhörer war er verloren.

«Hör mal», sagte Booter. «Wenn du dein Plappermaul hältst, sag ich dir den wahren Grund.»

Jimmys finsterer Gesichtsausdruck wurde sanfter. Er kratzte sich unter der Achsel. «Erzähl», sagte er.

«George kommt heute abend», sagte Booter.

Jimmy schaute ihn verständnislos an.

«Der Vizepräsident.»

«Ja. Na und? Das weiß ich doch.» Er kratzte sich erneut und legte die Stirn in Falten. «Was hat das mit Monte Rio zu tun?»

«Nichts», erwiderte Booter. «Vergiß, daß ich das gesagt habe. In Mandalay oben gibt es einen Empfang.» Das war eine entschieden weniger gefährliche Lüge, da man Jimmy noch nie nach Mandalay eingeladen hatte.

«Einen Empfang?» sagte Jimmy leise. «Während Low Jinks?»

Booter kam zu dem Schluß, daß er mit der Wahrheit wohl besser gefahren wäre als mit diesem wirren Lügengespinst. «In ganz kleinem Rahmen», sagte er schließlich. «Man will kein großes Trara.»

Jimmy nickte bedächtig.

«Du weißt, daß ich das Jinks mit dir nie ausfallen lassen würde, wenn es nicht einen besonderen Grund gäbe.»

Jimmy fuhr sich mit den Fingern durch die dünnen Haare. «Tja, und das ist ja wohl ein Grund.»

Booter war klar, daß er beleidigt war.

Jimmy schaute traurig zu ihm hoch. «Grüß ihn schön von mir, ja?»

Verraten

Der Vorfall am Tor nagte noch an DeDe, als sie zu ihrem Zelt kam. Es war niemand da. D'or und Anna waren offenbar noch auf ihrem Einkaufsbummel durchs Kunsthandwerkszelt. In ihrer Verfassung fand DeDe das Alleinsein so unerträglich, daß sie kehrtmachte, zur Sonderzone für die Jungs ging und nach Edgar fragte.

Tropfnaß kam er direkt aus dem Fluß angelaufen. Er war schon so braun wie ein neuer Baseballhandschuh. «Was gibt's, Mom?»

«Ach . . . nichts Besonderes. Ich hab gedacht, ich schau mal vorbei und sag hallo.»

Er nickte. «Mir geht's gut, Mom.»

«Ich weiß.»

Er deutete nach hinten und sagte: «Da läuft grad 'ne richtig heftige Wasserschlacht . . .»

«Na, dann los», sagte sie lächelnd. Er erwiderte ihr Lächeln und verschwand im Gebüsch.

Sie ging landeinwärts in Richtung Tagesbühne. Der Spaziergang und die Musik würden genau das richtige sein gegen ihre Melancholie. Schließlich war sie hier, um sich wohl zu fühlen, oder? Warum sollte sie sich von einer wie Rose Dvorak den Tag verderben lassen?

Als sie aus dem Wald kam, genoß sie das Gefühl von Sonne auf der Haut. Linda Tillery stand auf der Bühne und sang «Special Kind of Love». Trunken von der Musik, wiegten sich auf der Lichtung unzählige Frauen juchzend hin und her.

Sie war noch keine fünf Minuten da, als sie Sabra Landauer sah.

Das erste, was ihr auffiel, war der Stinktierstreifen. Das zweite war die hochgewachsene barbusige Frau, die neben Sabra stand und in ein angeregtes Gespräch mit der Dichterin und Dramatikerin versunken war.

Es war D'or.

Sie bekam eine trockene Kehle. Und sie bekam vor Entsetzen eine Gänsehaut.

Bevor sie sich zurückziehen konnte, entdeckte D'or sie und winkte. «Komm doch rüber.»

Wie in einem Alptraum bewegte sie sich über den Platz.

«Ich möcht euch einander vorstellen», sagte D'or. «Sabra . . . das ist DeDe Halcyon.»

Nicht «DeDe Halcyon, meine Geliebte», sondern nur die olle «DeDe Halcyon». Tausend Dank. Bei Sabra brauchte es natürlich keinen Nachnamen.

«Hallo»,sagte DeDe und schüttelte der Dichterin und Dramatikerin die große, knochige Hand. Sie war überzeugt, daß Sabra sie nicht wiedererkennen würde, und sie behielt recht. An D'or gewandt, fragte sie: «Wo ist Anna?»

Ihre Geliebte bekam den vorwurfsvollen Unterton durchaus mit, blieb aber völlig heiter. «Im Kinderladen, zum Glück. Sie wollte vor den andereren mit ihren Schätzen protzen.»

Damit ist sie ja wohl nicht allein, dachte DeDe.

«Sabra ist zum erstenmal bei Wimminwood», schob D'or nach. «Ich führ sie grad überall rum.»

Sabra lächelte verbindlich. «Es ist wirklich toll», sagte sie.
«Ja, nicht?» sagte DeDe.
«Kommst du mit?» fragte D'or.
«Lieber nicht.»
«Oh . . . okay.» D'ors aufdringliches Lächeln verschwand endlich. «Dann bis nachher beim Zelt.»
«Das liegt ganz bei dir», sagte DeDe.

Als D'or zwanzig Minuten später zum Zelt kam, wartete DeDe auf sie. «Eine von uns sollte Anna abholen», sagte sie kalt.
«Sie kommt nachher zur Freßbude», sagte D'or, während sie die Stiefel abstreifte. Sie drehte sich um und sah DeDe an. «Das hätt ich nicht gedacht.»
«Was?»
«Du bist richtig eifersüchtig.»
«Ich schäme mich, D'or. Ich schäme mich für dich.»
«Ach, wirklich?»
«Ja.»
«Darf ich fragen, warum?»
«Ach, komm. Schau dich doch an. Da taucht eine berühmte Frau auf, und schon stellst du deine Titten zur Schau . . .»
«Jetzt halt aber mal die Luft an.»
«Das ist deiner nicht würdig», sagte DeDe. «Ganz einfach.»
«Es war heiß heute.»
«Das hab ich gemerkt», sagte DeDe.
D'or wich leicht zurück. «Herrje . . . herrjemine, herrjemine.»
«Außerdem schätze ich es ganz und gar nicht, daß du im ganzen Lager rumerzählst, daß Booter für Reagan arbeitet. Wenn du unsere Privatsphäre nicht respektieren kannst . . .»
«Was soll das denn?»
«Na, hast du's Rose erzählt oder nicht?»
«Wem?»
«Der, die unseren Sohn deportiert hat.»
D'or schaute völlig entgeistert drein. «Ich hab sie nicht mal gesehen seit . . .»

«Na, *irgendwem* hast du's aber erzählt!»

D'or runzelte die Stirn. «Kann sein, daß ich es beim El-Salvador-Workshop Feather gegenüber *erwähnt* habe.»

«Und Feather hat's ihrer Geliebten erzählt, dieser miesen Kleinen mit der großen Klappe . . .»

«DeDe . . .»

«Okay, dann ist es keine miese Kleine . . . Nennen wir sie vertikal beansprucht. Wie wär's damit?»

D'or schüttelte langsam den Kopf. «Ich hab das nur so dahingesagt. Ich kann mir nicht vorstellen, wie . . .»

DeDe stand auf. «Ich bin sicher, daß du es weidlich ausschlachtest. Warum versuchst du's damit nicht bei Cruella de Vil?»

D'or betrachtete DeDe mit offenem Mund, dann brach sie in schallendes Gelächter aus.

«Lach du nur», sagte DeDe und stürmte aus dem Zelt.

Sie wollte zu den Brummilesben.

Ein absoluter Fan

Bei Einbruch der Dunkelheit fand Wren Douglas sich auf der hölzernen Terrasse von Fife's wieder, einem schwulen Erholungszentrum am Rand von Guerneville. Der Abend war so mild, daß noch ein paar Dutzend Leute draußen saßen. Sie stand an der Brüstung, schüttelte die Eiswürfel in ihrem Scotch mit Wasser und beobachtete einen blonden Mann in papageigrüner Badehose, der im Pool Bahnen schwamm.

Sie kam sich an diesem Abend zum Anbeißen und bezaubernd schön vor. Sie war toll geschminkt und trug einen türkis-weißen Matrosenanzug frisch aus der Reinigung im Ort. Sie hatte erwartet – das heißt gehofft –, daß man sie erkennen würde, und das geschah auch.

«Entschuldigen Sie», sagte er. «Sie sind doch Wren Douglas.» Er hatte braune Haare, braune Augen und einen Schnauzer. Der Schalk und die Frische in seinem Blick hätten ihn noch auf einer Versammlung der Parent-Teacher Association in Lynchburg, Virginia, als Schwulen verraten.

«Ja», erwiderte sie.

Er streckte ihr die Hand hin. «Ich bin Michael Tolliver. Ich war im Publikum, als Sie bei *Mary Ann in the Morning* aufgetreten sind. Sie waren phantastisch. Sie sind immer phantastisch.»

Sie lächelte und drückte ihm die Hand. Sie war an schwule Exaltiertheiten dieser Art gewöhnt, doch sie verfehlten ihre Wirkung nie. Sie fühlte sich geschmeichelt. «Dann haben Sie mich in der *Donahue*-Show nicht gesehen», sagte sie und machte ein betrübtes Gesicht.

«Nein. Was ist da passiert?»

Sie zuckte mit den Schultern. «Eine Dicke aus Queens hat mich . . . Moment mal . . . ‹eine Beleidigung für alle *anständigen* Dicken im Land› genannt.»

«O nein.»

«Das war für mich der Durchbruch, kann ich Ihnen sagen. Ich war nicht mehr nur dick . . . ich war eine *dicke Schlampe*. Was für eine Offenbarung! Eine Minderheit innerhalb einer Minderheit, die sich immer weiter spezialisiert.»

Sein Lachen wirkte etwas lahm. Er lachte wohl nur, weil er ein pflichtergebener Fan war. Sie fragte sich, ob er mitbekommen hatte, wie sie dieselbe Geschichte in der *Carson*-Show erzählt hatte.

«Was . . . äh . . . führt Sie hierher?»

«Wohin? In dieses Lokal?»

«Na ja . . . an den Fluß.»

«Ich wohne drüben in Monte Rio», klärte sie ihn auf. «Jemand, den ich kenne, hat dort ein Haus gemietet.»

«Bei mir ist es genauso», sagte er. «Wir wohnen in Cazadero. Wissen Sie, wo das ist?»

«Mhm. Es gibt einen tollen Kramladen dort.»

«Tja, da wohnen wir ganz in der Nähe.»

«Und ‹wir› heißt . . .?»

Er deutete zum Pool hinunter. «Der Kerl, der Bahnen schwimmt, und . . . der dort drüben, unter den Bäumen . . . der im karierten Hemd.»

«Tja . . .» Sie zog graziös eine Augenbraue hoch. «Wie schön für Sie.»

Er lachte. «Der im karierten Hemd ist hetero.»

Sie nickte. «Schwule tragen schon seit Jahren nichts Kariertes mehr.»

Ein erneutes Lachen. «Um die Wahrheit zu sagen, er ist mit Mary Ann Singleton verheiratet.»

«Mit wem?» fragte sie.

«Mit der Frau, die Sie interviewt hat.»

«Ach so, o Gott, ja. Miss Oberdreist. Der arme Kerl. *Verheiratet* ist er mit ihr?»

Er wirkte ein bißchen verstimmt. «Sie ist ganz in Ordnung, wenn man sie erst näher kennenlernt.»

«Bestimmt.»

«Sie hat's nur nicht . . . recht verdaut, daß sie jetzt berühmt ist.»

Genau, dachte Wren. Weltberühmt in San Francisco. Sie schaute zu dem Mann im karierten Hemd hinüber und bewunderte mit einem plötzlich aufflammenden Déjà-vu-Gefühl sein Grübchenkinn. «Ach, *der*», rief sie. «Den hab ich doch schon mal gesehen. Ich hab versucht, ihn im Kramladen aufzureißen.»

Er lachte. «Echt?»

«Und ob. Ich hab mich *echt* ins Zeug gelegt. Hat er nichts von mir erzählt?» Sie zog eine Schnute. «Ich bin am Boden zerstört.»

«Na ja, irgendwie war er in der letzten Zeit nicht so ganz in Form.»

Ich könnt ihn schon wieder in Form bringen, dachte sie.

«Ach, es ist so eine Ehre für mich», sagte Michael.

Sie legte den Kopf schief. «Danke.»

«Hätten Sie . . . äh . . . vielleicht Lust, mit uns zu essen?»

«Danke, aber . . .» Sie schaute auf die Uhr. «Ich bekomme drüben im Haus gleich Besuch.»

«Ach so.»

Sie warf erneut einen prüfenden Blick auf den Mann im Karohemd, bevor sie sich wieder an Michael wandte. «Mein Besuch muß aber um zehn weg. Sie könnten auf einen Schlummertrunk vorbeischauen.»

«Wirklich?» Er schien absolut begeistert zu sein. «Ist das Ihr Ernst?»

«Klar ist das mein Ernst.»

«Wir alle?»

«Unbedingt», erwiderte sie.

Aufruhr in der chemiefreien Zone

Es war früh dunkel geworden in der Brummilesbenzone, einer Ansammlung von verstreut stehenden Zelten und Wohnmobilen nahe dem Tor zu Wimminwood. DeDe war noch keine halbe Stunde da und fühlte sich schon merkwürdig wohl, wie ein von Zigeunern entführtes Kind, das an seinem neuen Leben Gefallen gefunden hatte. Aber vielleicht auch wie Patty Hearst; sie war sich da nicht so sicher.

«Gießt der Kleinen noch 'nen Drink ein!» Das war Mabel, offenbar die Hohepriesterin der Besäufnisfraktion. «Sie schaut schon wieder ganz trübselig drein.»

«Nein», sagte DeDe und legte die Hand über die Blechtasse. «Mir fehlt nichts, wirklich.»

«Gießt ihr schon endlich was ein. Ginnie, hol noch Rum aus dem Zelt. Beweg deinen Arsch und mix unsrer kleinen Süßen 'nen Drink.»

Ginnie, die völlig in ihrem Bongogetrommel versunken gewesen war, hörte auf zu spielen und sah DeDe an.

«Na ja», sagte DeDe, «einen kleinen vielleicht.» Sie hatte sich aus einem gewissen Verantwortungsgefühl den Kindern gegenüber zurückgehalten, aber das kam ihr im Moment blöd vor. Edgar lebte jetzt sein eigenes Leben, und Anna war mit D'orothea beim Essen.

O Gott. Waren die beiden mit Sabra zusammen?

«Lächeln», blaffte Mabel.

DeDe lächelte.

Mabel zwinkerte ihr zu. «Brav, Mädchen.» Sie lag vor ihrem Winnebago-Wohnmobil auf einer Luftmatratze. Ihre kurzen grauen Haare und der pludrige graue Trainingsanzug verliehen ihr eine bemerkenswerte Ähnlichkeit mit einem Teller Kartoffelbrei.

«Ich kenn das Luder», sagte Mabel. «Schon seit eeeewig.»

Einen Moment dachte DeDe, sie meinte Sabra. Dann fiel ihr ihre andere Strafe wieder ein, die, von der sie ihnen erzählt hatte. «Meinst du Rose?»

Mabel grunzte. «Beim Festival in Michigan hat sie meine Armbrust beschlagnahmt, die blöde Sau.»

DeDe versuchte, mitfühlend dreinzuschauen, es gelang ihr aber kaum. Mabel mit Armbrust? Mabel *betrunken* und mit Armbrust inmitten von tausend Leuten? Bitte!

«Der ganze Scheiß mit Göttin hin und Göttin her. Ich hab damals zu ihr gesagt: ‹Das zahl ich dir heim, ich schwör's bei Gott.› Und da sagt sie: ‹Wer bei Gott schwört, beugt sich nur dem Patriarchat.› Da hab ich gesagt: ‹Ich werd dich bis East Lansing in den Arsch patriarchalisieren, wenn du nicht die Fliege machst und aus meinem Winnebago verschwindest.›»

Eine andere Brummilesbe juchzte lauthals. «Schnapp sie dir, Mabel.»

«Seit sechzig Jahren schlag ich die Männer auf ihrem Gebiet. Glaubst du, da brauch ich so 'n armes Würstchen von Aufseherin, das mir sagt, wie 'ne Lesbe richtig redet? Das mir sagt, daß ich mit meiner harmlosen kleinen Armbrust 'ne Gefahr für die Allgemeinheit bin?»

DeDe sah, wie sich die Bongospielerin und eine schlaksige

Frau, die neben Mabels Luftmatratze auf einer Kühlbox saß, zugrinsten. Mabel und ihre treue Armbrust waren anscheinend zu einem zentralen Motiv ihrer Gruppenlegende geworden.

«Und jetzt», fuhr Mabel fort, «behandelt sie *dich* auch wie den letzten Dreck. Klein ist die Welt und häßlich, was?»

«Anscheinend», sagte DeDe.

«Es wird Zeit, daß mal jemand redet mit der Kleinen.»

«O nein», sagte Ginnie matt. «Jetzt geht das wieder los.»

Leicht keuchend wuchtete Mabel sich hoch. «Jemand muß ihr mal sagen, daß sie endlich aufhören soll, meine Freundinnen rumzukommandieren.»

DeDe warf Ginnie einen nervösen Blick zu. Das war doch nicht ernst gemeint, oder?

«Du solltest dich geschmeichelt fühlen», sagte Ginnie mit hämischem Grinsen. «Gleich wird deine Ehre verteidigt.»

DeDe wandte sich wieder an Mabel. «Wirklich, Mabel, ich find's toll, daß du dich um mich sorgst, aber . . .»

Mabel stapfte an ihr vorbei zum Wohnmobil. «Aaauf geht's», sagte sie beim Hineinklettern.

Entsetzt drehte DeDe sich zu Ginnie um und fragte: «Was ist mit der Armbrust?»

Ginnie lachte. «Die ist zu Hause in Tacoma. Keine Angst.»

Gott sei Dank, dachte DeDe.

«Von Zeit zu Zeit überkommt's sie», versuchte die Frau auf der Kühlbox zu erklären. «Sie war siebenunddreißig Jahre bei der Post.»

Mabel stieg aus dem Wohnmobil, salutierte verwegen vor DeDe und machte sich auf den Weg in die chemiefreie Zone.

«Du weißt doch gar nicht, wo sie ist», schrie Ginnie.

Mabel marschierte beherzt weiter. «Und ob ich das weiß.»

«Das tut sie deinetwegen», sagte die Frau auf der Kühlbox zu DeDe. «Sie gibt an.»

DeDe fühlte sich in höchstem Maße hilflos. «Und was wird sie tun?»

Ginnie zuckte mit den Schultern. «Sie in den Arsch treten.»

«Wißt ihr», sagte DeDe, «was ich absolut nicht will, ist ein gräßlicher Streit um . . . Kann sie denn niemand aufhalten?»

«Ach, sie tut doch gar nichts», sagte die Frau auf der Kühlbox. «Sie plustert sich nur auf.»

«Sei dir da mal nicht so sicher», sagte Ginnie. Sie sah DeDe mit leicht besorgtem Blick an. «Vielleicht läufst du ihr besser nach, hm?»

«Ich? Ich kenn sie doch nicht mal. Warum soll dann ausgerechnet ich . . .?» Sie unterbrach sich, als sie plötzlich das Bild vor Augen hatte, wie Mabel und Rose sich in einem Kampf Frau gegen Frau ineinander verkrallten. Sie sprang auf und rannte Mabel hinterher.

Kurz vor der Grenze zur chemiefreien Zone holte sie sie ein. «Mabel, hör mal . . .»

«Du willst dir den Spaß nicht entgehen lassen, hm?»

«Nein! Wenn du das meinetwegen tust . . .»

«Ich tu's *meinetwegen*, Kleine.»

DeDe ging mit großen Schritten und schwer atmend neben ihr her, hielt aber mit ihr mit. «Aber, wenn sie glaubt, daß ich dich zu ihr geschickt habe, damit . . .»

«Wen interessiert das schon?»

«*Mich*, Mabel. Ich bin zusammen mit meiner Geliebten und meinen Kindern da, und . . . ich will eigentlich nur meinen Spaß haben.»

Mabel drosselte ihr Tempo ein bißchen und lächelte sie an. «Und wie war's bisher?»

«Beschissen», sagte DeDe.

«Na also. Dann wird's doch Zeit, daß wir uns den Spaß holen.»

«Mabel, eine Keilerei mit der Sicherheitschefin ist absolut nicht das, was ich mir unter . . .»

«Pscht», befahl Mabel und schlug sich mit dem Zeigefinger auf die Lippen. «Da ist es.»

«Was?» flüsterte DeDe.

«Ihr Versteck.» Sie packte DeDe mit stahlhartem Griff am Arm, zerrte sie in ein Erdbeerbaumdickicht, ließ auf einmal los und warf sich wie ein voranstürmender Infanterist auf den Boden.

Roses Zelt lag unterhalb von ihnen, am Fuß eines leichten Hangs. Im Zeltinneren brannte eine Lampe, weshalb das Zelt wie der Bauch eines Glühwürmchens leuchtete.

«Mabel, ich will auf keinen Fall . . .»

«Runter mit dir!»

DeDe ließ sich auf den Boden fallen. Ihr Herz klopfte wie wild. Mabel zwinkerte ihr schelmisch zu und bedeutete ihr von neuem, daß sie still sein solle. Aus Roses Zelt drangen Geräusche. Nicht eigentlich Stimmen, sondern Geräusche.

Zuerst hörte man eine Art Winseln, gefolgt von heftigem Atmen, und dann: «Ja, o ja, mhm, toll, ja, okay, *wunderbar* . . . ja, genau *da*, ja, o ja . . .»

DeDe zupfte Mabel am Sweatshirt und machte eine verzweifelte Hauen-wir-ab-Geste. Mabel hielt sich den Mund zu, um nicht laut loszukichern, und schaute wieder zum Zelt hinunter. Offenbar war sie von dem Drama, das dort unten ablief, fasziniert.

Es waren weiterhin Geräusche zu hören: «Mhm, o ja, o ja, mmmmmm, o Gott, o Gott, bitte . . . o Gooooott . . .»

Mabel warf DeDe einen triumphierenden Blick zu, sprang auf, legte die Hände um den Mund und schrie: *«Muß das nicht Göttin heißen?»*

Alle Geräusche im Zelt erstarben.

DeDe versuchte davonzurobben, war aber im Unterholz gefangen. Sie taumelte hoch und flüchtete stolpernd vom Tatort. Hinter sich hörte sie Mabel siegestrunken gackern. Sie war offenbar äußerst zufrieden mit sich.

«*Mach* schon!» rief DeDe in plötzlicher Sorge um Mabels Sicherheit.

Mabel kostete die Situation noch einen Moment lang aus und trat erst dann den Rückzug an. Heftig keuchend, aber weiter gackernd, brach sie zwischen den Erdbeerbäumen durch. «War das jetzt *perfekt* oder nicht, Kleine? War das jetzt die tollste . . .?»

Sie stolperte und schlug mit einem beängstigenden Bums lang hin.

«Ist was passiert?» rief DeDe. «Mabel? . . . Mabel?»

Mabel rührte sich kein bißchen.

DeDe wurde übel vor Angst. Sie kämpfte sich zu der am Boden liegenden Gestalt durch, kniete nieder und legte ihr die Hand auf die Wange. «Bitte tu mir das nicht an. Bitte nicht.»

Mabels Nase zuckte.

«Gott sei Dank», sagte DeDe.

Die alte Frau brummte heftig und hievte sich auf die Knie. DeDe zog sie gerade hoch, als Rose aus dem Zelt kam und zu den beiden Eindringlingen hochsah.

Ihr Blick und der von DeDe kreuzten sich eine qualvolle Ewigkeit lang, dann ging sie zurück ins Zelt. Mabel zuckte mit den Schultern und legte den Arm um DeDe, um sich abzustützen. «Glaubst du, sie war allein?» fragte sie.

«Ich bin geliefert», sagte DeDe, während sie sich zum Wohnmobil durchschlugen.

«Aber nein.»

«Und ob. Du hast doch keine Ahnung. Sie hat mich schon vorher gehaßt. Und jetzt . . .»

«Ich werd dich beschützen», sagte Mabel.

«Ja, genau», sagte DeDe.

Am Rand der chemiefreien Zone kamen sie an einer Zeltgruppe vorbei. Sie hörte deutlich, wie jemand die Worte «Junior League» sagte und sich dem rauhen Gelächter aus vielen Kehlen anschloß.

Sie wußten es, sie wußten es alle. Ihr Debakel am Tor war in die Festivalgeschichte eingegangen.

Es wurde Zeit, daß sie hier wegkam.

Schwindeleien

Jimmy wirkte betrunken und deprimiert, als Booter in den Wigwam kam. «Wie war das Jinks?» fragte Booter.

Keine Antwort.

«Schlecht, hm?»

«Ich bin nicht hingegangen.»

«Warum nicht?»

Jimmy zuckte mit den Schultern. «Wie geht's dem Vizepräsidenten?» «Gut», sagte Booter. «Er ist voller Optimismus.»

«In bezug auf was?»

Booter geriet kurzfristig aus dem Konzept. «Tja . . . in bezug auf die Wirtschaftsindikatoren . . . auf die Contras. Auf solche Dinge eben.»

«Aha.» Jimmy nickte und schaute auf den leeren Plastikbecher in seiner Hand.

«Du hättest zum Jinks gehen sollen», sagte Booter.

«Warum?»

«Ich weiß nicht. Um mir was erzählen zu können. Ich war schon irgendwie neugierig.»

Jimmy grunzte.

«Es hat sich doch ganz so angehört, als wär's was für dich.» Warum benahm Jimmy sich so? Weil Booter nicht zum Jinks gegangen war? Weil Booter ihn nicht zu dem Treffen mit dem Vizepräsidenten eingeladen hatte? Weil Jimmy nach drei Drinks gefühlsduselig wurde?

Zwischen den Bäumen polterte Applaus heran wie Holzstämme, die von einem Laster rollen.

«Jetzt ist es aus», sagte Booter.

«Was?» fragte Jimmy.

«Das Jinks.»

«Ach so.»

Booter konnte es nicht leiden, wenn Jimmy so wurde. «Ich habe mir gedacht, ich wandere nach Sons of Toil hinunter . . . auf ein Glas mit Lester und Artie.»

Erneutes Grunzen.
«Kommst du mit?»
«Geh du nur», sagte Jimmy.
Booter runzelte die Stirn und setzte sich neben ihn auf das Feldbett. «Jimmy, altes Haus . . .»
Jimmy stand auf und fummelte eine Zigarette aus der Hemdtasche.
«Das hast du doch nicht nötig», sagte Booter.
«Scheiß drauf.» Jimmy zündete die Zigarette an und warf das Streichholz in die Dunkelheit hinaus. Er machte einen Zug, ließ den Rauch langsam ausströmen und produzierte so über seinem Kopf einen Ring, der ihm eine nachdenkliche Note gab.
«Ich war nicht in Mandalay», sagte Booter schließlich.
«Ach, ja?» sagte Jimmy. «Wo habt ihr euch dann getroffen?»
«Gar nicht.»
«Du hast gar keinen getrunken mit George Bush?»
«Nein.»
«Ja, verdammt, was . . .»
«Ich war bei einer Frau, Jimmy.»
Jimmy legte den Kopf leicht schräg wie ein alter Retriever, der die Beute auskundschaftet.
«Ich habe in Monte Rio ein Haus gemietet», ergänzte Booter. «Sie . . . wohnt dort schon seit ein paar Tagen.»
Jimmy schaute einen Moment lang völlig verblüfft drein, dann fing er zu lachen an. Wie üblich verkam sein Gelächter zu einem Hustenanfall. Booter klopfte ihm mehrmals auf den Rücken.
Nachdem Jimmy sich gefaßt hatte, sagte er: «Warum hast du mir nicht gesagt, daß es nur um eine Frau geht?»
Booter zuckte mit den Schultern. «Du ist ein Thespisjünger. Du kannst den Mund nicht halten.»
«Dann . . . hast du dich gar nicht mit Bush getroffen?»
«Nein.»
Jimmy lächelte und schüttelte verwundert, nein, erleichtert den Kopf. «Eine Frau», sagte er.

Booter stieß Jimmys Bein an. «Komm. Gehen wir zu Lester und Artie.»

«Ist sie . . . äh . . . was Längerfristiges?»

«Nein», sagte Booter.

«Hast du dir eine von den Nutten aus der Northwood Lodge gekauft?»

«Nein.»

Die Erinnerung umflorte Jimmys Blick. «Ich hab mir mal eine Nutte gekauft. Nichts Besonderes. Nur so ein . . . nettes kleines Ding aus Boulder, während des Kriegs. Sie hat . . . verdammt, wie hat sie nur geheißen?» Er zog an seiner Zigarette und blies langsam den Rauch in die Luft. «Es war ein ganz komischer Name . . . überhaupt kein Nuttenname.»

«Komm, gehen wir», sagte Booter.

«Ich hab immer gedacht, es kommen noch ein paar von ihrem Schlag . . . oder bessere. Zeit wär doch genug gewesen. Mensch, fünf- oder sechsmal genug.» Er war wieder in Erinnerungen abgedriftet.

Booter holte Jimmys Sakko und hielt es ihm hin. «Wir müssen uns beeilen», sagte er. «Lester will uns was auf seiner Säge vorspielen.»

Jimmy mühte sich in sein Sakko. «Hat sie große Titten, deine Freundin?»

Booter lachte glucksend. «Du alter Hurenbock.»

«Ich bin nicht so alt wie du», sagte Jimmy. «Wo nimmst du nur die Energie her, verflucht noch mal?»

Booter zuckte lächelnd mit den Schultern.

«Die einzigen großen Titten, die ich zu sehen kriege, seh ich hier im Lager.» Jimmy seufzte ausgiebig. «Alte Männer und ihre großen Titten. Es ist so deprimierend. Verdammt noch mal, wo ist meine Mütze? Ein paar von den Jungs da könnten gut einen BH vertragen, Booter. Ist dir das schon mal aufgefallen?»

Booter holte Jimmys Mütze, ein Modell, das Jimmy seit den fünfziger Jahren trug, als er in *My Fair Lady* eine ganz ähnliche auf Rex Harrisons Kopf gesehen hatte. Er drückte sie Jimmy in die Hand und sagte: «Du siehst so jung aus wie schon lange nicht mehr.»

Jimmys Bypassoperation hatte ihn nämlich um mindestens fünfzehn Kilo erleichtert und seinem Gesicht etwas angestrengt Jungenhaftes verliehen. «Was geht da eigentlich vor sich, Booter? Warum sehen wir alle nach und nach wie alte Frauen aus? Was ist das, verdammt noch mal. Rache?»

Booter trat vor ihm aus dem Wigwam und mischte sich unter die Flut von heimkehrenden Jinks-Besuchern. Eine schreiende Eule verkündete ihren Abgang. Jimmy schloß zu ihm auf und sagte: «Die Tante Louise meiner Frau hatte mit siebzig einen richtigen Schnurrbart.»

Booter ging weiter.

«Das will uns etwas sagen», fuhr Jimmy unter erneutem Seufzen fort. «Das will uns etwas Schreckliches sagen.»

Mitternachtsquartett

Die Straße oberhalb von Monte Rio war ausgefahren und unbeleuchtet und nach Einbruch der Dunkelheit mörderisch.

«Bist du sicher, daß wir hier richtig sind?» fragte Thack.

Er hält mich für einen Volltrottel, dachte Michael. Beim Hämmern eine Niete, und beim Autofahren genauso. «Na ja», sagte er beherrscht, «sie hat gesagt, es ist das allerletzte Haus an der Straße.»

«Ja», sagte Brian, «aber ist das die Straße?»

«Das hab ich mich eben auch gefragt», sagte Thack.

Jetzt fielen sie schon gemeinsam über ihn her. «Was für eine Straße sollte es denn sonst sein?» fragte er.

«Die Abzweigung davor», sagte Thack.

«Ja», sagte Brian.

«Aber die ging doch nach unten, oder?»

«Schwer zu sagen», meinte Thack.

Mit einer Kapitulation war nichts gewonnen. «Ich fahr jetzt hier weiter», sagte Michael.

«Wem gehört das Haus denn überhaupt?» Das war wieder Brian.

«Keine Ahnung», sagte Michael. «Jemand aus ihrem Freundeskreis hat's gemietet.»

«Ein Mann, eine Frau, oder was?»

Michael lachte glucksend. «Ein Mann wahrscheinlich. Hast du ihr Buch nicht gelesen?»

«Ich hab mir nur die Bilder angeschaut», sagte Brian.

«Ich kann's nicht fassen, daß du sie nicht erkannt hast.»

«Sie hat ganz anders ausgesehen.»

«Ich hätt sie auch nicht erkannt», sagte Thack.

«Sie ist ein großer Star», sagte Michael. Er war auf beide sauer, weil sie nicht begriffen, welche Ehre ihnen zuteil geworden war. «Und dabei so zugänglich.»

«Das hab ich gemerkt», sagte Brian trocken.

Thack lachte.

«Ihr seid Schweine, ihr zwei», sagte Michael.

Die kaum vorhandene Straße wurde zu einer Auffahrt, die ihnen die bisher stärkste Steigung bescherte.

«Das ist doch Irrsinn», sagte Thack.

«Ja», sagte Michael, «aber ich glaub, das ist es.» Vom Scheinwerferlicht fixiert, lag ein riesiges moosgesprenkeltes Chalet vor ihnen.

«Himmel», sagte Thack. «Das sieht ja wie ein Maybeck aus.»

«Wie ein was?» fragte Brian.

«Das war ein Architekt», erklärte Michael ihm. «Frühes zwanzigstes Jahrhundert.»

«Du kennst sein Werk?» fragte Thack.

«Sehr gut sogar», sagte Michael. Daß du's nur weißt, Mr. Macho-mit-dem-Hammer.

Er parkte hinter dem Chalet neben einer weißen Limousine. Breite Treppen führten in den ersten Stock, in dem sich offenbar die Wohnräume befanden. Das Erdgeschoß war ein mit Schindeln verkleideter Abstellraum.

Die drei stiegen in einer Phalanx die Treppe hoch. Auf halbem Weg wandte Brian sich an Michael und sagte: «Wir bleiben aber nicht lang, ja?»

«Okay», flüsterte Michael.

Als sie oben ankamen, riß Wren die Tür auf. «Hallo, Jungs.»

«Hallo», sagte Michael.

«Ihr kommt genau richtig», sagte sie.

«Ach, ja?»

«Ja. Ich hab richtig Lust auf 'ne kleine Party.» Sie segelte vor ihnen her durch den Raum wie eine Galeone, die hier und dort Schlagseite bekam, um eine Lampe anzuschalten. Vor einem großen Natursteinkamin machte sie halt und streckte Thack die Hand entgegen. «Ich bin Wren», sagte sie.

«Thack Sweeney.»

«Sie schwimmen ganz schön gut», sagte sie.

«Danke.»

«Sind sie auch aus San Francisco?»

«Nein», sagte Thack. «Aus Charleston. In South Carolina.»

«Ah.» Sie wandte sich an Brian. «Und wir kennen uns schon.»

«Ja», sagte Brian verlegen. «Ich glaube. Ich bin Brian Hawkins.»

«Sehr erfreut.» Sie verbeugte sich geziert und lächelte Brian an. Michael fand, daß sie in dem blaßrosa Trainingsanzug fabelhaft aussah. Ein Satinband im gleichen Farbton hielt ihre glänzenden Haare am Hinterkopf zusammen.

«Michael, Schatz, würden Sie mir zur Hand gehen?»

«Klar», sagte er sofort. Es schmeichelte ihm, daß sie mit ihm redete, als wären sie alte Freunde. Er folgte ihr in eine schummrige Küche mit Industriespüle, schiefem Holzfußboden und zwei spinnwebenbehangenen Geweihen über dem Herd. Sie holte Gläser und warf Eis in einen Kübel. «Schön, daß Sie alle kommen konnten», sagte sie.

«Schön, daß wir hier sind», erwiderte er wenig einfallsreich. «Ist Ihr . . . äh . . . Besuch weg?»

«Aber ja.» Sie machte die Hausbar auf. «Im Schlafzimmer ist

noch etwas Gras. In der Zigarrenkiste auf der Kommode. Bauen Sie uns doch bitte ein paar Joints, hm?»

«Wird gemacht.» Er ging durch einen redwoodverkleideten Flur in ein behagliches Schlafzimmer, wo er sich auf ein zerwühltes Bett setzte und Joints rollte. Draußen vor dem Fenster schrie eine Eule, und im Wohnzimmer lachten Thack und Wren über irgend etwas.

Als er zurückkam, saß Wren in einem Lehnstuhl neben dem Kamin. Thack und Brian saßen auf dem Sofa.

«Da drüben auf dem Tablett gibt's was zu trinken», sagte Wren, als er ihr die Joints reichte.

«Danke», sagte Michael. «Ich möchte nichts.» Er hockte sich auf das gestickte Kissen neben dem Kamin.

«Ja, dann . . .» Wren fuhr mit einem Streichholz über die Kamineinfassung und zündete einen Joint an. Sie machte ein paar Züge, bevor sie ihn Michael anbot.

«Nein, danke», sagte er.

«Ach, kommen Sie.»

«Ich hab mich für einige Zeit auf Null gesetzt. Ich muß mal so richtig entschlacken.»

Sie zog ihm eine Grimasse und bot Brian den Joint an.

Er lächelte matt und schüttelte den Kopf.

«Ich gern», sagte Thack.

«Gott sie Dank.» Sie beugte sich vor und reichte Thack den Joint. «Sind sie nicht lustig, unsre zwei Frisco-Boys?»

Thack lachte.

«Und?» sagte Wren zu Michael. «Was kann man hier in der Gegend so unternehmen?»

«Tja . . . wir sind viel gewandert. Im Fluß geschwommen.»

«Wie toll.»

Michael zuckte mit den Schultern. «Wenn Sie anständig was erleben wollen, sind Sie hier am falschen Platz. Die zwei Discos . . .»

«Nein, danke.»

«Meine Rede», sagte Thack, als er Wren den Joint zurückgab.

«Was ist mit Ihrem Freund, der das Haus gemietet hat?» sagte Michael.

«Was soll mit ihm sein?» Sie zog wieder am Joint.

So, dachte Michael, das Geschlecht hätten wir festgestellt. «Na ja, hat er Sie nicht rumgeführt?»

«Nein, nicht so recht. Er ist die meiste Zeit nicht da.» Sie bedachte ihn mit einem schiefen, leicht wissenden Lächeln, mit dem sie ihm zu verstehen gab, daß er sich um seine eigenen Angelegenheiten kümmern sollte. Wurde sie ausgehalten? War es jemand Berühmtes – wie die Hälfte der Männer aus ihren Memoiren?

«Michael hat erzählt, daß Sie mit Sydney Pollack einen Film drehen werden.» Es war Thack, der Michael da zu Hilfe kam.

«Na . . . da weiß Michael aber mehr als ich.»

«Ich hab's irgendwo gelesen», sagte Michael.

«‹Aus gutunterrichteten Kreisen verlautete›», sagte Wren.

«Nein», sagte Michael und grinste sie an. «Das war . . . vielleicht hab ich's bei *Entertainment Tonight* gehört.»

Wren schenkte ihm ein neckisches Lächeln. «Ach so, tja, dann . . . muß es ja stimmen.»

«Kommen Sie schon», sagte er.

«Wir sind erst bei den Vorgesprächen», sagte sie ihm. «Und die will ich nicht vermasseln.»

«Die Idee ist einfach fabelhaft», sagte Michael.

«Brians Frau ist auch bald zu Gast bei *Entertainment Tonight*», meinte Thack.

«Ach, wirklich?» sagte Wren und wandte sich mit dem Hauch eines Lächelns an Brian. Michael machte sich auf einiges gefaßt. Brian nickte. «Grade dieses Wochenende werden die Aufnahmen gemacht.»

«Aber hallo», sagte Wren. «Das ist ja 'ne ganz schön große Sache für . . . na, Sie wissen schon, für jemand vom Regionalfernsehen.»

In dieser Bemerkung schwang eine deutliche Schärfe mit, doch Michael fand sie verzeihlich. Schließlich war Mary Ann in der Sendung über Wren hergefallen.

«Sie freut sich sehr darüber», sagte Brian.

«Eigentlich sollten Sie auch dasein», sagte Wren. «Können die keinen Ehemann unterbringen?»

«Sie wollte mich auch dabeihaben», erwiderte er.

«Was ist? Sind Sie kamerascheu?»

«Ich weiß nicht.»

«Dazu haben Sie keinen Grund», sagte sie. «Ihr Kinn käme ganz toll auf dem Bildschirm.» Sie fragte Michael nach seiner Einschätzung: «Hat er nicht ein tolles Kinn?»

«Ja, toll», sagte Michael mit unbewegtem Gesicht.

Thack lachte und warf Brian, dem die Verlegenheit anzumerken war, einen Blick zu.

«Es ist wie ein großer Backenzahn», sagte sie. «Zwei kecke kleine Hügel.» In dem Versuch, den gleichen Effekt bei sich zu erzielen, drückte sie ihr Kinn. «Ein plastischer Chirurg könnte ein Vermögen verdienen.»

Sie lachten alle.

Wren ließ wieder Milde walten, indem sie ihm zuzwinkerte, und wandte sich an Thack. «Und . . . sind Sie beide denn . . . Sie wissen schon.»

Thack schaute verblüfft drein. «Was . . . Michael und ich?»

«Ja.»

Thack zögerte so lange, daß Michael für ihn antwortete. «Wir sind Kumpel», sagte er.

«Ja», sagte Thack. «Wir haben uns grade erst kennengelernt.»

«Ich verstehe», sagte Wren und nickte langsam. «Da seid ihr schlechter dran als ich.»

Eine Stunde später fuhren sie nach Cazadero zurück. Ihre Ankunft wurde durch das Gekläffe eines Zwergpudels aus der Nachbarschaft angekündigt. Die Leute aus dem rosa Wohnwagen hatten ein Lagerfeuer angezündet, dessen Funken in den blauschwarzen Samthimmel stoben wie Leuchtkäfer. Man konnte glauben, daß mehr Sterne zu sehen waren als je zuvor.

«Ich geh noch ein bißchen spazieren», sagte Thack, als sie aus dem VW kletterten.

«Oh», sagte Michael. «Okay.»

Brian und er gingen in die Hütte, schalteten ein paar Lampen ein und schleuderten die Schuhe von sich. Brian ging an die Küchenspüle und fing an, das Geschirr vom Mittagessen zu spülen.

«Ich mach das schon», sagte Michael.

«Laß nur», sagte Brian.

Michael setzte sich an den Küchentisch und sah Brian eine Zeitlang zu. «Geht's dir gut?»

«Ja.»

«Den ganzen Tag?»

«Mhm. Ich fühl mich wirklich viel besser.»

«Schön», sagte Michael. «Es muß irgendein Bazillus gewesen sein.»

«Ja.»

«Wren ist nett, was?»

«Ja», sagte Brian. «Ist sie.»

«Ist noch was von dem Zitronenkuchen im Kühlschrank?»

«Ich glaub schon.»

Michael ging an den Kühlschrank und holte die Dose mit dem billigen Sara-Lee-Zeug raus. «Sie mag dich», sagte er, als er mit einer Gabel in den Kuchen stach.

«Ich weiß», sagte Brian.

Als Thack in die Hütte zurückkam, schlief Brian tief und fest; Michael aber tat nur so. Mit halbgeschlossenen Augen sah er zu, wie Thack sich aus seinen Sachen schälte und es sich auf seinem Klappsofa gemütlich machte.

Thack wälzte sich ein paarmal hin und her, warf dann die Decke zurück, stand wieder auf und ging zu Michaels Bett hinüber. Er kniete sich hin und strich Michael mit den Lippen sanft über die Wange.

«Gute Nacht, Kumpel», sagte er.

Michael machte die Augen auf und lächelte ihn an. «Gute Nacht», sagte er.

Eine nach Kiefern duftende Brise strich durch das Zimmer. Unten am Flußufer machte ein Frosch mit einem Gummiband Musik.

Alarmbereitschaft

DeDe fühlte sich wie zerschlagen und hatte einen pelzigen Mund, als sie bei Tagesanbruch aufwachte. D'or saß am Flußufer.

«Es ist Kaffee da, wenn du magst», sagte D'or. Sie blickte kaum auf dabei.

«Ist Anna wach?» fragte DeDe.

«Nein.»

DeDe setzte sich neben D'or in den Sand. Hoch in der Luft kreiste drohend ein riesiger schwarzer Vogel über Wimminwood. Sie hatte die Vögel schon früher bemerkt, aber dieser kam ihr vor wie ein Omen, ein Vorbote zu erwartenden Schreckens.

«Ich will nach Hause», sagte sie.

«Warum?»

«Ich will einfach, D'or. Es gefällt mir nicht, was hier mit uns passiert.»

D'or zögerte und sagte dann: «Du bist zu empfindlich.»

«O nein.»

«Du nimmst dir die . . . Geschichte am Tor zu sehr zu Herzen.»

DeDe sah sie stirnrunzelnd an. «Wer hat dir das schon wieder erzählt?»

D'or zuckte mit den Schultern.

«Ganz Wimminwood weiß Bescheid, was?»

D'or schaute weg.

«Warum gibt man *mir* die Schuld? Das würd mich mal interessieren.»

«Niemand gibt dir die Schuld. Es ist vorbei, Schatz. Vergiß es.»

«Okay, von mir aus», sagte DeDe. «Ich hab's schon vergessen. Fahren wir nach Hause.»

D'or gab einen nachsichtigen Seufzer von sich. «Schatz, ich hab den Kindern versprochen, daß wir noch ein paar Tage bleiben.»

«Wieso hast du das getan?»

«Weil es ihnen hier *gefällt*, okay?»

«Wann haben sie dir das gesagt?»

«Gestern abend. Als du dich hast vollaufen lassen.»

«Ich hab mich nicht vollaufen lassen.»

«Wenn du meinst.»

«Ich hab getrunken. Das ist ein großer Unterschied. Warum hast du die Kinder auf deine Seite gezogen?»

«Was?»

«Du fragst sie nur dann nach ihrer Meinung, wenn du ihre Unterstützung haben willst. Was gibt's denn schon so Tolles hier?»

D'or zog einen kleinen Graben durch den Sand und klopfte dessen Wände systematisch fest. «Es steht uns noch einiges bevor.»

«Zum Beispiel?»

D'or zuckte mit den Schultern. «Das Holly-Near-Konzert. Sabras Lyrikworkshop heute nachmittag.»

«Ein Lyrikworkshop», echote DeDe.

«Ja.»

«Seit wann interessierst du dich für Lyrik?»

D'ors Blick traf sie wie ein Peitschenhieb. «Seit wann fragst du danach?»

«Ach, hör doch auf!»

D'or ebnete ihren kleinen Graben mit der flachen Hand wieder ein. «Wenn du den Wagen haben willst, bitte. Die Kinder und ich bleiben.»

DeDe und Anna lagen noch immer in der Sonne, als D'or von Sabras Workshop zurückkam. Es war fast vier, und die Weiden waren in schimmerndes Gold getaucht.

«Hol dir bloß keinen Sonnenbrand, mein Schatz.» D'or setzte sich neben Anna in den Sand.

Anna hielt ihre Bain-de-Soleil-Flasche hoch. «Ich hab Lichtschutzfaktor acht», sagte sie.

«Trotzdem, es reicht jetzt.»

Anna wandte sich an DeDe. Das «Mom», das sie intonierte, zog sie in die Länge, bis es sich wie aus einem Nebelhorn anhörte. «Muß ich wirklich?»

«Ich find schon, mein Engel. Los. Geh unter die Dusche. Ich komm gleich nach.»

Als die Kleine sich trollte, wandte DeDe sich D'or zu. «Also», sagte sie. «Wie war's?»

«Interessant. Du hättest mitkommen sollen.»

DeDe zuckte mit den Schultern. «Ich weiß doch, was los ist mit ihr.»

«Ach, wirklich?»

«Oder wohl eher *nicht* los ist.»

D'or machte eine unwirsche Bewegung. «Das heißt?»

«Na ja, sie sagt nicht, daß sie lesbisch ist, oder?»

«Sie hat sehr viel dazu gesagt.»

«Klar. *Hier*. Nur nicht in der *Today Show*.»

«Sie ist Feministin», sagte D'or. «Sie hätte viel weniger Einfluß, wenn bekannt wäre, daß sie lesbisch ist. Sei doch realistisch.»

«Du bist doch die, die nicht realistisch ist.»

D'or griff nach einem Kieselstein und warf ihn in den Fluß. «Wieso bist du auf einmal so radikal?»

«Ist das radikal?» fragte DeDe. «Von anderen zu erwarten, daß sie die Wahrheit sagen?»

«Wann hat sie das nicht getan?»

«Dauernd. Okay . . . in der Merv-Griffin-Show zum Beispiel. Da hat sie in einer Tour drüber geredet, welcher Typ Mann ihr gefällt.»

«Na ja . . . eine Lesbe kann doch auch Männer mögen.»

«Aber so sagt sie das ja nicht, oder? Sie macht den Leuten was vor, D'or. Das ist das gleiche wie lügen. Sie ist eine verklemmte alte Schranklesbe.»

«Sie ist eine große Dichterin», sagte D'or.

«Na dann», sagte DeDe. «Hast du was gelernt bei ihr?»

«Interessiert dich das wirklich?»

«Du mußt doch was geschrieben haben», sagte DeDe.

«Nein.»

«Du hast nur zugehört?»

«Wenn du's unbedingt wissen willst, ich hab ihr bei der Lesung assistiert.»

«Assistiert?» DeDe blieb der Mund offenstehen. «Hast du umgeblättert? Oder was?»

«Sehr witzig.»

«Dann sag schon.»

D'or fuhr sich mit den Fingern durch die Haare. «Eines der Gedichte muß . . . durch Bewegung interpretiert werden.»

DeDe schaute sie erstaunt an. «Durch Tanz?»

«Ja.»

«Du hast getanzt, während sie gelesen hat?»

«Ja.»

«O wie schick», sagte DeDe.

«Für mich war's eine Ehre.»

«Für wen wär's das nicht?» sagte DeDe.

D'or stand auf und klopfte sich den Staub vom Hosenboden. «Das brauch ich mir nicht anzuhören.»

DeDe ging hinter ihr her zum Zelt. «Es ist dir doch wohl klar, was sie von dir will, oder?»

«Sie hat mich gern in ihrer Nähe», sagte D'or.

«Sie hat deine Titten gern in ihrer Nähe», sagte DeDe.

D'ors Augen blitzten erneut auf. «Sie spricht auf meine Energie an. Sie glaubt, daß wir uns aus einem früheren Leben kennen.»

«Ooch, bitte.»

«Hör auf, DeDe, ja?»

«Schon gut.»

«Ich unterhalt mich gern mit ihr, und sie unterhält sich gern mit mir. So einfach ist das.»

DeDe schnaubte verächtlich. «Du bildest dir ein, daß sie nur *reden* will mit dir?»

D'or fuhr herum. «Ist das so schwer zu glauben?»

«Mensch, tu doch nicht so . . . exmodelmäßig. Wach auf und schnupper mal, D'or. Es riecht nach Hormonen. Die Frau ist rollig.»

D'or kroch ins Zelt. «Ich werd dran denken.» Sie schnappte sich ihren Rucksack und krabbelte wieder nach draußen. «Ich werd ganz bestimmt dran denken.»

«Wo gehst du hin?»

«Streng deine Phantasie an», sagte D'or.

Bei Einbruch der Dunkelheit war D'or noch nicht zurück. Anna und DeDe aßen in der Freßbude zu Abend und gingen dann Edgar in Brother Sun besuchen. Er zeigte ihnen einen selbstgenähten Geldbeutel und eine Abschürfung am Knie, die er sich bei einem Ringkampf zugezogen hatte. DeDe fand, daß er ziemlich glücklich wirkte; im Jungslager würde sie keinen finden, der ihren wachsenden Kummer mit ihr teilte.

Auf dem Rückweg zu ihrem Zelt kamen sie an einem großen anderen Zelt vorbei, in dem zwei Frauen mit Theaterschminke im Gesicht Kindern ein «Festival gewaltfreier, nichtsexistischer Zeichentrickfilme» vorführten. Anna entdeckte zwei ihrer Spielkameradinnen und fragte, ob sie bleiben dürfe. Also ließ DeDe sie dort und zog allein weiter.

Sie machte gerade eine Abkürzung durch die Hörbeeinträchtigtenzone, als sie auf ihre rangenhafte Freundin vom Schwarzen Brett stieß. Polly Sonstwie.

«Hallo!» sagte Polly und winkte fröhlich. «Wie läuft's denn so?»

DeDe verdrehte die Augen. «Frag nicht.»

Polly lächelte. «Das warst du da unten am Tor, nicht? Als die Männer reingewischt sind.»

O Gott. Hatten die eine Presseerklärung abgegeben?

«Mir ist eingefallen, daß du zu deinem Dienst wolltest», erklärte Polly ihr, «und da dachte ich . . .»

«Na ja, das liegt jetzt alles hinter mir», sagte DeDe, ohne ihr Tempo zu verringern.

Polly ging neben ihr her. Sie schlenkerte mit den Armen und federte bei jedem Schritt auf den Ballen. «Ich hab gedacht, ich treff dich vielleicht bei der Krisensitzung. Ich bin überhaupt nur deswegen hingegangen.»

«Bei was für einer Krisensitzung?»

«Du weißt schon . . . bei der, die unser geliebter Glatzkopf einberufen hat.»

«Rose Dvorak?»

«Ja.»

«Sie hat eine Sitzung einberufen?»

«'ne ziemlich große», sagte Polly.

DeDe schnürte sich der Magen zusammen. Sie fragte sich, ob ihre . . . Unfähigkeit, ihr Neandertaler-Stiefvater und ihre zweifelhafte Frauensolidarität Thema gewesen waren.

«Der Sicherheitsdienst ist tierisch verstärkt worden», sagte Polly. «Rose glaubt, daß so was noch mal passiert.»

«Quatsch», sagte DeDe.

Polly zuckte mit den Schultern. «Für mich war das mehr 'ne spontane Geschichte.»

«*War's* auch», sagte DeDe.

«Sie geilen sich alle richtig dran auf, hab ich das Gefühl. Rose kommt's ja schon allein beim Gedanken daran, hier das Kriegsrecht auszurufen. *Renn* nicht so, DeDe.»

«Tut mir leid.»

«Warum bist du so aufgedreht?»

«Keine Ahnung.» Sie blieb abrupt stehen und sah Polly an. «Doch, ich weiß es. Meine Geliebte macht mit Sabra Landauer rum.»

Polly schaute erstaunt drein, dann stieß sie einen langgezogenen tiefen Pfiff aus. «Das *weißt* du?»

«Ich vermute es.»

«Na, das ist was anderes.»

«Sie würd's jedenfalls gern tun», sagte DeDe. «Das kannst du mir glauben.»

«Wer nicht? Sabra kriegt mehr Angebote als Rita Mae Brown.»

DeDe schaute sie finster an. «Wenn du glaubst, daß du mich damit tröstest, Polly . . .»

«Ich find die ganze Frauentauscherei jedenfalls unfair. Wenn schon 'ne Affäre, dann gefälligst mit 'ner Single. Dazu sind wir doch da.»

DeDe überlegte kurz. «Hat Sabra eine Geliebte?»

«Sie hat sie letzten Monat abgeschafft.»

«Na, dann prost», sagte DeDe tonlos.

Sie gingen weiter. Als sie an einer streng blickenden Wachfrau vorbeikamen, die mit Walkie-talkie und Schlagstock ausgestattet war, zerrte Polly DeDe am Arm. «Siehst du?» flüsterte sie. «Die Truppen sind in Alarmbereitschaft.»

Jimmys großer Auftritt

Dieses Jahr sollte Jimmy Chappell im Grove Play, einem Epos über den Ersten Weltkrieg und die Gründung des Roten Kreuzes mit dem Titel «Solferino», eine Barmherzige Schwester spielen. Booter zweifelte nicht daran, daß ihm eine neue Herausforderung in Sachen Langeweile bevorstand, aber um des lieben Friedens mit seinem alten Freund willen ging er trotzdem hin. Zehn Minuten vor Beginn der Vorstellung kletterte er den Hang der großen Freilichtbühne hinauf. Jimmy stand einsatzbereit in den «Kulissen» – hinter einem mit Baumrinde verkleideten Wandschirm, der einen Redwood darstellen sollte.

«O Gott», sagte Booter, «hoffentlich siehst du von dort unten besser aus.»

Jimmys Perücke und sein Schwesternhäubchen, die eine makabre Einheit bildeten, hingen neben ihm an einem Nagel. Die paar Strähnen seines eigenen Haars klebten ihm schweißnaß am Kopf, und seine weiße Uniform war bereits mit Schminke beschmiert. «Es ist alles nur Illusion», sagte Jimmy.

«Hoffentlich», sagte Booter. «Worum geht's in deiner ersten Szene?»

«Na ja . . . ich verlange mehr Aderpressen.»

«Ist das alles?»

Jimmy schaute beleidigt drein. «Es ist eine Rede, Booter. Eine ganz wichtige Szene.»

«Ja, bestimmt.»

Jimmy fischte eine Zigarette aus der Uniformtasche und zündete sie mit seinem Feuerzeug an. Er machte einen langen Zug und sagte: «Später wird's dann gehaltvoller.»

«Was passiert da?»

Jimmy lächelte leicht und schnippte die Asche von der Zigarette. «Ich verlange mehr Plasma.»

Booter lachte glucksend.

«Es ist nicht meine beste Rolle», sagte Jimmy.

«Was soll's», sagte Booter.

«Es ist mir egal. Es ist eben Theater.» Jimmy schaute zu den anderen Bohemians hinunter, die nach und nach die groben Sitzbänke füllten. «Ach Gott, ist es nicht wunderbar.» Er warf Booter einen nachdenklichen Blick zu. «Warum häng ich nur im Immobiliengeschäft drin, verdammt noch mal?»

«Weil du massig Geld verdient hast damit», sagte Booter.

«Ja, wahrscheinlich.»

Ein Inspizient eilte mit einem Packen Gewehrattrappen im Arm an ihnen vorbei. «Auf die Plätze, Jimmy. Noch zwei Minuten.»

«Okay», sagte Jimmy.

«Dann hau ich jetzt mal ab hier», sagte Booter.

«Wo sitzt du?»

«Fast ganz hinten. Bei Buck Vickers und seiner Clique.»

«Du kannst . . . bleiben, wenn du willst.»

«Hier?»

«Klar. Leist mir Gesellschaft. Ich sitz die meiste Zeit nur rum.»

«Schmeißt man mich nicht raus?»

Jimmy machte ein strenges Gesicht. «Dann gibt's aber Ärger. Ich bin vielleicht nicht grade der Star von der Klamotte hier, aber . . .»

Booter lachte. «Man hat einen ganz guten Blick von hier oben.» Er spähte durch ein faustgroßes Loch in der Baumrinde. Ein zwergwüchsiger Bühnenarbeiter hastete über die Hauptbühne und verstreute zur Vorbereitung auf die Schlacht blutiges Verbandszeug. Die Zuschauer in dem von Redwoods umstandenen Amphitheater reagierten mit einem fröhlichen, whiskeyseligen Raunen wie aus einem Mund.

Plötzlich wurden die Scheinwerfer heruntergedimmt. Das Publikum verstummte, als das Orchester mit der Ouvertüre loslegte.

«Jetzt ist es zu spät», sagte Jimmy. «Du mußt es mit mir aushalten.»

«Macht auch nichts», sagte Booter. Eigentlich fand er es ganz schön, bei Jimmy in seinem Versteck zu bleiben – wie zwei Schuljungen, die sich zum Schuleschwänzen in ein verborgenes Baumhaus davonstehlen.

Jimmy riß die Schwesternperücke vom Nagel und platschte sie sich auf den Kopf. Er ging leicht in die Knie, betrachtete sich in einer dreieckigen Spiegelscherbe und legte letzte Hand an. In seinem Gesicht stand die von jeder Ironie freie Konzentration eines Mannes zu lesen, der in seiner Kunst aufgeht. Er reckte Booter den erhobenen Daumen entgegen und trat dann mit der harten Jetzt-oder-nie-Entschlossenheit eines Fallschirmjägers um das Kinn vor das Publikum.

Ein blauer Scheinwerfer begleitete ihn, als er den langen gewundenen Pfad zur Hauptbühne hinunterschritt. Ein Fünfzig-Mann-Chor besang währenddessen die Härten des Krieges und die Vornehmheit des Todes. Nach drei Minuten Gesang trat Jimmy vor Hubert Watkins (der als General kostümiert war), trug die Liste der Verwundeten vor und verlangte ebenso verzweifelt wie wortgewaltig nach sterilen Verbänden.

Fünf Minuten später kehrte er, wegen des Aufstiegs nach Luft schnappend, zu Booter zurück. Er lehnte sich gegen den Baumrindenwandschirm und rutschte an ihm hinunter, bis er saß. «Puh!» sagte er.

«Brillant wie immer», sagte Booter.

«Du sagst das nicht einfach so?»

«Nein. Es war sehr ergreifend.»

«Wenigstens hat keiner gelacht.»

«Nein», sagte Booter. «Man hätte eine Stecknadel fallen gehört.»

Jimmy nahm die Perücke ab und wischte sich mit einem Kleenex über die Stirn. «Lonnie Muchmore, der Blödmann, hat zwei Lichteinsätze verpaßt.»

«Das ist gar nicht aufgefallen», sagte Booter.

«Nein?» Jimmy blickte hoffnungsvoll auf.

«Von hier hat alles gut ausgesehen. Dem Publikum hast du gefallen.»

«Ja», sagte Jimmy girnsend. «Das stimmt doch, oder?»

Jimmys Plasmaszene verlief reibungslos. Hinterher machte er es sich mit Booter in der Seitenkulisse gemütlich. «Das hab ich dir noch gar nicht erzählt», sagte er. «Ich hab George Bush kennengelernt.»

«Ach, ja?»

Auf seinem perückenumrahmten Gesicht breitete sich ein Grinsen aus. «Man kann's wahrscheinlich so nennen. Ich hab neben ihm an einen Baum gepinkelt.»

Booter nickte bedächtig. «Gratuliere.»

Jimmy lachte. «Wie ich vor fünfzehn Jahren dem Verein hier beigetreten bin, hab ich immer nur zu hören gekriegt: Der-und-der hat neben Art Linkletter oder neben John Mitchell an einen Baum gepinkelt . . .»

«Henry McKittrick hat neben J. Edgar Hoover an einen Baum gepinkelt.»

«Na bitte», sagte Jimmy.

«Ein richtiger Bohemian wird man erst, wenn man neben jemand an einen Baum gepinkelt hat.»

«Ich stehe also da und folge dem Ruf der Natur.» Jimmy spann sein Garn mit schauspielerischem Vergnügen. «Und wie ich rüberschaue, wer steht da keine eineinhalb Meter weiter? Die Nummer zwei in diesem Land.»

«Und faßt sich gerade an seine Nummer eins.»

Jimmy kommentierte den Kalauer nicht. «Genau, und ich seh ihn in Lebensgröße vor mir und sag: ‹Was ist los? Gibt's in Mandalay keine Toiletten?›» Er lachte über seinen Witz und fing dann heftig zu husten an.

«Immer mit der Ruhe», sagte Booter. «Geht's wieder?»

Jimmy nickte, während er noch um Atem rang. «Alles bestens.» Er drückte sich hoch. «Ich muß mich für die Schlußszene umziehen.»

«Wie, ein anderes Kostüm?»

«Na ja, zumindest gibt's 'ne andere Schärpe. Ich hab mir vorne so ein rotes Kreuz auf . . .» Einen Moment lang sah es aus, als würde er über etwas nachdenken, dann fiel er nach hinten gegen die Wand und faßte sich an die Brust.

«Jimmy, um Himmels willen . . .» Booter machte einen Satz zu ihm hin, aber Jimmy sackte zu Boden und zappelte mit den Beinen wie ein verletztes Vollblutpferd. «Jimmy, hast du irgendein Medikament? Verdammt noch mal, wo ist dein . . .?»

Jimmy blinzelte zu ihm hoch. Dann durchlief ihn ein zweiter Ruck. Er stöhnte mit zusammengebissenen Zähnen und ballte im Kampf gegen den Schmerz die Faust. Im nächsten Moment entspannte sich sein Körper und zeigte gar keine Regung mehr.

Booter kniete sich neben ihn. «Jimmy, Herrgott noch mal . . . nicht doch, alter Junge.» Er prüfte Herzschlag und Puls. Nichts. «Du verpaßt noch die große Szene, Mann . . .»

Im Orchester putschten sich Streicher, Bläser und Pauken gegenseitig hoch und donnerten dem Finale entgegen. Oben auf dem Hang spritzten in heiterer Nachahmung des Kampfgeschehens Römische Lichter los. Der Chor sang engelsgleich von der Entstehung der Genfer Konvention.

Der Inspizient kam keuchend angelaufen. «Weck ihn auf, ja? Er verpaßt seinen Auftritt.»

«Nein, bestimmt nicht», sagte Booter.

Der Inspizient schaute ihn wütend an und lief weiter, um anderen Schwestern hinter anderen Bäumen ihren Auftritt anzukündigen. Die Musik schwoll an, der Himmel glühte in intensivem Rosa, und der Applaus hallte durch den Wald.

Als alles vorbei war, nahm Booter Jimmy die Perücke ab und hängte sie wieder an den Nagel. Dann griff er nach einem Kleenex und entfernte – ohne Hast, mit großer Sorgfalt – Jimmys Lippenstift. Es ging nicht an, daß er so aussah, wenn sie ihn holen kamen.

Tschüs und Hallo

Wren wachte um acht Uhr achtunddreißig mit dem dumpfen Gefühl auf, hinter dem Zeitplan zurück zu sein. Ihre Stretch-Limo aus der Stadt war für zehn bestellt, was ihr bis zum Start des American-Airlines-Flugs 220 nach Chicago – wieviel? – zirka drei Stunden Zeit ließ. Schon herrschte in ihrem Kopf wieder ein Wirrwarr aus Zahlen. Die Wildnis hatte keine Macht mehr über sie.

Sie setzte sich zu einem Abschiedsfrühstück auf die Veranda und schaute auf die kreisenden Geier, den urzeitlichen Wald und die diamantklare Landschaft aus blaustem Blau und grünstem Grün hinab. Das alles würde ihr fehlen, stellte sie fest. Die einmalige *Struktur* des Alleinseins an einem solchen Ort würde ihr fehlen.

Rolando würde sie am O'Hare erwarten – um Viertel nach sieben Chicagoer Zeit –, beladen mit Pralinen und welken Nelken, und sein Anzug würde an ihm rührend unpassend wirken. Die Pause von seiner grenzenlosen Energie, seiner unerträglichen Aufmerksamkeit und seiner an Priapismus grenzenden Leidenschaft war ihr sehr recht gewesen. Und jetzt konnte sie es kaum erwarten, nach Hause zu kommen. Beim Gedanken an ihn legte ihr Herz einen Steptanz hin.

Nach dem Frühstück spülte sie zum letztenmal das Geschirr, dann zerrte sie ihre Koffer hervor. Sie beschloß, ein im Wald gefundenes Vogelnest nicht einzupacken, nachdem sie sich ausgemalt hatte, wie verloren es zwischen all den Chromsachen und den weißen Wänden ihres Lofts aussehen würde. Sie hatte gelernt, daß Ferien eine Verpflanzung kaum je überlebten.

Als sie ihre herumliegenden Quittungen und Taschenbücher einsammelte, betrachtete sie lächelnd Booters Scheck. Er hatte ihn ursprünglich über zehntausend ausgestellt, doch sie hatte darauf bestanden, daß er den Betrag änderte. Schließlich hatte sein erstes Angebot auf fünftausend gelautet, und Raffgier war hier fehl am Platz.

Das Telefon klingelte. Was war los? Hatte sich ihr Fahrer verfranst? «Wren Douglas», schnurrte sie und schlüpfte wieder in die schützende Rolle des Vollweibs.

«Ich bin's», war eine matte Stimme zu hören. Es war Booter, aber er klang ganz anders als sonst.

«Oh, hallo.»

«Ich muß dich noch einmal sehen.»

«Geht's dir denn auch gut?» fragte sie. «Du hörst dich an, als hätt dich grade ein Lastwagen erwischt.»

«Es ist etwas passiert», sagte er leise und ohne jedes Feuer in der Stimme. «Ich muß dich sehen.»

«Booter, mein Flug geht um eins.»

«Stornier ihn. Bitte.»

«Das geht nicht. Ein Fahrer aus der Stadt holt mich ab.»

«Er kann hier übernachten. Auf meine Kosten.»

«Hör mal», sagte sie, «wenn ich meinen Liebhaber noch mal versetze . . . Was ist eigentlich los? Sag schon.»

«Nein», sagte er leise. «Jetzt nicht.»

«Na, wenn das . . .»
«Ich bezahle dir natürlich mehr.»
Das machte sie wütend. «Ach, Scheiße, Booter . . .»
«Was muß ich dann tun?»
«Gar nichts», sagte sie matt und stimmte sich auf den nächsten Schreiwettkampf mit Rolando ein. «Wenn es wirklich wichtig ist . . .»
«Du kannst morgen den gleichen Flug nehmen. Sag deinem Fahrer, daß er im Sonoma Mission Inn wohnen kann. Das ist ein sehr angenehmes Haus. Ich habe ein Kundenkonto dort. Ich werde gleich anrufen und alles regeln.»
«Na ja . . . okay.»
«Ich komme heute nachmittag.»
«Wann?»
«Spätestens um drei», sagte er.

Sein eigenes Unglück

Wenn im Grove jemand starb, ging die Nachricht im Lager um wie das rollende Getrommel der Navajos. Die Reaktion auf Jimmys Tod war nicht anders verlaufen als in früheren Fällen. Für ein paar Stunden war man im Grove irritiert und erregt gewesen, doch dann hatte sich Banalität breitgemacht und den Schrecken gebannt. Beim Frühstücks-Gin-Fizz am nächsten Morgen hatten Jimmys Lagergenossen wie aus einem Mund gesprochen: «Das Theaterspielen war sein ein und alles. Er ist als glücklicher Mensch gestorben.»

Booter wußte es besser. Er war dabeigewesen. Er hatte den Ausdruck auf Jimmys Gesicht gesehen. Diese törichten Nachrufe waren für seinen Geschmack entschieden zu nichtssagend. Wenn *er* mal krepierte, dann sollte man gefälligst richtig um ihn trauern. Wenn schon keiner heulte und jammerte, sollten sie wenigstens ein bißchen mit den Zähnen knirschen.

Die meisten derartigen Gedanken kamen ihm während des improvisierten Gedenkgottesdienstes in Medicine Lodge, den Pater Paddy Starr abhielt. Booter kannte den Priester nur flüchtig (er war Mitglied von Pig 'n' Whistle), aber er fand den Kerl ein bißchen zu tuntig, als gut für ihn war.

«Er war einer unserer Besten», sagte Pater Paddy hinterher zu ihm.

«Ja», sagte Booter.

«In dem Ägyptenstück fand ich ihn hinreißend.»

Booter nickte.

«Seine Frau hat man ja wohl benachrichtigt.»

«Seine Frau ist tot», sagte Booter.

«Oh.» Der Geistliche gluckste mitfühlend. «Wie steht's mit Kindern?»

«Keine Ahnung», sagte Booter im Weggehen. «Ich glaube, es gibt da einen Sohn an der Ostküste.»

Er kippte an der Bar von Medicine Lodge zwei Scotch und machte sich auf den Rückweg nach Hillbillies. Unterwegs kam er an einem der berüchtigten «Infarkttelefone» des Grove vorbei. Die Notruftelefone hingen in kleinen, chaletartigen Häuschen und waren einzig und allein installiert worden, um Leben zu retten.

Manchmal erfüllten sie ihren Zweck; manchmal nicht.

Die Bohemians rissen grausige Witze über die Telefone, und den härtesten hatte Booter von Jimmy gehört. Du armes Schwein, dachte er, als er ins Hillbillies-Lager stolperte. Ich weiß verdammt gut, daß du noch nicht bereit warst.

In Hillbillies trank er noch zwei Scotch, zog sich aber kurz darauf zurück, weil er die Kumpanei dort bedrückend fand. Als er auf der River Road am Club House vorbeimarschierte, beschloß er, der ewigen Düsterkeit des Waldes zu entfliehen und sie gegen den Sonnenschein am Flußufer einzutauschen.

Der Posten am Wachhäuschen sah ihn merkwürdig an. Ihm war der kauzige alte Kerl schon immer etwas unverschämt vorgekommen.

«Geht's gut heut vormittag?» fragte er.

«Nicht besonders», sagte Booter.

«Na ja . . . wird schon noch werden.»

Booter ächzte nur und ging weiter. Er fragte sich, wo sie Jimmy die Nacht über aufbewahrt hatten. Gab es auf dem Krankenrevier einen Kühlraum? Die Leichenbestatter waren am Morgen aus der Stadt gekommen, also mußte Jimmy irgendwo im Grove gelegen haben, weit weg von seinen Brüdern, allein im Dunkeln . . .

Booter überquerte die Brücke über die kleine Schlucht, die bis ans Flußufer hinunterreichte. Vom Wasser wehte Gelächter herauf, doch für ihn klang es gefühllos, respektlos gegenüber dem Toten. Wußten sie denn nicht, was mit Jimmy geschehen war? Wußte denn nicht der ganze Grove Bescheid?

Er stieg den Hang zum Fluß hinunter, ließ sich am Anleger ein Kanu geben und polsterte es mit einer der dünnen Baumwollmatratzen, die an Sonnenbadende ausgegeben wurden. Geborgen in diesem schwimmenden Nest, entfloh er der gefühllosen Ausgelassenheit der Schwimmer. Er wollte alleine sein.

Zirka fünfzig Meter flußabwärts zog er das Paddel ein und lehnte sich gegen die Matratze. Es gab so gut wie keine Strömung, und die Sonne auf seiner Haut tat ihm gut. Er dachte kurz an Wren und freute sich auf den Trost, den sie ihm schon in ein paar Stunden spenden würde.

Er zog seinen Flachmann aus der Gesäßtasche und zwitscherte einen. Wo kam das her – einen zwitschern? Er hatte den Ausdruck sein Leben lang gehört, aber nie darüber nachgedacht. Jimmy wüßte es, der Mistkerl. Warum war er nicht mehr da?

Jimmy wäre jetzt in seinem Element. Beim Kanufahren wurde er immer ganz zum Kind. Er kannte alle Vogelarten und erzählte Räuberpistolen. Er könnte jetzt die Geschichte von der Schmalspurbahn erzählen, die Ende des letzten Jahrhunderts die River Road entlangfuhr . . . oder die, daß die Bohemians damals mit öffentlichen Verkehrsmitteln in den Grove kamen, das erste Stück mit der Fähre nach Sausalito und dann weiter mit der alten Northwestern Pacific . . .

Ein riesengroßes, hungrig aussehendes Wesen machte über dem Kanu seinen Spähflug. *Ich bin noch ganz lebendig, Bursche. Hau ab.* Es war irgendein Raubvogel, wahrscheinlich ein Fischadler. Oder war es ein Truthahngeier? Jimmy wüßte es . . .

Aber Jimmy war eben nicht da. Er hatte sein Leben nach Lagern gezählt, von Sommer zu Sommer, und jetzt war er fort, flitzte gerade über den Freeway, steif wie ein Brett, und blieb um seine Schlußszene betrogen.

So schnell kann's gehen, Jimmy, so schnell.

Er schloß die Augen und ließ die Finger durchs Wasser gleiten. Aus irgendeinem Grund erinnerte ihn diese Haltung an die Präraffaeliten, an das Gemälde der Dame von Shalott, die hingestreckt in ihrem Nachen in den Tod trieb.

Tennyson. Wie ging das Gedicht noch?

«Und entlang des Flusses düsterem Lauf, / Gleich einem kühnen Seher, der in Trance / All sein eigenes Unglück schaut – / Mit starrem Antlitz / Blickte sie auf Camelot . . .»

Es war das Lieblingsgedicht seiner Mutter. Vier, fünf Jahre nach ihrem Tod hatte er es für einen Kurs in englischer Literatur in Deerfield auswendig gelernt.

«Und als der Tag sich neigte, / Löst' die Kette sie und legt' sich nieder; / Der breite Strom trug sie weit fort, / Die Dame von Shalott.»

Er schlug die Augen auf. Der große Raubvogel war ein dunkler Fleck vor der Sonne. Das gleißende Licht war zu grell. Seine Lider schlossen sich vor dieser Wucht.

«Und als der Nachen glitt dahin / Zwischen den Hügeln voll Weiden und Feldern, / Hörten sie, wie ihr letztes Lied sie sang, / Die Dame von Shalott.»

Ihr letztes Lied . . . Mutters letztes Lied . . . Jimmys letztes Lied . . .

Das Kanu fand die Strömung und schwenkte in sie ein, während Booter sich in seine Matratze kuschelte und in das Reich des süßen Vergessens hinüberglitt. Daß er den Fluß hinabtrieb, bemerkte nur der Geier, der in der Luft träge ein paar Schleifen zog und zu seinem Horst im Wald zurückkehrte.

Die Flitterwochenphase

Michael und Thack waren an dem Nachmittag ans Meer gefahren. Von Cazadero aus hatten sie eine bröckelnde einspurige Straße genommen, die sich durch das dunkelgrüne Dämmerlicht unter den Redwoods schlängelte, bis sie nach einem Anstieg auf eine Bergwiese von der Farbe gebleichter Haare führte. Vereinzelt standen knorrige Eichen darauf, und windschiefe graue Holzzäune wie aus einem Wyeth-Gemälde zogen sich zum Meer hinab.

«Schau», sagte Michael und deutete zum Straßenrand. «Nackte Jungfern.»

Thack klimperte ein-, zweimal mit seinen hell bewimperten Augenlidern.

«Die Herbstzeitlosen dort», klärte Michael ihn auf. «Rosa, ja? Und ohne Blätter. Nackte Jungfern.»

«Ach so», sagte Thack.

«Gibt's die bei euch in Charleston nicht?»

Thack zuckte mit den Schultern. «Vielleicht schon. Ich kenn mich mit Blumen nicht so aus.»

«Nur mit Häusern, hm?»

«Genauuu.» Er lächelte leicht und legte die Hand wieder auf Michaels jeansumhüllten Oberschenkel. Dort hatte sie fast die ganze Fahrt über gelegen, hatte sich angenehm warm und schon ganz vertraut angefühlt.

«Das war ja nett von Brian», sagte Thack.

«Was?»

«Daß er uns beide mal allein läßt.»

«Ach so . . . na ja, eigentlich wollte er mal allein sein.» Das stimmte eigentlich auch, obwohl *Michael* ihn auf die Idee gebracht hatte. «Er ist ein feiner Kerl», fügte er hinzu, weil er wieder leichte Schuldgefühle bekam.

«Deine Freunde gefallen mir», sagte Thack. «War das Charlie heute morgen am Telefon?»

«Ja.»

«Und . . . er wollte nur mal so hören?»

«Ja», sagte Michael. «Er wollte wissen, wie wir die Hütte finden.» Das war eine glatte Lüge.

«Ist er schon lange krank?» fragte Thack.

«So ein Jahr ungefähr», sagte Michael. «Letzten Monat hatte er Pneumocystis.»

Thack ließ einen leisen Pfiff hören.

«Es geht ihm aber wieder gut», sagte Michael.

«Ja, scheint so. Ich meine, abgesehen von der Geschwulst.»

«Sie wird meistens besser», sagte Michael, «bevor sie wiederkommt. Das ist dann die Flitterwochenphase.»

«Oh.»

Michael sah ihn etwas beschämt an. «Ist das nicht ein furchtbarer Ausdruck?»

Sie kamen an einem ausgedörrten Feld und am Skelett einer Scheune vorbei. Unter ihnen leuchtete blau das Meer.

«Kennst du jemand, der Aids hat?» fragte Michael.

«Ein paar.»

«In Charleston?»

«Nein. Hauptsächlich in New York.»

«Bei euch in Charleston gibt's aber auch welche.»

«Ich weiß», sagte Thack.

«Manchmal denk ich, daß wir alle sterben werden.»

Thack wartete etwas. «Hast du mal dran gedacht, den Test zu machen?»

«Ich hab ihn schon gemacht», antwortete Michael.

Thack sah ihn an.

Michael brachte ein klägliches Lächeln zustande. «We were not amused.»

Thack zögerte. «Damit ist noch gar nichts gesagt, weißt du.»

«Wirklich?»

Thack erwiderte sein Lächeln und schaute hinaus auf das blendende Blau des Pazifiks. «Ich hab ihn nicht gemacht.»

Michael nickte.

«Bereust du's, daß du ihn gemacht hast?» fragte Thack.

«Nein», sagte Michael. «Ich kann Überraschungen nicht ausstehen.

Eine gute Stunde streiften sie durch die alte russische Siedlung bei Fort Ross. Dann entdeckten sie am Fuß einer Klippe eine Nische, in der sie sich aneinanderlehnten und den Wellen zusahen. «Manchmal», sagte Michael, «komm ich mir vor wie Hermione Gingold.»

Thack lachte glucksend.

«Du weißt schon ... in *A Little Night Music*. Wie hieß der Song noch mal?»

«‹Liaisons›»,sagte Thack.

«Genau.» Er stupste Thack neckisch in die Seite. «Tunten sind so was Praktisches.»

Thack lächelte ihn an. «Warum kommst du dir wie Hermione Gingold vor?»

«Ach ... weil ich das Gefühl hab, als wär alles schon so lang her.»

«Was, zum Beispiel?»

«Na ja ... die gute alte Zeit. Früher gab's oben am Wohler Creek so einen Strand. Das heißt, es gibt ihn wohl immer noch. Es war ein FKK-Strand, nur war er aufgeteilt in hetero, homo und hippie. Die Hippies waren so eine Art Puffer zwischen den Heteros und den Homos.»

«Sehr sinnvoll», sagte Thack.

«Jemand hat mir mal erzählt, daß Fred MacMurray der Besitzer ist.»

«Von was? Vom Strand?»

«Na ja, von dem Land dort. Die Leute sind zu Hunderten dahin gepilgert, und er hat ein Auge zugedrückt. Er war offenbar nur der Besitzer und selber nie dort.»

«Aha.»

«In der Homoabteilung war's einfach unglaublich. Da waren Dutzende nackte Kerle, und *jeder* hatte eine Luftmatratze. Wenn du am Strand gelegen und aufs Wasser hinausgeschaut hast, dann hast du ein einziges Meer aus wunderhübschen Ärschen gesehen.» Er lächelte. «Es war immer nur von der San Francisco Navy die Rede.»

Thack lachte.

Michael schaute aufs Meer hinaus. «Das war neunzehnhunderteinundachtzig . . . da war ich das letzte Mal dort.»

«Vor vier Jahren», sagte Thack.

«Es kommt mir vor wie vierzig», sagte Michael. Er drehte sich um und sah Thack an. «Stört's dich, daß ich positiv bin?»

Thack hielt seinem Blick stand und küßte ihn sanft und ohne jede Eile auf den Mund.

«Ist das eine Antwort?» sagte Michael.

«Na ja . . . es ist die beste, die ich im Moment habe.»

Thack zog ihn an sich und küßte ihn erneut. Thacks Rücken fühlte sich unter den abgewetzten Rippen des alten Cordhemds wie warmer Marmor an. Seine Lippen waren unglaublich weich und schmeckten ganz leicht nach Apfelsaft.

«Das trifft's schon eher», sagte Thack.

«Mhm», machte Michael.

Thack strich die Haare oberhalb von Michaels Ohren glatt. «Weißt du was?»

«Was?»

«Es ist völlig beschissen, wie wir schlafen.»

Michael lächelte. «Du hast ja so recht. Tut mir leid.»

«Es braucht dir nicht dauernd was leid zu tun», sagte Thack und küßte ihn erneut.

Kurz nach vier fuhren sie auf der Schlängelstraße nach Cazadero zurück. Als sie vor der Hütte parkten, entdeckte Michael Brian in einem Liegestuhl am Bach und winkte ihm zu. «Jahuu», brüllte Brian.

«Geh schon mal vor», sagte Michael zu Thack. «Ich red noch mit ihm.»

Er stapfte durch das schräg einfallende Nachmittagslicht zum Bachufer hinunter. Brian sah gesünder aus, entspannter, und sein Gesicht hatte etwas Farbe bekommen. «Wie war's?» fragte er.

«Großartig», sagte Michael.

«Sehr schön. Das freut mich.»

«Die Strecke ist ganz unglaublich.»

«Vielleicht fahr ich da auch mal lang», sagte Brian. «Braucht ihr das Auto heute abend?»

«Heute abend?» fragte Michael.

«Na ja . . . die nächsten drei, vier Stunden.»

«Glaub ich nicht.»

«Ich hab gedacht, ich schau mir den Sonnenuntergang an und eß dann vielleicht in dem Schuppen in Jenner zu Abend.»

«Allein?» fragte Michael.

«Klar.»

«Brian, hör mal . . .»

«Ich möcht das so, Michael. Ich bin gern allein. Das war richtig gut heute.»

«Bestimmt?»

Brian nickte.

«Tja . . .»

«Also . . .» Brian stand auf, griff sich seine Ausgabe von *Panorama. Jitterbug Perfume* und klappte den Liegestuhl zusammen. «Und eure Spritztour war schön?»

«Wunderbar», schwärmte Michael.

«Toll.»

Als sie gemeinsam zur Hütte gingen, lag Brians Arm um Michaels Schultern.

«Ach so», sagte Brian, «ich hab das Ausziehsofa frisch bezogen.»

Michael sah ihn an und grinste.

«Ich wollt's nur gesagt haben», sagte Brian.

Zwanzig Minuten später fuhr er mit dem VW davon.

Thack drehte sich zu Michael um und sagte: «Bier?»

«Umarmung», sagte Michael.

Thack tat ihm den Gefallen und knetete dabei Michaels verspannte Rückenmuskeln. «Essen wir vorher oder hinterher?»

Michael lachte. «Egal, nur nicht mittendrin.»

«Du sagst es.» Thack ließ ihn los und steuerte aufs Bad zu. «Ich geh noch duschen.»

«Okay.»

Thack rief aus dem Bad: «Ist es zu warm für ein Kaminfeuer?»

«Ich find nicht», sagte Michael.

«Schön. Machst du uns dann eins?»

Michael schaute den freistehenden Kamin an – mit Haube, orange und scheußlich anzusehen – und fand plötzlich, daß es der mit Abstand schönste Kamin der ganzen westlichen Welt war.

Das Anmachholz fing gerade zu knistern an, als das Telefon klingelte. Wenn das schon wieder Charlie war . . .

«Hallo.»

«Äh . . . Michael?» Die samtweiche Stimme war unverkennbar.

«Wren? Ich hab gedacht, Sie wären abgereist.»

«Na ja . . . das ist ja grade das Problem. Es ist was ziemlich Verrücktes passiert.»

«Was?»

«Mein Freund ist verschwunden.»

«Ihr Freund. Sie meinen . . .?»

«Ja, der.»

«Was heißt das, verschwunden?»

«Na ja . . . die Erklärung dauert ein bißchen länger. Könnten Sie vielleicht herkommen?»

Nichts da, dachte er. «Ach, das tut mir wirklich leid. Brian ist mit dem Wagen weg, und Thack und ich . . .»

«Ich könnt Sie abholen.»

«Jetzt?»

«Ja.»

«Wren . . . es ist wirklich kein günstiger Moment.»

«Oh.» Sie wußte sofort, was er meinte.

«Ich hoffe, Sie verstehen das.»

«Na ja», sagte sie, «Sie haben mir gesagt, ich soll anrufen, wenn ich was brauche.»

Das stimmte, und er hätte sich in den Arsch beißen können dafür. «Und ein telefonischer Rat genügt nicht?»

«Nein», erwiderte sie. «Ich muß es Ihnen zeigen.»

Die Badezimmertür ging auf. Thack kam in einer Dampfwolke heraus. Er hatte ein Handtuch um die Hüften. «Was ist?» fragte er, als er Michaels finsteres Gesicht sah.

«Wrens Freund ist verlorengegangen.»

«Was?»

«Erklären Sie mir, wo Sie sind», sagte Wren. «Ich hol Sie ab.»

Michael seufzte und erklärte es ihr. Er fragte sich unwillkürlich, ob sie wohl immer alles bekam, was sie wollte?

Die drei standen hoch über dem Fluß auf Wrens Veranda. «Da unten mußte er sein», sagte Wren und zeigte auf ein Stückchen Fluß in der Ferne. Sie trug bauschige weiße Bermuda-Shorts und eine rosa Baumwollbluse mit aufgestelltem Kragen.

«Was ist dort unten?» fragte Thack.

«Der Bohemian Grove. Haben Sie schon mal was davon gehört?»

Thack schüttelte den Kopf.

«Es ist ein Club», sagte Michael. «Für Leute aus der High-Society.»

«Nicht für Leute», sagte Wren. «Für Männer.»

«Stimmt», sagte Michael.

«Wann haben Sie zuletzt mit ihm gesprochen?» fragte Thack.

«Heute vormittag. Seinetwegen hab ich meinen Flug storniert. Er hat angerufen und gesagt, daß er sich mit mir treffen will. Er hat sich ganz verzweifelt und völlig fertig angehört.»

Thack zog die Stirn kraus. «Inwiefern?»

«Ich weiß nicht recht. Er hat mich zum Beispiel gezwungen, meinen Flug zu stornieren.»

«Gezwungen?» fragte Michael. Er war noch ein bißchen verärgert über sie.

«Na ja, gebeten. Er hat sich ganz verzweifelt angehört, und deswegen hab ich's auch getan. Er hat gesagt, daß er spätestens um drei kommt, und ich kenn Booter gut genug, um zu wissen, daß er nie . . .»

«Booter?» sagte Michael. «Er heißt Booter?»

«Keine Frotzeleien, ja?»

«Nein . . . ich glaub, ich kenn ihn.»

«O Gott.»

«Booter Manigault?»

«Mensch», sagte Wren. «Wie klein ist diese Stadt eigentlich?»

«Klein», sagte Michael. «Mikroskopisch klein.»

Thack fragte Michael. «Er ist ein Freund von dir?»

«Nein», sagte Michael, «aber ich weiß, wer er ist. Mein Liebhaber hat seine» – er überlegte kurz – «Stiefenkel auf die Welt geholt.»

«Tja», sagte Wren mit einem Blick auf Thack trocken. «Dann wär jetzt ja alles klar, nicht?»

«Warum gehen Sie nicht einfach runter und fragen nach ihm?» sagte Michael.

«Wohin? In den Grove? Hab ich doch getan, Schätzchen. Da geht's zu wie in Tubbys Spielhaus: ‹Für Mädchen verboten!›»

«Konnten Sie nicht eine Nachricht hinterlassen?» fragte Thack.

«Hab ich doch. Man hat mir gesagt, daß man's auf die Tafel am Forum schreibt . . . was immer *das* nun wieder heißt . . .»

Michael lachte glucksend. «Ich stell mir vor, daß sie da in Togen rumlaufen oder so.»

«Die Sache ist die», sagte Wren, «daß der ganze blöde Laden nur dazu da ist, sie vor Frauen zu bewahren. Wenn du keinen Pimmel hast, dann hast du dort auch nichts zu suchen.»

«So ganz versteh ich das immer noch nicht», sagte Michael.

«Warum hauen Sie nicht einfach ab? Wenn er nicht kommt, kommt er nicht. Was ist da so schrecklich dran?»

«Ach», sagte Wren, «ich fühl mich ihm gegenüber in der Pflicht.»

«Wie lang kennen Sie ihn schon?» fragte Michael.

«Nicht lang.»

«Wie lang ist das?»

«Eine Woche, zehn Tage.»

«Na ja, vielleicht fährt er auf so 'ne Masche ab.»

«Nein», sagte sie. «Das glaub ich nicht.»

«Okay», sagte Michael. «Dann hat er vielleicht einen Anruf gekriegt und mußte wegen eines Notfalls nach Hause oder so. Sie könnten bei ihm in Hillsborough anrufen.»

«Auf gar keinen Fall», sagte sie.

«Dann ruf ich eben an», sagte er.

Nach dem mindestens achten Klingeln hob ein der Stimme nach zu urteilen reichlich altes Hausmädchen ab. Er bat darum, Mr. Manigault sprechen zu dürfen, und beschloß, entweder aufzulegen oder ein Werbegespräch über Landschaftsgärtnerei anzufangen, falls Manigault doch zu Hause war. Das Hausmädchen teilte ihm mit, daß Mr. Manigault «im Grove» und Mrs. Manigault «zu einer Modenschau in die Stadt gefahren» sei.

Michael bedankte sich und legte auf. «Er ist offenbar noch hier.»

Wren schaute betrübt drein. «Irgendwas ist da im Busch. Ich kann unmöglich nach Hause fliegen, bevor ich nicht weiß . . .»

«Wir könnten ja mal da unten vorbeischauen», sagte Thack.

«Würden Sie das tun?» fragte Wren.

Michael schaute böse. Damit war ihr gemütlicher Abend dahin.

«Vielleicht», sagte Thack, der offenbar voll auf die Sache abfuhr, «können wir mit der Wache reden und sagen, daß wir Freunde von Booter sind.»

«Nein», sagte Wren. «Am Haupttor hat's keinen Sinn, wenn Ihre Namen nicht auf der Liste stehen.»

«Was dann?» fragte Thack.

«Na ja . . . man kann auch anders rein.» Sie drehte sich zu Michael um und fragte: «Sind Sie auch so ein guter Schwimmer wie Thack?»

Fremde Gestade

Als Booter aufwachte, blickte er in die Sterne. Sie waren hell in dieser Nacht, heller als je zuvor, und sie flackerten wie die Glühlampen im Keller, damals, als er noch klein war. Er empfand einen sonderbaren Frieden in seinem matratzengepolsterten Kokon, obwohl es Nacht war, er einen Sonnenbrand hatte und das Kanu weiß Gott wo gestrandet war.

Wie lange hatte er geschlafen? Drei Stunden? Vier? Und wie weit war er abgetrieben?

Auf der Suche nach einem trostspendenden Anhaltspunkt – der Brücke von Monte Rio, einem mit Leuchtreklame bepflasterten Rasthaus, einem in blaues Fernseherlicht getauchten Wochenendhäuschen – blickte er den mondbeschienenen Fluß hinauf.

Aber da war nichts.

Nur beinfarbener Sand und graues Gestrüpp und schwarze Bäume, die sich in den blauschwarzen Himmel bohrten.

Und Trommeln. Und Sirenengesang.

Es war ein Traum. Das war sein erster Gedanke.

Er erinnerte sich an den Whiskey (das heißt, er schmeckte ihn) und erinnerte sich an seine Ruhelosigkeit nach Jimmys Tod. Er hatte den Schlaf gebraucht, und er war über ihn gekommen, also schlief er, ganz einfach. Und wenn er Whiskey intus hatte, träumte er immer.

Die leichte Brise, die er beim Herausklettern aus dem Kanu spürte, kam ihm allerdings ziemlich realistisch vor. Genauso wie die Schmerzen in seinen Gliedern und das Nagetierquietschen von Aluminium auf Sand, als er das Boot an Land zog und sich zu orientieren versuchte.

Warum rollten dann die Trommeln noch, sangen noch die Sirenen?

Es waren zweifellos Frauenstimmen. Und zwar viele.

Er schüttelte die Steifheit aus den Gelenken und bewegte sich auf die Stimmen zu. Es fiel ihm ein, daß es in der Gegend christliche Sommerlager gab. Bibellager der Baptisten. Die Mädchen da vorne konnten fraglos zu so einem Lager gehören.

Mit leichtem Unbehagen drang er ins Unterholz vor, hatte er doch Angst, die Mädchen zu erschrecken. Es war ihm klar, daß er, so krebsrot und zerknautscht, wie er war, bestimmt zum Fürchten aussah, aber es blieb ihm nichts anderes übrig, als sie um Hilfe zu bitten.

Sie konnten ihn zu einem Telefon bringen, und er konnte dann im Grove anrufen. Von dort würde man ihm einen Wagen schicken. Rechtzeitig zum Campfire Circle würde er wieder zurücksein. Er würde mit dem Schrecken davonkommen, und niemand sonst würde etwas spitzkriegen. Ach was, vielleicht würde er sogar alles erzählen und eine richtige Geschichte daraus machen. Ganz wie Jimmy es getan hätte.

Der Musik folgend, zwängte er sich durch dichtes Erdbeerbaumgetrüpp. Er sah ein Lagerfeuer vor sich – ein ziemlich großes –, und hin und wieder zuckten wiegende Gestalten und vom Feuerschein vergoldete Gesichter auf.

Als er näher kam, endete das Getrommel abrupt. Aufgeschreckt durch dieses uralte Anzeichen für Gefahr (oder auch durch die Erinnerung an Tarzanfilme), duckte er sich hinter einen Redwood, gluckste dann aber angesichts der Lächerlichkeit seiner Reaktion.

Als er seine Deckung verließ, sah er etwas Außergewöhnliches:

Eine große, vollbusige Frau, die bis auf ein paar Streifen aus blauer und grüner Körperfarbe nackt war, erhob die Arme zum Himmel.

Er versteckte sich erneut und versuchte, seine fünf Sinne zusammenzubekommen, während die Frau zu singen anfing:

«Wir rufen Dich an, Große Mutter . . . im Gedenken an die neun Millionen Frauen, die als Hexen angeklagt und hingerichtet worden sind . . .»

Um Himmels willen, was . . .?

«Wir rufen Dich an, Große Göttin, Mutter allen Werdens . . .»

Er lugte ungläubig hinter dem Baum hervor und sah, daß die anderen Frauen auch nackt waren. Einige hielten Schalen voll Obst oder Blumensträuße. Andere waren mit Amuletten behängt oder bargen Amethystgeoden in ihren Händen.

«Wir rufen Dich an, Große Mutter . . . Dich, deren Namen seit urdenklichen Zeiten gesungen worden sind. Dich, Inanna, Isis, Ischtar, Ashera, Astarte, Amaterasu, Neith, Serkhet . . .»

Ihm blieb nichts anderes, als sich zurückzuziehen. So rasch und so leise wie möglich. Er würde anderswo Hilfe finden, aber nicht hier, um Himmels willen, nicht hier.

«. . . Türkisfrau, Weißmuschelfrau, Coatlicue, Tonancutecutiteli, Demeter, Artemis, Erdbebenmutter, Kali . . .»

Er schlich von dem rituellen Feuer fort, doch die Natur nahm von ihm Notiz und reagierte entsprechend. Trockene Zweige krachten unter seinen Füßen, junge Ranken schlossen sich um seine Glieder, Nachtvögel kreischten eine Warnung für alle, die sie hören wollten . . .

Und etwas Großes, Schreckliches sprang aus dem Dunkel hervor und verpaßte ihm einen Schlag auf den Hinterkopf.

Nachtübung

Als ersten Schritt zur Umsetzung ihres Plans fuhren Michael und Thack mit Wrens Wagen zum Safeway in Guerneville und kauften eine Packung extra starke Hefty-Tüten. Als sie zum Chalet zurückkamen, saß Wren auf der Veranda, rauchte einen Joint und schaute auf den dunklen Fluß hinunter.

«Gibt's was Neues?» fragte Michael.

Sie schüttelte den Kopf. «Er ruft garantiert nicht an. Das hab ich im Gefühl.»

Michael gab zwar nicht soviel auf ihr Gefühl, hielt aber den Mund. «Was sollen wir machen?» fragte er. «Wenn wir erst mal da sind.»

«Finden Sie einfach raus, wo sein Lager ist. Es heißt Hillbillies. Erkundigen Sie sich nach ihm. Wenn er da ist oder wenigstens jemand weiß, wo er ist, kann ich nach Hause fahren.»

«Falls wir ihn finden», sagte Thack, «was sollen wir ihm dann bestellen?»

Wren verdrehte die Augen. «Daß er mir den Buckel runterrutschen soll.»

«Er wird wissen wollen, wie wir reingekommen sind, oder?»

Sie zuckte mit den Schultern. «Erzählen Sie's ihm. Er meldet Sie schon nicht. Das versprech ich Ihnen.»

«Und wenn er nicht da ist?» fragte Michael.

«Dann», sagte Wren, «lassen wir uns was anderes einfallen.»

«Wie kommen wir zurück?»

«Durchs Tor. Das Rauskommen ist kein Problem. Bis Monte Rio sind's keine zwei Kilometer. Rufen Sie mich aus dieser Schmuddelkneipe neben der Brücke an, und ich hol Sie ab.»

«Verstanden», sagte Thack.

«Wie schön, daß wenigstens *du* das behaupten kannst», sagte Michael.

Zehn Minuten später fuhr Wren sie an den Fluß. Sie parkte in einer Gegend, die irritierend vorstädtisch wirkte. Wieso, fragte Michael sich, ziehen Leute in die Redwoods, wenn sie sich dann Einfamilienhäuser im Tudorstil und mit Basketballkörben über dem Garagentor bauen?

Im nächstgelegenen Haus war alles dunkel. Also huschten sie wie Einbrecher über den Rasenstreifen neben dem Haus, bis sie auf einen sandigen Pfad stießen, der ans Wasser führte.

«Sehen Sie?» flüsterte Wren und deutete über den Fluß. «Da drüben ist es.»

Der Badesteg und die Umkleidekabinen des Grove waren ein Gewirr aus dunklen Umrissen. Michael schätzte die zu schwimmende Strecke auf höchstens fünfzig Meter. Nicht der Rede wert, wenn man voraussetzte, daß es weder Krokodile noch unfreundliche Ureinwohner mit Blasrohren gab.

«Nach dem, was Booter erzählt hat», sagte Wren, «führt eine Brücke über die Schlucht dort, und ein paar Meter weiter steht ein Wachhäuschen. Sie können wohl beides umgehen, wenn Sie direkt vom Ufer aus die Schlucht hochsteigen.»

«Sind Sie sicher?» fragte Michael.

Sie schüttelte schelmisch lächelnd den Kopf.

«Na toll»,sagte er.

«Es wird schon keiner auf Sie schießen», sagte sie. «Es ist nur ein Club. Wenn es hart auf hart geht, berufen Sie sich auf Booter. Dann holt man ihn bestimmt.»

«Die sehen uns sicher an, daß wir keine Mitglieder sind», sagte Thack.

«Ach was», erwiderte sie. «Dort drüben gibt es tausend Männer. Da kennt nicht jeder jeden.»

Thack setzte sich in den Sand und fing an, sich auszuziehen. Seine Kleider stopfte er in eine Hefty-Tüte. «Wenn du willst», sagte er zu Michael, «kannst du deine Sachen mit dazupacken. Nein, lieber nicht. Mit den Schuhen wird das sonst zu schwer.»

Michael setzte sich neben ihn und füllte eine eigene Tüte. Thack hatte sich ganz ausgezogen, also verbannte er die letzten Reste seiner protestantischen Prüderie und tat dasselbe.

Bleich wie der Mond watete Thack mit seiner Kleidertüte in den Fluß. Als er bis zu den Knien im Wasser war, drehte er sich um und sagte zu Wren: «Wünschen Sie uns Glück.»

«Wohl eher *bon voyage*.» Sie lachte. «Soll ich eine Flasche Champagner an Ihrem Bug zerschellen lassen?»

Michael folgte Thack ins Wasser. Es war wärmer, als er erwartet hatte, aber er bekam trotzdem eine Gänsehaut. Der Schlick am Grund quatschte zwischen seinen Zehen hoch. «Schicken Sie uns die Mounties», sagte er, «wenn wir bis Sonnenaufgang nicht zurück sind.»

«Ha!» sagte Wren. «Wer weiß, was Sie mit denen anstellen würden.»

«Seid nicht so laut», sagte Thack.

Wren hielt sich die Hand vor den Mund, ging ganz nahe ans Wasser und flüsterte: «Ich warte auf Ihren Anruf. Die Nummer haben Sie doch, oder?»

«Nein», erwiderte Michael.

«Ich hab sie», sagte Thack.

Michael sah ihn an und sagte: «Mein Gott, was bist du organisiert. Ich wette, deine Platten sind alphabetisch geordnet.»

«Halt», sagte Wren. «Ich hab was vergessen.» Sie tastete im hohen Gras nach den Frotteehandtüchern, die sie mitgebracht hatte, und überreichte sie Michael, der sie in seinen Plastikbeutel stopfte.

«Es ist herzallerliebst, daß Sie das tun», sagte sie.

Er zuckte mit den Schultern. «Das Leben war sowieso langweilig in letzter Zeit.»

«Hillbillies», sagte sie. «Nicht vergessen.»

«Aber nein.» Er watete zu Thack hinaus. Sie schwammen mit deutlicher Schlagseite, weil sie ihre Tüten neben sich herzogen.

Als sie schnaufend wie Dampfschiffe zur Flußmitte kamen, sahen sie sich an und brachen in Gelächter aus.

Wren stand, in ihren weißen Bermuda-Shorts weithin sichtbar, noch immer am Ufer und beobachtete sie.

Höhere-Töchter-Gründe

Polly Berendt lag oben ohne auf ihrem Feldbett. Sie verschränkte die Hände hinter dem Kopf und sagte: «In der chemiefreien Zone geht irgendwas Komisches ab.»

DeDe war ebenfalls oben ohne, hockte aber auf dem Boden. Sie fragte: «Was heißt das?»

«Na ja, als ich zum Pinkeln draußen war, hab ich mitgekriegt, wie eine ganze Meute von den Mädels im schwarzen T-Shirt die Köpfe zusammengesteckt hat. Ich mein, ich hab noch nie so viele auf einem Haufen gesehen. Als ich vorbeigegangen bin, waren sie sofort mucksmäuschenstill. Wie wenn ich in eine Kabinettssitzung geplatzt wär oder so.»

«Ich will nichts davon wissen», sagte DeDe. Mit den Frauen vom Sicherheitsdienst und ihren miesen kleinen Intrigen war sie fertig. Polly gluckste. «Wahrscheinlich haben sie bei einer 'ne Stevie-Wonder-Kassette entdeckt.»

DeDe verstand nicht. «Was ist mit Stevie Wonder?»

«Na, was wohl?» sagte Polly. «Er ist ein Mann.»

«Ach, komm.»

«Klar. So was ist ein Verstoß gegen die Nur-Frauen-Regel. Keine Musik von Männern! Lies mal die Vorschriften.» Polly wälzte sich herum und stützte sich auf den Ellbogen. «Weißt du, was ich jetzt möchte?»

«Was?»

«Einen Hamburger. Mit viel Käse und Gurken und wo so richtig das Blut raustropft . . .»

«Igitt!» sagte DeDe.

«Na, besser als der Fraß hier ist das Zeug immer», sagte Polly. «Hast du heut beim Abendessen mal dieses Pseudofleisch probiert?»

DeDe lächelte. «Das war falsche Häsin vegetarisch.»

«Wann kriegen diese Weiber endlich mal den Arsch hoch und verabschieden sich von den Sechzigern? Das möcht ich nur zu gern wissen.»

DeDe sah sie an und bedachte sie mit einem Große-Schwester-Lächeln. Das glückliche Zusammenspiel von Sonnenschein und Lampenlicht hatte Pollys straffem Bäuchlein die Farbe der Nieten an ihrer 501 gegeben. DeDe genoß diesen Anblick, verspürte aber keine Leidenschaft, sondern eher die Kunstbeflissenheit einer gesetzten Dame, die einen Rembrandt studiert.

Und verglichen mit diesem Kind *war* sie eine gesetzte Dame.

«An Kennedy erinnerst du dich nicht, oder?»

Polly verdrehte die Augen. «Das werd ich immer und immer wieder gefragt.»

«Bitte *vielmals* um Entschuldigung.»

«Was war denn überhaupt so toll an dem? Er hat's mit Marilyn Monroe getrieben. Na und? Frag mich doch mal, ob ich mich an die erste Mondlandung erinner.»

«Okay . . . Erinnerst du dich dran?»

«Nein.»

DeDe stöhnte und warf mit einer Tennissocke nach ihr. «Du kleines Aas.»

Polly keckerte triumphierend. Sie erinnerte DeDe irgendwie an Edgar. Nachdem er Anna einen Wurm ins Hemd gesteckt hatte.

«Das Entscheidende an den sechziger Jahren», sagte DeDe, die sich von Minute zu Minute älter vorkam, «ist doch, daß es weniger eine bestimmte Zeit war als . . . eine Verwandlungserfahrung. Die einen haben sie damals schon durchgemacht. Die anderen haben sie später gewartet.»

«Echt?» sagte Polly und schnitt ein freches Gesicht. «Stark.»

«Blöde Kuh», sagte DeDe.

Polly lächelte sie an. «Wann hast du dich denn verwandelt?»

DeDe dachte nach und sagte dann: «Im Frühling neunzehnhundertsiebenundsiebzig.»

«So genau weißt du das?»

«Ich bin damals dem People's Temple beigetreten. In Guyana.»

Polly schaute entgeistert. «O Gott», sagte sie.

«Wir sind natürlich noch rausgekommen . . . bevor . . . das Ganze . . .»

«Du und deine Geliebte?»

«Mhm. Und die Kinder.»

«Die müssen ja ganz klein gewesen sein», sagte Polly.

«Waren sie auch. Sie erinnern sich an nichts.»

Es folgte langes Schweigen. Dann sagte Polly: «Warum bist du da hin?»

«Ich weiß nicht.» DeDe sah sie mit wehmütigem Blick an. «Es war D'ors Idee.»

Polly verdaute das erst mal und sagte dann: «Wie das hier, hm?»

DeDe nickte kaum wahrnehmbar. «Wahrscheinlich. Ich hab aber auch einen eigenen Willen, ob du's glaubst oder nicht.»

«Ich glaub's.»

«Sie ist stark, also laß ich sie auch stark sein. Mir gefällt's so. Jedenfalls meistens.»

In Pollys Augen blitzte der Schalk auf. «Dann zündet sie wohl auch die Holzkohle an und grillt die Steaks, hm?»

DeDe wußte nicht so recht, wie sie das verstehen sollte, lachte aber trotzdem. «Den Thunfisch», verbesserte sie Polly.

«Ach so. Stimmt. Kein rotes Fleisch. Hab ich ganz vergessen.» Polly nickte ernst. «Und ihr gehorchen auch die Kinder, hm?»

«Was soll das?» fragte DeDe.

«Ich bin nur neugierig.»

«Allerdings.»

«Hör mal, wir sind doch Freundinnen, oder? Ich will nur . . . teilhaben.» Polly lächelte. «Ganz sixtiesmäßig.»

DeDe riß die Lasche einer 7-Up-Light-Dose auf. «Du bist unverbesserlich.»

«Sag das nicht», sagte Polly. – «Warum nicht?»

«Meine Englischlehrerin in der Siebten hat das immer gesagt.»

DeDe trank einen Schluck. «Und du hast sie nicht leiden können.»

«Doch», sagte Polly. «Ich hab sie rattenscharf gefunden.»

«Mach mich nicht verlegen, okay?»

Polly sah sie kurz an, schüttelte dann langsam den Kopf und sagte: «Junge, Junge!»

«Was ist?» fragte DeDe.

«DeDe, die höhere Tochter.»

Das wurmte sie. Warum ließen über kurz oder lang alle diesen Spruch los? Höhere Töchter – nein, *bekehrte* höhere Töchter – waren vermutlich die letzte unterdrückte Minderheit auf der Welt. «Na hör mal», sagte sie, «immerhin hab ich mein Hemd ausgezogen, oder?»

«Stimmt», sagte Polly ruhig. «Und alle Busenfans rundherum sind dir dafür dankbar.»

DeDe stöhnte auf.

«Aber», sagte Polly, «du hast es aus Höhere-Töchter-Gründen ausgezogen und nicht, weil dir wirklich danach war.»

«Also komm. Was soll das denn heißen: Höhere-Töchter-Gründe?»

Polly zuckte mit den Schultern. «Du hast dein Hemd ausgezogen, weil D'or das ihre ausgezogen hat und du Angst hast, daß Sabra ihrs auch bald auszieht. Also bist du ihr zuvorgekommen.»

«Ich bitte dich», sagte DeDe.

«Das ist doch sonnenklar», sagte Polly. «Ihr spielt ‹Zeig her deinen Busen!›.»

«Ach, hör doch auf. Sabra Landauer würde ihr Hemd schon mal nie im Leben ausziehen.»

«Okay . . . Dann hast du deins also ausgezogen, um zu beweisen, daß du besser drauf bist als Sabra.»

«Das ist nicht wahr.»

Polly schnappte sich einen Apfel und polierte ihn an ihrer 501. «Wo ist sie denn jetzt?»

«Wer?»

«D'or.»

«Beim Holly-Near-Konzert.»

«Mit Sabra?»

«Wahrscheinlich», sagte DeDe.

«Glaubst du, daß sie's schon miteinander treiben?»

DeDe glaubte genau das, weigerte sich aber, ihrer Angst konkreten Ausdruck zu verleihen.

Polly biß ein Stück Apfel ab, kaute und schluckte. «Weißt du was?»

«Was?»

«Du solltest ihr was vorspielen und so tun, als würdest du selber rumvögeln.»

DeDe sah sie zweifelnd an. «Und zwar mit dir, wie?»

«Klar. Ich würd das recht überzeugend hinkriegen.»

«Das glaub ich dir sofort.»

Polly drehte sich zu ihr hin und grinste sie an.

«So kleinkariert könnt ich nie sein», sagte DeDe.

«Streng dich an», sagte Polly. «Es steht viel auf dem Spiel. Sabra hat schon ein paar Ehen ruiniert.»

DeDe wollte das nicht hören. «So toll sieht sie doch gar nicht aus», sagte sie.

«Schon, aber sie ist reich.»

«Reich bin ich auch», sagte DeDe.

«Sie ist reich und berühmt», sagte Polly. «Und was man mit ihr alles erlebt. Broadwaypremieren, Stretch-Limos, ihre Busenfreundinnen Lily und Jane . . .»

«Danke», sagte DeDe. «Vielen Dank.»

Polly musterte sie kurz, setzte sich dann auf und zog sich ein blaßgrünes Sweatshirt über.

«Wo gehst du hin?» fragte DeDe.

«Raus», sagte Polly. «Mein Hamburger ruft.»

DeDe fühlte sich von neuem verlassen. Was sollte sie tun? Zum Zelt zurückgehen und warten, bis Anna von ihrem Quiltkurs kam? War es ratsam, dort nutzlos und verlassen herumzusitzen, wenn D'or zurückkehrte?

Und überhaupt: Was war, wenn D'or *nicht* zurückkehrte?

Polly sprang auf und suchte das ganze Zelt nach ihren Socken ab. «Komm mit», sagte sie. «Ich bleib nicht lange weg.»

«Tja . . .»

Sie hielt DeDe ihr Hemd hin. «Los, Mama. Machen wir uns fein und fahren wir in die Stadt.»

Name-Dropping

Jimmy zufolge waren die imposantesten Spinnen Weibchen, und auf die hier traf das garantiert zu. Sie hatte einen blutroten Bauch, war dick und pelzig, hing an einem feingesponnenen Trapez und knüpfte keine zehn Zentimeter vor Booters sonnenverbranntem Gesicht an ihrer Makrameearbeit.

Er war in einem Zelt; soviel konnte er sagen. Er hatte einen üblen Geschmack im Mund, und ihm dröhnte der Kopf. Seine Füße waren gefesselt und seine Hände auf dem Rücken zusammengebunden. Er lag auf der Seite und schaute direkt auf die Spinne.

Sein erster Gedanke war: «Wo Spinnen nicht spinnen.»

Das war das Motto der Bohemians, doch im Augenblick fand er darin keinen Trost. Im Grove bedeutete der Spruch, daß Geschäftliches verboten war, daß im Lager keine Abschlüsse getätigt werden durften.

Hier bedeutete er nichts.

Hier konnte diese Spinne ihr Netz spinnen, wo sie wollte.

Er war schon fast fünf Minuten bei Bewußtsein, als er vor dem Zelt eine Frauenstimme hörte.

«Wo ist er?» fragte sie.

Jemand zischte: «Leise.»

«Wir müssen die Polizei holen.»

«Von wegen. Ihn an Männer ausliefern.»

«Das ist mir egal, Rose. Wir müssen einfach.»

Er hörte das Scharren von Schuhen. Dann sah er, wie sich die Zeltklappe bewegte und den Blick auf eine Frau in einem schwarzen T-Shirt freigab. Sie hatte ein Walkie-talkie in der

Hand, und ihre Haare waren unterschiedlich kurz geschoren, so daß sie eine Art französischen Ziergarten auf dem Kopf hatte. Sie ging in die Hocke, um ihn sich genau anzusehen.

«Hören Sie», sagte er, «ich weiß nicht, was Sie mir unterstellen . . .»

«Ich unterstell Ihnen gar nichts. Ich hab alles gesehen.»

«Ich hab in meinem Kanu gelegen», sagte er.

«Das ist mir klar.»

«Ich bin eingeschlafen. Da muß ich abgetrieben sein.»

«Hat Ihnen die Vorstellung gefallen?» fragte sie.

Dann hatten sie ihn also beim Zusehen beobachtet.

«Beantworten Sie meine Frage», sagte sie.

«Es war ein Versehen», sagte er. «Ich wußte nicht, wo ich war. Ich wollte nach dem Weg fragen.»

«Sie lügen», sagte sie.

«Erzählen Sie mir nicht, daß ich lüge!» Was fiel ihr ein, so mit ihm zu reden! Wer hatte hier schließlich wen zusammengeschlagen?

«Wie heißen Sie?» fragte sie. Er zögerte. Was war, wenn sie die Polizei holte? Er konnte natürlich alles aufklären, aber welche Demütigungen würde er dadurch zu erleiden haben? «Das brauchen Sie nicht zu wissen», sagte er schließlich.

Sie taxierte ihn kurz mit kühlem Blick, ließ dann die Klappe fallen und ging weg. Er brüllte: «Warten Sie!» Doch es kam keine Antwort.

Zirka fünfzehn Minuten später kam sie wieder.

«Haben Sie Durst?» fragte sie.

Hatte er. Und er sagte es.

«Ich werd Ihnen ein bißchen Wasser bringen lassen.»

«Halt», sagte er. «Warten Sie.»

«Was ist?»

«Sie machen einen ganz großen Fehler, junge Frau.»

«Ja?»

«Ich weiß, welchen Eindruck Sie haben müssen, aber ich bin kein Spanner.»

«Okay. Wer sind Sie dann?»

«Ich bin Mitglied im Bohemian Club. Unser Lager liegt ein Stück flußaufwärts. Ich will Ihnen keine Unannehmlichkeiten bereiten, aber . . .»

«Ich hab Sie nach Ihrem Namen gefragt.»

«Manigault», murmelte er.

«Wie?»

«Manigault. Roger Manigault.»

«Wer sonst.»

«Tja . . . ich hab meine Brieftasche nicht dabei.»

«Wie der von Pacific Excelsior?»

«Ja!» Er seufzte regelrecht vor Erleichterung. Gott sie Dank kannte sie sich in der Wirtschaft aus! «Der bin ich!»

«Der sind Sie?»

«Ja! Ich bin nicht so einer, der . . .»

Sie fiel ihm wild lachend ins Wort. «Booter. Nennt man Sie Booter?»

«Ja. Würden Sie mich jetzt bitte losbinden und . . .»

«Sind Sie der Freund von Reagan?»

«Na ja . . . ich kenne ihn . . . Das heißt nicht . . .»

Sie ließ die Klappe fallen und verschwand schreiend vor Lachen in die Nacht.

Ein Traum wird wahr

Da das Abendessen wegen Booter ausgefallen war, verschob Wren die Rückfahrt ins Chalet und machte in der Schmuddelkneipe neben der Brücke in Monte Rio Station. Michael und Thack würden frühestens in einer Stunde anrufen. Warum sollte sie ihre Nerven da nicht mit einer Riesenportion Pommes und einem panierten Steak besänftigen?

Die Schmuddelkneipe war ein «Familienrestaurant» mit allem Drum und Dran: kreischende Blagen, ramponierte Plastikspeisekarten und neben der Kasse ein Verkaufsständer mit Redwoodraumspray. Sie überlegte gerade, ob sie Nachtisch bestellen sollte, als ein Teenager mit der scheuen Verehrung des Fans im Blick auf sie zukam. «Also», sagte sie zu Wren. «Wenn Sie's nicht sind, könnten Sie's glatt sein.»

Wren legte die Gabel weg und hielt ihr die Hand hin. «Dann werd ich's wohl sein. Und wer sind Sie?»

Der Teenager wirkte bei genauerem Hinsehen eher wie eine junge Frau. Sie war klein und drahtig und übersät mit Sommersprossen, und sie hatte ein strahlendes Lächeln, das viel rosa Zahnfleisch enthüllte. «Polly Berendt», antwortete sie. «Ich faß es nicht.»

«Was?» sagte Wren. «Daß Sie mich essen sehen?»

Polly lachte. «Sie sehen genauso aus wie im Fernsehen. Besser. Es ist unglaublich. Es ist so toll.»

«Setzen Sie sich.» Wren zwinkerte ihr zu und klopfte einladend auf das Platzdeckchen gegenüber. «Wir verschrecken die Kleinfamilien.»

Polly warf einen Blick über die Schulter, dann sank sie auf den Stuhl. «Tut mir leid», sagte sie. «Ich werd schnell laut.»

«Ja», sagte Wren. «Ich auch.» Sie ließ ihren Taschenspiegel aufschnappen und zog sich die Lippen nach. «Machen Sie hier Urlaub oder so?»

Polly reagierte einige Zeit nicht, weil sie noch immer völlig baff war. «Was?» sagte sie schließlich.

«Machen Sie hier Urlaub?»

«Oh . . . ja. Ich mach bei Wimminwood mit. Wissen Sie, was das ist?»

«Ähm . . . tja, ein Frauenmusikfestival, nicht?» Sie hatte auf dem Schwarzen Brett im Cazadero General Store was darüber gelesen. Die Kleine war ihr gleich wie eine Lesbe vorgekommen.

«Ja, stimmt.»

«Und was tun Sie dann hier? Schwänzen?»

Polly lachte glucksend. «Ja, mehr oder weniger.»

«So ganz allein?» Okay, sie flirtete ein bißchen, aber was konnte sie damit schon anrichten?

«Nein. Ich bin mit einer Freundin da. Ich meine, hier in der Kneipe. Mit der Blonden da drüben.»

Wren steckte den Lippenstift in die Handtasche und schaute in die angegebene Richtung. Die Blonde reagierte reichlich verlegen, als sie beim Spannen erwischt wurde. Wren lächelte ihr kurz zu, doch das machte die Frau nur noch verlegener.

«Sie war dagegen», sagte Polly.

«Gegen was?»

«Daß ich Sie anspreche.»

«Warum?»

Polly zuckte mit den Schultern. «Sie sagt, so was ist geschmacklos.»

«Ach», sagte Wren. «Ich glaub, sie ist eifersüchtig.»

Polly schaute kurz zu der Blonden hinüber und dann wieder auf Wren. «Kein Scheiß?»

Wren zeigte ihr bewährtes Mona-Lisa-Lächeln.

«Das wär ja toll», sagte Polly.

«Was?»

«Wenn sie eifersüchtig wär. Ich glaub nicht, daß sie mich so gern hat.»

«Tja . . .»

«Würden Sie mir einen Lippenabdruck schenken?»

Wren schaute sie verdutzt an.

«Die sammel ich nämlich», sagte Polly. «Es ist ein Hobby von mir. Ich hab schon Diana Ross und Linda Evans und Kathleen Turner.»

«Klar. Gut. Was muß ich tun?»

Polly strahlte sie an. «Ich faß es nicht.»

«Was muß ich tun?» fragte Wren erneut. «Mir eine Serviette auf den Mund drücken?» Ihr Blick wanderte durch die Kneipe. Die blonde Frau fixierte die Reste ihres Hamburgers. Sie war offensichtlich verärgert.

«Oder», schob Wren nach, «soll ich einen Kußmund machen und so einen richtigen Knutscher draufsetzen?» Sie sah wieder Polly an und grinste verschwörerisch. «Ihrer Freundin würd das garantiert gefallen.»

Polly kicherte.

Wren griff nach einer Serviette, setzte ein Mittelding zwischen Abdruck und Knutscher drauf und überreichte Polly das Ergebnis. «Einen schönen Sommer noch», sagte sie.

«Ihnen auch», sagte Polly und schüttelte ihr heftig die Hand. «Ihnen auch.»

Auf in den Grove

Michael und Thack hatten den Fluß problemlos durchquert und sich in einer zu diesem Zweck am Steg erbauten Kabine abgetrocknet und angezogen. Sie waren der Schlucht durch den bewaldeten Hang gefolgt, bis sie die von Wren erwähnte Fußgängerbrücke gefunden hatten. Das große, skelettartige Bauwerk, das wie eine aufgegebene Eisenbahnbrücke aussah, ragte schemenhaft über ihnen auf.

«Was jetzt?» flüsterte Michael.

«Wir gehen drunter durch», antwortete Thack. «Den Hang hoch.»

«Warte!»

«Was?»

«Ich hab was gehört.»

Thack legte den Kopf schief. Erst raschelte es, dann war auf der Brücke der dumpfe Hall von Schritten zu hören. Michael drückte sich an einen Stützpfeiler und zog Thack in die Dunkelheit zurück. Der Mond schien verräterisch hell.

Eine Stimme rief: «Wer läuft da unten rum?»

Michael hielt den Atem an und schaute zu Thack hinüber. Wrens Worte klangen ihm in den Ohren. *Es wird schon keiner auf Sie schießen . . . Es ist nur ein Club . . . Es wird schon keiner auf Sie schießen . . .*

Thack legte den Finger an die Lippen. Er war entschlossen, diesen Wahnsinn durchzuziehen.

Wieder waren Schritte zu hören, aber sie hielten auf der Mitte der Brücke inne. Der Lichtkegel einer Taschenlampe tastete nur ein paar Meter neben ihrem Versteck das Unterholz ab. Michael umarmte den Pfeiler und betete um Erlösung. Oder wenigstens um Milde.

«Wer läuft da rum?» brüllte der Wachmann.

Michael schaute Thack an. Das war jetzt zuviel des Guten.

Thack schüttelte energisch den Kopf.

Der Wachmann blieb eine halbe Minute stehen, bevor er sich wieder in Bewegung setzte. Er ging von ihnen weg. Über die Brücke und dann den Hang hoch.

Thacks Augen blitzten triumphierend auf. Michael ließ die angehaltene Luft heraus und flüsterte: «Nichts wie weg hier!»

«Was? Zurückschwimmen?»

«Ja!»

«Ach. Das Schlimmste haben wir hinter uns.»

«Wie willst du das wissen?» fragte Michael. «Was ist, wenn er zurückkommt?»

«Hör mal, wir sind doch schon so weit. Sei nicht so ein Angsthase.»

«Ich denke nur praktisch», sagte Michael.

Thack gab ihm einen freundschaftlichen Puff. «Dann denk eben weniger praktisch, Maude.»

Sie warteten noch fünf Minuten und kletterten erst dann den Hang weiter hoch, bis sie auf einer beleuchteten Straße in den Grove gelangten. Sie begegneten Grüppchen von angeheiterten Männern, die sangen und sich gegenseitig anrempelten und sie mit großem Hallo begrüßten, als hätten sie beide, Michael und Thack, schon die ganze Zeit an dem ausgelassenen Treiben unter den Redwoods teilgenommen.

Der Umstand, daß sie Männer waren, genügte anscheinend schon, verschaffte ihnen die Zugangsberechtigung.

«Es ist so unwirklich», sagte Michael. «Wie ein Hologramm oder so.»

«Pinocchio», meinte Thack.

«Was?»

«Du weißt schon. Die Bengel im Spiel-immer-Land.»

Sie marschierten offenbar durch eine Art Schlucht, von der aus sich zu beiden Seiten farnbestandener Wald die Hänge hinaufzog. Die Redwoods entlang der Straße hatten den gleichen Umfang wie Fotomat-Kabinen und standen an manchen Stellen so dicht, daß sie regelrechte Räume abgrenzten, Eingangshallen für die Lager, die sich dahinter erstreckten.

Die Lager waren richtige Wunderwerke. Riesige Wigwams, bemooste Blockhütten und Feuerstellen im Freien, die aussahen, als wären sie für die Götter gebaut worden. Laternenketten schwangen sich an den Wänden der Schlucht zu Lagern hoch, die fast wie Baumhäuser wirkten.

Und überall ertönte Musik. Einige Zeit hörten sie Brahms, danach Cole Porter. Und schließlich klimperte sich ein unsichtbarer Klavierspieler durch «Yesterday».

Thack fragte: «Und es gibt gar keine Frauen hier?»

«Nee», sagte Michael. «Die Bohemians sind deswegen sogar vor Gericht gezogen.»

«Und wie rechtfertigen sie's?»

Michael zuckte mit den Schultern: «Frauen machen sie nervös. Sie können dann nicht sie selbst sein.»

Thack gluckste und legte Michael den Arm um die Schulter.

«Laß das lieber», sagte Michael.

«Was?»

«Das ist hier der heterosexuellste Ort auf der Welt, Thack.»

«Ach so.» Thack schaute leicht beleidigt drein, als er den Arm wegnahm. «*Die* tun's doch auch reihenweise.»

«Schon, aber . . . das ist . . . einfach anders.» Michael war klar, wie ängstlich sich das anhörte, aber er litt noch immer unter einem regelrechten Verfolgungswahn.

Ein adlergesichtiger alter Mann lehnte an einem Baum und schnappte nach Luft. Thack ging zu Michaels leichtem Entsetzen auf ihn zu.

«Entschuldigen Sie, Sir. Wir haben uns irgendwie verlaufen.»

Der alte Herr gluckste vor Vergnügen. «Wohl neu hier, hm?»

«Ja.»

«Wo willste denn hin, mein Junge?»

«Tja . . . wir sollen nach Hillbillies. Ins Lager von Booter Manigault.»

Er nickte bedächtig. «Seid ihr Gäste von Booter?»

Thack zögerte ein ganz kleines bißchen, deshalb sagte Michael rasch: «Genau.»

«'n feiner Kerl, Booter.»

«Ja, das stimmt», sagte Thack.

«Ein ganz feiner», setzte Michael vielleicht etwas übereifrig hinzu.

«Na, dann paßt mal auf», sagte der alte Mann. «Ihr bleibt auf der River Road . . . das ist die Straße hier . . .»

«Okay», sagte Thack.

«Es is ein paar Lager weiter unten, auf der linken Seite. Ihr seht's schon am Schild.»

«Schönen Dank.»

Der alte Mann fragte: «Was ist passiert? Seid ihr dran vorbei und müßt jetzt wieder zurück?»

«Äh . . . ja, anscheinend.»

«Tja, immer nur da runter. Jetzt seid ihr auf der richtigen Spur.»

«Prima», sagte Michael.

«Auf der linken Seite», schob der alte Mann nach. «Ihr könnt's gar nicht verfehlen.»

«Wunderbar.»

«Überm Eingang hängt 'n Schild. So 'n großes Bronzeding.»

Als sie losgingen und sich beide mit einem Kopfnicken bedankten, überlegte Michael, warum alte Männer immer so lange brauchen, bis sie einem den Weg erklärt haben. Sind sie senil, oder sehnen sie sich nach Gesellschaft?

Oder erfrischt sie das unerwartete Gefühl, wieder zu etwas nütze zu sein?

Das Hillbillies-Schild zeigte Pan mit seiner Flöte und eine nackte Nymphe, die dem aus einem großen Kessel hochwallenden Dampf entstieg. «Schau dir das an», sagte Thack und trat einen Schritt zurück, um es zu bewundern. «Reiner Jugendstil.»

Michael, der sich noch immer wie ein Betrüger vorkam, unterließ jede verräterische Zurschaustellung ästhetischer Wertschätzung.

Thack betrat das klar umgrenzte Lager, das von einem zweigeschossigen Redwoodchalet beherrscht wurde, als erster. Rund um eine Feuerstelle im Hof saß ein halbes Dutzend Männer unterschiedlichen Alters. Einer von ihnen musterte die Neuankömmlinge sehr genau, bevor er strahlend lächelte und mit hohem Tempo auf sie zugesegelt kam.

«Michael, mein Kind!»

Es war Pater Paddy Starr, der Fernsehpfarrer, der bei Mary Anns Sender für Religiöses zuständig war.

«Oh, hallo», sagte Michael matt. Der Anblick eines bekannten Gesichts hatte ihn total erschreckt.

«Ist das aber eine Überraschung!» Pater Paddy schlug seine Patschhändchen vor der Brust zusammen. «Sind Sie schon die ganze Zeit hier?»

Das war vermutlich eine völlig unschuldige Frage, aber Michael wurde trotzdem nervös. «Na ja . . . äh . . . eigentlich nicht. Wir sind grade erst angekommen. Wir sind Gäste von Booter Manigault.»

Pater Paddy runzelte die Stirn. Er schnalzte mit der Zunge und schüttelte den Kopf. «Der arme alte Junge», sagte er.

Thack warf Michael einen kurzen Blick zu.

«Ist ihm was passiert?» fragte Michael.

«Na ja», erwiderte der Geistliche. «Ihr habt ja wohl gehört, was mit Jimmy Chappell passiert ist, oder?»

«Nein . . . äh . . . eigentlich nicht.»

«Ach. Tja, Jimmy ist gestern abend gestorben.»

«Tut mir leid. Ich glaub, ich weiß nicht, wer . . .»

«Nein, natürlich nicht. Wie dumm von mir. Er war einer von Booters ältesten Freunden.»

«Ach so», sagte Michael.

Pater Paddy seufzte tief. «Ich fürchte, es ist ihm sehr nahe gegangen, dem Guten.»

«Sie haben ihn nicht zufällig gesehen?»

«Nein. Ich nehm an, er ist nach Hause gefahren.»

«Nein», sagte Thack. «Wir waren hier mit ihm verabredet.»

«Aha . . . tja, dann muß er in Lost Angels sein. Er hat Freunde dort.»

«In Lost Angels?»

«Kommt», sagte Pater Paddy. «Ich bring euch hin.» Er drehte sich zu Thack um und streckte die Hand aus – mit der Handfläche nach unten, als erwartete er einen Handkuß. «Ich bin Pater Paddy . . . wenn Michael schon seine guten Manieren vergessen hat.»

Thack schüttelte dem Geistlichen die Hand. «Thack Sweeney», sagte er.

«Ein Ire! Das hätte ich mir denken können.»

Thack zeigte auf das Hillbillies-Schild. «Was können Sie mir über den Künstler erzählen?»

«Nicht das kleinste bißchen», sage Pater Paddy. «Aber ist es nicht wunderbar?»

Während der Priester vor ihnen hertänzelte, um sie nach Lost Angels zu bringen, raunte Thack Michael zu: «Soso, der heterosexuellste Ort auf der Welt.»

Der Fluchtplan

Booter hörte erneut Schritte. Als die Zeltklappe aufging, sah er eine junge Negerin in Turnhose und leuchtendblauem T-Shirt.

«Hallo», sagte sie überraschend freundlich. «Ich bin Teejay.»

Er dachte gar nicht daran, ihr *seinen* Spitznamen zu nennen.

«Die Wasserfrau», fügte sie hinzu und hielt eine Feldflasche hoch.

«Es ist Ihnen wohl klar», sagte er, «daß Sie sich alle strafbar machen.»

Sie kniete sich vor ihn hin und zog ihn hoch, bis er saß. «Tun Ihnen die Handgelenke weh?» fragte sie.

«Was glauben Sie?» erwiderte er.

Sie prüfte kurz die Fesseln. «Ich kann sie nicht lockern, ohne sie ganz abzunehmen.»

«Dann tun Sie das doch», sagte er.

«Ja, klar.» Sie lächelte ihn an. «Damit Sie mir eine auf die Nuß geben.» Sie setzte ihm die Feldflasche an die Lippen, kippte sie langsam und wischte mit einem blauen Halstuch ab, was danebenging.

Als sie fertig war, sagte Booter: «Ich gebe niemand eine auf die Nuß.»

Sie schraubte den Verschluß der Feldflasche zu. «Rose sagt, daß Sie Kriegsmaterial herstellen.»

«Ich stelle Wabenaluminium her», sagte er.

«Sie sagt, Sie waren in Bitburg und haben Kränze auf Nazigräber gelegt.»

«Das war eine Geste der *Versöhnung*. Sagen Sie . . . was geht hier eigentlich vor? Sie können mich nicht einfach für unbestimmte Zeit hier festhalten. Ich habe nichts getan.»

Die junge Frau strich ihm mit den Fingern die Haare aus der Stirn. «Wir sind . . . belästigt worden. Rose glaubt, daß Sie was damit zu tun haben. Sie will ein Tribunal abhalten.»

«Ein Tribunal? Wie bitte? Hier?»

Sie nickte.

«Die hat sie ja nicht mehr alle», sagte Booter. «Die ist komplett verrückt. Wenn sie glaubt, daß sie mich erniedrigen kann . . .» Er riß sich zusammen und bemühte sich um einen möglichst sachlichen Ton. «Hören Sie . . . ich habe nichts gegen Sie oder irgend jemand sonst hier. Ich bin ein Ehrenmann. Ich verspreche, daß ich Ihnen kein Haar krümme, wenn Sie mich laufen lassen.»

«Das geht nicht», sagte sie. «Sie müssen mir was tun.»

«Wie?»

«Es muß zumindest so aussehen.»

«Wie aussehen?»

«Wie wenn Sie mich überwältigt hätten. Sonst sitz ich nämlich ganz schön in der Scheiße.»

Eine Welle der Erleichterung durchlief ihn, als er begriff. «Okay. Schön. Wie Sie wollen.»

Sie beugte sich vor und sagte: «Am besten gehen Sie raus, wie Sie reingekommen sind. Ihr Kanu ist noch da.»

«Sind Sie sicher?»

«Ich hab schon nachgesehen», sagte sie.

«Ist es weit bis zum Fluß?»

«O Gott!» sagte sie. «Sie wissen nicht mal, wo Sie sind?»

«Nein. Wie sollte ich? Diese . . . wie heißt sie noch . . .»

«Okay», unterbrach sie ihn. «Vorm Zelt ist 'n Feldweg. Den gehn Sie ein Stück lang und dann nach rechts, bis Sie an den Fluß kommen. Dann . . .» Sie verstummte plötzlich und schaute nervös über die Schulter.

«Was ist?» flüsterte er.

«Nichts», sagte sie. «Ich hab gedacht, ich hätt was gehört.» Sie horchte noch einen Moment länger, bevor sie fortfuhr: «Das Kanu liegt vielleicht fünfzig Meter flußaufwärts von der Stelle, wo der Feldweg auf den Fluß trifft. Kapiert?»

«Ich denke schon, aber . . .»

«Was?»

«Na ja, ich kann nicht zurückpaddeln zu . . . dorthin, wo ich herkomme. Das ist gegen die Strömung.»

Sie dachte über das Problem nach und sagte: «Knapp zwei Kilometer flußabwärts ist ein Baptistenlager. Dort sind Sie sicher.» Sie kniete sich hinter ihn und nestelte an dem Strick, der um seine Handgelenke lag. «Sie müssen sich nur höllisch beeilen und dürfen sich unterwegs nach niemand umdrehen. Das Gelände hier ist nur für Frauen.»

«Und wenn mich doch jemand sieht . . .?»

«Keine Angst», beschwichtigte sie ihn. «Wir sind nicht alle wie Rose.»

«Ach, ja?» ertönte draußen vor dem Zelt eine Stimme.

Die Stimme war genausowenig zu verkennen wie die kunstvoll gestaltete Glatze, die plötzlich im Zelteingang auftauchte.

Das Mädchen ließ von den Fesseln ab und wirbelte herum. Vor ihr stand ihre Vorgesetzte. «Rose . . .»

«Das kommt in meinen Bericht», sagte Rose.

«Ich hab sie nur gelockert», sagte das Mädchen.

«Ich hab gehört, was du getan hast.»

«Rose, er ist ein alter Mann.»

«Das war Mengele auch», sagte Rose.

Booter reichte es. «Hören Sie mal gut zu, junge Frau . . .»

«Nennen Sie mich nicht so!»

«Ich nenne Sie, wie ich will!»

«Rose, rechtlich gesehen . . .»

«Verschwinde, Teejay!»

Das Mädchen blieb noch kurz schweigend stehen und ging dann leise grummelnd hinaus.

«Bitte», rief Booter ihr nach, «holen Sie die Polizei . . .»

Die geschorene Frau durchwühlte geräuschvoll einen Haufen Zeug in der Ecke des Zelts. Booter sah zu, wie sie eine Pappschachtel aufbrach und dann Kreppbandstreifen abriß. Sie beugte sich über ihn, drückte ihm etwas wattiges Weißes gegen den Mund und fixierte es mit dem Kreppband.

Zwar tränten seine Augen ein bißchen, aber die Aufschrift auf der Schachtel konnte er trotzdem noch erkennen: *New-Freedom-Maxi-Binden.*

Mrs. Madrigals Lamento

Es war fast neun, als Brian zur Hütte am Austin Creek zurückkehrte. Er war immer nur gefahren, zuerst auf der Küstenstraße bis Elk, dann in einem Bogen zurück nach Süden, und zwar so, daß er rechtzeitig zum Abendessen im River's End Restaurant in Jenner gewesen war. Außer mit einer Kellnerin und einem Exxon-Tankwart hatte er mit niemand geredet, und so freute er sich auf Gesellschaft.

Aber Michael und Thack waren fort. Sie waren weder in der Hütte noch an der Feuerstelle draußen, und dabei hatten sie kein Auto. Waren sie zu Fuß nach Cazadero gegangen, um was zu essen?

Er machte den Kamin an und versuchte, wieder in *Pan-Aroma. Jitterbug Perfume* reinzukommen, aber seine Gedanken gingen auf Wanderschaft. Aus einer Laune heraus griff er zum Telefon und rief Mrs. Madrigal an.

«Madrigal hier.»

«Hallo. Ich bin's, Brian.»

«Oh . . . ja, mein Lieber. Bist du wieder da?»

«Nein. Wir sind noch hier draußen. Ich wollt nur mal hören, wie alles so läuft.»

«Ach so . . . tja . . . gut.»

«Hat Puppy Ihnen Schwierigkeiten gemacht?»

«Ach, Quatsch. Ganz im Gegenteil . . . Puppy, mein Liebling, komm und sag hallo zu Daddy. Komm nur. Ja, dein Daddy ist dran. Sag: ‹Hallo, Daddy!›»

«Hallo, Daddy!» ertönte ein vertrautes Stimmchen.

«Hallo, Puppy. Bist du auch schön brav?»

«Ja.»

«Du fehlst mir sehr.»

Schweigen.

«Fehlt Daddy dir auch?»

Schweigen.

«Puppy?»

Mrs. Madrigal übernahm den Hörer. «Das kriegt sie nicht auf die Reihe, daß du am Telefon bist. Eigentlich müßtest du im Fernsehen sein.»

«Was soll das heißen?»

Die Vermieterin gluckste. «Wenn Mommy weg ist, ist Mommy im Fernsehen. Wenn Daddy dann weg ist . . . tja, das ist doch einleuchtend, oder?»

«Ja, wahrscheinlich.»

«Du fehlst ihr, mein Lieber. Glaub mir.»

«Geht's Mary Ann denn gut?»

«Aber ja», sagte sie gelassen. «Ich hab sie nicht oft gesehen, aber sie hatte auch ziemlich zu tun. Hast du's bei ihr im Summit schon probiert?»

«Nein.»

«Na ja, sie geht heut abend zu einer großen Gala, aber gegen zehn müßte sie wieder zu Hause sein.»

«Okay.»

«Sie war großartig in dieser Hollywood-Show. Hast du sie sehen können?»

«Nein», sagte er.

«Na ja, sie war . . . sehr souverän. Wie heißt die Show noch?»

«Entertainment Tonight», sagte er.

«Ach ja. Mary Ann war einfach grandios. Ich bin sicher, daß sie die Show aufgenommen hat. Du kannst sie dir anschauen, wenn du wieder da bist.»

Ihm fiel nichts ein, was er hätte sagen können.

«Ist alles in Ordnung, mein Lieber?»

«Ja. Bestens.»

«Das stimmt doch nicht.»

«Ich bin nur ein bißchen müde heute abend.»

«Na, dann leg die Beine hoch. Und trink Kamillentee.»

«Okay.»

«Wann kommst du zurück?» fragte sie.

«Morgen.»

«Schön.» Sie machte eine kleine Pause. «Unser Einspruch ist übrigens abgewiesen worden.»

«Oh . . . der wegen der Treppe?»

«Ja.»

«Und was heißt das?»

«Tja . . . am Montag wird sie abgerissen.»

«So schnell?» sagte Brian. «Wie sollen wir dann in die Barbary Lane hochkommen?»

Die Vermieterin seufzte. «Anscheinend über irgend so ein

ekliges Provisorium. Aus Aluminium. Bis der Beton hart ist.» Sie schwieg einen Moment und fügte dann hinzu: «Ich darf gar nicht dran denken.»

Er murmelte etwas Zustimmendes.

«Bin ich denn albern?»

«Nein. Überhaupt nicht.»

«Weißt du . . . ich sitz morgens gern mit meinem Tee dort. Das Holz wird in der Sonne ganz warm. Schon allein das *Gefühl*, wenn ich mit der Hand drüberfahre . . .» Sie redete, als würde sie von einer alten Liebe erzählen.

Er fragte: «Könnte man die neue nicht aus Redwood oder so bauen?»

«Genau das hab ich vorgeschlagen. Aber das schert keinen. *Die Instandhaltung,* hat man mir gesagt.»

«Diese Arschlöcher», sagte Brian.

«Himmel noch mal, das ganze Leben besteht aus Instandhaltung. Das ist ja grad das *Schöne* dran. Das Hegen und Pflegen.»

Er überlegte kurz. «Haben Sie Mary Ann drauf angesprochen?»

«Ja, aber . . . du hattest recht. Es paßt nicht so ganz in ihre Show.»

«Mag sein, aber sie könnte . . . was weiß ich . . . wenigstens mit den Leuten aus der Nachrichtenredaktion reden.»

«Tja, das hab ich ihr auch gesagt, aber sie hat gemeint, die brauchen einen . . . ja, Aufhänger hat sie, glaub ich, gesagt.»

«Einen Aufhänger!» Er war aus heiterem Himmel wütend. «Die Treppe wird abgerissen! Das ist der Aufhänger!»

«Ich weiß, aber . . . sie ist der Profi.»

«Und wie! Was erwartet sie denn von Ihnen? Daß Sie sich an die Treppe ketten?»

«Mein Lieber . . . beruhig dich.»

«Ach, manchmal kotzt sie mich an.»

Mrs. Madrigal schwieg einen Moment. «Warum bist du so böse auf sie?»

«Ich bin nicht böse auf sie», sagte er.

Er lag wieder auf dem Sofa und war völlig in sein Buch versunken, als das Telefon klingelte.

«Ja?»

«Brian?»

«Ja.»

«Hier ist Wren Douglas.»

«Ach, hallo.»

«Wenn Sie sich Gedanken machen um Ihre Stubenkameraden», sagte sie, «die hab ich entführt.»

«Oh. Dann versteh ich.»

«Sie haben mich gebeten, Sie anzurufen. Sie erledigen nämlich einen kleinen Auftrag für mich.»

«Das heißt, sie sind nicht bei Ihnen?»

«Nein. In etwa einer Stunde treff ich mich mit ihnen in Monte Rio. Ich sitze hier nur rum und warte auf ihren Anruf. Ich hab gedacht, Sie würden vielleicht gern hochkommen.»

Nach kurzem Zögern sagte er: «Äh . . . klar. Gern.»

«Wir können dasitzen . . . reden. Wozu wir Lust haben.»

«Toll.»

«Den Weg wissen Sie noch?»

«Wie könnt ich den vergessen?» sagte er.

Freundschaft ist das eine

Mit einem wohligen Gefühl, für das die verbotenen Speisen in ihrem Magen sorgten, kehrten DeDe und Polly zum Halycon-Wilsonschen Zeltplatz zurück. Anna war da und las in ihrem kleinen Kinderzelt Comics.

«Nanu», sagte DeDe, «hast du den Quiltkurs geschwänzt?»

Ihre Tochter schüttelte den Kopf. «Wir durften früher weg.»

«Und du warst die ganze Zeit allein hier?»

«Ja.»

DeDe durchzuckten Schuldgefühle. «War's denn schlimm?»

«Mom.»

«Polly und ich . . . waren nur spazieren.» Sie wußte selbst nicht recht, warum sie log, warum ihr der Ausflug in die Schmuddelkneipe so vorkam, als wäre sie desertiert. Polly war offenbar genauso verdutzt, denn sie schaute DeDe schief an.

«So eine Frau hat dich gesucht», sagte Anna und wandte sich wieder ihren ThunderCats zu.

«Wann?» fragte DeDe.

«Grade eben.»

«Was für eine Frau, Anna?»

Das Kind zuckte mit den Schultern, sah aber nicht hoch. «Eine schwarze Frau.»

«Hat sie dir gesagt, wie sie heißt?»

«Nein . . . doch. Zwei Buchstaben.»

«Zwei Buchstaben?» DeDe schaute ihre Tochter böse an. «Leg das weg und sieh mich an.»

Anna gehorchte widerwillig. «Was ist?»

«Was meinst du mit den zwei Buchstaben? Etwa Teejay?»

«Ja. Teejay.»

«Hat sie gesagt, was sie will?»

Anna verzog das Gesicht. «Sie hat gesagt . . . du sollst so schnell wie möglich hinter die Womb kommen. Sie wartet dort auf dich.»

Polly kicherte.

DeDe schaute sie strafend an und wandte sich wieder ihrer Tochter zu. «Wozu, Anna? Hat sie das auch gesagt?»

«Es soll ein Tri-Dingsbums geben.»

«Ein Tri-Dingsbums?»

«Ein Triathlon», sagte Polly.

«Halt den Mund», brummte DeDe. «Ein Tri*bunal*, Anna?»

«Ja. So heißt's.»

«Und ich soll mich mit ihr treffen?»

«Ja. Hinter der Womb.»

«Ach, du meine Güte.»

«Was ist los?» fragte Polly.

«Nichts», sagte DeDe, der das Herz bis zum Hals schlug.

Sie verließ Annas Zelt und ging zu dem ihren. Polly folgte ihr auf dem Fuß. «Komm schon, DeDe, was ist los?»

«Sie werden mich zur Rede stellen», sagte sie. «Sie werden mich auf dem Scheiterhaufen verbrennen.»

«Wer?»

«Rose Dvorak . . . und ihre Meute.»

«Ich versteh nur Bahnhof.»

«Teejay *arbeitet* für Rose.»

«Oh.» Polly rümpfte die Nase. «Und was meinst du, was sie tun wollen?»

«Keine Ahnung. Was man bei Tribunalen eben so tut.»

«Ach, komm. Du meinst, sie wollen dich *vor Gericht stellen*? Wofür? Dafür, daß du diese Chauvis reingelassen hast? Das war doch ein Versehen.»

«Nicht nur dafür», sagte DeDe.

Polly sah sie mit offenem Mund an. «Was hast du denn noch getan?»

«Ich gar nichts. Aber diese Mabel. Und ich war dabei, als sie . . .» Sie verschwand im Zelt und warf sich auf den Schlafsack.

Polly setzte sich ihr gegenüber hin. «Als sie was?»

«Das spielt keine Rolle», sagte DeDe.

«Gehst du nicht zu ihr?»

«Zu wem?»

«Na, zu dieser Teejay.»

«Nein. O Gott, nein. Ich hau gleich morgen früh hier ab.»

«Und was ist mit . . . na ja . . . mit D'or?»

«Was soll mit ihr sein?» fragte DeDe.

«Was ist, wenn sie nicht weg will?»

DeDe zuckte mit den Schultern. «Dann soll sie eben dableiben. Die Kinder und ich fahren jedenfalls.»

Polly sah sie wehmütig an. «Und wenn *ich* nicht möchte, daß du fährst?»

«Du bist süß», sagte DeDe. «Du bist wirklich lieb.»

Polly rutschte auf ihrem jeansumhüllten Hintern näher, beugte sich vor und gab DeDe einen unbeholfenen Kuß auf den Mund. «D'orothea hat 'nen Knall», sagte sie heiser. «Ich würde nie von deiner Seite weichen.»

«Polly . . .»

«Nicht eine Sekunde.»

DeDe rückte etwas ab. «Wenn man schon länger zusammen ist, läuft das anders. Bei allen.»

«Ich weiß nicht . . .»

«Tja, aber ich.»

Polly schaute sie mit einem schiefen Grinsen an. «Wie du meinst, Deirdre.»

DeDe war geplättet. «Wo hast du meinen richtigen Namen gehört?»

«Anna hat ihn mir gestern gesagt. Als du schwimmen warst.»

Aus irgendeinem Grund hatte DeDe das Gefühl, als wäre sie einer kleinen Verschwörung auf die Spur gekommen. «Sie hat ihn dir . . . einfach so gesagt?»

«Nein. Ich hab sie gefragt. Ich will alles wissen, was es über dich zu wissen gibt.»

DeDe nestelte am Reißverschluß ihres Schlafsacks herum.

«Du wirst mir wirklich fehlen», sagte Polly.

«Du mir auch.» Sie fand es furchtbar, wenn Leute das sagten, aber vor lauter Verlegenheit rutschte es ihr einfach so heraus.

«Kommst du mich mal in der Gärtnerei besuchen?»

«Na ja . . . hauptsächlich kümmert sich D'or um den Garten.»

«Aber ich darf dich anrufen, oder?»

DeDe wich ihrem Blick aus.

«Schon gut, vergiß es.»

«Polly . . .» DeDe griff nach ihrer Hand. «Freundschaft ist das eine. Aber was du willst . . .»

«Du weißt doch gar nicht, was ich will.»

DeDe wog ihre Worte sorgfältig ab. «Das mag ja sein, aber . . . ach, ich bin nur eine spießige alte Ehefrau.»

«Das ist mir doch egal», sagte Polly.

DeDe schob den Kopf nach hinten. «Du hättest jetzt sagen müssen, daß ich weder spießig noch alt bin.»

«Ich steh auf Ältere», sagte Polly.

DeDe stöhnte und warf einen Turnschuh nach ihr. Polly fälschte ihn ab und grinste schelmisch. «Okay», sagte sie. «Dann hauch ich jetzt ab.»

«Nein», sagte DeDe, «bleib. Spielen wir doch ein bißchen Images.»

«Dafür muß man zu dritt sein.»

«Tja . . . dann üben wir halt nur.»

«Deine Geliebte kann jeden Moment zurückkommen», sagte Polly.

«Na und?» sagte DeDe. Es schadete gar nichts, wenn sie es D'or mit gleicher Münze heimzahlte. Außerdem war Rose auf dem Kriegspfad, und DeDe schauderte es bei dem Gedanken, allein zu sein.

Göttliches Walten

Pater Paddy plapperte unentwegt, als er sie in die Wildnis führte.

«Übrigens», sagte er, während er einen gewundenen Trampelpfad hinaufstürmte. «Ich weiß sehr wohl, daß das Kleid eine Spur zuviel ist.»

Er meinte offenbar seine Soutane, aber Michael enthielt sich jeden Kommentars.

«Ich habe es beim Trauergottesdienst für den armen Jimmy getragen, und ich hatte seither nicht *einen* Moment Zeit, mich umzuziehen. Halten Sie mich bitte nicht für überkandidelt.»

«Aber nein», sagte Michael.

«Normalerweise», ergänzte der Geistliche an Thack gerichtet, «gebe ich mich mit einem schlichten Rollkragenpullover und einem Kruzifix zufrieden . . . besonders im Grove . . .

aber der Verstorbene hatte einen Hang zum Theatralischen, und deshalb hielt ich ein klitzekleines bißchen Pomp durchaus für angezeigt.»

Michael entging das koboldhafte Blitzen in den Augen des Priesters nicht. Er spielte ganz offensichtlich mit Thack, probierte seine altbewährte Masche an einem ahnungslosen Neuling aus. «Wie ist er gestorben?» fragte Thack.

«Ach, wissen Sie . . . die Pumpe. Das kommt hier relativ oft vor.»

«Das kann ich mir vorstellen», sagte Thack Michael zuliebe desinteressierter als sonst.

Sie waren den Hang schon ein ziemliches Stück hochgestiegen, als Pater Paddy vom Hauptpfad abbog und sie über einen etwas erhöhten Holzsteg führte, der einen trockenen Bachlauf überspannte. Auf der anderen Seite stand ein hellerleuchteter Pavillon mit Zeltdach, aus dem dröhnendes Gelächter drang. Ein Stück weiter unten schmiegten sich drei oder vier ähnliche Lager an den Hang.

«Lost Angels», sagte der Priester und deutete auf den Pavillon. «Booter ist bestimmt hier.»

«Warum heißt das Lager so?» fragte Thack.

«Tja . . .» Pater Paddy beugte sich etwas vor und hielt sich die Hand vor den Mund, als würde er ein schändliches Geheimnis preisgeben. «Ein paar kommen aus Los Angeles.» Er ging auf einen Mann Mitte vierzig zu, der in der Nähe des Holzstegs stand. «Abend, Ollie.»

«Abend, Padre.»

«Du hast Booter auch nicht gesehen, oder?»

Der Mann schüttelte den Kopf. «Seit dem Trauergottesdienst nicht mehr.»

Der Priester nahm die fröhliche Pavillonrunde in Augenschein und sagte: «Ich hatte gedacht, daß er vielleicht . . .»

«Schau dich ruhig um», sagte der Mann. «Und hol dir was zu futtern, wenn du schon mal da bist.» Er wandte sich an Michael und Thack. «Na, Jungs, ihr seht mir ganz so aus, als könntet ihr 'nen Drink vertragen.»

Michael schaute Thack an.

«Nur zu», ermunterte Pater Paddy sie. «Ex und hopp. Dazu ist das Zeug ja da.»

«Ich hol uns was», sagte Thack zu Michael. «Was möchtest du?» Michael überlegte. «Ähm . . . einen Gin Tonic.»

Thack wandte sich an den Priester. «Pater?»

«Oh, danke, nein. Ich trinke nur im Dienst.»

Thack grinste und ging an die Bar. Als er weg war, zog Pater Paddy Michael beiseite und sagte: «Man möchte am liebsten vor ihm niederknien und ihn anbeten.»

«Ja, das stimmt», sagte Michael.

«Sind Sie beide . . . zusammen?»

«Nicht so richtig.»

Der Priester machte ein strenges Gesicht. «Seien Sie nicht so zimperlich, mein Sohn.»

«Na ja», sagte Michael, «wir kennen uns noch nicht so lange. Er ist nur zu Besuch aus South Carolina.»

«Oh.»

Michael fühlte sich unwohl. Er schaute sich um und versuchte, das Thema zu wechseln. «Glauben Sie, daß Booter vielleicht . . .»

«Sie passen wunderbar zusammen.»

Michael zuckte mit den Schultern.

«Nur zu Ihrer Information, ich habe eine entzückende kleine Paarsegnungszeremonie im Repertoire.»

«Eine was?»

«Es ist keine Eheschließung, wohlgemerkt. Der Heilige Vater läßt so etwas nicht zu. Aber es ist so eine Art Segnung, und dazu noch ganz zauberhaft.»

«Pater.»

«Schon gut. Ich hör auf damit. Vergessen Sie, daß ich überhaupt etwas gesagt habe.»

«Abgemacht», sagte Michael.

«Ich hab noch nie eine durchgeführt, und dabei wollte ich immer schon einmal. *Aber* . . .» Wehmütig ließ Pater Paddy die Hand ein paarmal durch die Luft kreisen.

«Er geht wieder nach Charleston zurück.»
«Tja, wenn's so sein soll.»
«Und wir sind beide sehr unabhängig.»
«Mmm.»
«Außerdem vergessen Sie . . . daß ich nicht mal katholisch bin.»
«Also wirklich», sagte Pater Paddy. «Auch noch pingelig!»

Als Michael und er sich später auf eine Bank oberhalb von Lost Angels zurückgezgen hatten, fragte Thack: «Was tun wir jetzt? Er ist offensichtlich nicht da.»
«Das kriegen wir nie richtig raus», sagte Michael. «Es gibt so viele Lager.»
«Stimmt. Aber wir haben auch die ganze Nacht zum Suchen.»
«Ich finde, wir sollten Wren anrufen.»
«Glaubst du, daß ihm was zugestoßen ist?» fragte Thack. «Ich meine . . . irgendein Verbrechen?»
«Eigentlich nicht.»
«Ich auch nicht.»
«Ich glaube, Wren übertreibt.»
«Mhm», sagte Thack.
Sie schwiegen einige Zeit, dann fragte Thack: «Was hatten denn die vielsagenden Blicke zu bedeuten?»
«Welche vielsagenden Blicke?»
«Na, die zwischen dir und Schwester Bertrille.»
«Oh.» Michael verdrehte die Augen. «Du wirst es mir nicht glauben.»
«Laß es drauf ankommen.»
«Er spielt den Kuppler.»
Thack sah ihn verständnislos an.
«Er hat angeboten, uns zu trauen.» Michael riß die Augen weit auf, um die Frivolität dieses Ansinnens zu unterstreichen.
«Was?»
«Er möchte die Trauungszeremonie durchführen», sagte Michael. «Niedlich, hm?»

Thack runzelte leicht die Stirn. «Wie kommt er denn auf die Idee?»

«Keine Ahnung. Es hat ihm einfach gefallen, wie gut wir zusammen aussehen.»

Schweigen.

«Ich hab ihm erklärt, daß wir nur befreundet sind. Daß du nicht mal hier wohnst.»

Das «hier» paßte nicht so ganz angesichts ihres momentanen Aufenthaltsorts. Im Rauch der Lagerfeuer, der wie ein Weichzeichner wirkte, erschienen die kleinen Zeltdörfer unter ihnen noch unwirklicher. Man konnte sich kaum vorstellen, daß dort überhaupt jemand wohnte.

«Zum Teufel mit ihm», sagte Thack. «Wer braucht zu so was schon die Kirche?»

Seine Vehemenz kam etwas überraschend. «Bist du katholisch?» fragte Michael.

«Exkatholisch. Ich war eine Zeitlang bei Dignity, aber ich bin ausgestiegen.»

«Warum?»

Thack zuckte mit den Schultern. «Warum sollte ich dem Papst noch länger in den Arsch kriechen, wenn er den meinen *verteufelt*? Das hat für mich mit Dignität nichts mehr zu tun. So was nenn ich Masochismus.» Er grinste plötzlich. «Ich hab eine großartige Idee.»

«Nämlich?»

«Bleib mal hier.» Er lief den Pfad hinunter und verschwand kurz vor dem Lichtkreis von Lost Angels im Unterholz. Fünf Minuten später tauchte er mit einer Doppelmatratze im Schlepptau wieder auf.

«Wo hast du die denn her?»

«Aus einer von den Hütten», sagte Thack.

Michael machte ein finsteres Gesicht.

«Aus einer unbewohnten. Wir bringen sie auch wieder zurück.»

«Ja, aber was ist, wenn . . .?»

«Ach, komm», sagte Thack.

Michael stieg hinter ihm eine kleine Böschung hinauf und kämpfte sich durch lästiges Gestrüpp. Als sie zirka sechs Meter oberhalb des Pfads auf einen kleinen Vorsprung kamen, ließ Thack die Matratze fallen.

«Ob wir wohl Angst haben müssen?» sagte Michael.

«Das läßt sich leicht beantworten», sagte Thack. «Müssen wir nicht.»

«Ja, aber wir wissen doch nicht, wie ungestört . . .»

«Hör mal, von hier aus haben wir den Pfad im Blick. Die sind doch viel zu alt und zu betrunken, um es bis hier rauf zu schaffen.» Er setzte sich auf die Matratze, griff in die Brusttasche seines Hemds und zog einen Joint und ein Streichholzbriefchen heraus.

«Wo hast du den denn her?» fragte Michael und setzte sich neben ihn.

Thack zündete den Joint an. «Von Wren. Er ist unsere Belohnung.» Er zog ein paarmal daran und hielt ihn Michael hin.

«Nein, danke . . . Ach, scheiß drauf.» Er nahm den Joint und füllte seine Lungen mit dem Zeug. Er war das ganze Jahr lang vorsichtig gewesen. In dieser Nacht konnte ihn sein Immunsystem mal.

«Hörst du das?» fragte Thack. «‹The Trail of the Lonesome Pine›.»

«Ach, wunderbar.» Als Michael den Kopf schräg legte, hörte er Klavier- und Banjoklänge. Die Musiker suhlten sich regelrecht in dieser alten Melodie.

«Das war Gertrude Steins Leiblingssong», sagte Thack.

«Ja, wirklich?»

«Ich glaube schon.»

Michael gab ihm den Joint zurück. «Wo hast du das denn her?»

«Weiß ich gar nicht mehr.»

«Ein toller Song», sagte Michael.

Thack legte sich hin und reckte seinen elfenbeinfarbenen Hals. «Schau dir diesen Mond an. Ist der nun schön oder nicht?»

Voll und leuchtend stand er am Himmel; ein richtiger Unruhestifter. Michael streckte sich neben Thack aus und stützte sich auf die Ellbogen. Es war etwas höchst Erotisches an einem Mann, der mit solcher Voraussicht handelte, der seine vielen Möglichkeiten mit sich führte wie einen Werkzeuggürtel und für alle Eventualitäten gerüstet war.

Thack zog ein letztes Mal an dem Joint und drückte ihn aus. Träge drehte er den Kopf und schaute Michael in die Augen. «Ich hab schon gedacht, es passiert nie mehr.»

Michael lächelte ihn an.

«Du bist ein toller Kerl», sagte Thack.

«Du auch.» Michael wälzte sich herum und riß die perlmuttbesetzten Druckknöpfe von Thacks Jeanshemd auf.

Seine Lippen schlossen sich um die linke Brustwarze, die sich ihm prall und rosa entgegenreckte wie ein winziger Pimmel.

Hinterher lagen sie still beisammen und lauschten der Musik. Wie die Schleimspur einer Schnecke schimmerte noch Samen auf Thacks Bauch. Er hielt Michaels Schwanz fürsorglich in der Hand, als wäre er ein verwundeter Vogel, der zu entkommen versuchte.

Michael sagte: «Wo ist ein Priester, wenn man wirklich einen braucht?»

Thack gluckste und stupste mit der Nase gegen Michaels Schulter.

«War das wirklich Gertrude Steins Lieblingssong? Oder hast du das erfunden?»

«Warum sollte ich das tun?» fragte Thack.

«Ich weiß nicht. Um mich in Stimmung zu bringen.»

«Gertrude Stein zum Anheizen?»

«Na ja . . . bei Alice hat's doch auch funktioniert.»

«Du warst schon in Stimmung», sagte Thack.

«Das stimmt», sagte Michael.

Von weiter unten war nun ein anderes Klavier zu hören. Fröhliche Männerstimmen wehten mit dem leichten Wind zu ihnen hoch. Michael dachte unwillkürlich an eine verblichene Daguerreotypie, die er in einem Antiquitätenladen in der Union Street gesehen hatte: Ein Dutzend Männer mit mächtigen Schnauzern saßen in Lumberjacks und Uralt-Levi's rittlings auf einem gefällten Redwood.

«Brian hätt es toll gefunden hier», sagte er.

«Glaubst du?» sagte Thack.

«Ja. Er ist ein großes Kind.»

«So wie du.»

«Ja. Wahrscheinlich.»

Thack kuschelte sich enger an Michael und fuhr ihm mit der Hand über den Bauch. «Ihr seid fast schon so was wie ein Paar, nicht?»

«Wer?»

«Brian und du.»

«Na ja . . . ja . . . auf manchen Ebenen.»

«Wie lang kennst du ihn schon?»

Michael dachte nach. «Neun Jahre, fast zehn.»

«Wart ihr von Anfang an befreundet?»

«Nein», sagte Michael. «Zuerst nicht. Aber wir . . . weißt du, wir haben uns gegenseitig Geschichten erzählt.»

«Was für Geschichten?»

«Ach . . . Bettgeschichten.»

Thack gluckste.

«Nach dem Frühstück kam er immer die Treppe runtergehüpft . . . er hat damals auf dem Dach gewohnt und konnte genau sehen, wer durch den Vorgarten kam. Dann hat er so was gesagt wie: ‹Na, Alter, wie finster war's denn, als du den abgeschleppt hast?›»

«Ein reizender Kerl.»

«Ach, ich hab's ihm doch auch ordentlich gegeben. Weißt du . . . ihn aufgezogen wegen der Vogelscheuche, die grad sein Betthäschen war. Es war nur ein Spiel.»

«Ja, aber . . .»

«Gut, wir haben andere zu Objekten gemacht. Aber wir sind uns nähergekommen dadurch, und wir haben nie jemand weh getan. Ach, ich hab immer liebend gern rumgeschäkert mit ihm. Er hat genauso gern gevögelt wie ich damals.»

«Damals?» Thack biß ihn ins Ohrläppchen.

«Heute», sagte Michael lächelnd.

«Schon besser.»

«Dabei war er eigentlich ein großer Romantiker. Mary Ann ist jahrelang nicht mit ihm ausgegangen, weil sie ihn für den größten Schweinigel überhaupt gehalten hat. Als er sich dann in sie verliebt hat, hat er ihr den Hof gemacht wie verrückt. Wenn auch nur die klitzekleinste Kleinigkeit schiefgelaufen ist, hat er mir immer gleich sein Herz ausgeschüttet. Ich war in der ganzen Zeit mit meinem Liebhaber mal zusammen und mal wieder nicht, und ich hab auch noch mit etlichen anderen rumgemacht. Und so haben Brian und ich immer wieder zusammengefunden.»

«Verstehe», sagte Thack.

«Es ist schon komisch», sagte Michael. «Wenn ich so zurückschaue, war Brian meine einzige Dauerbeziehung.»

«Mmm.»

«Er war mit mir im Zimmer, als mein Liebhaber gestorben ist. Und hat mir die Hand gehalten.» Tränen schossen ihm in die Augen und ließen den Mond verschwimmen. Nach zweimal Drüberfahren mit den Fingerspitzen waren sie weg.

«Hatte er Aids?» fragte Thack.

«Ja. Als Jon krank geworden ist, war ich unheimlich wütend, weil sich eigentlich keiner drum geschert hat. Alle haben recht besorgt getan, aber es waren ja nur Schwule, die da starben. Die waren doch sowieso abartig. Ich weiß noch, daß ich gedacht hab . . .» Er fand nicht die richtigen Worte dafür.

«Was?» fragte Thack und streichelte seinen Arm.

«Einfach . . . daß nichts passieren würde, daß es allen egal sein würde, bis es dann auch die ersten Heteros kriegen würden.»

«Das Gefühl kenn ich.»

«Aber ich hab drum gebetet. Ich hab regelrecht drum gebetet.»

«Du hast es aber nicht so gemeint.»

«Macht das einen Unterschied?» fragte Michael.

Ohne jede Verliebtheit

Als Brian den VW hinter dem Chalet abstellte, erschien Wren oben an der Treppe. «Bringen Sie ein paar Holzscheite mit», brüllte sie. «Wir haben gleich keine mehr.»

Er schaute sich in der Dunkelheit um.

«Links», sagte sie und deutete in die genannte Richtung. «Neben der Bank. Da ist ein Holzstoß.»

Er fand ihn und lud sich Redwoodscheite auf den Arm. Die meisten waren noch so frisch, daß sie Saft ausschwitzten, und ihr Gewicht überraschte ihn so, daß er darunter leicht schwankte. Er schämte sich für seine Ungeschicklichkeit und war dankbar für den Schutz der Dunkelheit.

Als er am Ende der Treppe ankam, war er außer Puste. Wren hielt ihm die Tür auf und sagte: «Ein schmutziger Trick, hm? Arbeit haben Sie sicher keine erwartet.»

«Macht nichts», sagte er und ging zum Kamin.

Sie folgte ihm. «Die Dinger kleben so», sagte sie. «Ich hol sie furchtbar ungern, aber ich hab liebend gern Feuer im Kamin.»

Er ließ die Scheite auf die mächtige steinerne Kaminsohle poltern. «Die sind viel zu frisch.»

«Sie brennen aber ganz gut», sagte sie, «wenn sie erst mal genug Hitze kriegen.» Sie suchte sich ein paar kleinere Scheite aus und warf sie in die Flammen. «So», sagte sie und wischte sich die Hände ab. «Was zu trinken, ein Joint . . . was darf's sein?»

«Danke, nichts», sagte er.

«Bestimmt nicht?»

«Ja.»

Sie deutete auf einen Sessel. «Setzen Sie sich doch.»

Er setzte sich, während sie sich auf dem Sofa hinkauerte. Sie trug eine rosa Bluse und weiße Bermuda-Shorts. Ihre großen, einnehmenden Knie waren so hell und rund wie zwei Honigmelonen. Sie legte den Kopf schräg und lächelte ihn an. «Ich hab Ihre Frau in *Entertainment Tonight* gesehen.»

«Oh . . . aha.»

«Haben Sie sie auch gesehen?»

«Nein.»

«Sie war ganz gut.»

«Das hab ich auch gehört. Meine Vermieterin hat's mir erzählt. Das heißt, meine Exvermieterin.»

«Haben Sie Mary Anns Show gesehen, als ich bei ihr zu Gast war?»

Nein, dachte er genüßlich, aber ich hab mir auf das Buch einen runtergeholt. «Leider nicht», sagte er.

«Sie war richtig garstig zu mir», sagte Wren.

Er nickte. «Ja, manchmal ist sie so. Das macht sie nur, um die Leute auf die Palme zu bringen.»

Wren schnaubte verächtlich. «Das ist ihr auch gelungen.»

Er lächelte sie an. «Schön.»

Sie musterte ihn einige Zeit, stand dann auf und fischte aus einer Dose auf dem Kaminsims einen Joint. Sie ratschte mit einem Streichholz über die Kamineinfassung, zündete den Joint an, ging zum Sofa zurück, machte einen Zug, hielt den Rauch in der Lunge und beobachtete ihn erneut.

«Wenn's heikel wird», sagte sie, «dann geben Sie Bescheid.»

Er zuckte mit den Schultern. «Nur zu.»

«Fahren Sie immer ohne Ihre Frau in Urlaub?»

Er lachte nervös. «Sie meinen, ob ich immer mit Schwulen fahre?»

«Nein», sagte sie. «Ich meine, ohne Ihre Frau.»

Er merkte, daß er unwillkürlich mit dem Kopf zuckte. «Ich glaube, wir haben beide . . . eine kleine Verschnaufpause gebraucht.»

«Ach, das versteh ich gut», erwiderte sie.
«Sie sind verheiratet?»
«Nein, aber ich hab einen Liebhaber.»
«Tja», sagte er. «Ich vermute, es war ihm nicht möglich, auf Ihre Lesereise mitzufahren . . .»
«Die Lesereise war schon letzte Woche zu Ende.»
«Oh.»
«Ich brauchte mal Zeit für mich allein.» Sie lächelte geheimnisvoll. «Das heißt, fast für mich allein.»
Da war wieder ihr «Freund».
«Aber jetzt», schob sie nach, «fehlt mir Rolando richtig.» Sie zog an ihrem Joint und hielt einige Zeit den Atem an. «Sogar sein Geschnarche fehlt mir schon.»
Er gluckste. «Dann vermissen Sie ihn wirklich.»
«Schnarchen Sie denn?»
«Nein, aber Mary Ann», sagte er. «Und zwar heftig.»
«Sie schnarcht? O wie wunderbar.»
«Sie würd mich umbringen, wenn sie wüßte, daß ich es Ihnen erzählt habe.»
Wren fuhr sich mit den Fingern über die Lippen, als würde sie einen Reißverschluß zuziehen. «Und Sie verraten Rolando nichts.»
«Was sollte ich ihm verraten?»
«Na ja . . . er glaubt, daß ich noch auf Lesereise bin.»
«A-ha.» Er fühlte sich gleich viel wohler, seit sich ihre Unterhaltung um vier und nicht mehr nur um drei Leute drehte.
«Er kriegt sich schon wieder ein», sagte sie. «Wenn ich erst mal zu Hause bin.»
Er sah sie kurz an, bevor er sagte: «Ich wär froh, wenn ich auch solche Aussichten hätte.»
«Hat sie Sie . . . äh . . . auf dem Kieker?»
Er schüttelte den Kopf. «Ich bin das Problem.»
«Aha», sagte sie.
«Ich hab mich öfters mit einer Frau getroffen. Ohne jede Verliebtheit. Wir waren . . . wie Freunde, die ab und zu miteinander ins Bett gehen.»

Sie lächelte verträumt. «Das kenn ich irgendwoher.»

«Sie hat Aids», sagte er.

Wren schaute ihn bestürzt an.

«Ich war letzte Woche bei ihr. Sie hat völlig verändert ausgesehen.»

«O Gott.» Sie legte den Joint weg.

«Ich hab den Test machen lassen, aber das Ergebnis kommt erst in einer Woche.»

«Und Ihre Frau . . .?»

«Hat keine Ahnung. Ich kann es ihr nicht sagen, bevor . . .» Er machte eine hilflose Geste, weil er den Satz nicht zu Ende bringen konnte.

Sie füllte die Pause. «Ihnen fehlt aber doch nichts. Sie sehen kerngesund aus.»

Er zuckte mit den Schultern. «Ich hab so ein Brennen im Magen. Und ich hab keine Energie mehr.»

«Das könnte alles mögliche sein.»

«Das hat der Arzt auch gesagt.»

«Na, sehen Sie.»

Es folgte beklemmendes Schweigen. Dann fragte sie: «Haben Sie Angst?» Er nickte.

«Ach, nicht doch.»

Er zuckte erneut mit den Schultern, weil er fürchtete, gleich loszuheulen.

«Sie sind ein viel zu netter Kerl, als daß Sie leiden sollten.»

Er konnte sie nicht ansehen. «Tut ein netter Kerl seiner Frau so was an?»

«He», sagte sie sanft.

«Wenn ich . . . sie angesteckt hab . . .»

«Bestimmt nicht. Das können Sie doch gar nicht wissen.»

«Wenn's aber so ist, dann hab ich's verdient.»

«Nicht doch. Halt. Sie sollten sich darüber keine Gedanken machen, bevor . . . Mensch, Brian, machen Sie sich um sich selber Gedanken. Sie sind derjenige, der mir Sorgen macht.»

Er spürte, daß er langsam seine Beherrschtheit verlor. «Ich . . . Es tut mir leid. Ich glaub, ich geh jetzt mal.»

«Aber nein», sagte sie. «Kommt nicht in Frage. Das wär ja Fahrerflucht, Freundchen.»

«Tut mir leid, wenn ...»

«Kommen Sie her zu mir», sagte sie.

«Was?»

«So kommen Sie schon. Schwingen Sie ihren hübschen Arsch hier rüber.» Sie klopfte neben sich aufs Sofa.

Er zögerte, gehorchte dann aber.

Sie legte ihm den Arm um die Schultern und drückte ihn sanft nach unten, bis sein Kopf an ihrem ausladenden weichen Busen lag. «So», sagte sie und strich ihm übers Haar. «Und jetzt hältst du erst mal den Mund.»

Als seine ersten Tränen rollten, wiegte sie ihn sanft und summte eine Melodie, die er nicht so recht zuordnen konnte.

D'or beichtet

Das Images-Spielt hielt DeDe und Polly schon fast eine Stunde in seinem Bann. DeDe hatte sich wie ein Profi geschlagen, bis Polly eine stehende Figur gezeichnet hatte und dazu eine zweite, die ausgestreckt auf einem Tisch lag. DeDe hatte es schon mit «Ärztin», «Leichenbestatter» und «Masseuse» versucht, aber vergeblich.

«Na, mach schon», sagte Polly.

«Ich brauch noch einen Hinweis», sagte DeDe.

Polly stöhnte und zeichnete der stehenden Figur einen gewaltigen Pimmel.

«Masseur!» rief DeDe.

«Ja!»

Sie kreischten im Chor.

DeDe sagte: «Ruf bei Kate und Trudy an. Ich bin fit für die Endrunde!»

Sie kicherten immer noch wie blöd, als DeDe Schritte hörte,

die von den Erdbeerbäumen her näher kamen. Es war unverkennbar D'ors Gang.

DeDe drehte sich erst um, als sie bis zehn gezählt hatte, und sagte so beiläufig wie möglich: «Ach, hallo.»

«Hallo», echote D'or. Ihre Stimme prickelte wie abgestandenes Pepsi Light.

«Polly Berendt kennst du doch, oder?»

D'or schüttelte den Kopf. «Nicht offiziell.» Sie nickte Polly zu, reichte ihr aber nicht die Hand.

«Ich war grad auf dem Sprung», sagte Polly.

«Nein», sagte DeDe. «Bleib. Wir kochen uns Kakao.» Sie wandte sich wieder an D'or. «Wie war das Holly-Near-Konzert?»

«Ich war nicht dort», sagte D'or frostiger denn je.

Polly stand auf und klopfte sich den Staub vom Hintern ihrer Jeans. «Ich muß in die Heia», sagte sie.

Diesmal bemühte DeDe sich nicht, sie aufzuhalten. «Danke für den schönen Abend», sagte sie lahm.

«Keine Ursache», erwiderte Polly und verschwand in der Dunkelheit.

D'or setzte sich in den Sand, redete aber erst, als Pollys Schritte verklungen waren. «Tut mir leid», sagte sie bitter, «wenn ich euch bei was gestört hab.»

«Das mußt du grade sagen», entgegnete DeDe.

D'or schaute einige Zeit aufs Wasser hinaus. Dann sagte sie: «Ich war noch kurz bei Edgar.»

«Wie geht's ihm?»

«Gut. Und er fühlt sich auch sehr wohl dort.»

«Ich weiß», sagte DeDe.

«Er hat mir gesagt, daß ich nicht rein darf. Daß nur Männer Zutritt haben.» D'or schmunzelte. Sie bemühte sich offenbar, das Eis zu brechen.

DeDe weigerte sich aber aufzutauen.

«Sie haben schon ihre eigene Hierarchie. Da laufen lauter kleine Lieutenants rum. Es ist zu komisch.»

DeDe grunzte.

D'or drehte sich zu ihr um und sah sie an. «Du willst morgen fahren?»

«Das hab ich vor.»

«Gut. Ich glaub auch, es wird Zeit.» Sie sah sich um. «Wo ist Anna?»

«Sie schläft», sagte DeDe.

D'or löste den Schnürsenkel an einem ihrer Turnschuhe, zog ihn fester und band ihn wieder zu. «Warum tust du das?»

«Was?»

«Du weißt schon.»

DeDe widerstand dem plötzlichen Drang, ihr eine zu scheuern. Warum mußte immer sie, DeDe, ihr Verhalten rechtfertigen?

D'or fügte hinzu: «Sie ist weg. Falls es das ist, was dir zu schaffen macht.»

«Sie?» fragte DeDe. Es war nichts gewonnen, wenn sie es ihr leichtmachte.

«Sabra.»

DeDe brummte.

«Du hattest recht. Sie ist falsch wie sonstwas.»

Es kostete DeDe einige Anstrengung, sich ihre Erleichterung nicht anmerken zu lassen. «Und wie bist du zu *dem* brillanten Schluß gekommen?»

«Ich hab's einfach gemerkt», sagte D'or.

«Ach, ja?»

«Sie war nur scharf auf einen Fick.»

«Und . . . hat sie ihn gekriegt?»

D'or zögerte, bevor sie nickte.

«Verstehe», sagte DeDe. «Und hinterher ist sie abgezwitschert?»

Ein erneutes Nicken.

«So nach dem Motto . . . Ficken, kommen, dankeschön.»

D'or spielte mit dem Sand unter ihren Beinen. «Mach dich nur lustig. Geschieht mir ganz recht.»

DeDe sagte nichts.

Ihre Geliebte bot ein Bild des Jammers. «Ich hab halt geglaubt, sie fühlt sich geistig von mir angesprochen. Ich hab geglaubt, sie schätzt meine Anregungen.»

Zwei Minuten früher hätte DeDe dazu noch eine saftige Erwiderung abfeuern können. «Na ja», sagte sie statt dessen. «Vielleicht war's auch so.»

D'or schüttelte den Kopf. «Es war mehr wie . . . Halt die Klappe und leg dich endlich hin.»

DeDe verzichtete auf die Rolle des beleidigten Kinds und hüllte sich in die Aura der Beichtmutter. «Ich hab doch gewußt, daß sie ein Arschloch ist», sagte sie.

«Ich bin aus allen Wolken gefallen», sagte D'or. «Wir waren grade von einem Holocaust-Workshop gekommen.»

DeDe mußte beinahe grinsen.

«Ich hab mich so abgrundtief geschämt, daß ich einfach mitgemacht habe. Ich weiß nicht, warum. Ich weiß wirklich nicht, warum.» Sie machte eine kleine Pause und warf einen Kieselstein in den Fluß. «Wahrscheinlich wollt ich ihr beweisen, daß ich . . . auf einem Gebiet besser bin wie sie.»

Als sie, dachte DeDe.

«Sie war so *kalt* hinterher. Als hätt sie mich die ganze Zeit nur an der Nase rumgeführt.»

DeDe dankte Gott dafür, daß er aus Sabra Landauer ein so herzloses, hinterhältiges und durch und durch unzuverlässiges Wesen gemacht hatte.

D'or klopfte den Sand zwischen ihren Beinen glatt. «Wenn ich bloß das College fertig gemacht hätte.»

DeDe legte D'or den Arm um die Taille. «Ach, du . . .»

«Doch. Ich komm mir manchmal so blöd vor.»

«D'or . . . du hast ein paar hunderttausend Dollar verdient, bevor du fünfundzwanzig warst. Du bist rumgereist, hast Leute kennengelernt . . .»

«Ja, aber ich hab von nichts Ahnung. Ich bin total ungebildet.»

«Jetzt hör aber auf. Nur weil Sabra so schäbig war, dich . . . Sag mal, hast du eigentlich mal *Medusa at the Prom* gelesen?»

«Nein.»

«Tja, ich aber», sagte sie und tischte D'or die gleiche Lüge auf wie Sabra. «Es ist schlichtweg grauenhaft. Es ist abgedroschen . . . und elegisch.»

«Siehst du?», sagte D'or. «Ich weiß nicht mal, was das heißt.»

«Ohhh.» DeDe gab ihr einen kleinen Schubs.

D'or schubste sie ebenfalls und drückte sie in den Sand. «Ich liebe dich ganz schrecklich», sagte sie.

«Du bist vielleicht eine Chaotin», sagte DeDe.

«Meinst du?»

«Und wie.»

«Na schön.» Sie beugte sich vor und gab DeDe einen Kuß. «Tut mir leid. Tut mir echt leid.»

«Hauen wir dann morgen ab hier?»

«Sowie's hell ist», sagte D'or. «Verzeihst du mir?»

«Frag mich das morgen», sagte DeDe.

«Wo warst du heute abend?»

«In der Stadt», sagte DeDe. «Und dort hab ich bergeweise Tierfleisch verspeist.»

«Oh.»

«Und ich will keine Trauerbekundungen hören.»

«Die kriegst du von mir auch nicht», sagte D'or.

DeDe spürte, wie die schreckliche Erkenntnis sie durchzuckte, daß ihr die Ehe mit D'or über alles ging.

Ihr heimlicher Ausflug hatte sich gerade mal auf Cheeseburger und Pommes beschränkt.

Sechs kleine Sargträgerlein

Draußen in der Dunkelheit hoppelte etwas durchs Unterholz. Nach den Geräuschen zu schließen, war es größer als ein Kaninchen oder ein Waschbär, aber es bewegte sich anscheinend ruckartig, so, als würde es kleine Erkundungspausen einlegen.

Kurz darauf waren auf der anderen Seite des Zelts ganz ähnliche Geräusche zu hören.

Was jetzt? dachte Booter. Sollte er sich bemerkbar machen oder nicht? Er könnte vielleicht zappeln, das Zelt zum Wackeln bringen oder seiner Kehle irgendwelche Geräusche entlocken. Wenn es aber nur wieder dieser kesse Vater war? Dann würde sie ihn wahrscheinlich noch mehr triezen.

«Kuckuck», scholl es aus der Dunkelheit.

«Kuckuck», kam als Antwort.

Keine Vogelstimmen, sondern menschliche. Kinder?

Er hob den Kopf und lauschte.

«Warte dort», flüsterte eines der Kinder.

«Wo?» fragte das andere.

«Du weißt schon . . . wo ich gesagt hab.»

«Aber, warum soll ich dir . . .?»

«Halt die Klappe. Ich hab dir doch gesagt, daß ich Zugführer bin. Was hast du erwischt?»

Es war Papiergeraschel zu hören.

«Na toll. Schon wieder eine Tafel Granola. Ich kotz gleich.»

«Mensch, fast hat sie mich geschnappt.»

«Na und? Du hast dich freiwillig zu dem Einsatz gemeldet.»

«Schon, aber ich will nicht . . .»

«Sei endlich still . . . und halt dich am Boden. In drei Minuten treffen wir uns hier wieder.»

Kurz darauf hörte Booter, wie jemand den großen Reißverschluß am Zelteingang sachte aufzog. Ein dünner Lichtstrahl tastete sich durch das Zelt und ließ die orangefarbenen Polyesterwände aufleuchten. Als er den Hals hochreckte, sah er einen pausbäckigen rothaarigen Jungen von acht oder neun Jahren vor sich.

Booter stöhnte und zappelte. Dem Jungen klappte die Kinnlade herunter. Bevor er die Taschenlampe fallen ließ, wurde sein erschrecktes Gesicht für einen Augenblick zu einem freischwebenden Halloween-Kürbis und war in seiner Eindringlichkeit komisch und doch auch schrecklich anzusehen.

Dann rannte er davon.

Booter stöhnte durch den Knebel hindurch weiter.

Er hörte den Jungen jaulend durch das Unterholz hetzen wie einen Welpen, der sich an etwas verbrannt hat. Gleich danach umschloß ihn erneute Stille, und er blieb keuchend, mit Schmerzen und aufgebracht über seinen Fehlschlag zurück.

Zum Teufel noch mal, was war mit dem dämlichen Bengel nur los?

Dann waren die Stimmen wieder zu hören.

«Wenn du lügst, Philo . . .»

«Ich lüg nicht. Ich schwör's. Sein Gesicht war . . . wie von einer Mumie oder so.»

«Ja, ja.»

«Ich schwör's.»

«Welches Zelt?»

«Das da.»

«Wehe, du lügst. Dann meld ich dich dem Brigadier.» Der Mutigere von beiden hatte kaum weniger Bammel als Philo und spielte wohl auf Zeit.

Booter wartete schweigend. Wenn er stöhnte und zappelte, verschreckte er sie nur wieder. Die Zeltklappe ging auf. Ein neuer, kräftigerer Lichtstrahl tastete sich zu Booters kreppbandverklebtem Gesicht vor. Booter beschloß, leicht zu zappeln, um ihnen zu zeigen, daß er lebte.

«Siehst du?» sagte der Rotschopf, der neben dem mit der Taschenlampe stand. Seine Augen waren groß wie Vierteldollar, und sein Mund stand noch weiter offen als zuvor. «Vielleicht wird er gefangengehalten, hmh?»

«Von wem?»

«Was weiß ich. Von den Chemiefreien oder so.»

Der Junge mit der Taschenlampe richtete den Lichtstrahl mitten auf Booters Gesicht und blendete ihn damit kurzzeitig.

Der Rothaarige schob nach: «Vielleicht ist er auch richtig gefährlich.»

Der andere Junge sagte nichts dazu. Er kniete sich hin und beugte sich langsam vor, um Booters Züge zu studieren.

Booter blinzelte ein paarmal und erkannte dann das vertraute Gesicht eines hübschen Mischlingskinds. Als sich ihre Blicke trafen, machte der Junge ein Gesicht wie eine geballte Faust und beugte sich noch weiter vor. «Booter?» sagte er. Booter war mindestens genauso verblüfft. Er gab ein Grunzen von sich und nickte. Der Junge drehte sich zu seinem Gefolgsmann um. «Es ist Booter», sagte er.

«Wer?»

«Er ist mit Gangie verheiratet. Mit der Mom von meiner Mom.»

«Er ist dein Großvater?»

«Aber nein, du Hirni. Er ist mit der Mom von meiner Mom verheiratet. Da muß er noch lang nicht mein . . .»

Booter unterbrach ihn mit ärgerlichem Gestöhn.

«Tu lieber was», sagte der Rotschopf.

Edgar riß Booter ein Stück Kreppband von der Backe. Es brannte höllisch. Booter protestierte geräuschvoll.

«Sei vorsichtig», sagte der Rotschopf.

Edgar packte ein anderes Stück Kreppband und zog diesmal sanfter daran, bis sich der ganze klebrige Packen samt Knebel von Booters Gesicht löste. Booter schnappte gierig nach Luft und leckte sich die spröden Lippen.

«Alles in Ordnung?» fragte Edgar.

Er nickte nur, weil er noch immer heftig Luft holte. Dann sagte er: «Wo ist deine Mutter?»

«In ihrem Zelt», erwiderte der Junge.

«Wo ist das?»

«Am Fluß unten.»

«Hol sie bitte her.»

Edgar schüttelte gravitätisch den Kopf.

«Warum nicht?»

«Da dürfen nur Frauen hin.»

«Wie?» Das war hier das reinste Irrenhaus. «Was soll das heißen?»

«Ich kann da nicht hin», sagte der Junge ernst. «Die lassen mich nicht rein.»

«Dann bind mich los. Hilf mir, du kleiner Trottel! Steh nicht einfach so rum!»

Der Rotschopf runzelte die Stirn und schielte zu Edgar hinüber. Er wartete auf ein Machtwort. Edgar wiederum kaute an seinen Fingernägeln und dachte nach. «Hast du was Schlimmes getan?» fragte er.

«Nein», polterte Booter los. «Natürlich nicht!»

«Hauen wir lieber ab», sagte der Rotschopf zu Edgar. «Sicher kommt gleich jemand zurück, und dann . . .»

«Nein», platzte Booter heraus. «Lauft nicht weg. Bindet mir wenigstens die Hände los.»

Edgar runzelte erneut die Stirn und zerrte mehrmals fruchtlos an dem Knoten herum.

«Beeil dich», sagte Booter.

«Ich kann nicht. Der Knoten geht nicht auf.»

«Dann such ein Messer.»

Edgars rothaariger Komplize zupfte ihn am Ärmel. «Ich hau ab.»

Edgar ließ Booter nicht aus den Augen. «Wenn du nichts angestellt hast, warum haben sie dich gefesselt?»

«Ich bin in einem Kanu eingeschlafen, Edgar. Und das Kanu ist ans Ufer getrieben. Sie haben mich gefesselt, weil ich ein Mann bin.»

Der Junge biß sich auf die Unterlippe.

Zur Bekräftigung fügte Booter hinzu: «Ich schwöre.»

Edgar musterte Booter noch einen Augenblick, dann packte er den Rotschopf, der sich gerade davonmachen wollte, am Arm. «Philo», sagte er barsch, «hol Jackson und Berkowitz und die zwei Zacks. Sag ihnen, daß ich sie hier brauch. Im Laufschritt, marsch.»

«Mensch, Edgar, ich bin doch nicht . . .»

«Im Laufschritt!»

«Gibt's denn hier kein Messer?» fragte Booter.

Edgar schüttelte den Kopf. «Wir holen dich hier raus. Keine Bange.»

Als der andere Junge in die Dunkelheit hinauskroch, ging

Edgar neben Booters Kopf in die Hocke. «Willst du dich aufsetzen?» fragte er.

«Ja, mein Junge. Bitte.»

Der Junge half ihm, sich aufzusetzen, und stopfte ihm Schlafsäcke in den Rücken. Als er damit fertig war, wühlte er in den Taschen seiner gesteppten blauen Jacke, bis er eine Tafel Schokolade zutage förderte. Er brach ein Stück ab und sagte: «Willst du?»

«Bitte», sagte Booter und machte den Mund auf, um den dargebotenen Happen entgegenzunehmen. Die dunkle Süße zerging auf seiner Zunge wie das Sakrament. Als sie sich verflüchtigt hatte, fragte er: «Wie lange werden sie brauchen?»

«Nicht lang. Ein paar Minuten.»

«Diese Frauen können jeden Moment auftauchen.»

«Ich weiß.» Edgar tätschelte ihm die Schulter. «Mach dir keine Sorgen, okay?» Er sah Booter ernst an und ließ sich neben ihm gegen die Schlafsäcke plumpsen. «He», sagte der Junge und grinste. «Was ist blau und sahnig?»

Booter sah ihn völlig verwirrt an.

«Es ist ein Rätsel», sagte der Junge. «Du mußt raten.»

«Edgar, jetzt ist nicht die Zeit für . . .»

«Komm», drängelte Edgar. «Was ist blau und sahnig?»

«Ich hab doch gesagt . . . nein!»

Edgar machte einen Moment lang ein bekümmertes Gesicht, dann brach er wieder ein Stück Schokolade ab. «Willst du noch?» fragte er.

«Ja», sagte Booter ruhig. Von einem kleinen Kind Süßigkeiten annehmen! dachte er bitter.

Edgar fütterte ihn diesmal mit kleineren Stückchen und leckte sich anschließend die Finger ab. «Ist dein Kanu noch da?» fragte er.

«Ich weiß nicht», sagte Booter.

«Wo bist du hergekommen?»

Booter überlegte kurz und sagte dann: «Aus dem Bohemian Grove. Hat deine Mutter dir davon erzählt?»

«Ich glaub nicht», sagte Edgar.

«Das ist so eine Art Ferienlager. Dein Großvater Halcyon ist da auch immer hingefahren.»

«Von dem hab ich meinen Namen», sagte Edgar.

«Ja . . . genau.» Der Junge war wenigstens nicht auf den Kopf gefallen.

«Und was macht ihr dort?»

«Wo?»

«In eurem Lager?»

Booter fuhr sich mit der Zunge über die ausgedörrten Lippen. «Tja . . . wir reden viel miteinander. Wir schauen uns Theaterstücke an und gehen zu Konzerten, lesen.»

«Das soll ein Ferienlager sein?»

Booter nickte. «Mehr oder weniger. Sag mal . . . bist du sicher, daß deine Freunde wiederkommen?»

«Absolut. War mein Großvater dein bester Freund?»

«Ja, das war er.»

«Und wer ist jetzt dein bester Freund?»

Booter entschied sich für den bequemsten Weg. «Na ja, selbstverständlich sind deine Großmutter und ich . . . Gangie . . .»

«Nein», sagte Edgar. «Mädchen zählen nicht.»

Booter zögerte. «Ich glaube, ich habe im Moment keinen besten Freund.»

Edgar schaute besorgt drein. «Warum nicht?»

Booter spürte einen unerwarteten Stich. «Was treibst du hier eigentlich? Süßigkeiten klauen?»

Edgars Augen wurden zu schmalen Schlitzen.

«Ich verrat's auch keinem», sagte Booter.

«Es ist nur ein Spiel.»

«Schon gut. Keine Bange, mein Junge. Wir sind auf derselben Seite.»

Philo war außer Puste, als er mit vier anderen Jungen im Schlepptau zurückkam.

«Wer hat das Messer mit?» fragte Edgar.

Keiner. «Herrgott», brummte Booter.

«Okay», sagte Edgar, «dann machen wir's anders. Wir tragen ihn in unser Lager.»

«Ja, genau», sagte einer.

«Es ist ganz einfach», sagte Edgar. «Wir breiten den Schlafsack da aus, legen ihn drauf, und dann packt jeder einen Zipfel . . . drei auf einer Seite.»

Booter gefiel der Plan nicht. «Moment . . .»

«Wir müssen», sagte Edgar mit einem Blick auf seine Uhr. «Das Konzert ist schon fast vorbei.»

«Was für ein Konzert?»

«Los, Zack . . . hilf mir. Ihr anderen wartet draußen.»

Edgar und Zack packten Booter unter den Achseln und zogen ihn auf den Schlafsack. Dann zerrten sie den Schlafsack ins Freie. Die anderen Jungen standen bereits zum Hochheben bereit.

«He, Edgar», sagte Philo, «und wenn er hüpft?»

Edgar stöhnte. «Er ist ein alter Knacker, du Knalltüte. Er kann nicht hüpfen.»

Booter widersprach nicht. Klar, er war ein alter Knacker. Hüpfen stand außer Frage.

Edgar musterte seine Kumpane. «Jackson, du tauschst mit Zack zwo. Er ist stärker.»

«Ist er nicht», sagte Jackson.

«Halt die Klappe», sagte Edgar. «Okay . . . Wenn ich los sage, hebt ihr ihn hoch. Eins . . . zwei . . . drei . . . *los*.»

Als er hochgehoben wurde, schaute Booter in sechs angestrengte Kindergesichter. Plötzlich stellte er sich die Jungen als seine Sargträger vor.

«Wo gehen wir hin?» fragte er Edgar.

«Zurück nach Brother Sun.»

«Wohin?»

«Ins Jungslager. Es heißt Brother Sun.»

Die Jungen gingen los. Sie trugen ihn gefährlich knapp über dem Boden. Es war fast völlig dunkel. Und das Gelände schien mit Hindernissen gespickt zu sein. Es gab Felsen und matschige Stellen, undurchdringliche Dickichte und dornige

Zweige, die ohne Vorwarnung herabsausten und die Jungen züchtigten wie bösartige Gouvernanten.

«Ist es weit?» fragte Booter.

«Nein», sagte Edgar.

Einer der Jungen kam aus dem Tritt und stolperte.

«Philo!» fuhr Edgar ihn an. «Geh anständig.»

«Ich hab was gehört», sagte Philo.

«Feige Schwuchtel», sagte ein anderer.

«Bestimmt. Bleibt doch mal stehen.»

Unter Protestgestöhn hielten die Jungen an, ließen Booter aber nicht zu Boden. Bis auf den Mond, der zwischen den Bäumen stand, sah Booter fast nichts, aber aus Angst, die Lastenverteilung aus dem Gleichgewicht zu bringen, bewegte er sich nicht.

Es war ziemlich ruhig im Wald. Ein, zwei Eulen. In der Ferne Gitarren und Stimmen, schwach und harmlos.

«Da ist nichts», sagte Edgar. «Was sollte das denn sein? Die Butzefrau?»

Die anderen Jungen lachten den armen Philo aus, während Booters Reise auf dem Fliegenden Teppich schneller als zuvor weiterging. Sie bewegten sich anscheinend einen leichten Hang hinunter, und außerdem stand das Gesträuch nicht mehr so dicht.

«Wie weit noch?» fragte Booter.

«Nicht mehr weit», sagte Edgar leicht keuchend.

«Was ist das überhaupt hier?»

«Was?»

«Das alles. Das Lager. Diese . . . Frauen.»

«Das ist Wimminwood», sagte Philo. Er war offenbar bemüht, seinen Schnitzer von vorhin auszugleichen.

«Gibt es hier gar keine Männer?»

Philo sagte: «Die haben Sie vor sich.»

Philos Peiniger schnaubte verächtlich. «Dumme Schwuchtel.»

«Sei still, Zack», sagte Edgar und drosselte das Tempo etwas. «Ich glaub, ich hab was gehört.»

«Jetzt hört er's selber», grummelte Philo.

«Was ist da los?» erklang eine Stimme aus der Dunkelheit. Es war eine brummige Frauenstimme.

Die Jungen schauten sich erschrocken an und fielen in Trab. Booter zuckte zusammen, als der Schlafsack gegen einen hochstehenden Baumstumpf schlug.

«Sofort stehenbleiben!» brüllte die Stimme.

«Wir halten lieber an», flüsterte Zack.

«Nichts da», sagte Edgar und lief noch schneller.

Aus Booters Blickwinkel schoß der Mond wie wild zwischen den Baumwipfeln dahin. Es wurde ihm dermaßen schwindelig, daß er die Augen schloß, die Zähne zusammenbiß und sich auf das Schlimmste gefaßt machte. Ihre Rachegöttin war so dicht hinter ihnen, daß er ihr schwerfälliges Getrampel und ihre heftigen Atemgeräusche hörte.

Einer der mittleren Träger verließ seinen Posten und setzte sich in den Wald ab.

«He», rief Edgar mit vor Wut und Verzweiflung schriller Stimme.

Der Junge hinter Edgar stolperte und ließ Booters Beine fallen. Das ganze filigrane Gefüge brach abrupt in sich zusammen, und Booter landete auf dem Boden. Der Schlafsack federte seinen Fall etwas ab.

Der nächste Junge türmte. Und noch einer. Schließlich war nur noch Edgar da, der seinen verdutzten Stiefgroßvater ansah. «Mach, daß du wegkommst», sagte Booter und erteilte dem Jungen damit die erhoffte Absolution. «Du hast getan, was du konntest.»

Edgar betrachtete ihn einen Augenblick lang mit ernster Miene und flitzte dann in den Wald. Die gleichen schwachen Huschgeräusche, die das Auftauchen der Bande angekündigt hatten, verrieten jetzt ihr Verschwinden. Booter schluckte kräftig und versuchte, sich aufzurichten.

Die brummige Stimme sagte: «Was ist da los?»

Als er den Kopf herumdrehte, sah er eine kleine, stämmige Frau aus dem Unterholz treten. Sie kam argwöhnisch näher und fuhr sich mit den Fingern durch die kurzen grauen Haare über den Ohren. Er konnte schon von weitem erkennen, daß sie betrunken war.

«Bitte», begann Booter, «können Sie mir helfen?»

Sie rückte Stück für Stück näher, ging dann in die Hocke wie der Pitcher beim Baseball und nahm ihn mit gespreizten Beinen und auf die Knie gestützten Händen in Augenschein. Ihr Mund stand einen Moment lang offen, ehe sie sagte: «Na . . . wenn das nicht dem Faß den Boden ausschlägt!»

«Ich tu Ihnen auch nichts», sagte er.

«Mir was tun?» Sie warf den Kopf zurück und johlte. Nikotin und Whiskey hatten ihre Stimmbänder zu Reibeisen gemacht. «O ja . . . bitte tun Sie mir nichts.» Sie lachte erneut, wurde aber plötzlich von einem Hustenanfall gepackt, der sie aus dem Gleichgewicht riß und dazu führte, daß sie reichlich unelegant zu Boden ging.

Sie rappelte sich langsam wieder hoch, aber nur, bis sie saß. «Kacke», sagte sie.

Er leckte sich über die Lippen und schluckte. «Wenn Sie mir helfen, zahle ich Ihnen jeden Betrag . . .»

«Verdammt noch mal, wer sind Sie?»

Er dachte daran, was passiert war, als er seinen Namen das letzte Mal genannt hatte. «Ich bin den Fluß heruntergekommen», sagte er ihr. «Im Kanu. Ich bin eingeschlafen, und . . .»

«Wer war das?»

Er zögerte. «Ich weiß es nicht. Sie hat mir als erstes einen Schlag auf den Kopf gegeben. Hören Sie . . .»

«Sie hat Sie einfach gefesselt und Sie dann da liegen gelassen?»

«Ja.»

«Ham Sie sie gesehen? Wie hat sie ausgeschaut?»

Er beschloß, die Wahrheit zu riskieren. «Ihr Kopf war geschoren. In Mustern.»

«Ach, du Scheiße.» Sie hielt den Atem an und stand schwankend auf. «Okay. Dann schwingt die alte Mabel ihren Arsch jetzt mal besser . . .»

«Nein», sagte er, «gehen Sie bitte nicht.»

«Rühren Sie sich nicht vom Fleck», antwortete sie, während sie schon mit schweren Schritten in der Dunkelheit verschwand.

Leidenschaften

In der Küche von Wrens Chalet goß Brian Saft in Familie-Feuerstein-Gläser. Er tänzelte mit dem selbstbewußten Gehabe eines Fernsehkochs herum, der zum erstenmal landesweit auf Sendung ist. Warum, dachte Wren, ziehen sich die Männer nach dem Sex oder nach einem Geständnis immer wieder ein Stück zurück?

«Glaubst du, die beiden haben sich da unten verirrt?» fragte er. Sie hatte ihm von Booters Verschwinden erzählt, von dem Arrangement mit dem Chalet, ja sogar von dem Scheck, den Booter ihr dagelassen hatte. Sein Geständnis hatte eines von ihr verdient.

«Vielleicht ist es ja ein Schwarzes Loch», sagte sie und lehnte sich an den Türpfosten.

«Ja. So eine Art Bohemian-Dreieck.» Er reichte ihr ein Glas Saft.

«Ihr seid euch ziemlich nah, Michael und du, was?»

«Ja.»

«Das hab ich mir gedacht.»

«Warum?»

«Na ja . . . er hat mir zum Beispiel gesagt, daß ich dich anrufen soll.»

«Wann? Heute abend?»

«Wann denn sonst?» Als sie sah, was er für ein Gesicht machte, ergänzte sie: «Ich hätt es sowieso getan.»

«Hat er dir was erzählt von . . .?»

«Nein. Kein Wort.» Sie schaute ihm direkt in die Augen, um

ihm die Gewißheit zu geben, daß seine Enthüllung auch wirklich eine gewesen war.

Das Telefon klingelte. «Das sind sie», sagte sie, stellte ihr Glas auf den Küchentresen und ging ins Wohnzimmer.

«Wehe, wenn nicht Sie es sind», sagte sie ins Telefon.

«Ich bin's aber», sagte Michael. «Sind wir so spät dran?»

«Nein. Schon gut. Haben Sie ihn gefunden?»

«Nein. Er ist spurlos verschwunden.»

Sie seufzte tief. «Hat man Ihnen gesagt, ob er nach Hause gefahren ist?»

«Wir haben am Tor gefragt», sagte Michael. «Er hat sich noch nicht ausgetragen.»

«Dann muß er noch dasein.»

«Wahrscheinlich, aber das Lager ist fast so groß wie 'ne Kleinstadt.»

Sie knabberte an einem Fingernagel. «Ich versteh das einfach nicht. Welchen Grund hätte er, mich nicht anzurufen?»

«Da muß ich passen», sagte Michael. «Ich kenn den Mann nicht.»

Aber ich kenn ihn, dachte sie, und irgendwas ist da schrecklich faul. Sie sah ihn irgendwo tot in der Dunkelheit liegen, einem Herzinfarkt erlegen. Oder einem Selbstmord. Schließlich war er ihr bei seinem letzten Anruf so merkwürdig verloren vorgekommen, fast schon verzweifelt.

«Haben Sie's in seinem Lager versucht?» fragte sie.

«Ja. Und in etlichen anderen. Es hat ihn kein Mensch mehr gesehen, seit er heute vormittag bei einem Trauergottesdienst war.»

«Ist jemand gestorben?»

«Ein Freund von ihm», sagte Michael. «Meinen Sie, es hat damit was zu tun?»

«Mein Gott . . . ich hab keine Ahnung.»

Er wartete etwas und sagte dann: «Was sollen Thack und ich jetzt tun?»

«Sind Sie in der Schmuddelkneipe?»

«Nein. Wir sind noch im Grove.»

«Schwimmen Sie denn zurück?» Natürlich schäkerte sie nur.

«Ich bitte Sie. Diesmal kommt für uns nur der Weg durchs Tor in Frage. Wir sind hier doch schon fast Mitglieder.»

«Sie haben wohl schnell Anschluß gefunden, hm?»

Michael gluckste. «Thack ist von einem Priester angemacht worden.»

Sie hörte Thack im Hintergrund lachen. «Das kann ich mir vorstellen», sagte sie.

«Die Leute hier geben uns einen nach dem andern aus und laden uns immerzu in ihre Lager ein. Es ist unglaublich, was man alles erleben kann, wenn man einen Schwanz hat.»

«Wem sagen Sie das», erwiderte sie. «Ich hab nämlich schon länger keinen mehr gehabt.»

Ein erneutes Glucksen. «Sie Ärmste.»

«Was soll's. Ich werd's überleben.»

«Sie sind ja bald zu Hause bei Ihrem Rolando.»

Sie war baff. «Woher wissen Sie von ihm?»

«Sie haben von ihm erzählt», antwortete er. «Im Fernsehen. In Mary Anns Show.»

«Ach so, ja. Heutzutage bleiben einem auch gar keine Geheimnisse mehr.»

Er lachte. «Nicht wenn man sie verkauft.»

«Arschloch», sagte sie. «Wir treffen uns in einer halben Stunde in der Schmuddelkneipe.»

«Ja, gut», sagte er. «Ist Brian bei Ihnen?»

«Das geht Sie nichts an», erwiderte sie und legte auf.

«Wer ist gestorben?» fragte Brian.

«Gestorben? Ach so . . . ein Freund von Booter.»

Er bezog es auf sich und machte ein finsteres Gesicht.

«Ich mach mir auf keinen Fall Sorgen deswegen», sagte sie. «Sorgen hab ich mir nämlich schon genug gemacht.»

Auf der Fahrt nach Monte Rio sagte Brian: «Fliegst du denn jetzt morgen?»

Sie nickte und kurbelte am Lenkrad. Sie waren in einer tückischen Kurve, in der auf der einen Seite ein ziemliches

Stück Fahrbahn fehlte und die auf der anderen Seite von einem fast senkrechten, mit staubigem Farnkraut überwucherten Hang verdüstert wurde. Sie kannte sie gut, diese Kurve. Sie war lang genug hier, um eine gruselige Vertrautheit mit ihr zu empfinden.

«Ich reise ab», sagte sie. «Ganz egal, was passiert.»

Er schaute kurz aus dem Fenster und fragte dann: «Hättest du heute nacht gern jemand bei dir?»

Sie schaute ihn an und lächelte.

«Nur zum Kuscheln», sagte er. «Mir ist wirklich nicht nach . . .»

«Schon gut. Red nicht weiter. Trau mir doch ein bißchen Flexibilität zu.»

Er schaute wieder auf die Straße. «Was ist mit . . . hm . . . mit Booter?»

«Was soll mit ihm sein?» fragte sie.

«Na ja . . . falls er heute nacht zurückkommt?»

Sie lachte glucksend. «Er *übernachtet* nicht bei mir, Süßer.»

«Oh.»

«Ich bin sein kleines Nachmittagsvergnügen. Übernachten tut er bei seinen Kumpeln. Drüben im Grove.»

«Verstehe.»

«Ich bin nur für die Lust zuständig. Seine Leidenschaft schenkt er dem Grove.» Sie fuhren jetzt endlich auf Asphalt, und ab und zu tauchte eine beleuchtete Veranda auf, an der sie sich orientieren konnten. «Und du?» fragte sie. «Was für Leidenschaften hast du?»

Anscheinend hielt er das für eine Fangfrage.

«Was machst du?» fragte sie. «Was deine Frau macht, das weiß ich ja, aber . . .»

Er wirkte nur noch verschreckter.

«Tut mir leid», sagte sie. «Meine Frage war wohl reichlich unkalifornisch.»

«Nein», sagte er schließlich, «ist schon okay. Ich kümmer mich um unsere Tochter. Und um den Haushalt.»

«Na, das ist doch schon einiges.» Sie merkte, wie gönnerhaft sich das anhörte und daß es das in Wirklichkeit auch war. Da bildete der Kerl sich ein, daß ihm der Tod bevorstand, und dann stieß sie ihn auch noch mit der Nase darauf, daß er ein sinnentleertes Leben führte.

«Es ist reichlich wenig», sagte er leise.

«Ein Kind großzuziehen? Willst du mich verarschen?»

«Es ist *zu* wenig.» Er schaute auf die Lichter von Monte Rio. «Es geht mir nicht ... um irgendwelche Männlichkeitsbeweise. Es ist nur einfach zu wenig. Ich hab mir nie mehr gewünscht, als ... ein Kind zu haben, verheiratet zu sein ...» Er drehte sich zu ihr hin und sah sie an. «Ich war mal Anwalt. Zählt das was?»

Sie lachte, weil sie das Ganze nicht zu tiefgründig werden lassen wollte. «Ich hab eigentlich gemeint ... was für Hobbies du hast.»

Er schien sie gar nicht zu hören. «Der Mensch, den ich wirklich beneide, ist Michael.»

«Wieso das?»

Er zuckte mit den Schultern. «Er ist richtig verliebt in seine Arbeit. Er ist viel im Freien und schiebt nicht Papier auf dem Schreibtisch hin und her. Er bringt Dinge zum Wachsen.» Ein erneutes Schulterzucken. «Es muß schön sein, so ein Leben.»

«Dein Leben ist auch schön», sagte sie.

«Ja, wirklich?» fragte er.

Das widerspenstige Wohnmobil

Die grauhaarige Frau hatte bei ihrer Rückkehr ein großes Jagdmesser mit Sägeklinge geschwungen. Sie hatte sich neben den bewegungsunfähigen Booter gekniet und sich darangemacht, das Seil um seine Handgelenke durchzusägen. «Die Dvorak hat ganze Arbeit geleistet», sagte sie keuchend.

«Ja», war alles, was er hervorbrachte.

Er rieb sich die Handgelenke und schwang die Arme hin und her, während sie sich an seinen Beinen zu schaffen machte. «Ich hab meinen Winnebago hergefahren», sagte sie, «aber wir müssen im Affentempo weg hier. Autos dürfen hier nämlich gar nich hin.»

Als sie das letzte Stück Seil gelöst hatte, versuchte er aufzustehen. Seine Knie waren außerordentlich wackelig, aber sie trugen ihn. Er atmete tief durch und streckte die Arme aus. Das nächste Signal, das er erhielt, kam von seiner Blase.

«Entschuldigen Sie», sagte er. «Würde es Ihnen etwas ausmachen? . . . Ich konnte so lange nicht . . .»

Sie wußte sofort, was er meinte. «Gehn Sie da rüber», sagte sie. «Ich schau auch nicht hin. Glauben Sie, mich interessiert das komische Ding?»

Als er fertig war, lotste sie ihn durch ein Dickicht zu einer schmalen unbefestigten Straße, auf der ein Wohnmobil stand. Er kletterte auf den Beifahrersitz und gab sich dankbar der Liebkosung durch das aufgesprungene grüne Plastikpolster hin.

«Nach hinten, los», sagte die Frau.

«Wie bitte?»

«Wir müssen durchs Tor. Gehn Sie nach hinten und ziehn Sie den Kopf ein.»

Er tat wie verlangt.

«Wenn's Ärger gibt», fügte sie hinzu, «damit werd ich schon fertig. Ich hab ja meine Wumme dabei.»

Sie zeigte auf eine zerwühlte Schlafkoje und lachte. Auf dem Bettzeug im Zebramuster lag eine schimmernde Armbrust aus Edelstahl.

«Holla», sagte er.

«Nur ein Scherz», sagte sie und ließ den Motor an. Sie schaute über die Schulter und zwinkerte. «Sie sind ganz schön leichtgläubig, was? Wie heißen Sie?»

«Äh . . . Roger.»

«Ich heiß Mabel», sagte sie und drückte ihm eine Halbliterflasche Jack Daniel's in die Hand. «Bedienen Sie sich, Roger.»

Das ließ er sich nicht zweimal sagen. Der Whiskey brannte ihm in der Kehle wie Jodtinktur, bevor er sich in seinen schmerzenden Gliedern ausbreitete und sie wärmte. Er wischte mit dem Ärmel seines Hemds über die Flasche und reichte sie wieder nach vorne.

«Gleich noch mal», sagte sie.

«Danke, nein.»

«Machen Sie schon. Wenn die Dvorak Sie nicht umgebracht hat, dann schafft das so 'n bißchen Jack Daniel's erst recht nicht.»

Es beruhigte ihn, daß seine Peinigerin dermaßen berüchtigt war. Wenigstens war seine Gefangennahme das Werk eines überragenden Kopfes und nicht das einer x-beliebigen Frau. Er setzte die Flasche zum zweitenmal an seine aufgesprungenen Lippen und nahm noch einen Schluck.

«Wer ist sie?» fragte er, als er die Flasche zurückreichte.

«Die Sicherheitschefin», sagte sie. «Die sind alle gleich.»

Seine Erfahrungen mit weiblichen Sicherheitschefs waren überaus gering.

«Ich schwör ja auf Recht und Ordnung», fügte sie hinzu. «Ich hab Reagan gewählt. Aber mit der Dvorak ist das was anderes.» Sie fuchtelte ihm mit der Hand vor der Nase herum, ohne die Augen von der Straße zu nehmen.

«Was ist?» fragte er.

«Runter!» befahl sie ärgerlich. «Das Tor.»

Er legte sich flach auf den mit Zottelteppich ausgelegten Wagenboden. In den Zotteln hingen Zigarettenkippen. Und Staubflocken so groß wie Taschenratten. Eine Debbie-Reynolds-Platte lag auch herum. Sein Herz klopfte wie wild.

Draußen vor dem Wohnmobil sagte jemand: «Reist du ab?»

Mabel sagte: «Ach was. Ich will nur mein altes Mädchen mal 'n bißchen bewegen.»

«Ist es nicht schon ein bißchen spät, hmh?»

«Hör mal, Kleines», sagte Mabel. «Leg dich ja nicht an mit mir.»

Mit einem Anflug von Unterwürfigkeit in der Stimme sagte

die Wärterin: «Na ja, das Ding ist ja auch ein bißchen mehr als ein Auto.»

«Bist du bald fertig?» fragte Mabel.

«Fahr schon», sagte die Wächterin.

Das Wohnmobil machte einen Satz, als Mabel aufs Gas stieg. «Dämliche Chicana», murmelte sie.

Booter krallte sich in den Zottelteppich, um das Gleichgewicht zu halten. Sie fuhren jetzt auf Asphalt und rasten in einem höllischen Tempo dahin.

«Kommen Sie raus», rief Mabel. «Wir haben's geschafft.»

Er hielt sich am Seitenbrett der Schlafkoje fest und hievte sich hoch, bis er saß. «Sie fahren aber ganz schön schnell», sagte er.

«Ach was», sagte sie. «Das kommt Ihnen von da hinten nur so vor.»

Er stellte sich auf seine wackeligen Beine, duckte sich nach vorne durch und ließ sich auf den Beifahrersitz plumpsen. Das viele Buschwerk entlang der Straße flog im Mondschein an ihnen vorbei wie ein bemalter Güterzug. Zwar hatte er seine Freiheit wohl wieder, aber sie kam ihm doch reichlich bedroht vor.

«Wo soll's hingehen?» fragte Mabel.

Er überlegte plötzlich, wie er dem Torwächter des Grove dieses Gefährt erklären sollte. «Äh . . . nach Monte Rio», sagte er und stellte sich innerlich auf einen Fußmarsch von einem knappen Kilometer ein.

«Das können Sie haben», sagte sie und schraubte den Verschluß der Whiskeyflasche auf.

Sie donnerten die leere Straße entlang und schwiegen wie zwei höfliche Fremde, die nur zufällig zur gleichen Zeit am gleichen Ort waren. Er strengte sich mächtig an, um nur ja ihr beträchtliches Tempo zu ignorieren, wie auch Mabels Gesichtsausdruck, der wohl gerade noch diesseits des Irrsinns anzusiedeln war.

«Sie haben Reagan gewählt?» fragte er schließlich.

«Aber klar.»

«Dann . . . sind Sie eine Konservative?»

«Immer schon gewesen. Scheiß auf den Wohlfahrtsstaat, scheiß auf die Kommunisten, scheiß auf den ganzen Firlefanz.»

Für ihn paßte das überhaupt nicht zusammen. «Aber . . . dieses Lager?»

«Welches?» fragte sie. «Wimminwood?»

«Ja. Das sind doch . . . alles Linke, oder?»

Sie zuckte mit den Schultern. «Die meisten.»

«Warum fahren Sie dann da hin?»

Mabel schnaubte leicht. «Ganz einfach. Zum Ficken.»

Er war schon fast überzeugt, daß er sich verhört hatte, als sie in brüllendes Gelächter ausbrach und mit der flachen Hand auf das Armaturenbrett klopfte. Als sie zur Seite schaute, um seine Reaktion mitzubekommen, verlor sie die Gewalt über das Lenkrad, und er hörte das markerschütternde Knirschen von Schotter, als das Wohnmobil auf das Bankett rutschte.

«Passen Sie auf!» brüllte er.

Sie reagierte nicht schnell genug. Das Wohnmobil sauste über einen Graben, durchstieß einen Vorhang aus Brombeerranken und raste holterdiepolter in die Dunkelheit.

Seine Hände schossen nach vorne aufs Armaturenbrett. Er biß die Zähne zusammen, als sie voll auf die Bremse stieg und das Wohnmobil im Gestrüpp schlitternd zum Stehen kam.

«Großer Gott», murmelte er.

«Heiliger Strohsack», sagte Mabel.

Das Wohnmobil hatte heftige Schlagseite, weil die beiden rechten Räder tiefer lagen als die linken.

«Ist noch alles dran?» fragte sie.

«Ja . . . noch alles dran.» Wäre sie seine Frau gewesen, hätte er sie angeschrien, aber sie war seine Retterin, und seine Retterin schreit man nicht an.

Sie kletterte aus dem Wohnmobil und begutachtete den Schaden. «Da muß die AAA ran», sagte sie, als sie wieder einstieg. «Kacke noch mal.» Sie wackelte mit dem Kopf. Offenbar ärgerte sie sich über sich selbst. «Das hab ich davon, daß ich ans Ficken gedacht hab.»

Er nahm den Whiskey vom Armaturenbrett und hielt ihn ihr hin. Mabel griff mit einem müden Grunzen danach und schraubte den Verschluß auf. «Haben Sie auch manchmal solche Tage?» fragte sie.

«Ja», antwortete er matt und knapp. «Ja, durchaus.»

Sie sah ihn mit rotgeränderten Augen an und lachte glucksend. «Ja, das kann ich mir vorstellen», sagte sie, trank einen ordentlichen Schluck und schmatzte genüßlich. Dann gab sie ihm die Flasche zurück.

Diesmal setzte er die Flasche schon an wie ein geübter Säufer.

«Machen Sie grad Urlaub?» fragte sie.

Er nickte. «Eigentlich ja.»

«Genau. Ich auch.»

«Wo kommen Sie her?» fragte er.

«Aus Tacoma», sagte sie.

«Aha.» Zu Tacoma fiel ihm wenig ein. Er war noch nicht einmal dort gewesen.

Mabel überbrückte das Schweigen, indem sie sich den nächsten Schluck gönnte. Danach sagte sie: «Tja, ich glaub, wir sollten jetzt mal in die Gänge kommen. In Duncans Mills gibt's ein Telefon. Es ist gar nicht so weit bis dahin. Sie können hier warten.» Sie klopfte auf das Armaturenbrett. «Geben Sie ja gut acht auf mein altes Mädchen.»

Booter hörte sie zwar, aber nur ganz entfernt. Sein glasiger Blick glitt zum Mond hinauf, der wie eine abgefallene Verzierung in den geknickten Zweigen oberhalb der Windschutzscheibe baumelte. Die Nacht war geradezu unheimlich still. Er konnte sich nicht erinnern, wann er sich mit einem anderen Menschen zuletzt so allein gefühlt hatte.

«Alles klar?» fragte sie.

«Ja», antwortete er leise.

Sie betrachtete ihn einen Moment, dann sagte sie: «Das ist die Venus. Der große leuchtende Stern da unterm Mond. Die Griechen haben am Tag Luzifer dazu gesagt und in der Nacht Hesperos.»

Diese eigenartige, knapp und ohne Aufforderung dargebotene Erklärung erinnerte ihn schlagartig an jemand anderen. Sogar das Leuchten in ihren Augen stimmte, das fast schon irre, lehrerhafte Glitzern, das auf seine Reaktion lauerte wie ein Kind, das gerade seinen Lieblingswitz erzählt hat.

«Kennen Sie sich gut aus mit so was?» fragte er.

In irritierend vertrauter Weise schob sie das Kinn vor. «Ach was. Ich schau mir im Fernseher immer die Sendung von diesem Kerl an . . . wie heißt er denn noch . . . dieser Milliarden-Milliarden-Heini.»

Er nickte. «Ich weiß, wen Sie meinen.»

«Warum tun Sie das, verdammt noch mal?»

«Was?»

«Mich so komisch anglotzen?»

«Tut mir leid», sagte er. «Sie haben mich an jemand erinnert. Nur ganz kurz.»

«An wen?»

«Es ist lächerlich. An jemand, der eine ganze Menge weiß über . . . die Natur. Das heißt, wußte.» Jetzt war er verlegen; sie faßte das bestimmt falsch auf. «Es geht nicht um eine körperliche Ähnlichkeit. Er hat einem nur gern . . . Dinge erklärt.»

Sie runzelte die Stirn. «Ist er tot?»

«Ja», sagte er geistesabwesend. Er war merkwürdig erleichtert darüber, daß er es über die Lippen brachte. «Seit gestern abend.»

Sie kratzte sich am Arm und schaute ihn an.

«Er war mein bester Freund», sagte Booter und bemerkte, wie seltsam das in seinen Ohren klang. Zu Jimmy hatte er das nie gesagt. Warum erzählte er es dann ihr?

Mabel schaute verwirrt drein. «War er mit Ihnen unterwegs?»

«Nein. Wir sind Mitglieder im selben . . . Ferienlager.» Er scheute davor zurück, einer Frau zu erklären, was der Grove war, selbst einer, die ihm geholfen hatte. Bisher hatte ihm das nichts als Ärger eingebracht.

«Hier?» fragte sie.

«Ja.»

«Er ist im Ferienlager gestorben?»

Er nickte. «Während einer Theateraufführung.»

Aus lauter Mitgefühl wackelte Mabel traurig mit dem Kopf. «Einfach so auf seinem Platz, hm?»

«Nein. Er ist in dem Stück aufgetreten.»

«Um was ging's da?»

«Äh . . . eigentlich um das Rote Kreuz.»

«Und ich erinner Sie an ihn?»

«Na ja . . . an seine Art.»

«Wie war er so?»

Er überlegte kurz und musterte alle Adjektive aus, die vielleicht belastet waren. «Tja . . . naturinteressiert. Abenteuerlustig.»

«Zügellos», sagte sie.

«Ja.» Er lächelte leicht. «Das auch.»

«Und Sie haben sich also vollaufen lassen, hm? Und sind in dem Kanu weggetreten.» Er nickte resigniert.

«Und dann sind Sie armer alter weißer Knacker einfach so runtergetrieben bis ins Lesbenland.»

Worauf wollte die Frau hinaus?

«Besaufen Sie sich oft?» fragte sie und schnappte sich eine Schachtel Trues vom Armaturenbrett.

«Nein», sagte er.

«Ich wohl. Ich find das toll.» Sie klemmte sich eine Zigarette zwischen die Lippen und ließ ihr Bic-Feuerzeug aufflammen. Ihr rotgeädertes Gesicht leuchtete in der Dunkelheit kurz auf. «Und», fragte sie und hielt den Rauch in der Lunge. «Wie haben Ihnen die Lesben gefallen?»

Auf der Suche nach einer Antwort schaute er aus dem Fenster. «Es hatte nichts mit meinen Empfindungen zu tun», sagte er schließlich. «Meine Empfindungen waren sowieso von allem abgeschnitten.»

Sie nickte bedächtig. «Ich weiß, was Sie meinen.» Sie griff die Zigarette mit Daumen und Zeigefinger und bot sie ihm an.

«Danke, nein», sagte er.

«Haben Sie zusammengelebt, Sie und Ihr Kumpel?»

«Nein», erwiderte er. «Er hat in Denver gewohnt.»

«Hmh?»

«Es war nicht so, wie Sie meinen», sagte er. «Ich bin verheiratet.»

Sie kniff die Augen leicht zusammen und fragte: «Wo wohnen Sie?»

«In Hillsborough», sagte er.

«Wenn er Ihr bester Freund war» – Rauch wirbelte aus ihr heraus und legte sich über ihren Kopf wie ein Fragezeichen – «wann haben Sie ihn dann überhaupt gesehen?»

«Hier», sagte er ungehalten. «Im Lager.»

«Wie oft?»

«Einmal im Jahr.»

«Und wie lang?»

Er überlegte. «Vier, fünf Tage meistens. Siebenundzwanzig Jahre lang.»

Wie viele Tage machte das insgesamt? Reichte das für ein halbes Jahr? Nein, es war nicht einmal so viel.

Mabel machte anscheinend die gleiche Rechnung auf. «War's denn gegenseitig?» fragte sie.

«Was meinen Sie?»

«Waren Sie sein bester Freund?»

Er sah sie nicht an. «Nein. Wahrscheinlich nicht.»

Sie nickte. «Sie ham's ihm nie gesagt, hm?»

«Nein.»

Ein erneutes Nicken. Ein erneuter Zug an der Zigarette. «Macht nichts», sagte sie.

«Nein. Wahrscheinlich nicht.»

«Es sind nur Wörter», sagte sie. «Macht gar nichts.» Sie drückte die Zigarette aus. «Was für 'n Schokoriegel wollen Sie?»

«Wie bitte?»

«In Duncans Mills gibt's 'nen Automaten.»

«Ach so . . . gar keinen, danke.»

«In 'ner halben Stunde bin ich wieder da.» Sie tätschelte ihm vergnügt das Knie. «Macht nichts», sagte sie zum wiederholtenmal.

Sie kletterte aus dem Wagen und kämpfte sich zur Straße hoch. Sie schnaufte heftig und verfluchte jeden Zweig, der ihr hinterhältigerweise in die Quere kam.

Öfter mal was Neues

Michael und Thack waren immer noch zu Fuß unterwegs, als sie bei Monte Rio die Stahlbrücke überquerten und auf die Schmuddelkneipe zuhielten. Zehn Minuten zuvor hatten die Besucher der Spätvorstellung von *Giganten* das Rio Theater verlassen. Jetzt standen die Kinogänger in Grüppchen herum und schnatterten wie die Zuschauer bei einem Hahnenkampf.

Als sie das Restaurant betraten, ließ Wren ihre Fingernägel spielen, um sie auf sich aufmerksam zu machen. Brian war bei ihr. Er wirkte leicht verlegen.

«Man hat euch also ganz gelassen», sagte Brian.

Zur Bestätigung streckte Michael die Arme von sich, als würde er seinen Auftrittsapplaus entgegennehmen. «Wie war dein Ausflug?» fragte er.

«Sehr schön», sagte Brian.

«Setzt euch doch», sagte Wren.

Thack schob sich neben Wren auf die Bank und überließ Michael den Platz neben Brian.

«Wie war's denn nun im Grove?» fragte Brian.

«Schön», sagte Michael, «aber abgedreht.»

«War's dir zu hetero?»

«Zu weiß», sagte Thack, der auf eine Speisekarte linste. «Habt ihr schon gegessen?»

«Ich hab früher schon mal hier gegessen», sagte Wren. «Und ich würd's keinem empfehlen.»

«Ich weiß nicht, aber irgendwie bin ich am Verhungern.» Thack warf Michael einen diabolischen Seitenblick zu.

Der Wren keineswegs entging, wie Michael auffiel. «Nur zu», sagte sie. «Essen Sie. Sie haben es sich verdient.»

«Wir haben schon im Grove gegessen», sagte Michael. «Wir haben uns regelrecht durchgeschlabbert.»

«Hast ja recht», sagte Thack und legte die Karte beiseite.

«Der Kaffee ist ganz okay», sagte Wren.

«Eigentlich», sagte Michael, «wollen wir so schnell wie's geht in die Falle. Wenn du uns zur Hütte zurückfahren würdest, Brian . . .»

«Schön», sagte Wren. «Ihr Wagen steht bei mir, also fahren wir erst mal alle zusammen da hin.»

«Oh . . . prima», sagte Michael.

Hier bot sich eine anzügliche Bemerkung geradezu an, aber der Ausdruck in Wrens Blick hielt ihn davon ab, sie auch zu machen.

Im Auto sagte sie: «Ich werd morgen von 'ner Stretch-Limo abgeholt, Jungs. Wollt ihr nicht mitfahren?»

Thack sagte: «Ich hab gedacht, Sie fahren zum Flughafen.»

«Ja, aber durch die Stadt müssen wir sowieso.»

Michael fand die Aussicht mehr als verführerisch, aber dann fiel ihm etwas ein. «Und was machen wir mit dem VW?»

«Ach so, ja», sagte Wren. «Stimmt.»

«Ich kann damit fahren», sagte Brian.

Wren sah ihn merkwürdig an.

«Kommt nicht in Frage», sagte Michael. «Das ist wirklich lieb, aber . . .»

«Nein, wirklich», sagte Brian. «Ich fahr gern allein. Sehr gern sogar.» Er zuckte mit den Schultern. «Ich bin schon mal in einer Stretch-Limo gefahren. Und da ist ja eine wie die andere.»

Thack gluckste. «Hat Reagan das nicht auch über die Redwoods gesagt?»

«Es würd mir nichts ausmachen», sagte Brian.

Wren streckte die Hand aus und tätschelte ihm die Wange. «Ist er nicht goldig?»

«Ich kann auch damit fahren», sagte Thack.

Halt die Klappe, dachte Michael. Es ist doch alles gut so.

«Da hab ich ja was angezettelt», sagte Wren. «An den andern Wagen hab ich gar nicht gedacht.»

«Es stört mich wirklich nicht», sagte Brian. «Es ist mir sogar lieber so.»

«Als mit uns zusammenzusein?» fragte Wren und spielte die Beleidigte. Sie drehte sich zu Michael um und sagte: «Meint er das ernst, oder sagt er das nur aus Höflichkeit?»

«Ich glaube, er meint es ernst», sagte Michael.

Die holprige Fahrt zum Chalet hinauf brachten sie fast schweigend hinter sich. Als sie alle ausgestiegen waren, gab Wren Michael und Thack einen Kuß. «Es war ganz reizend von euch, daß ihr das getan habt.»

«Ist doch klar», sagte Michael.

«Wollt ihr noch . . . einen Schlummertrunk oder so?»

«Nein, danke», sagte Thack. «Es ist schon spät.»

Geniale Antwort, dachte Michael.

Wren wandte sich an Brian und sagte: «Dann gib dem guten Mann seine Schlüssel.»

«Ach so.» Brian wühlte in seiner Tasche und reichte Michael die Schlüssel. Selbst im Dunkeln wirkte er verlegen.

«Der Fahrer kommt um zehn», sagte Wren zu Michael. «Wir schauen kurz danach bei euch vorbei.»

«Ist gut», sagte Michael. Er verabschiedete sich von Brian, indem er sich etwas linkisch mit zwei Fingern an die Schläfe tippte, und stieg mit Thack in den VW.

«Holla, holla», sagte Thack, als sie losfuhren.

Eins mit der Natur

Booter widerfuhr etwas Merkwürdiges, während er quasi als Gefangener von Mabels Winnebago in der Dunkelheit schmachtete: Er stellte fest, daß es ihm gefiel. Es war irgendwie beruhigend, auf diese Art liegengeblieben zu sein, so eindeutig ein Opfer der Umstände zu sein, daß alle Entscheidungen bedeutungslos waren und jede Verantwortlichkeit aufgehoben.

In den vierzig Minuten, die er wartete, sausten auf der schmalen Straße nur zwei Wagen vorbei, und mit Ausnahme der Eulenschreie und des gelegentlichen Wisperns der Blätter war es im Wald verführerisch ruhig.

Nur ganz kurz, aber mit überraschender Dramatik war ein Waschbär auf einen Ast vor dem Fenster geklettert und hatte ihn durch die Scheibe hindurch ruhig betrachtet. Booter war mucksmäuschenstill geblieben, hatte dem kleinen maskierten Räuber von Kreatur zu Kreatur gegenübergesessen und den Atem angehalten wie ein Kind beim Versteckspielen.

Als der Waschbär seine Neugier befriedigt hatte und davontrottete, stieß Booter ein anerkennendes Geräusch aus, das tief aus seiner Kehle kam. Jemand Unbeteiligtes hätte es für ein Kichern halten können.

Eins mit der Natur, dachte er, und setzte die Flasche wieder an. War das nicht der Begriff dafür?

Doch da kämpfte sich auch schon Mabel durch die abgebrochenen Zweige. Er mußte unwillkürlich an einen dieser liebenswerten zerzausten Bären aus den *Geschichten von Uncle Remus* denken.

«'ne halbe Stunde», sagte sie, als sie in das Wohnmobil kletterte. «Der Abschleppwagen kommt aus Guerneville.» Leicht keuchend atmete sie erst einmal durch und griff dann in die Brusttasche ihres Hemds. «Es waren nur Butterfingers drin», sagte sie und reichte ihm einen.

Er dachte an die Schokolade, die Edgar ihm gegeben hatte,

erinnerte sich an das seltsam erwartungsvolle Glitzern in seinen Augen. Was erwartete der Junge von ihm?

«Ich wollte doch keinen», sagte er zu Mabel.

«Tja, ich hör aber nicht auf das, was Männer sagen.» Sie stupste ihn mit dem Butterfinger wie ein frischgebackener Vater, der Zigarren verteilt. «Nehmen Sie schon, Roger.»

Er griff danach.

«Was grinsen Sie so?» fragte sie.

«Ach, nur so.»

«Na, dann essen Sie gefälligst Ihren Süßkram.»

Er zog das dottergelbe Papier ein Stück nach unten. «Die hat's bei uns schon gegeben, als ich noch ein kleiner Junge war.»

«Ja», sagte sie, während sie noch mit ihrem Papier kämpfte. «Bei uns auch.»

«Sie waren größer damals.» Er schaute den dunklen Riegel an und biß ein Stück ab. Sie tat das gleiche.

«Wie alt sind Sie?» fragte sie kauend.

«Einundsiebzig», erwiderte er.

Als wollte sie es ihm in seiner Unerschrockenheit gleichtun, sagte sie: «Ich bin siebenundsechzig.»

Er nickte und hob wie zum Gruß seinen Butterfinger.

«Ich schau aber nicht aus wie siebenundsechzig», schob sie nach.

«Nein», stimmte er ihr zu, «das garantiert nicht.»

Mit dem nächsten Bissen hatte sie ihren Schokoriegel weggeputzt. Sie zerknüllte das Papier. «Erzählen Sie mir doch was über Ihr Lager.»

«Und was?»

Sie zuckte mit den Schultern. «Was tun Sie denn dort?»

Er überlegte kurz. «Vor ein paar Tagen habe ich eine Rede gehalten.»

«Ja? Über was?»

«Na ja . . . über die Strategic Defense Initiative.»

Sie nickte mit kritischer Würde. «'ne gute Sache.»

«Tja, ich habe mir jedenfalls alle Mühe gegeben, um . . .»

«'ne verdammt gute Sache. Wenn die Russen nich schneller sind wie wir.»

«Na ja», sagte er, «die Gefahr ist sicher nicht von der Hand zu weisen.»

«Man kann ihnen nicht über den Weg trauen, den Arschlöchern.»

«Nein. Da haben Sie recht.»

Sie redeten nicht weiter. Mabel trommelte mit ihren roten Wurstfingern auf das Armaturenbrett. Die Nachtgeräusche wurden lauter und ließen eine Unterhaltung unpassend erscheinen.

«Wollen Sie aussteigen und sich die Beine vertreten?» fragte sie schließlich.

«Nein. Vielen Dank.»

«Das tut mir leid mit Ihrem Freund», sagte sie.

«Danke.»

«Fehlt er Ihnen?» Er nickte.

Sie seufzte geräuschvoll und schaute kurz aus dem Fenster. Dann sagte sie: «Ich hab noch 'ne Flasche hinten.»

Er drehte sich zu ihr hin und lächelte. «Holen Sie sie.»

Pyjama ohne Füße dran

Michael lag auf dem Ausziehsofa in der Hütte. Sein Kopf ruhte auf Thacks Brust. «War das eine Nacht», sagte er.

«A-men, Bruder.» Thack spielte träge mit Michaels Ohrläppchen, als würde er Teig kneten. «Fühlst du dich kein bißchen schuldig?»

«Warum?» fragte Michael leicht verwundert. «Weil wir uns im Grove eingeschlichen haben?»

«Nein. Wegen Beihilfe zum Ehebruch.»

Michael zögerte. «Ich glaub nicht, daß das was mit Ehebruch zu tun hat.»

«Nein?»

«Nein.»

«Wie würdest du's dann nennen?»

«Ich glaub, es geht mehr ums . . . Nichtalleinsein.»

«Ach, komm.»

«Ich bin mir da ziemlich sicher», sagte Michael.

«Du glaubst nicht, daß die beiden dort oben vögeln, bis ihnen die Augen aus dem Kopf springen?»

«Nein.»

«Von Lust hast du ja wohl gar keine Ahnung.»

«Kann sein.»

Michael blieb einige Zeit liegen und hörte Thacks Herzschlag zu. Aus dem hohen Gras am Bachufer waren Froschgesänge zu hören. In dem rosa Wohnwagen hatte jemand Buddy Hollys «True Love Ways» laufen.

«Den Song find ich toll», sagte Michael.

«Mhm.»

Sie hörten eine Zeitlang zu, und Thack summte gnadenlos mit. «Du bist vielleicht ein sentimentaler Kerl», sagte Michael. Fast hätte er «romantischer» gesagt, aber das Wort kam ihm dann doch zu gefährlich vor.

«Tja», sagte Thack. «Wo wir doch auch jedesmal Musikuntermalung haben, wenn wir vögeln.»

Michael gluckste. «Stimmt.»

Thack fuhr mit dem Finger Michaels Schulter entlang und legte ihm dann seine warme Hand auf den Rücken.

«Ich bin auch sentimental», sagte Michael. «Das ist ja nichts Schlimmes.»

«Ganz und gar nicht.»

«Ich meine . . . nicht, wenn's ausgewogen ist. Wenn beide sentimental sind . . . dann ist das okay.»

Schweigen.

«Soll ich dir was Lustiges erzählen?» fragte Michael.

«Was?»

«Als wir uns kennengelernt haben, hab ich mir vorgestellt, wie du im Jockstrap aussiehst.»

Thack lächelte.

«Und jetzt», sagte Michael, «möchte ich dich im Pyjama sehen.»

«Im Pyjama?»

«Ja. Aus Flanell. Und babyblau.»

«Aber nicht in so einem mit Füßen dran?»

Michael lachte. «Nein, nein . . . in einem ganz normalen.»

Thack strich Michael über die Haare. «Vielleicht beim nächstenmal, hm?»

«Ja, vielleicht.» Er ließ seine Hand über Thacks flachen Bauch gleiten. «Was meinst du, wann das sein könnte?»

«Ich weiß nicht», sagte Thack. «Schwer zu sagen. Bist du öfters im Osten?»

«Nein, eigentlich nicht.»

«Ich würd gern wiederkommen», sagte Thack.

«Ja?»

«Klar.»

«Wir könnten die Sache ein bißchen vertiefen.»

«Die Sache?» fragte Thack.

«Mit uns», sagte Michael.

Thack sagte nichts, sondern strich Michael nur weiter über die Haare.

Michael war sich ziemlich sicher, daß er zu weit gegangen war.

Eine verschmähte Frau

Im Chalet kümmerte sich Wren um Brian, dessen Kopf auf ihrer Brust ruhte.

«Rufst du mich an?» fragte sie.

«Wann?»

«Ach . . . wenn der Mond sich über den Berg erhebt. Wenn die Schwalben kehren zurück nach Capistrano.» Sie gab ihm eine sanfte Ohrfeige. «Wann glaubst du denn, Dummerchen?»

«Okay», sagte er.

«Versprochen?»

«Ja.»

«Ja oder nein reicht schon.»

«Ist gut.»

«Wenn du's nicht tust», sagte sie, «ruf ich bei dir zu Hause an und bring dich schwer in Verlegenheit.» Er lächelte.

Ihre Finger erkundeten seine kastanienbraunen Locken. «Ich find's nett, daß du den Jungs zuliebe auf die Fahrt in der Stretch-Limo verzichtet hast.»

«Ach, das ist doch nichts Besonderes», sagte er. «Was passiert eigentlich mit deinem Wagen?»

Ihre Besorgtheit war wieder zu spüren. «Na ja, Booter hat gesagt, ich soll ihn hier stehen lassen.»

«Aha.»

«Ich hab mein Möglichstes getan», sagte sie. «Ich bin schließlich nicht seine Frau.»

«Richtig.»

Und warum ließ sie dann immer neue Dementis vom Stapel? «Ich ruf bei ihm zu Hause an, wenn ich in Chicago bin. Bis dann wird ja wohl jemand was wissen.» Sie stieß einen besorgten Seufzer aus und fügte schwermütig hinzu: «Hure sein ist was Schreckliches. Man hat viel zuviel Verantwortung.»

«Was redest du denn da?» sagte er.

Sie lächelte und fuhr mit den Fingern durch die Kringellöckchen auf seiner Brust. «Deine Empörung in Ehren, aber ich schäm mich nicht dafür. Ich wollte die Erfahrung machen, und ich wollte das Geld haben. Und Booter hat auch ordentlich was gekriegt dafür.»

Das Telefon auf dem Nachttisch klingelte.

«Jahallo», flötete sie in bester Empfangsdamenmanier.

«Wren», sagte der Anrufer, «ich binss.»

«Booter?»

«Ja, ich binss.»

Wenn er nicht besoffen war, dann hörte er sich jedenfalls so an. «Wo bist du, Booter?»

«Äh . . . in Guerneville.»

«Geht's dir denn auch gut?»

«Ja. Ss . . . ss geht mir gut.»

«Du hättest wirklich anrufen können, verdammt noch mal. Warum hast du nicht angerufen?»

«G-ging nicht . . . Ich war in einem Kanu.»

«Was?» Sie hörte, wie im Hintergrund eine Frau etwas murmelte. «Booter . . . wer ist bei dir?»

«Nach einer Pause: «Niemand.»

«Das hör ich.» Sie war inzwischen fuchsteufelswild.

«Iss bloß eine, die . . .»

«Du hast vielleicht Nerven, Booter.» Sie drehte sich zu Brian um und sagte: «Er ist sternhagelvoll und hat eine Frau dabei.»

«Nein», sagte Booter.

«Was heißt hier nein? Ich hör sie doch.»

«Ssiss nicht, was du denkss.»

«Ich reise morgen ab, Booter. Wehe dir, wenn der Scheck nicht gedeckt ist.»

«Der iss gedeckt.»

Sie hörte die Frau im Hintergrund gackern. «Ich leg jetzt auf, Booter.»

«Gottssegnedich», sagte er.

«Klar», sagte sie und knallte den Hörer auf die Gabel.

Sie kochte innerlich vor Wut. Nach einiger Zeit sagte Brian: «Schade, daß du dir solche Sorgen gemacht hast.»

«Ich hab mir keine Sorgen gemacht», sagte sie.

«Na ja . . . trotzdem.»

«Dieser Arsch», sagte sie. «Hätt ich ihm doch nur die zehntausend abgeknöpft.»

Sie schlief wütend ein und wachte auch so auf. Sie stand vor Brian auf, um noch den letzten Rest zu packen. Er machte für sie beide arme Ritter zum Frühstück und trug den letzten Müllbeutel hinaus. Als die Stretch-Limo um Viertel vor zehn kam, saßen sie schon auf der Hintertreppe. Es war diesmal ein anderer Fahrer (und Gott sei Dank nicht der, mit dem sie geschlafen hatte), und er hätte zu gern erfahren, warum er in den Genuß einer Nacht im Sonoma Mission Inn gekommen war.

Sie war fest entschlossen, das ganze Fiasko zu vergessen, und stillte seine Neugier deshalb nicht.

Schweigend fuhren sie nach Cazadero, wo Michael und Thack unter Entzückensschreien über die Limousine mit Brian den Platz tauschten. Wren nahm Brian an der Tür zu seiner kleinen Hütte rasch noch einmal in den Arm. «Ruf an», flüsterte sie.

«Mach ich», antwortete er.

Sie winkte ihm zum Abschied durch die Heckscheibe der Stretch-Limo, war sich aber nicht sicher, ob er sie gesehen hatte.

In der Stadt sagte sie dem Fahrer auf Michaels Drängen hin, er solle den Russian Hill auf der steilsten Straße hochfahren. Das war anscheinend die Jones Street, die wie eine Klippe fast senkrecht aufragte und die Stretch-Limo auf eine harte Probe stellte. Sie jauchzten alle wie verrückt, als sie hochfuhren.

«Darf man das denn?» japste sie.

Michael lachte. «Runter ist es noch viel toller.»

«So was Abartiges», sagte sie.

«Mit einer Stretch-Limo hab ich das noch nie gemacht», sagte er.

Sie schnaubte verächtlich. «Ich kann mir auch was Schöneres vorstellen.»

«Und ob», sagte Thack.

«O Gott», keuchte sie. «Ist das ein Stoppschild da vorne?» Sie beugte sich vor und tippte dem Fahrer auf die Schulter. «Halten Sie ja nicht an, verstanden? Das verträgt mein Körper nicht.»

Michael lachte erneut. «Verträgt er denn einen rasenden Linienbus?»

Der Fahrer hielt wie vorgeschrieben, bog nach rechts ab und

fuhr den nächsten Hang hoch, doch der war entschieden weniger steil als der letzte. Nach einer neuerlichen Rechtskurve waren sie auf dem nächsten schwindelerregenden Steilhang. Doch auf dem fuhren sie diesmal ganz langsam nach unten. Die geradezu lächerlich blaue Bay lag zu ihren Füßen.

«In Ordnung», sagte sie zu Michael. «Schluß jetzt mit der Achterbahn.»

«Aber wir sind doch schon da», sagte er mit großen Unschuldsaugen. «Ehrlich.»

«Wo sind wir ehrlich schon?» Sie stützte sich mit den Fingerspitzen an der Rückenlehne des Vordersitzes ab, als würde sie das davor bewahren, zum Fenster hinaus-, den Hang hinunter- und in die Bay hineinzukullern.

«Da, wo ich wohne», erwiderte er. «Die Treppe da unten. Die Holztreppe.»

«Wer's glaubt.»

«Aber ja!» Er strahlte vor Stolz. «Dort rechts können Sie parken», sagte er zum Fahrer. «Den Rest muß man zu Fuß gehen.» Er wandte sich wieder an Wren und ergänzte: «Und in dem riesigen Hochhaus über uns wohnt Brian.»

«Ich kann da nicht hochgucken», murmelte sie. «Und auch nicht runter. Sonst kotz ich beim Mittagessen.»

Der Fahrer parkte am rechten Straßenrand und zog die Handbremse an. Michael und Thack kramten rasch ihre Siebensachen zusammen. Dann fing Thack an, leere Saftflaschen einzusammeln und sie in eine Papiertüte zu stecken. «Lassen Sie das doch», sagte sie zu ihm. «Das ist alles inbegriffen.»

«Er ist ein Zwangscharakter», sagte Michael.

Thack sah sie beide böse an und sammelte weiter den Müll ein.

«Genau das, was Sie brauchen», sagte Wren zu Michael.

Schon diese Andeutung eines Kuppeleiversuchs schien Michael in Verlegenheit zu bringen, weshalb sie ihm die Hand schüttelte und hinzufügte: «Es war toll.»

«Find ich auch», sagte er. «Ich kann's kaum fassen, daß ich Sie kennengelernt hab.»

«Brian hat meine Nummer», sagte sie und fragte sich, ob er den Grund dafür erraten würde.

Michael nickte. «Geben Sie auf ihn acht», sagte sie.

«Mach ich», erwiderte er, ohne sie anzusehen.

Sie drehte sich um und ergriff Thacks Hand. «Grüßen Sie Charleston schön von mir.»

«Okay», sagte Thack. «Und vielen Dank für die Spritztour.» Er stieg aus und wartete auf dem Bürgersteig.

Michael sah sie kurz an, drückte ihr dann rasch ein Küßchen auf die Wange und hüpfte aus dem Wagen. Sie sah Thack und ihm nach, wie sie über die Straße gingen und die baufällige Holztreppe hinaufstiegen, auf die er gezeigt hatte. Umgeben von trockenem Gras stand am Fuß der Treppe ein windschiefes Straßenschild mit der Aufschrift BARBARY.

«Ist das auch nicht gefährlich?» brüllte sie, als die beiden auf dem Treppenabsatz waren.

Michael legte die Hände um den Mund und brüllte zurück: «Was ist im Leben nicht gefährlich?»

Sie lächelte noch, als er schon zwischen den staubigen Bäumen am Ende der Treppe verschwand.

Der Fahrer drehte sich um und fragte: «Zum Flughafen, Miss Douglas?»

«Ja», sagte sie. «Es wird Zeit, daß ich nach Hause komme.»

Gefangener der Liebe

Als sie zum Vorgarten der Nummer 28 kamen, sprengte Mrs. Madrigal gerade ihre dürstenden Pflanzen. Wegen der unbändigen Hitze hatte sie ein luftiges altes Gingankleid angezogen, das angesichts der Grazie, mit der sie ihren grobknochigen Körper bewegte, viel zu sehr an Miss Marple erinnerte.

«Na, wie war's?» rief sie, als sie durch das überdachte Gartentor traten.

«Traumhaft», sagte Thack.

Sie drehte die Düse zu, ließ den Schlauch fallen und nahm sich der losen Strähnen an ihren Schläfen an. «Hier war's grauenhaft, einfach mörderisch. Jeden Tag an die dreißig Grad.»

«Sie sind verwöhnt», sagte Thack.

Sie bedachte ihn mit einem überraschend koketten Blick und drückte ihre Haare erneut in Form. «Trotzdem», sagte sie.

«Ein herrlicher Garten», sagte Michael.

«Es wird. Ist Brian mit euch zurückgekommen?» Sie hatte ein absichtsvolles Glitzern in den Augen, das ihren beiläufigen Ton Lügen strafte.

«Nein», sagte Michael. «Wir konnten bei jemand anderem mitfahren. Und er kommt mit meinem Wagen.»

«Aha», sagte die Vermieterin.

«Warum?»

«Ach . . . na ja . . . Mary Ann hat nach ihm gefragt.»

Michael überlegte, wieviel Mrs. Madrigal wohl wußte. «Er müßte bald dasein», sagte er so harmlos wie möglich.

Sie fixierte ihn mit ihren großen Wedgwoodaugen. «Er hat sie nicht angerufen», sagte sie. «Er war ein ganz unartiger Junge.»

Er machte eine hilflose Geste. «Was soll ich Ihnen sagen?»

Sie sah ihn noch etwas länger an, bevor sie sich nach ihren Gartenhandschuhen bückte. Als sie sich wieder aufgerichtet hatte, widmete sie ihre Aufmerksamkeit Thack. «Michael zeigt dir doch die Sehenswürdigkeiten, oder?»

«O ja», antwortete Thack.

«Gefällt's dir hier?»

«Sehr.»

«Das freut mich aber. Und wie lange werden wir das Vergnügen deiner Anwesenheit noch haben?»

«Tja», sagte Thack, «bis heute abend, schätz ich. Da geht mein Flug.»

Das war Michael ganz neu, aber er schaute Thack nicht an, weil er Angst hatte, seine Empfindungen zu verraten. Er nahm an, daß Mrs. Madrigal ihm den Schmerz wahrscheinlich schon ansah und auch um die riesengroße Wolke wußte, die sich auf ihn herabsenkte.

Nachdem sie beide geduscht und frische Sachen angezogen hatten, sagte Michael in seinem Schlafzimmer: «Wann geht dein Flug?»

«Um Viertel nach sechs», erwiderte Thack.

Michael ging zum Fenster und schaute hinaus. «Irgendwie hab ich gedacht, es wär erst morgen soweit.» Sein leerer Blick blieb an Alcatraz hängen, dem Grund für seinen Schmerz, dem Schauplatz des Verbrechens. «Ich hatte mir vorgestellt, daß wir hier noch mal schlafen.»

Thack zögerte und sagte dann: «Ein hübscher Gedanke.»

«Aber?» fragte Michael und ließ wider besseres Wissen nicht locker.

Thack stellte sich hinter ihn und legte die Arme um ihn. «Ich werd am Dienstag morgen frisch und ausgeruht in Middleton Plantation erwartet.»

«Wozu?» fragte Michael, den eine derart exotische Ausrede befremdete.

«Ich halte einen Vortrag», sagte Thack. «Vor einem Haufen Denkmalschützern aus dem Norden.»

«Worüber?» fragte Michael.

Thack küßte ihn aufs Ohr. «Hauptsächlich über Finanzierungsfragen. Lauter langweiliges Zeug.» Er wiegte Michael vor und zurück. «Früher oder später holt einen die Realität gnadenlos ein, was?»

Das war viel zu glatt, fand Michael, war die schablonenhafte Koda zu einer Kreuzfahrtromanze. Aber er wohnte doch hier, oder? Das war sein Schiff. Was war daran Realität gewesen?

«Komm», sagte Thack und führte ihn zum Bett. «Schmusen wir ein bißchen.»

Als sie so dalagen, Thack mit dem Rücken an Michaels Brust, sagte Michael: «Wie schrecklich. Ich komm mir vor wie am Sonntagnachmittag.»

«Es *ist* Sonntagnachmittag», sagte Thack.

«Ich weiß, aber ... ich meine, es ist wie früher als Kind, wenn man gewußt hat, daß der Montag vor der Tür steht und die Uhr läuft. Die Samstage waren ideal, weil man da noch den Sonntag als Puffer hatte. Aber am Sonntag wurde alles immer nur schlimmer.»

Thack nahm Michaels Hand und küßte sie. «Genieß den Augenblick», sagte er.

Ach, scheiß drauf, dachte Michael. «Weißt du», sagte er leise, «du bist mehr Kalifornier, als ich es je sein werde.»

Die durch die Jalousien fallende Nachmittagssonne legte Schattenstreifen über sie und machte erneut Gefangene aus ihnen. Michael schlief einige Zeit und wachte auf, als die Streifen verschwunden waren. Thack schlief noch.

Der Wecker zeigte vier Uhr siebenundvierzig. Für einen Flug um Viertel nach sechs mußten sie spätestens um halb sechs aus dem Haus. Wenn sie verschliefen – und warum sollte das nicht passieren können? –, ging der nächste Flug vielleicht erst Gott weiß wann ...

Die Verschlagenheit, die er im Notfall an den Tag legte, war verblüffend. Bußfertig umfaßte er Thacks Bizeps und drückte sanft. Thack wachte lächelnd auf. Wie konnte er nur so glücklich aussehen? Und überhaupt: Wie konnte er nur so ruhig schlafen, wenn die Zeit – nein, ihre Zeit – zerrann?

«Du solltest packen», sagte Michael.

«Schon dabei», sagte Thack.

Michael rieb sich die Augen. «Ich fahr dich natürlich.»

«Wohl kaum.»

«Wie?»

«Dazu müßte Brian schon zurück sein.»

«Ach, Scheiße. Du hast recht. Aber ... er muß doch schon da sein.» Er schnappte sich das Telefon vom Nachttisch und rief im Summit an. Nach dem dritten Klingeln meldete Mary Ann sich mit einem frostigen Hallo.

«Ich bin's», sagte er, «Michael. Ist Brian schon da?»

«Wart ihr nicht zusammen?»

«Nein . . . das heißt, ja, aber wir sind in zwei Autos nach Haus gefahren.»

«Warum das denn?»

«Einfach nur so», sagte er. Von Wren erzählte er lieber doch nichts. «Wir haben einen Bekannten getroffen, und Brian wollte ohnehin gern ein bißchen allein sein.»

«Seit wann bist du schon zurück?» fragte sie.

«Seit ein paar Stunden. Vielleicht hat er die Küstenstraße genommen.»

«Ja», sagte sie kühl. «Vielleicht. Ich kann dazu nichts sagen. Du hast ihn zuletzt gesehen.»

Das war eindeutig eine versteckte Schuldzuweisung, und Michael dachte nicht daran, sich den Schuh anzuziehen. «Er hat gesagt, daß er nach Hause fährt», konterte er scharf. «Ich ruf nur an, weil ich zum Flugplatz muß und dazu den Wagen brauche. Sag ihm doch, er soll mich bitte anrufen, ja? Gleich wenn er kommt.»

Sie blieb einen Augenblick stumm und sagte dann: «Bist du sauer auf mich, Mouse?»

Der Kosename war so alt wie ihre Freundschaft. Kein Zweifel: Sie benutzte ihn, um zu zeigen, daß es ihr ernst war.

«Nein . . . gar nicht.»

«Du hörst dich richtig wütend an. Was hab ich angestellt?»

«Nichts.»

«Neulich nach der Show hab ich dich noch gesucht. Du bist einfach abgehauen.»

«Tut mir leid», sagte er, «wenn das falsch rübergekommen ist. Ich mußte einfach nur zur Arbeit, sonst nichts.»

«Aber du wolltest doch Wren Douglas kennenlernen.» Da war wieder dieses gewisse gekränkte Tremolo, das sie in Cleveland perfektioniert hatte. Michael hatte es schon länger nicht gehört, aber es zog noch immer.

«Ach, so wichtig war sie mir auch wieder nicht», log er. «Nach der Show hab ich mir das mit dem Kennenlernen anders überlegt.»

«Aha.»

«Sie war auch gar nicht so toll», fügte er hinzu und kam sich gleich zwei Frauen gegenüber wie ein Verräter vor. «Mit dir hatte das gar nichts zu tun, glaub mir.»

«Schon gut. Ich wollt's nur wissen.»

«Wir reden später noch mal, ja? Mein Freund verpaßt noch seinen Flug, wenn ich nicht sofort ein Taxi rufe.»

«Ich hab dich lieb, Mouse.»

«Ich dich auch, Schatz. Tschüs.»

Von Schuldgefühlen gepeinigt, legte er auf, rief bei Veterans an und bestellte ein Taxi an den Fuß der Barbary-Lane-Treppe. «Wir sollten gleich los», sagte er danach zu Thack. «Es ist sicher bald da.»

Beladen mit Thacks Gepäck, steuerten sie an den wackligen Ballaststeinen am Rand der Barbary Lane vorbei. «Soll ich mitkommen?» fragte Michael plötzlich.

Thack machte ein entgeistertes Gesicht.

«Zum Flughafen», ergänzte Michael.

«Ach so . . . na ja, du müßtest dann aber doch die Rückfahrt bezahlen.» Michael drängte nicht weiter. Er stellte sich vor, wie er allein im Taxi saß, und das kam ihm sogar noch trostloser vor als das, was gerade lief.

«Außerdem», sagte Thack, «fänd ich's schön, wenn wir uns an der Treppe verabschieden. Das hat was sehr Symmetrisches und ist außerdem ein sauberer Schnitt.»

Das hörte sich für Michael arg nach Tischlerhandwerk an, präzise und ein bißchen kaltblütig.

«Ach ja», sagte Thack noch. «Richt Mrs. Madrigal doch aus, daß ich es sehr schade finde.»

«Was?»

«Wird nicht morgen die Treppe abgerissen?»

«Ach so, ja.» Er hatte seit Tagen nicht mehr daran gedacht. «Ja, ich richt's ihr aus.»

An der Treppe setzte Thack seinen Koffer ab. Michael tat das gleiche mit dem Handgepäck. Thack sagte: «Es war ganz toll. Ich nehm wunderbare Erinnerungen mit.»

«Ja, ich auch», sagte Michael.

Sadistisch früh kam das Taxi auf die Treppe zugefahren. Thack winkte gebieterisch und legte die Arme um Michael. «Gib mir einen Kuß. Er soll sich richtig winden vor Peinlichkeit.»

«Daraus wird wohl nichts», sagte Michael, als er sah, wer am Steuer saß. «Hallo, Teddy», brüllte er hinunter.

«Hallo, Michael», tönte es wohlklingend zurück.

«Er ist ein Freund von mir», erklärte er Thack. «Wahrscheinlich hat er sich regelrecht gerissen um die Fahrt.»

«Mhm.»

«Er ist von Adel.»

«Von Homoadel?»

«Nein, von englischem», sagte Michael. «Er heißt Lord Roughton. Er hat eine lesbische Freundin von mir geheiratet. Sag ihm, er soll dir die Geschichte erzählen.»

«Mach ich», sagte Thack lächelnd. Er küßte Michael sanft auf den Mund. Zweimal. «Bleib gesund», sagte er zärtlich.

«Das hab ich fest vor», sagte Michael.

Thack schnappte sich sein Gepäck und eilte die Treppe hinunter. Er blieb nur kurz stehen, um sein Werk von vor ein paar Tagen zu begutachten. Als er merkte, daß Michael ihn beobachtete, grinste er verlegen. «Unsere Stufe», sagte er.

«Ja, ich weiß», sagte Michael.

Michael hatte nichts im Haus, das auch nur im entferntesten als Kummerkiller dienen konnte, weshalb er zum Searchlight Market hinunterlief und einen Liter Milch und eine Packung Oreos kaufte. Er hatte sich schon über sie hergemacht, als das Telefon klingelte.

«Ja», sagte er abweisend. Er war nicht bereit, irgend jemand mit falscher Freundlichkeit zu begegnen, am wenigsten Brian, der schon vor Stunden hätte anrufen sollen, wenn er vorgehabt hatte, so viel später zu kommen.

Aber es war Charlie. «Na, wie ist es gelaufen?»

«Es war schön», sagte er.

«Schön? Was heißt das? Und was ist das für ein Geräusch?»
«Ich esse», sagte Michael.
«Doch nicht etwa Kekse? Oreos?»
«Ja.»
«Ach, du Scheiße. Dann ist es aber ernst. Ist er noch da?»
«Nein. Er ist fort.»
«Habt ihr euch gestritten?»
«Nein, Charlie, haben wir nicht. Er ist einfach nach Hause gefahren.»
«Tja . . . du hast doch gewußt, daß das irgendwann kommt.»
«Wie wahr», sagte Michael. «Und jetzt wechsel das Thema.»
«Liebend gern», sagte Charlie. «Hast du Lust, mit mir auf eine Trauerfeier zu gehen?»
Michael spürte ein Kribbeln auf der Haut. «Für wen?»
«Du kennst ihn nicht. Philip Presley. Ich glaub, er hat auf der Halbinsel gearbeitet.»
«Du glaubst? Kanntest du ihn denn gar nicht?»
«Na ja, nicht so richtig. Sein Shanti-Betreuer hat mir bei der Trauerfeier für Lou Pirelli geholfen, und deswegen bin ich ihm jetzt quasi eine schuldig. Ich bitte dich, Michael, seine Eltern sind ganz hartgesottene Fundamentalisten. Ohne moralische Unterstützung halt ich's mit solchen Bibelfanatikern nicht aus.»
«Ich hab aber langsam keine Klamotten mehr», sagte Michael.
«Zieh den Blazer an», sagte Charlie. «Der ist doch sowieso dein Markenzeichen.»
«Wann ist die Feier?»
«Morgen.»
«Da müßte ich eigentlich arbeiten.»
«Sie ist um die Mittagszeit. Ich hol dich ab. Es dauert sicher nicht lang. Jeder soll was zu essen mitbringen, aber ich mach sowieso meine Pecan-Pie, und die ist dann eben von uns beiden.»
Michael kapitulierte mit einem müden Lachen. «Also wann?» fragte er.

«Um zwölf», sagte Charlie. «Du bist ein Schatz.»
«Bis bald dann», sagte Michael.
«Tschau-tschau», sagte Charlie.

Michael legte auf und machte sich wieder über die Oreos her. Er aß ein halbes Dutzend und nahm den Rest mit ins Badezimmer, wo er sich in die Wanne legte und auf Brians Anruf wartete.

Heimweh daheim

Für DeDe war das die friedvollste Landschaft überhaupt: der Obstgarten, der Swimmingpool, der vertraute Anblick des vor Bienen summenden Lavendels, der sich bis in die gelben Hügel hochzog. Wimminwood mochte D'orotheas Oz gewesen sein, aber ihr geliebtes Kansas lag hier, ihr ewiger Trost, ihre «Halcyon-Zone».

Lächelnd setzte sie sich auf ihrem Badetuch auf und sah zu, wie die Sonne in den Horizont tauchte wie ein heißer Penny in Butter. Über dem Obstgarten hing feiner umbrafarbener Dunst, und in dem Licht tanzten Stäubchen, die die ganze Szenerie sepiafarben tönten.

Sie rief ihre Tochter, die allein im Pool herumtollte.

«Was ist?» kam die leicht genervte Antwort.

«Genug jetzt, komm raus.»

«Aaaach . . .»

«Keine Widerrede, Anna. Du verschrumpelst sonst noch.»

«Gar nicht. Ich muß doch so viel nachholen. Ich hab noch Entzugserscheinungen.»

DeDe schnitt ihr ein Gesicht. «Du armes Kleines. Du hattest doch so einen herrlichen Fluß direkt vorm Zelt.»

«Einen herrlichen ekligen Fluß», sagte Anna, während sie aus dem Becken kletterte.

In gewissem Maß gab DeDe ihrer Tochter ja recht, aber sie

dachte gar nicht daran, ihr das auch zu sagen. Anna kam quengelnd angelaufen, und während sie darauf wartete, abgetrocknet zu werden, vollführte sie einen kleinen Kriegstanz auf der Stelle. Wahrer Luxus, dachte DeDe, wird nur Kindern zuteil.

«Wo ist Edgar?» fragte sie, als sie Annas Beine abrubbelte.

«In unserem Zimmer», sagte Anna.

Etwas am Tonfall ihrer Tochter ließ sie aufhorchen. «Ihr streitet euch doch nicht schon wieder?»

«Nein», sagte Anna. «Er sagt, er fühlt sich hundsmiserabel.»

«Ist er krank?»

«Nein. Er hat Heimweh.»

«Heimweh?»

«Nach Brother Sun.»

DeDe tupfte Anna das Gesicht trocken und wickelte ihr das Handtuch um wie einen Sarong. «Tja, fordere ihn doch zu einer Partie Mensch-ärgere-dich-nicht heraus. Dann ...»

Anna wackelte mit dem Kopf. «Will er nicht», sagte sie.

DeDe packte ihren Kram zusammen und ging mit schnellen Schritten über die Terrasse in den Wintergarten. Dort saß D'or und schlitzte mit einem Küchenmesser Rechnungen auf. Sie schaute hoch und sagte: «Deine Mutter hat angerufen. Wir sollen morgen zum Brunch kommen.»

«Wie hat sie sich angehört?» fragte DeDe.

«Gut. Munter. Gar nicht wiederzuerkennen.»

«Hast du zugesagt?»

«Hab ich», sagte D'or. «Sogar noch munterer als sie.»

DeDe grinste anzüglich. «Noch eine, die nicht wiederzuerkennen ist.»

Sie stellte ihre Sachen in der Küche ab, eilte durchs Haus, ging die Treppe hoch und machte erst vor der Kinderzimmertür halt, die einen Spaltbreit offenstand. Edgar hockte im Indianersitz auf der Bank in der Fensternische und hatte sein Tagebuch auf dem Schoß liegen.

«Hallo», sagte sie.

Er schaute ernst zu ihr hoch. «Hallo», erwiderte er.

«Du hast wohl viel aufzuschreiben, hm?»

Er zuckte mit den Schultern.

«Klar», sagte sie und setzte sich neben ihn. «Du hast einen Haufen neue Freunde kennengelernt, du kannst jetzt Geldbeutel machen . . . lauter schöne Sachen.»

Er nickte.

«Es ist ganz normal, daß einem seine Freunde fehlen, weißt du.»

«Ja, ich weiß», sagte er.

«Den einen Jungen hab ich besonders gut leiden können. Philo? Hat er so geheißen?»

Ein erneutes Nicken.

«Hast du über Brother Sun geschrieben?» fragte sie.

«Ja.»

«Wenn du's mir vorliest, vielleicht . . .»

Er schüttelte den Kopf.

«Warum nicht?» fragte sie.

«Das ist nur was für Jungs», erwiderte er.

«Ach so . . . klar.»

«Nimm's mir nicht krumm», sagte Edgar.

«Ich kann's schon verstehen.» Sie legte die Hand auf sein kleines Knie, tätschelte es und stand auf. «D'or macht heute abend gegrillten Thunfisch. Dein Lieblingsessen.»

«Mit Erdnußbuttersoße?»

«Ich glaube schon», sagte sie.

«Leeecker.»

Als sie sich an der Tür noch einmal umdrehte, war er schon wieder in sein Tagebuch vertieft. Sie spürte, wie ihr die Eifersucht einen deutlichen Stich versetzte.

Geordie

Brian saß bei Point Reyes auf einer Sanddüne und sah aufs Meer hinaus, bis der Küstennebel die Sonne ausgelöscht hatte. Dann stapfte er an der Abbott's Lagoon, einem versteckten Meeresarm, vorbei zum Wagen zurück. Er liebte diese Stelle – und das schon seit Jahren –, liebte sie wegen ihrer Verlassenheit und ihrer Dramatik, wegen ihrer unberührten weißen Dünen und des glitzernden Wassers – es war, als wogte hier eine Märchenbuchsahara an biblische Gestade.

Anscheinend öffnete der drohende Tod manchen in letzter Sekunde die Augen. Nicht aber ihm. Er hatte schon vorher gewußt, wie einmalig diese Stelle war. Er hatte es tausendmal gesagt. Am Rand des sprichwörtlichen Lebenswegs standen kaum noch Rosen, bei denen er nicht schon haltgemacht hatte, um an ihnen zu schnuppern.

Hatte das etwa keinen Wert?

Er fuhr auf der atemberaubenden Straße, die am Stinson Beach entlangführte, in Richtung Stadt und stand dann an der Brücke im Stau, bis ein liegengebliebener Saab abgeschleppt war. Als er endlich vor Geordies Gartenhäuschen stand, war es bereits dunkel.

Sie beäugte ihn durch das kleine Fenster in der Tür und machte dann auf. «Hast du was vergessen?» fragte sie kühl. Sie sah weniger abgehärmt aus als beim letztenmal. Zumindest ausgeruhter.

«Es tut mir leid», sagte er.

Sie zuckte mit den Schultern.

«Ich hätte nicht einfach so davonlaufen sollen.»

«Das war vor 'ner Woche», sagte sie mit einem müden Lächeln. «Ich hab's schon wieder vergessen.»

«Darf ich reinkommen?»

Sie zuckte erneut mit den Schultern und bat ihn mit einer überzogenen Willkommensgeste ins Haus. Leicht verlegen trat er in das niedrige Zimmer. Auf dem Couchtisch stand ein halb aufgegessenes und noch dampfendes Fertiggericht.

«Ich stör dich beim Abendessen», sagte er.

«Gibt's sonst was Neues? Setz dich.» Sie schob ein paar Zeitungen vom Sofa, damit er Platz hatte. «Soll ich dir auch was heiß machen? Es ist Lean Cuisine.»

«Nein», sagte er. «Danke.»

Weil ihr klar war, was er dachte, lächelte sie. «Es ist keine Selbstverleugnung», sagte sie. «Ich mach keine Diät. Ich war nur seit der Diagnose nicht mehr einkaufen.»

«Sieht gar nicht schlecht aus», sagte er halbherzig.

«Hast du dich testen lassen?»

«Ja.»

«Wann kriegst du dein Ergebnis?»

«In fünf Tagen», sagte er.

Sie trennte mit der Gabel ein Stück Truthahn ab und kaute heftig darauf herum. «Du bist sicher negativ.»

Er wußte nichts darauf zu sagen. Es kam ihm egoistisch vor, sich etwas zu wünschen, was ihr bereits verwehrt war.

«Ein Bier vielleicht?» fragte sie.

«Nein, danke.»

«Du bist ja 'ne Stimmungskanone», sagte sie trocken.

Er erwiderte ihr Lächeln, brachte aber keinen Ton hervor und ließ die Hände zwischen den Knien baumeln. «Wie geht's deinem Freund?» fragte er schließlich.

«Nicht gut», erwiderte sie. «Lauter Schläuche . . . und all so 'n Zeug. Er erkennt mich nicht.»

«Tut mir leid.» Er blickte wieder zu Boden und ordnete seine Gedanken. «Hör mal . . . ich könnte einkaufen. Im Einkaufen bin ich ganz groß.»

«Für wen?» Sie wich fast unmerklich zurück.

«Für dich . . . jederzeit.»

«He!» sagte sie. «Gut, sie haben eine Geschwulst gefunden. Aber deswegen kann ich immer noch raus, Brian.»

«Du solltest bessere Sachen essen», sagte er. «Grünzeug. Gesunde Sachen. Shiitakepilze.»

«Ich kann Pilze nicht ausstehen», sagte sie.

«Ja, aber Shiitakepilze sind gut fürs Immunsystem. Und es gibt sie auch als Pulver. Das rührt man in V-8-Saft, und der schmeckt dann wie Pizza.» Er sah Jon vor sich, wie er mit einem Glas von dem Zeug im Bett saß, schmatzte und sagte: «Wie? Keine Peperoni?»

«Nein, wie e-kel-haft», sagte Geordie.

Er lachte. «Flüssigpizza. Find ich gut.»

«Nett gemeint, aber vielen Dank.»

«Du wirst jemand brauchen», sagte er.

Sie drehte sich zu ihm hin und sah ihn an.

«Ich hab jede Menge Zeit», schob er nach.

«Du hast eine Frau und ein Kind.»

«Und ein Hausmädchen», sagte er. «Das die meiste Arbeit erledigt.»

Sie musterte ihn noch kurz, bevor sie sagte: «Meine Schwester hat gesagt, daß sie mir hilft.»

«Schön», antwortete er. «Dann sind wir schon zu zweit.»

Sie trennte noch ein Stück Truthahn ab und fragte: «Wird deine Frau wissen, wo du hingehst?»

Ausgerechnet an dem Abend fand er auf Anhieb einen Parkplatz direkt unterhalb der Barbary-Lane-Treppe. Als er im Vorgarten stand, schaute er zum ersten Stock hoch, wo Michaels Fenster wie ein blankpolierter Goldbarren in den dunklen Efeu eingebettet war. Als er darin einen Schatten vorbeigehen sah, wollte er schon rufen, doch dann überlegte er es sich anders und drückte statt dessen auf die Klingel.

Michael sah verärgert aus, als er die Wohnungstür aufmachte.

«Ich hab mich verspätet», sagte Brian sanft. «Und du hast den Wagen gebraucht.»

Michaels Gesicht blieb versteinert. «Thack wär gern zum Flugplatz gebracht worden», sagte er.

Das war es also. Er hatte sie um einen anständigen Abschluß gebracht, um einen verlängerten Abschied. «Tut mir leid», sagte er so reumütig wie möglich. «Ich hab nicht gewußt, daß er heute zurückfliegt.»

«Ach, macht nichts.»

«Ich hab gedacht, ihr . . . spannt einfach noch ein bißchen aus.»

Michael lächelte gequält. «Er spannt in einer 747 aus.»

«Kann ich reinkommen?»

«Klar», sagte Michael. Er trat zur Seite und machte die Tür zu. «Es ist nicht deine Schuld. Ich hab auch nicht gewußt, daß er heute fliegt.»

Brian steuerte auf den Armsessel zu und ließ sich hineinfallen.

«Ich glaub, es ist ihm zuviel geworden», sagte Michael, der sich aufs Sofa setzte.

«Was?»

Michael schüttelte das Kissen neben sich auf. «Daß ich positiv bin.»

«Du hast es ihm gesagt?»

«Ja.»

«Wann?»

«Vor ein paar Tagen», sagte Michael. «Bevor wir miteinander ins Bett gegangen sind.»

Da paßte etwas nicht zusammen. «Hätt er dann nicht schon früher was gesagt?»

«Ach, er hat ganz gelassen reagiert», sagte Michael. «Und wir haben auch Safer Sex gemacht und so. Wenn man Zungenküsse nicht mitrechnet. Aber das tu ich eh nicht.»

«Und warum sollte er dann plötzlich . . .?»

«Vielleicht, weil sich so jeder Gedanke an was . . . Längerfristiges von selbst verbietet.»

«Aber deswegen würd er doch nicht früher abreisen.»

Michael fuhr mit der Hand über die Armlehne des Sofas. «Was weiß ich. Vielleicht hat er mir angesehen, daß ich auf was Längerfristiges scharf bin.» Er lächelte Brian wehmütig an. «Du kennst mich ja.»

Jetzt fügte sich alles ineinander.

«Ich trag's ihm auch gar nicht nach», sagte Michael. «Wer läßt sich schon auf was ein mit einem, der . . . du weißt schon.» Er biß sich auf die Unterlippe. «Er war ein netter Kerl. Etliche andere würden nicht mal ausgehen mit einem, der nicht denselben Antikörperstatus hat wie sie.»

Ehe Brian darauf antworten konnte, sagte Michael: «Du hast ein bißchen Farbe gekriegt.»

«Ja?»

«Wo warst du?»

Brian zuckte mit den Schultern. «An der Küste. Bei Point Reyes. Dann hab ich Geordie besucht.»

«Wen?»

«Diese . . . Freundin von mir.»

«Ach so. Wie geht's ihr?»

«Ganz gut. Besser als mir, hatt ich den Eindruck.»

Michael nickte. «O ja, das kenn ich.»

«Wie schafft sie das nur?» fragte Brian.

«Was?»

«So normal zu bleiben. Ich würd toben und alles kurz und klein schlagen.»

«Das hat sie vielleicht schon hinter sich», sagte Michael.

«Ich würd gar nicht mehr aufhören damit», sagte Brian. «Ich würd durchdrehen.»

Michael lächelte matt. «Früher oder später fragst du dich nur noch, was du mit deiner restlichen Zeit anfangen willst.»

«Tut mir leid», sagte Brian. «Das ist mir zu glatt.»

Michael betrachtete ihn kurz und sagte: «Meine Mutter hat mir letzte Weihnachten ein neues Adreßbuch geschenkt. Ich hab noch nichts reingeschrieben, weil ich mich nicht überwinden kann, die Leute wegzulassen, die jetzt tot sind. Ich kann nicht mal ihre Namen durchstreichen.»

Brian nickte.

«Wie glatt ist das, hm? Es fehlt auf jeder Seite einer. Unter *H* sind außer dir schon alle tot.»

Das klang ganz nach einem Schlag unter die Gürtellinie. «Wie beruhigend für mich», sagte er.

«O ja, natürlich», sagte Michael und verdrehte ärgerlich die Augen. «Es trifft die Homosexuellen, die Haitianer, die Hämophilen und alle Leute, deren Nachname mit H anfängt.»

«Hör mal, wenn du jetzt . . .»

«Es ist völlig okay, daß man Angst hat, Brian.»

«Das weiß ich.»

«Es ist aber auch anstrengend, und darauf hab ich keine Lust mehr. Deswegen fürcht ich mich einfach nicht mehr. Und bei deiner Freundin ist es wahrscheinlich genauso. Da ist nichts besonders Heldenhaftes dran. Man wird einfach so.»

«Und das ist es dann, hm? Einfach: Fürchte dich nicht mehr. Das ist dein Rat?»

«Du kannst es halten, wie du willst», sagte Michael.

Auf den Quatsch konnte er verzichten. «Toll», sagte er und stand auf.

«Setz dich hin», sagte Michael.

«Ach, Mann, du kannst mich mal.»

«Setz dich, ja? Es tut mir leid. Ich bin wegen Thack schräg drauf.»

Brian setzte sich, sah ihn aber nicht an.

«Weißt du, irgendwann ödet es dich an. Das Drüberreden.»

Brian nickte.

«Wenn du wirklich einen Rat von mir haben willst . . . bring endlich deine Geschichten mit Mary Ann auf die Reihe.»

«Ja, klar», sagte er.

«Du bist sicher negativ. Keine Frage. Du hast Schuldgefühle, das macht alles nur noch schlimmer.»

«Kann sein.»

«Viel mehr ist da nicht dahinter, Brian. Glaub mir.»

«Und was ist mit dem . . . na ja, mit dem Nachtschweiß?»

«Den hattest du nur einmal», sagte Michael.

«Zweimal.»

«Na schön, zweimal. Deine Psyche kann alle möglichen Ungeheuer ausbrüten.»

«Du meinst, es war die Psyche?»

«Gut möglich.»

«Ich weiß nicht.»

«Deine Kopfschmerzen sind doch verschwunden, oder? Und auch deine Mattigkeit.»

Er mußte zugeben, daß das stimmte.

«Du wirst nicht sterben», sagte Michael. «Jemand muß sich doch um mich kümmern.»

«He.» Brian schaute zu ihm hinüber. «Red keinen Quatsch.»

«Ja, ja schon gut ... Niemand wird sterben.»

Brian sah das koboldhafte Glitzern in Michaels Augen und erwiderte sein Lächeln. «Ich hab dich unheimlich gern, Michael.»

Michael schüttelte das Kissen erneut auf. «Dann heirat mich doch.»

Brian lachte.

«Im Ernst», sagte Michael. «Ich brauch einen Partner.»

«Einen Partner?»

«Für die Gärtnerei, du Knalltüte.»

«Seit wann suchst du einen Partner?»

Michael zuckte mit den Schultern. «Ich hab schon dran gedacht, seit Ned weggegangen ist.»

«Du hast mit Wren geredet», sagte Brian.

Michael runzelte die Stirn. «Was hat Wren damit zu tun?»

«Bestimmt jede Menge.»

«Ach, red doch keinen Scheiß. Das geht mir schon seit mindestens einem Jahr durch den Kopf.»

«Und trotzdem hast du mit Wren geredet.»

«Na ja, vielleicht hat sie wirklich mal so ganz nebenbei erwähnt, daß du Interesse angemeldet hast ... Aber wenn du das ganz furchtbar findest ...»

«Ich find es nicht furchtbar», sagte Brian.

«Ich will das Grundstück daneben kaufen. Und das Treibhaus vergrößern. Ich brauch einen Investor, und ich hätte gern wieder einen Partner. Du bist relativ kräftig, wir verstehen uns, und es würd keine unangenehmen Überraschungen geben.» Michael lächelte. «‹Du bist mir kein Rätsel, Amanda.›»

Brian lächelte ebenfalls. *«Private Lives.»*

«Siehst du? Ein Stecher, der Coward kennt. Was will ich mehr?»

Brian zögerte. «Es könnte vielleicht sogar klappen.»

«*Klappen?* Es wird der größte Spaß, den wir je hatten.» Michael erinnerte ihn an einen kleinen Jungen, der seinen Kumpel ins Baumhaus locken will. «Komm schon. Sag ja.»

«Ich muß erst noch mit Mary Ann drüber reden», sagte er.

Als er zum Summit hinüberging, kämpfte er mit dem Schreckgespenst, das ihn auf dem Weg den mondhellen Hang hoch beharrlich verfolgte. Der Portier riß einen schwachen Witz über die Waldbrände, die in den Santa Cruz Mountains noch vor sich hin schwelten. Anscheinend waren ganze Wohnviertel niedergebrannt, und Brian hatte tagelang kein einziges Mal daran gedacht.

Im zweiundzwanzigsten Stock empfing Mary Ann ihn in Levi's und einem rosa Button-down-Hemd. Es brannten mehr Kerzen als sonst, und im Hintergrund lief die Synthesizermusik, die sie normalerweise zum Sex spielten. Ob sie das Band schon den ganzen Abend laufen hatte, während sie auf ihn wartete?

«Na?» sagte sie leise, als sie endlich wieder in seinen Armen lag.

«Entschuldige», sagte er.

«Schon gut.»

«Ich bin zur Abbott's Lagoon rausgefahren und hab die Zeit aus den Augen verloren.»

«Hast du schon gegessen?» fragte sie und ging ins Wohnzimmer voraus.

«Ich hab keinen Hunger», erwiderte er, merkte allerdings sofort, daß das nicht ganz stimmte. In dem Szenario, das er sich zurechtgelegt hatte, war Essen nur nicht vorgesehen.

«Es ist ein toller Obstsalat da. Alles frische Sachen.»

«Nein», sagte er.

Sie legte ihm den Arm um die Hüfte. «Du hast abgenommen», sagte sie. «Steht dir gut.»

Er wich ihrem Blick aus.

«Du hast wieder Backenknochen», sagte sie und fuhr ihm über die Wange.

Er setzte sich aufs Sofa und schleuderte die Schuhe von den Füßen. Sie kuschelte sich an ihn und sagte: «Ich hab *Entertainment Tonight* aufgenommen. Es kommt ganz gut was rüber.»

«Ja, das hab ich auch gehört.»

«Von wem?»

«Ach so . . . von Mrs. Madrigal. Michael hat mit ihr telefoniert.» Er konnte schlecht zugeben, daß er die Vermieterin angerufen hatte, wo Mary Ann nichts von ihm gehört hatte.

«Ich hab gedacht, *du* hättest angerufen», sagte sie. «Shawna hat nämlich so was erzählt.»

«Ach so, ja . . . das eine Mal. Ich mein ein anderes Mal.» Er klammerte sich an den Rettungsanker, den seine Tochter bot, und sagte: «Wie geht's ihr denn?»

«Gut. Heute vormittag hat sie die Katze von den Sorensons mit Mousse vollgesprüht.»

Er lächelte leicht.

«Mit Mousse für die Haare», sagte Mary Ann. «Nicht mit Mousse au chocolat.»

Er gluckste.

«Du hast ihr gefehlt», sagte sie.

«Ihr zwei habt mir auch gefehlt.»

Sie sah ihn voller Zärtlichkeit, aber verhalten und etwas schief an. «Hat's denn was gebracht?» fragte sie.

«Was?»

«Daß du geflüchtet bist.»

Was konnte er darauf antworten? Er legte ihr den Arm um die Schultern und zog sie an sich. «Ich bin nicht vor dir geflüchtet.»

«Ist schon gut», sagte sie. Ihre Wange lag an seiner Brust. «Irgendwann ist man sich mal gegenseitig leid.» Sie kicherte und tätschelte ihn. «Ich bin dich auch manchmal leid. Du bist mir diesmal nur zuvorgekommen.»

Das tat ein bißchen weh. Er war Mary Ann nie wirklich leid

gewesen. Auch nicht, wenn er mit Geordie zusammengewesen war.

Als von ihm keine Antwort kam, fragte sie: «Was ist los?»

«Wir müssen reden», sagte er.

Er hörte sich so knapp – und so unheilverkündend – an, daß sie sich aufsetzte und ihn erstaunt ansah. «Gut», sagte sie leise.

«Jemand, den ich gut kenne, hat Aids», fing er genau so an, wie er es sich vorgesagt hatte.

Sie legte die Stirn in Falten. Ihre Fingerspitzen sausten an ihr Kinn hoch und verharrten dort leicht wie Schmetterlinge. «Brian . . . sag nicht, daß Michael . . .»

«Nein», sagte er eindringlich. «Nein, es geht ihm gut.»

«Gott, hast du mich erschreckt!» Sie war erleichtert, und ihre Hand glitt auf ihre Brust hinunter. «Welcher arme Kerl ist es dann?» fragte sie.

«Es ist eine Frau», erwiderte er.

Mann mit Junge

Es war später Vormittag, als Booter, angelockt vom Zeltlagerduft nach Bratwürstchen, seinem Schlafzimmer in Hillsborough entstieg. Er hatte mehr als vierzehn Stunden geschlafen, und sein Körper kam ihm wunderbar erholt vor. Die Schmerzen in den Gliedern waren die ganz normalen Altersschmerzen eines Einundsiebzigjährigen. Damit konnte er leben, die war er gewöhnt.

In der Küche breitete Emma gerade Papiertücher auf der Arbeitsfläche aus. «Das riecht köstlich», sagte er, über die große gußeiserne Pfanne gebeugt.

«Daß Sie mir ja keins klaun», sagte sie. «Die sind für die Gäste.»

Er schaute sie neckisch an. «Bin ich denn kein Gast? Ich bin doch eingeladen, oder?»

«Fragen Sie Miss Frannie», sagte das Hausmädchen. «So lang, wie Sie weg warn, da glaub ich nicht, daß sie noch weiß, wer Sie sind.»

«Jetzt aber.» Sein Lächeln war hauptsächlich eine Anerkennung für ihre unerschrockene Loyalität. Wenn Frannie schmollte, dann schmollte Emma gleich mit. Das war schon immer so gewesen. «Wo ist sie?» fragte er.

Emma nahm ein paar Würstchen zum Abtropfen heraus. «Auf der Terrasse, denk ich. Sie macht die Blumen für den Tisch zurecht.»

Das tat Frannie denn auch, und sie steckte bis zu den Ellbogen in üppigen rosa Rosen. Als sie ihn sah, schien sich ihr Gesicht etwas aufzuhellen, was wohl hieß, daß die Verdrießlichkeit des Hausmädchens ein Überbleibsel gewesen war, eine nachklingende Kühle.

Frannie sagte: «Sind sie nicht wunderschön?»

Er nickte und lächelte sie an, seine alte Freundin. «Hinter den Tennisplätzen stehen ein paar hübsche Farne.»

Sie war leicht verwirrt und klimperte heftig mit den Wimpern. Ihr Gesicht bekam einen kindlich-pausbäckigen Zug, der ihn jedesmal aufs neue amüsierte.

«Zu den Rosen dazu», klärte er sie auf.

«Ach so, na ja . . . ja . . . gut.»

«Wo ist die Gartenschere?»

Sie kramte in ihren Gartensachen herum, reichte ihm die Schere und sagte mit leichter Verblüffung im Blick: «Schönen Dank.»

Er holte aus dem Beet neben den Tennisplätzen fünf oder sechs große Frauenhaarwedel und kam zu seiner Frau zurück, als sie gerade die kleinen Leinenwigwams auf die gläserne Tischplatte setzte. «Nein, wie wunderbar.» Sie nahm die Wedel strahlend entgegen.

«Wer kommt zum Frühstück?» fragte er.

«Ach . . . heute nur Familie. Du wirkst sehr viel ausgeruhter, Booter.»

«Das bin ich auch», versicherte er ihr. «Was heißt Familie?»

«DeDe und D'orothea.»

«Mit den Kindern?» fragte er.

«Mhm», erwiderte sie. «Emma stellt ihnen einen Klapptisch auf den Rasen. Sie werden garantiert nicht stören.»

Davon war er nicht sehr überzeugt.

Wie sich herausstellte, waren die Kinder erstaunlich zahm. Sie beschäftigten sich an ihrem Tisch mit sich selbst und zeigten an den Erwachsenen überhaupt kein Interesse. Eingelullt von der Sonne und dem beruhigenden Singsang der plaudernden Frauen, entspannte Booter sich ein bißchen.

«Und», sagte Frannie gerade, «wo seid ihr denn gelandet?»

Es fiel ihm auf, daß DeDe ihrer Freundin rasch einen Blick zuwarf, bevor sie antwortete: «In Eureka. Aber wir sind viel in der Gegend rumgefahren. Grad so . . . wie wir Lust hatten.»

«Und übernachtet habt ihr in Motels?» Frannie verzog etwas das Gesicht, als sie das Wort aussprach.

«Nein», sagte D'orothea mit fast genausoviel Arroganz. «In Frühstückspensionen.»

«Es gibt da ein paar sehr hübsche», fügte DeDe verteidigend hinzu. «Mit Teppichboden und allem Drum und Dran.»

D'orothea verdrehte die Augen.

«Ganz bestimmt», sagte Frannie heiter. Es war klar, daß sie jede Mißstimmung vermeiden wollte. «Es gibt sicher sehr hübsche.»

«Und du, Mutter? Was hast du so gemacht?» DeDe zog sich ziemlich geschickt aus dem Rampenlicht zurück, fand Booter.

«Ach . . . du kennst mich ja. Ein bißchen Gartenarbeit, ein paar langweilige Verabredungen zum Mittagessen. Viel Fernsehen. Ich habe übrigens diese Frau gesehen. Die, die du so gerne magst. Heute morgen. In Mary Anns Show.»

«Welche Frau?»

«Na, diese Poetrice, die am Broadway aufgeführt wurde.»

«Poetin», sagte D'orothea. «Sabra Landauer.»

«Ja», sagte Frannie. «Die meine ich.»

DeDe runzelte die Stirn. «Sie war in Mary Anns Show?»

Frannie nickte. «Die ganze Sendung lang. Bis auf die letzte Viertelstunde. Da hatten sie ein Hundemedium da.»

Booter konnte das nicht einfach übergehen. «Ein Hundemedium?»

«Eine ganz ungewöhnliche Frau.» Frannie tadelte ihn mit einem Blick. «Spotte nicht über Dinge, von denen du nichts verstehst.»

DeDe schaute nicht hoch und löffelte weiter ihre Grapefruit aus. «Hat das Medium Sabras Gedanken gelesen?»

Booter gluckste. DeDe ließ ab und zu richtig gute Sprüche vom Stapel.

Seine Frau drehte sich verwirrt zu DeDe um. «Ich dachte, du bewunderst sie. Weil sie Feiministin ist.»

«Sie ist ganz in Ordnung», sagte DeDe, als Emma eine Platte mit Rührei und Bratwürsten brachte, über die gehackte Petersilie gestreut war. Booter fiel ein erneuter rascher Blickwechsel zwischen DeDe und D'orothea auf.

Frannie nahm dem Hausmädchen die Platte ab und sagte: «Nun, sie war viel hübscher, als ich gedacht hatte.»

DeDe grunzte. «Hat sie ihre Gedichte vorgelesen, oder was?»

«Nein», erwiderte Frannie. «Sie hat hauptsächlich geredet.»

«Worüber?» fragte D'orothea.

«Ach . . . über ihren Verlobten zum Beispiel.»

«Ihren Verlobten?» Die beiden jungen Frauen riefen das unisono.

«Er ist Schauspieler», sagte Frannie.

«Was sonst», sagte DeDe.

Frannie fügte hinzu: «Er war letzte Woche in *St. Elsewhere* zu sehen. Was meinst du mit ‹was sonst›?»

«So was fördert die Karriere», sagte DeDe.

«Ich verstehe nicht.»

«Sie ist lesbisch, Mutter.»

D'orothea lachte glucksend.

Frannie begriff nicht. «Warum sollte sie dann . . .?»

«Damit ihr niemand auf die Spur kommt.»

«Du meinst, sie würde . . .?»

«Sie ist ein Star, Mutter. Und Stars haben nicht lesbisch zu sein.»

«Ja, ich weiß, aber . . . der arme Mann!»

«Mutter, er ist wahrscheinlich selber schwul.»

«Ja, wirklich?»

«Mhm. Und damit haben beide ihre Tarnung.»

D'orothea lachte immer unkontrollierter. Sie drückte sich vom Tisch weg, warf den Kopf in den Nacken und japste nach Luft.

Frannie war sichtlich eingeschnappt. «Nun, nur weil ich nicht weiß, was . . .»

«Aber nein», unterbrach DeDe sie, «sie lacht nicht über dich, Mutter.»

Frannie streckte die Brust vor wie eine Kropftaube. «Also . . . *wirklich*!»

«Tut mir leid», sagte D'orothea. Sie rieb sich die Augen und gewann langsam wieder ihre Fassung. «Wann heiraten die beiden?»

Frannie schmollte weiter.

«Mutter», sagte DeDe, «wann?»

«Ich glaube morgen. Deswegen ist sie ja auch hier.»

D'orothea sah DeDe an und zuckte mit den Schultern. «Dann hat sie mit mir wohl gepoltert.»

Nach dem Frühstück zog Booter sich aus der Runde zurück, schlenderte durch den Garten und erfreute sich an der angenehmen Berechenbarkeit des häuslichen Lebens. Auf dem Rasen lieferten sich die Kinder ein ausgelassenes Krocketmatch, das er voller Freude über ihren Enthusiasmus aus der Ferne beobachtete.

Als der Junge auf der Suche nach der Kugel in seine Nähe kam, packte Booter die Gelegenheit beim Schopf. «Na, mein Junge», sagte er sanft. «Könnte ich dich kurz mal sprechen?»

Edgar kam fast schuldbewußt näher. Großer Gott, dachte Booter, bin ich wirklich so zum Fürchten?

«Ich wollte mich bei dir bedanken», sagte er. «Für deine Hilfe neulich nacht.»

Der Junge sagte nichts, sondern zuckte nur verhalten mit den Schultern.

«Du warst sehr tapfer, und ich weiß das wohl zu schätzen.»

Edgar kratzte sich am Hals. «Wie bist du rausgekommen?»

Booter beschloß, nicht ins Detail zu gehen. «Es ist nachher noch jemand anderes vorbeigekommen», sagte er.

Anna rief nach dem Jungen. «Eeedgar . . . beeil dich!»

Booter schaute zu dem kleinen Mädchen hinüber und fragte: «Hast du ihr davon erzählt?»

«Nein», sagte Edgar.

«Deiner Mutter?»

«Nein.»

«Warum nicht?» fragte Booter.

«Das sind Mädchen», sagte Edgar.

Booter lächelte ihn an und verwuschelte ihm die schwarzen Haare, die so seidenweich waren wie die Fäden in Maiskolben. «Bravo.»

«Eeedgar!» schrie Anna.

«Ich muß wieder los», sagte der Junge.

«Was hältst du davon», sagte Booter, «wenn wir nächstes Wochenende etwas unternehmen? Nur wir zwei. Wir könnten ins Museum gehen und . . . Dinosaurier anschauen, hm?»

Der Junge zögerte.

«Wir Männer müssen doch zusammenhalten, was?»

«Wahrscheinlich», sagte Edgar.

«Eeedgar, ich geh jetzt auf der Stelle!»

«Lauf lieber», sagte Booter lächelnd.

«Sie ist eine Nervensäge», sagte Edgar.

«Na, halt die Ohren steif. Ach so . . . sag mir noch die Antwort?»

«Was für eine Antwort?»

«Du weißt schon. Was ist blau und sahnig?»

«Erzähl ich dir später», sagte Edgar und rannte zu seiner Schwester zurück.

Die versetzte Frau

Die Trauerfeier sollte in einem Haus irgendwo in Richmond stattfinden. Sie fuhren in Charlies Fairlane, weshalb Michael nach einem Parkplatz Ausschau halten konnte, sobald sie die Park Presidio überquert hatten. «Da vorn ist einer!» rief er, als sie noch drei, vier Blocks davon entfernt waren.

«Ach, scheiß drauf», sagte Charlie.

«Was Besseres finden wir aber nicht», sagte Michael.

Charlie klopfte auf das Armaturenbrett, auf dem eine Karte mit aufgedrucktem Rollstuhl lag. «Wir spielen Behindertenparken», sagte er.

«Holla», sagte Michael. «Die Vergünstigungen der achtziger Jahre.»

«Genau», sagte Charlie. «Du kriegst 'nen Parkplatz, und dann kannst du in Ruhe sterben.»

Die meisten anderen Trauergäste waren direkt von der Urnenbeisetzung im Neptune Society Columbarium gekommen.

Michael kam sich unwillkürlich vor wie ein kleiner Betrüger, wie ein Penner, der sich in der Theaterpause draußen auf dem Bürgersteig mit dem Publikum über Tschechow unterhält.

«Ich kenn kein Schwein», flüsterte er, während sie das Süßigkeitenbüffet umkreisten.

«Niemand ißt meine Pecan-Pie», sagte Charlie stirnrunzelnd.

«Da.» Michael hielt ihm einen Pappteller hin. «Ich will ein Stück.»

«Aber nur, wenn du wirklich Appetit drauf hast.»

Michael lachte. «Rück schon eins raus.»

Charlie gab ihm ein Stück. «Von der Key-lime-Pie ist nur noch die Hälfte da. Dabei mußt du dir mal die Farbe von dem Ding anschauen. Richtig neon.»

«Tja», sagte Michael, «das Publikum hier ist eben ein bißchen postmodern.» Er schob sich einen Bissen von Charlies schwerer, klebriger Pecan-Pie in den Mund und genoß es, wie sie langsam hinabrutschte. «Ich weiß nie, wie ich mich bei so was benehmen soll», sagte er.

«Was meinst du?»

«Du weißt schon. Ob ich lachen soll oder nicht.»

Charlie zuckte mit den Schultern. «Es ist eine Feier. Sie haben sie selber so genannt.»

«Ich weiß, aber einige hier sind grad gar nicht gut drauf.»

«Daß du bei meiner gefälligst lachst», sagte Charlie.

«Abgemacht.»

«Aber du wirst auch gar nicht anders können. Ich hab alles genau festgelegt, während du weg warst. Ich will ja nichts verraten, aber es gehören ein paar hundert Meter nachgemachtes Leopardenfell und ein Ann-Margret-Imitator dazu.»

Michael leckte sich die Süße von den Fingern. «Und warum nicht Ann-Margret selber?»

«Na, wenn sie kommt, gern. Das überlaß ich dir.»

«Wer darf gern kommen?» Es war Teddy Roughton, der sich mit schwarzen Jeans, weißem Hemd und schwarzem Lederschlips beerdigungsfein gemacht hatte. Er legte Michael den Arm um die Hüften und linste zu den Himbeertörtchen hinüber.

«Das ist eine lange Geschichte», sagte Michael. «Teddy, das ist Charlie. Charlie, Teddy.»

«Wir kennen uns schon», sagte Teddy und streckte die Hand aus. «Von dem Aidsfest in der Ringold Alley.»

«Ach, ja . . . natürlich.» Michael fiel auf, daß Charlies Stimme etwas Schmeichlerisches bekam, sobald ihm wieder eingefallen war, daß Teddy drei Viertel *Vanity Fair* und ein Viertel *Drummer* war. Charlie war immer hingerissen von Titeln.

«Und inzwischen», sagte Teddy, der die Augen hin und her rollen ließ, während er das letzte Wort in die Länge zog, «hat unser Kleiner hier wieder mal einem ahnungslosen Touristen das Herz gebrochen.»

«Was für ein Kleiner?» fragte Charlie irritiert.

«Na, der hier», sagte Teddy und schüttelte Michael kurz durch.

«Ich?» sagte Michael. «Was hat er gesagt?»

«Er war untröstlich», sagte Teddy. Charlies Frage überging er einfach. «Er hat gesagt, daß er ganz verrückt ist nach dir, du aber nicht nach ihm.»

«Ach, hör doch auf», sagte Michael, der das Ganze für einen schlechten Scherz hielt.

«Geht's um Thack?» fragte Charlie.

«Teddy hat ihn zum Flughafen gefahren», klärte Michael ihn auf.

«Ach, der arme Junge», säuselte Teddy. Er holte raus, was rauszuholen war.

«Siehst du?» fragte Charlie und schaute Michael tief in die Augen. «Siehst du?»

«Was hat er dir erzählt?» fragte Michael Teddy.

«Das hab ich doch grad gesagt. Daß er auf dich abfährt. Und daß es nichts Gegenseitiges ist.»

Am liebsten hätte Michael gleich an Ort und Stelle, mitten auf der Trauerfeier laut gejuchzt. «Nichts Gegenseitiges?»

«Na ja, das sind jetzt natürlich *meine* Worte ...»

«Er war doch der Unnahbare», sagte Michael. «Er ist früher abgereist. Er ... Stimmt das denn auch, Teddy?»

Teddy beugte sich über das Büffet und schaute sich die Torten genauer an. «Oh, ja», sagte er geistesabwesend.

«Probier doch die Pecan-Pie», sagte Charlie. Er war die Liebenswürdigkeit in Person. «Die ist ganz toll.» Dann drehte er sich um und schalt Michael. «Hab ich's dir nicht gesagt?»

Nach der Trauerfeier war Michael zu aufgewühlt, um arbeiten zu können, deshalb bat er Charlie, ihn nach Hause zu bringen. Als sie an der Barbary-Lane-Treppe ankamen, sagte Charlie: «Schau nicht hin, aber deine Vermieterin ist jetzt endgültig übergeschnappt.»

Als Michael sich umdrehte, sah er, daß Mrs. Madrigal sich an den Treppenansatz gekettet hatte. Ihre Ketten waren billiges

Zeug aus dem Eisenwarenladen und wirkten in diesem Zusammenhang etwas lächerlich. Sie trug ihr halboffizielles Outfit: einen weiten Rock, eine hochgeschlossene weiße Bluse und ein Tweedjackett. Offenbar zog sie alle Register.

«Das ist eine Protestaktion», klärte Michael ihn auf.

«Ach so, na dann.» Charlie verdrehte die Augen. «Ihr habt ja alle 'ne Macke hier oben auf dem Russian Hill.»

Michael lächelte und drückte ihm ein Küßchen auf die Wange. «Ich ruf dich am Abend an.»

«Aber vorher rufst du Thack an.»

«Zu Befehl.»

«Ich mein es ernst, Michael. Verpatz die Sache nicht.»

Michael lachte und hüpfte über die Straße. Charlie hupte zweimal und fuhr die Leavenworth hinunter. Mrs. Madrigal winkte ihm von der Treppe aus fröhlich hinterher und rief dann Michael zu: «Ich hab ihn doch hoffentlich nicht verschreckt?»

«Nein», sagte Michael. «Kein bißchen.» Er stieg zum Treppenabsatz hoch, wo die Vermieterin in ihrem ganzen Glanz saß und mal ihren Blusenkragen, mal ihre Ketten zurechtzupfte.

«Ich warte auf Mary Ann», sagte sie. «Nur für den Fall, daß du dich wunderst.»

«Will sie hier drehen?» Er wußte kaum, was er sagen sollte.

Sie nickte geziert. «Ich fürchte, sie hat sich ein bißchen verspätet.»

«Wann wollte sie denn hier sein?»

«Bestimmt kommt sie bald», sagte die Vermieterin. Ihr Blick gab ihm zu verstehen, daß er nicht so empört sein solle über sie. Sie wisse sehr wohl, was sie tue.

Er fragte: «Kommt denn auch . . . äh . . . ein Abrißtrupp?»

«Das wissen wir nicht», sagte sie grimmig.

«Und Mary Ann weiß es auch nicht?»

«Nein», sagte die Vermieterin. «Das sagt sie jedenfalls. Sie will eine ‹Human-interest-Story› draus machen, hat sie gesagt.» Sie reckte die Hände in die Luft und bedachte ihn mit einem falschen Lächeln. «Was sein muß, muß sein.»

Er überlegte kurz, ob Mary Anns Verspätung die Folge von Brians Rückkehr war. Wenn er es ihr gesagt hatte, und wenn sie ausgeflippt war . . .

«Wann haben Sie das letzte Mal mit ihr geredet?» fragte er.

«Ach . . . gestern am späten Nachmittag. Sie hat mir gesagt, daß ich . . . ab zwölf angekettet sein soll. Und daß sie nicht dabeisein kann, wenn ich es tue, weil es sonst so aussieht, als würden wir unter einer Decke stecken.»

«Und heute vormittag haben Sie nicht mehr mit ihr geredet?»

«Nein.» Sie zog die Augenbrauen hoch. «Stimmt etwas nicht?»

«Nein, nein», erwiderte er ruhig. «Ich wollt's nur wissen. Ich sag Ihnen was. Ich ruf mal kurz im Sender an.»

«Das wäre nett.» Ihr fiel sein Gesichtsausdruck auf. «Schimpf nicht mit ihr, mein Lieber.»

Nach ein paar Stufen blieb er stehen. «Ach so», sagte er, «wie finden Sie eigentlich Thack?»

«Ich glaube, er ist sehr nett», sagte sie. «Genau das Richtige für dich.»

«Ja, finden Sie nicht auch?»

«Ist er schon fort?» fragte sie.

«Seit gestern abend.»

«Ach je.»

«Es macht nichts», sagte er. «Das heißt, jetzt noch nicht. Im Augenblick koste ich erst mal das Gefühl aus. Verstehen Sie, was ich meine?»

«Ich verstehe, was du meinst», sagte sie.

Er strahlte sie an.

«Mein Lieber, bring mir doch ein Karamelbonbon mit, wenn du zurückkommst. Sie sind in der Kristallschale bei mir auf dem Klavier.»

Die restlichen Stufen brachte er vor lauter Glück über ihren Segen in Siebenmeilenstiefeln hinter sich.

Als er beim Sender anrief, teilte ihm eine mürrische Redakteurin mit, daß Mary Ann am Vormittag gleich nach den Aufnahmen gegangen sei und daß sie persönlich nichts von einem Kamerateam wisse, das zur Barbary-Lane-Treppe geschickt worden wäre.

Er versuchte es im Summit. Brian meldete sich mit einem dumpfen Hallo.

«Ich bin's, Michael», sagte er. «Ist Mary Ann zufällig zu Hause?»

«Na ja . . . schon. Aber sie will grade mit niemand reden.»

Aha, dachte Michael, dann hat er es ihr also gesagt. «Ich weiß schon, daß es ein blöder Moment ist», sagte er. «Es ist nur so, Mrs. Madrigal sitzt angekettet auf der Treppe.»

«Was?»

«Sag Mary Ann das. Sie weiß dann schon Bescheid.»

Brian legte den Hörer weg. Zwanzig Sekunden später war Mary Ann dran. «O Gott, Mouse.»

Er gab sich alle Mühe, nachsichtig zu sein. «Es ist noch nicht zu spät.»

«Ich ruf gleich im Sender an», sagte sie, «und besorg mir ein Kamerateam.»

«Schön.»

«Ich hab das völlig vergessen, Mouse. Tut mir schrecklich leid. Bitte sag ihr, daß ich . . .»

«Ich regel das schon», sagte er. «Wann kommt der Abrißtrupp denn?»

«Äh . . . um drei.»

«Gut», sagte er. «Wenn du dich beeilst, kannst du . . . Kommt ihr klar, ihr zwei?»

«Mouse . . .»

«Ja oder nein.»

«Mehr oder weniger», erwiderte sie.

«Ich hab dich lieb», sagte er.

Sie schwieg kurz und sagte dann: «Ihr seid mir vielleicht welche.» Ihr schicksalsergebener Ton hörte sich an, als würde sie damit alle Männer auf der ganzen Welt meinen.

«Sag Brian, er soll seine dicke Mackerkette mitbringen.»

«Was?»

«Dieses Chromteil aus dem Jeep. Das macht garantiert mehr her als das Ding, das wir jetzt haben. Wenn ich schon in einem Bondagefilm mitspiele, dann soll auch alles echt aussehen.»

«Mouse, wir brauchen keine zwei Leute.»

«Ach, komm», sagte er. «Gönn uns doch den Spaß.»

Sie stöhnte.

«Wir machen ein richtiges Schmuckstück aus der Treppe.»

«Von mir aus», sagte sie. «Was soll's. Bis gleich. Und . . . hörst du, Mouse?»

«Ja?»

«Daß sie mir ja kein Gras raucht, wenn das Kamerateam aufkreuzt . . .»

«Mach dir keine Sorgen. Ich sag's ihr. Tschüs.» Er legte auf, stürmte ins Schlafzimmer, riß sich die Kleider vom Leib und duschte in einem Affentempo. Als er vier Minuten später den Fön ausschaltete, stellte er fest, daß das Telefon wohl schon länger klingelte.

Er war mit einem Satz dort. «Ja . . . hallo.»

«Paßt's grad nicht?» fragte Thack.

«Na ja . . . ein Kamerateam ist auf dem Weg hierher. Wir retten nämlich grade die Treppe.»

«Ach so, ja. Das hab ich ganz vergessen.»

«Wir auch. Um ein Haar jedenfalls.»

«Du fehlst mir», sagte Thack.

«Ja, wirklich?»

«Und wie.»

Michael lachte. «O wie toll. Du fehlst mir auch.»

«Und nun?»

«Na ja», sagte Michael, «erst mal schreib ich dir einen langen, schmalzigen Brief, wegen dem ich mich dann garantiert zu Tode schäme.»

«Meiner ist schon fertig», sagte Thack. «Und im Briefkasten.»

«Holla», sagte Michael und lachte erneut.

«Du hast es eilig. Ich will dich nicht aufhalten.»

Doch, halt mich ruhig auf, dachte Michael. «Ich ruf dich am Abend an, ja?»

«Toll. Ich bin zu Hause.»

Michael legte auf, raste zum Schrank und mühte sich dort in aller Eile mit der Frage ab, welcher Aufzug für die Fernsehübertragung eines Chain-in wohl am besten geeignet war. Er entschied sich schließlich für so eine Art Bauarbeiterlook: Cordhose, kariertes Hemd, Strickkrawatte und Topsiders.

Er war schon halb durch den Vorgarten, als ihm Mrs. Madrigals Karamelbonbons einfielen. Er machte kehrt und fischte eine große Handvoll aus der Schale auf dem Klavier.

Sie konnten sicher so einige vertragen, bis alles zu Ende war.

Fünf Tage später

Na, dachte Wren, das laß ich mir schon eher gefallen.

Es war fast Mitternacht, und sie und Rolando lagen auf dem Bett und sonnten sich im rötlichen Glanz ihrer 1939er Empress-(nichts-als-Tango-)Jukebox.

Sie hatte die Empress mit Booters Scheck bezahlt . . . mit Booters *neuem* Scheck über genau zehntausend Dollar. Irgendwie fand sie es schön, daß ihre Erinnerungen an Monte Rio für immer in diesem feuchten Traum eines jeden Tangoliebhabers verkörpert sein würden.

Er war so lieb gewesen, das Geld zu schicken, und sie hatte es bereitwillig angenommen, weil sie wußte, wieviel ihm daran gelegen war. Im Grunde war er gar nicht so übel, der alte Knacker. Und zumindest im Bett war er ein Gentleman.

Die Nacht war in Chicago wunderbar lau. Eine vom See

wehende Brise zog durch das Loft und bauschte die dünnen Spitzenvorhänge vor den großen Fabrikfenstern. Sie ächzte zufrieden und schmiegte sich an Rolandos warmen, nach Pimentöl duftenden Körper.

Das Telefon klingelte.

«Ach, verdammt», sagte Rolando.

«Ich geh ran», sagte sie.

«Laß es klingeln.»

«Nein», sagte sie aus einem unbestimmten Gefühl heraus. «Ich bin gleich wieder da.»

Sie stieg aus dem Bett und ging nackt zu dem Apparat in ihrem Arbeitszimmer.

«Hallo.»

«Wren, hier ist Brian.»

«Ach ja. Wie geht's dir, mein Schatz?» Es fiel ihr auf, daß diese Frage ausnahmsweise einmal tatsächlich etwas bedeutete.

«Sehr gut», sagte er.

«Wirklich?»

«Ja. Ich bin negativ.»

«Gott sei Dank», sagte sie und ließ sich auf einen Stuhl sinken.

«Aber wirklich», erwiderte er.

Sie hörte eine Frauenstimme und dann Michaels unverkennbares Lachen. «Gibt's zur Feier des Tages eine Party, oder was?»

Er lachte. «Na ja, schon . . . aber wir feiern was anderes. Wir haben grade einen Kampf mit der Stadt gewonnen.»

«Bist du zu Hause?» fragte sie.

«Bei meiner Vermieterin.»

Das paßte für sie nicht zusammen. Wie konnte es bei dieser Eigentumswohnung im Hochhaus eine Vermieterin geben?

«Ist deine Frau auch da?»

«Ja. Zwar nicht hier im Zimmer, aber . . .»

«Hat sie's denn verkraftet?»

«Ja», sagte er. «So einigermaßen.»

«Schön.»
«Weiß sie was von uns beiden?»
«Nein.»
Michaels Lachen war wieder zu hören. «Ist Michael denn high?» fragte sie.
Brian gluckste. «Ich glaub, nur verliebt.»
«Vielleicht in jemand, den wir kennen?»
«Ich glaube. Sie schreiben sich jedenfalls ganz rührselige Briefe.»
«O Gott.»
«Und ich steig in die Gärtnerei ein. Ist das nicht toll?»
«Und ob», sagte sie.
Er machte eine kleine Pause, bevor er fragte: «Und wie geht's mit Rolando?»
Er hatte dran gedacht; wie süß. «Gut. So gut wie vorher auch.»
«Er ist ein richtiger Glückspilz.»
«Danke.»
«Tja, ich wollte nur . . . Puppy, warte doch . . . ja, ja . . . Daddy telefoniert gerade.»
«Dein Nachwuchs?» fragte Wren.
«Ja. Man will, daß ich wieder mitfeiere . . . Es ist alles recht unruhig hier. Tut mir leid.»
«Tja, es war lieb, daß du angerufen hast. Ich hab mich so um dich gesorgt, als ich das mit Rock Hudson gehört hab . . .»
«Mit Rock Hudson? Was ist mit ihm? Puppy, laß Daddy telefonieren.»
«Schalt den Fernseher ein», sagte sie. Das kleine Mädchen fing zu schreien an. «So, jetzt hör ich aber auf.»
«Ja, ist wahrscheinlich besser», sagte er.
«Ein wunderschönes Leben noch, Süßer.»
«Wünsch ich dir auch», sagte er. «Und, danke.»
«Gern geschehen», erwiderte sie.
Sie legte auf und ging zum Bett zurück. Alle viere von sich gestreckt, lag Rolando auf dem Bauch und schnarchte. Im rötlichen Licht der Empress sahen seine entzückenden

Arschbacken wie zwei Kugeln Mandarinensorbet aus. Der Anblick war zu schön, um ihn zu zerstören. Sie schlüpfte schweigend unter das Laken, saß dann in Erinnerungen versunken da und wartete, bis der Tango verklungen war.

Ende des fünften Buches

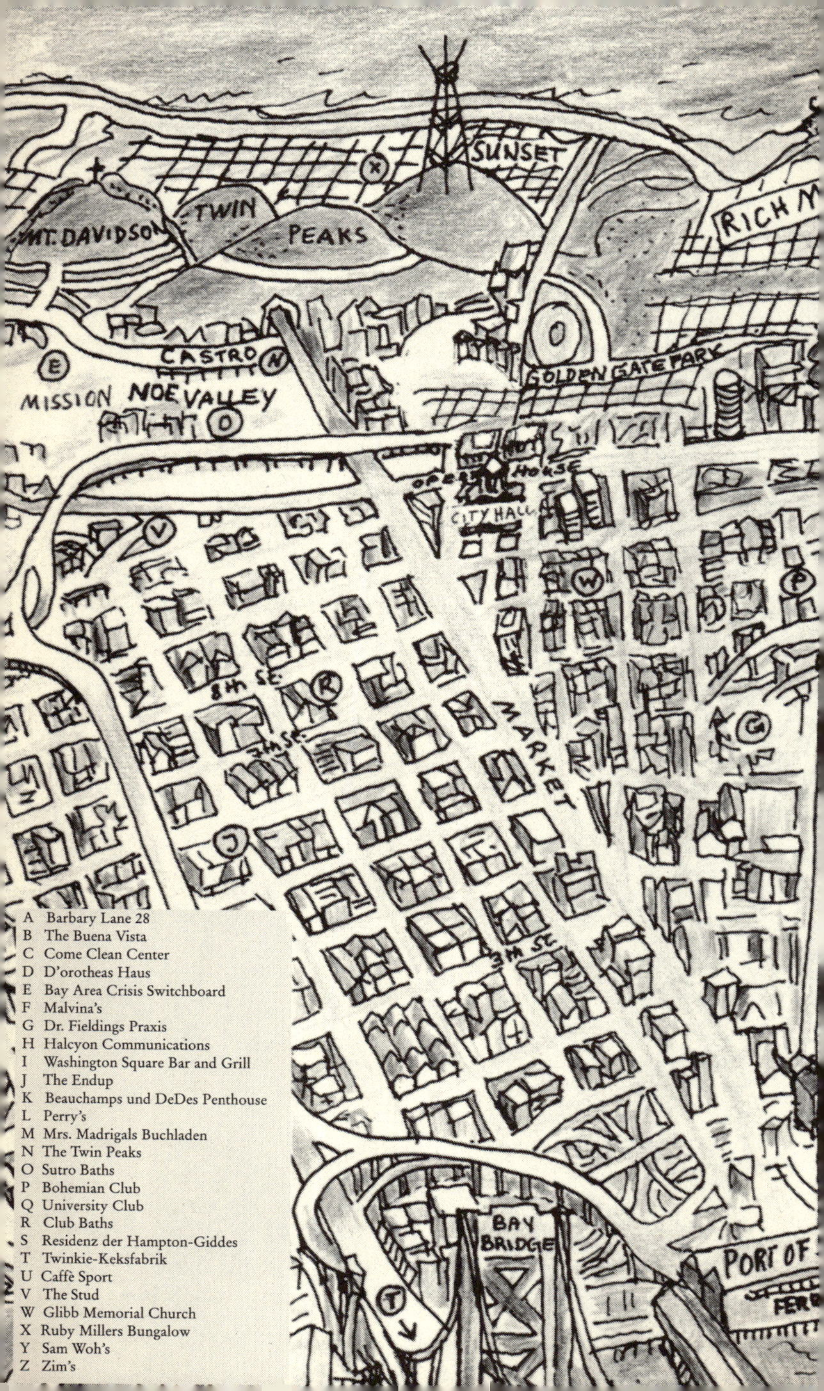
SUNSET
MT. DAVIDSON
TWIN
PEAKS
RICH M
CASTRO
MISSION
NOE VALLEY
GOLDEN GATE PARK
OPERA HOUSE
CITY HALL
8th St.
7th St.
MARKET
3rd St.
BAY
BRIDGE
PORT OF
FER
A Barbary Lane 28
B The Buena Vista
C Come Clean Center
D D'orotheas Haus
E Bay Area Crisis Switchboard
F Malvina's
G Dr. Fieldings Praxis
H Halcyon Communications
I Washington Square Bar and Grill
J The Endup
K Beauchamps und DeDes Penthouse
L Perry's
M Mrs. Madrigals Buchladen
N The Twin Peaks
O Sutro Baths
P Bohemian Club
Q University Club
R Club Baths
S Residenz der Hampton-Giddes
T Twinkie-Keksfabrik
U Caffè Sport
V The Stud
W Glibb Memorial Church
X Ruby Millers Bungalow
Y Sam Woh's
Z Zim's

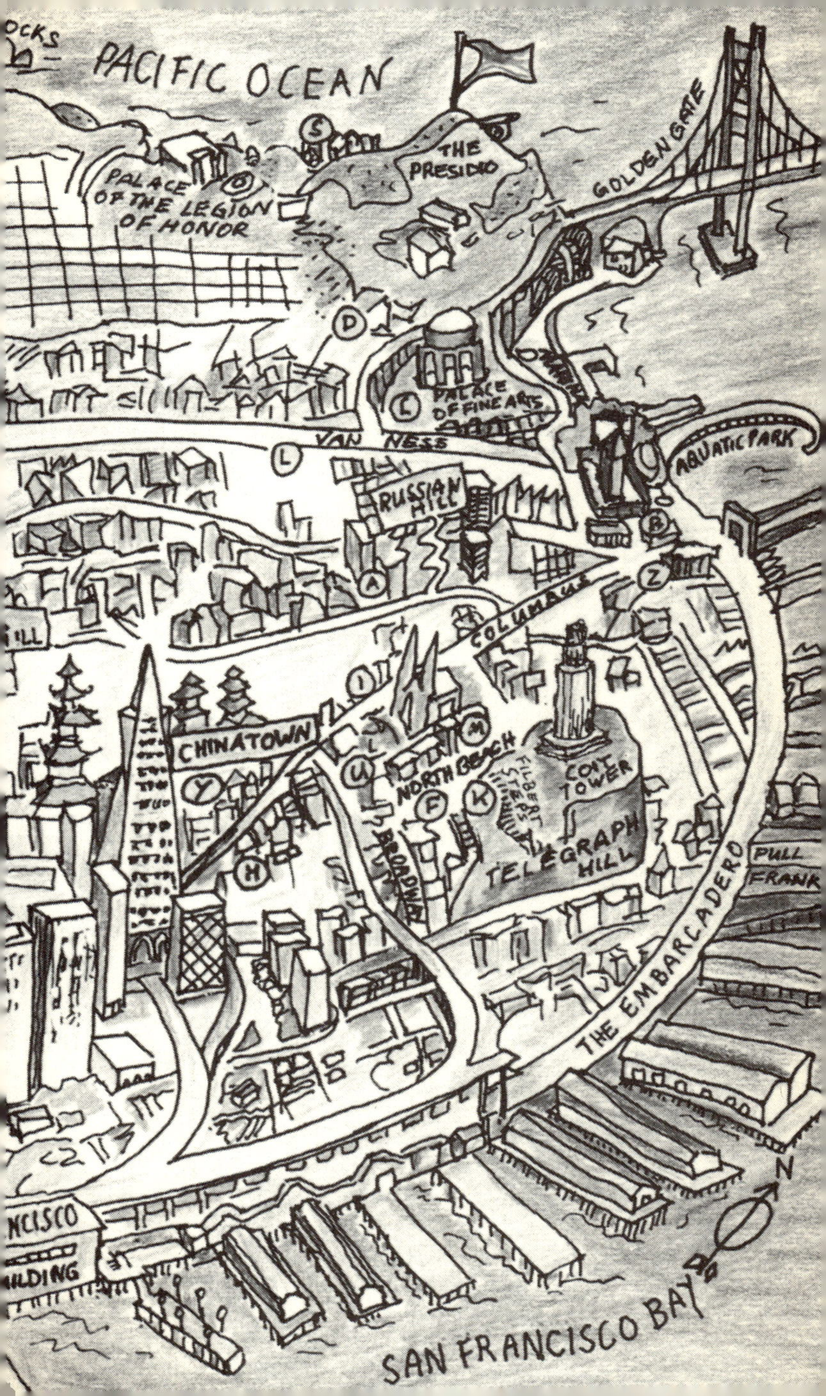
PACIFIC OCEAN
THE PRESIDIO
GOLDEN GATE
PALACE OF THE LEGION OF HONOR
PALACE OF FINE ARTS
VAN NESS
AQUATIC PARK
RUSSIAN HILL
COLUMBUS
CHINATOWN
NORTH BEACH
FILBERT STEPS
COIT TOWER
TELEGRAPH HILL
BROADWAY
THE EMBARCADERO
SAN FRANCISCO BAY
N

Armistead Maupin

Armistead Maupin, 1944 geboren und Journalist von Beruf, kam Anfang der siebziger Jahre nach San Francisco. 1976 begann er mit einer Serie für den «San Francisco Chronicle», die in den USA zu einem Riesenerfolg wurde und das Material lieferte für sechs Romane - die heute schon legendären «Stadtgeschichten ». In deren Mittelpunkt steht die ebenso exzentrische wie liebenswerte Anna Madrigal, 56, die ihre neuen Mieter gern mit einem selbstgedrehten Joint begrüßt. Unter anderem treten auf: Das Ex- Landei Mary Ann, der von Selbstzweifeln geplagte Macho Brian, das New Yorker Model D'orothea und San Franciscos Schwulenszene. All den unterschiedlichen Menschen, deren Geschichte erzählt wird, aber ist eines gemeinsam: Sie suchen das ganz große Glück.

Stadtgeschichten
Band 1
rororo 13441

Mehr Stadtgeschichten
Band 2
rororo 13442
«Maupins Geschichten lassen den Leser nicht mehr los, weil sie in appetitlichen Häppchen von jeweils circa vier Seiten gereicht werden und man so lange ‹Na, einen noch› denkt, bis man das Buch ausgelesen hat und glücklich zuklappt.»
Der Rabe

Noch mehr Stadtgeschichten
Band 3
rororo 13443

rororo Literatur

Tollivers Reisen
Band 4
rororo 13444
«Nichts ist schlimmer, als die steigende Zahl der Seiten, die das unweigerliche Ende des Romans ankündigen.»
Hannoversche Allgemeine Zeitung

Am Busen der Natur
Band 5
rororo 13445

Schluß mit lustig
Band 6
rororo 13446
«Ein Kultroman.» *Die Zeit*

«Es ist merkwürdig, aber von jedem, der verschwindet, heißt es, er sei hinterher in San Francisco gesehen worden.» *Oscar Wilde*

Peter Høeg
Fräulein Smillas Gespür für Schnee *Roman*
(rororo 13599)
Fräulein Smilla verfolgt die Spuren eines Mörders bis ins Eismeer Grönlands. «Eine aberwitzige Verbindung von Thriller und hoher Literatur.» *Der Spiegel*

Denis Belloc
Suzanne *Roman*
(rororo 13797)
«Suzanne» ist die Geschichte von Bellocs Mutter: Das Schicksal eines Armeleutekinds in schlechten Zeiten. «Denis Belloc ist der Shootingstar der französischen Literatur.» *Tempo*

Ray Loriga
Vom Himmel gefallen *Roman*
(rororo 13903)
Ray Loriga, Jahrgang 1967, lebt in Madrid. In seinem mit Bitterkeit und schwarzem Humor getränkten Roman verfolgen Polizei und Medienmeute einen jugendlichen Killer quer durch Spanien.

Andre Dubus
Ehebruch und anderes *Vier Novellen*
(rororo 13744)
Stimmen vom Mond *Roman*
(rororo 12446)
Sie leben jetzt in Texas *Short Stories*
(rororo 13925)
Zehn klassische Short Stories von Andre Dubus über Menschen, die versuchen, mit aufrechtem Gang das Leben zu bewältigen. «Seine Geschichten sind bewegend und tief empfunden.» *John Irving*

Daniel Douglas Wissmann
Dillingers Luftschiff *Roman*
(rororo 13923)
«Dillingers Luftschiff» ist eine romantische Liebesgeschichte und zugleich eine verrückte Komödie voll schrägem Witz, unbekümmert um die Grenzen zwischen Literatur und Unterhaltung.

Michael Frayn
Sonnenlandung *Roman*
(rororo 13920)
«Spritziges, fesselndes, zum Nachdenken anregendes Lesefutter. Kaum ein Roman macht so viel Spaß wie dieser.» *The Times*

Radek Knapp
Franio *Erzählungen*
(rororo 13760)
Die Erzählungen von Radek Knapp wurden als bestes Debüt des Jahres mit dem «aspekte»-Literaturpreis des ZDF ausgezeichnet. «Dieser Autor hat Witz, Pfiff, Humor!»
Marcel Reich-Ranicki